KB100044

4·3 항쟁과 탈식민화의 문학

지은이

김재용 金在湧, Kim Jae-yong

1960년 통영 출생. 원광대학교 국어국문학과 교수이자 지구적세계문학연구소 대표, 아시아・아프리카・라틴아메리카문학포럼 대표, 『지구적 세계문학』 발행인 및 편집인. 저서로 『분단구조와 북한문학』, 『협력과 저항』, 『풍화와 기억』, 『세계문학으로서의 아시아문학』 등이 있다.

김동윤 金東潤, Kim Dong-yun

1964년 제주 출생. 제주대학교 국어국문학과 교수이자 제주4・3평화문학상 운영위원, 제주4・3연구소 이사, (전)제주대학교 인문대학장・탐라문화연구원장. 저서로 『4・3의 진실과 문학』, 『기억의 현장과 재현의 언어』, 『작은 섬, 큰 문학』, 『문학으로 만나는 제주』 등이 있다.

4・3항쟁과 탈식민화의 문학

초판인쇄 2024년 3월 20일 **초판발행** 2024년 4월 3일

지은이 김재용・김동윤

펴낸이 박성모 **펴낸곳** 소명출판 **출판등록** 제1998-00017호

주소 서울시 서초구 사임당로14길 15 서광빌딩 2층

전화 02-585-7840 **팩스** 02-585-7848

전자우편 somyungbooks@daum.net **홈페이지** www.somyong.co.kr

값 22,000원

ISBN 979-11-5905-876-9 93800

냉전과 식민의 글로벌 동아시아 문학 총서 006

4·3 항쟁과 탈식민화의 문학

김재용 · 김동윤 공저

서문

항쟁의 상상력

10여 년 전 무렵부터 필자들은 문학 관련 학술모임에서 어울리면서 호형호제하는 우정을 나누게 되었다. 제주와 대전을 넘나들면서 그리고 오키나와 등지를 함께 답사하면서 여러 관심사를 공유하곤 했다. 특히 4·3은 중요한 논의 주제였다.

우리는 4·3 연구의 방향을 수난에서 항쟁으로 이동하여야 한다는 의견을 주고받았다. 특별법에 근거하여 피해자의 명예 회복이 진행되고 있기에 4·3을 더 이상 수난과 희생에만 가두어 둘 수 없다는 것이었다. 1980년대, 국가의 억압 속에서 4·3을 연구하기 시작할 때만 해도 4·3을 항쟁으로 보고 접근하려던 노력이 없지 않았다. 하지만 6월항쟁 이후 4·3 진상 규명운동이 본격화되었고 그 열망의 성과로 4·3특별법이 제정되어 국가의 사과가 이루어지면서 국가폭력 문제가 전경화되자 항쟁으로서의 4·3은 물밑으로 가라앉아 가는 양상마저 보였다. 그것이 이행기 정의의 한 양상이었음을 인정하고 존중하지만, 그렇다고 거기에만 만족할 수는 없는 것이다. 피해자들의 명예 회복이 어느 정도 되어가고 있고 이 도도한 역사의 흐름을 되돌리는 일이 결코 쉽지 않다고 판단하였기에 항쟁의 측면을 집중적으로 살피고 담론화하는 작업을 본격적으로 진행하기로 작심하였다.

하지만 4·3을 항쟁의 관점에서 연구하는 작업이 그리 만만하지는 않았다. 4·3항쟁의 주체를 남로당이라고 보는 견해가 냉전 반공주의 고착 이후 주류화되어 모든 이들을 빨아들였기 때문이다. 상황이 그런 터라 해방 직후 당시의 자료를 새로운 눈으로 잘 들여다보는 일을 시작으로, 미국과 소련이라는 제국을 염두에 두면서 남북 좌우의 모든 방면을 고찰하는 작업을 수행하였다. 『제주신보』 이외에 새로 발굴된 다양한 자료와 4·3항쟁을 재현한 작품을 다시 고찰하면서 항쟁의 주체들이 내세웠던 단선 반대의 움직임이 남북협상을 통한 통일 독립운동의 큰 흐름 속에 놓여있다는 사실을 알게 되었다. 미국과 소련을 등에 업은 세력을 반대하면서 일본의 식민지를 벗어나 진정한 자주 독립국가를 만들려고 하였던 노력이었다. 그동안 항쟁의 주체로 널리 받아들여졌던 남로당은 그 저항의 흐름에 편승한 일부 세력에 지나지 않음을 확신하게 되었다. 항쟁 주체를 남로당으로 한정하는 관점은 5·10단독선거 이후 상층부에서 자리잡기 시작하여 10월부터 전개된 제주도 초토화 작전 이후 굳어진 것에 불과함을 확인할 수 있었다. 이런 인식의 전환을 바탕으로 항쟁 주체의 재구성 문제에 한층 박차를 가하게 되었다.

통일 독립운동으로서의 4·3항쟁은 비단 한반도뿐만 아니라 세계사적 맥락에서도 큰 의미를 가진다. 1870년대 이후 전 지구가 제국주의 억압으로부터 심한 고통을 받았는데 우리나라는 그 중에서도 가장 저항이 강했던 지역이다. 제2차 세계대전 이후에는 유럽과 일본의 제국주의 국가들이 역사의 저편으로 사라진 반면, 미국과 소련이라는 새로운 제국 국가들이 지구를 뒤덮게 되었다. 그런 신新 제국의 탐욕은 저항을 부를 수밖에 없었으니, 가장 선도적으로 통일 독립국가의 열망을 갖고 저항에 나섰던 곳이 바로 제주도였던 것이다. 그런 점에서 4·3항쟁은 탈식민화운동의 가장 앞자리에 서 있는 세계사적 운동이라고 할 수 있다. 구제국주의 국가와 신제국의 국가가 충돌하던 일제 말 최후기 제주도에 주둔한 만주 관동군 7만 명의 기억을 뚜렷이 가졌던, 그에 따라 한국의 다른 지역보다 정치 의식이 강할 수밖에 없던 제주도에서 탈식민화운동이 4·3항쟁으로 구체화되었던 것이다. 이후 아시아와 아프리카 여러 지역에서 미국과 소련의 영향에서 벗어나려고 하였던 탈식민화운동이 들불처럼 일어났던 것을 고려하면 4·3항쟁을 제주도와 한반도에만 묶어두는 것은 그 항쟁의 주체들에 대한 폄훼에 다름 아니다.

제주도에 관동군이 들어온 계기와 밀접한 관련을 맺는 오키나와지역을 비롯하여 탈식민화가 진행되는 많은 다른 지역에의 천착은 필수적이었다. 오키나와, 타이완, 베트남 등등 여러 지역과 나라들에 지속적으로 관심을 기울이면서 시론적 성격의 글을 발표하였던 것 역시 4·3항쟁의 세계사적 의의를 밝히는 문학 연구 작업의 일환이라고 할 수 있다. 필자들이 접한 많은 국내외의 문학 작품들은 수난에서 항쟁으로 4·3 인식의 전환을 마련하는 과정에서, 다른 회고들과 함께, 많은 상상력을 제공하였다. 항쟁의 시각을 견지한 김석범, 김시종, 현기영의 문학이 주된 연구 대상이었음은 당연한 것이었으며, 밀항자들을 정치적 난민의 관점에서 접근하는 연구도 동일한 차원의 작업이었음은 물론이다.

이 책은 제1부와 제2부로 나누었는데, 제1부는 김재용이, 제2부는 김동윤이 집필하였다. 대부분 최근에 쓴 글들인데, 공저 간행 작업을 하면서 더러 수정하고 보완하였다. 그 과정에서 세부적으로 많은 의견을 주고받았지만 궁극적으로 각 글의 책임은 해당 필자의 몫이다. 제주 항쟁지역을 비롯해서 오키나와, 오사카, 도쿄 등지의 답사에 동행하여 기운을 불어넣어 주었던 이들에게 깊이 감사드린다. 오키나와와 오사카 답사에 함께하고 특별한 애정으로 이 책을 꾸며준 소명출판의 박성모 사장께도 고마움을 표한다. 제주도 출신인 장해민 씨가 이 책을 편집하게 된 것이 우연일까? 모두 감사할 따름이다.

2024년 다시 사월을 맞으면서

김재용·김동윤 함께 씀

차례

김동윤

제2부
4·3문학과 동아시아의 탈식민화

김재용

4·3항쟁은 남북협상의 통일 독립운동이다

제1장

남북협상의 단선 반대운동과 4·3 인식의 전환

항쟁 주체 규명을 위한 시론

1. 항쟁 연구를 위하여

제주4·3항쟁은 단순히 하나의 흐름으로서만 정리하기가 어렵다. 그 전개 양상은 크게 두 과정으로 나누어 말하는 것이 바람직하다.

하나는 1948년 들어 본격적으로 시작된 단선 반대와 통일 독립국가 건설의 움직임이 4월 3일을 계기로 증폭되어 섬 전체가 단선 반대 세력과 단선 지지 세력으로 나뉘어져 충돌한 것이다. 서울을 비롯한 다른 지역에서도 단선 반대와 통일 독립국가 건설의 노력과 투쟁이 있었지만 그런 투쟁이 특히 제주도에서 강하게 분출되었던 데에는 여러 가지 원인이 있다. 그중에서 일제 말 최후기 만주국에 있던 7만 명에 이르는 관동군이 미군과의 최후 전투를 위해 제주도로 급파된 것을 계기로 제주도민들이 직간접적으로 세계사에 노출되면서 정치 의식이 타지역에 비해 한층 높아졌다는 점을 우선적으로 들 수 있을 것이다. 이외에도 여러 이유로 하여 제주 섬에는 타지역과는 비교가 되지 않을 정도로 단선 반대의 기운이 두드러졌고 동시에 통일 독립의 꿈이 강하였다. 하지만 이러한 지형은 5월 5일을 넘어서면서 급격하게 바뀌었다. 단선이 다가오자 3월 말부터 한층 격화된 남북협상운동이 증폭되기 시작하였고 타지역보다 정치 의식이 강하여서 단선 반대와 통일 독립의 꿈을 강렬하게 가졌던 제주도민들의 기대감 역시 강해졌다. 3월에 발간된 『제주신보』를 훑어보면 당시 제주도민들이 남북협상에 거는 기대를 확인할 수 있다. 또 제주도에서는 단선 반대 세력과 단선 지지 세력이 계속 긴장된 상태를 유지하였는데 미군정과 제주 군정은 남북협상에 거는 조선인과 제주도민들의 강한 기대를 무시할 수 없었기에 쉽게 탄압에 나설 처지가 되지 못했다. 하지만 평양을 방문하여 협상을 했던 김구와 김규식이 큰 성과 없이 서울로 돌아와 남북협상의 기운이 조금씩 가라앉기 시작하자 미군정은 항쟁의 주체를 오로지 남로당의 소행으로 왜소화시키는 공작을 통하여 그 주체를 제주도민들과 유리시키는 술책을 부렸다. 선거를 앞두고 본격적으로 탄압을 하게 되는데 그것이 바로 5월 5일 미군정 수뇌부의 제주도 방문이었다. 하지만 제주 저항의 주체를 남로당으로 협소화시키면서 대부분의 제주도민과 분리시키려고 기도하였던 미군정의 계획은 쉽게 먹히지 않았다. 결국 남한 단독정부 수립 이후인 1948년 10월부터 4·3에 '빨갱이'라는 딱지를 붙이면서 본격적인 토벌에 나서게 된 것이다.

다른 하나의 과정은 남한 단독정부 수립에 이어 북한의 단독정부가 수립된 직후인 1948년 10월부터 시작된 본격적인 토벌이다. 남한에 이어 북한도 정부를 수립하였기 때문에 남한 정부와 그 뒤의 미국은 통일 독립국가 수립이라는 제주도민들의 지향을 무력화시킬 수 있었고 본격적으로 탄압에 나서게 되었다. 북한이 정권을 수립하기 전만 해도 여전히 통일 독립국가의 지향을 막는다는 비난을 면하기 어려워 다소 눈치를 봤지만, 북한이 독자적인 정부를 수립한 마당에는 통일 독립의 꿈을 가지고 나섰던 모든 이들을 '빨갱이'로 몰아세우면서 탄압에 나서게 되었다. 해안으로부터 5킬로미터를 경계선으로 설정하고, 제주도의 주민을 '양민'과 '빨갱이'로 나누어 본격적인 초토화 작업을 하면서부터 엄청난 희생이 발생한 것이다. 세계적으로 보기 힘든 국가 폭력 앞에 대다수 제주도민들은 죽임을 당하거나 극도의 공포에 시달렸다. 예비검속이란 이름으로 진행된 한국전쟁 이후의 국가 폭력도 이 연장선에서 나온 것이라 할 수 있다. 이 과정에서 이승만 정부는 제주도민에게 지울 수 없는 상처를 남겼다.

4·3항쟁의 주체를 구체적으로 밝혀내어 항쟁의 전 과정을 재구성하고, 억울한 사람들의 명예를 회복하는 것은 후세들의 일이다. 그중에서도 더 급한 것은 두 번째 과정에서 벌어진 국가 폭력의 피해를 살피고 억울하게 죽은 이들의 명예를 회복하는 것이었기에 그동안 4·3 진상 규명 작업은 주로 여기에 집중될 수밖에 없었다. 1948년 10월 이후 남한 정부가 포고령과 계엄령해안에서 5킬로미터의 통금 포고령은 10월, 계엄령은 11월을 내리고 군대와 경찰을 앞장세워 무고한 주민을 학살한 국가 폭력에 관련된 진상 규명이 우선이었던 것이다. 2000년에 4·3특별법이 시행되면서 비로소 국가 폭력에 희생된 사람들의 명예를 회복하는 길이 열렸다. 여러 4·3 단체와 제주도민들에 의해 이루어진 이 작업은 현재 큰

진척을 보여 국가 폭력에 의해 희생당한 도민의 억울함을 어느 정도 풀어주고 있다. 물론 아직도 미진한 대목이 있어 그 해결에 많은 이들이 힘을 모아야 하지만, 과거에는 상상도 할 수 없을 정도로 진전된 것 또한 분명하다. 다소간의 여진이 없지는 않겠지만 이런 도도한 흐름을 다시 되돌릴 수는 없을 것이다.

이제 우리가 관심을 집중해야 할 것은 단선 반대를 위해 수많은 제주도민이 일어선 배경에 대한 연구이다. 그 많은 제주도민들이 항쟁에 나섰을 때 어떤 생각을 지니고 있었던가 하는 점을 재구성하는 것이야말로 진상 규명의 핵심적인 사안이라고 할 수 있다. 그럴 때만이 죽은 자들의 명예 회복은 한층 더 역사적 의미를 갖는다고 할 수 있다. 이 글은 이러한 작업을 위한 아주 작은 시론試論이다.

2. 남북협상과 4·3항쟁

4·3항쟁의 주체를 재구성할 때 극복해야 할 대상은 남로당 항쟁 주체설이다. 분단 이후 남한의 국가 권력은 자신들의 폭력을 정당화하기 위한 술책의 하나로 4·3항쟁을 남로당의 전유물인 것처럼 만들어 버렸다. 남로당이 자신들의 혁명 전략을 위해 이 항쟁을 일으킨 것처럼 호도하면서 정작 단선 반대를 외쳤던 제주도민들의 원동력을 지워버렸다. 이러한 인식이 세월이 흐르면서 다양한 방면으로 침전되어 우리들의 의식을 알게 모르게 지배하게 되고 만 것이다. 항쟁의 주체를 건

드리려고 하면 상처를 덧내게 될 까 조심스럽게 접근해야 하는 다소 기이한 현상마저 벌어졌다. 오랫동안 반공을 내세운 국가 권력이 이러한 의식을 강제하였기 때문에 그 기인한 현상의 지배는 어쩌면 당연한 결과였다. 그랬기에 '항쟁 주체 = 남로당'이란 프레임이 자리를 굳히게 되어 다른 틀을 모색하는 것이 결코 쉽지 않았다. 그러나 항쟁의 주체는 남로당도 아니고 남로당 중앙과 무관하게 움직였다고 주장되는 제주도당도 아님을 이제 분명히 인식해야 한다. 항쟁의 주체는 어디까지나 미·소로부터 벗어나 남북의 협상을 통해 단선을 막아냄으로써 통일 독립국가를 건설해야 한다고 주장하였던 이들이다. 이를 밝히기에 앞서 먼저 그동안 어떤 과정을 거치면서 남북협상을 통한 통일 독립국가 건설의 목소리가 지워지고 남로당만이 항쟁 주체로 자리잡게 되었는가를 해명하고 해체해야 한다.

그렇다면 '항쟁 주체 = 남로당'이라는 프레임은 어떻게 만들어졌는가. 이런 프레임이 자리를 굳히는 데에는 두 차례의 계기가 작동하였다고 본다.

첫 계기는 1948년 5월 5일 미군정 수뇌부의 제주도 방문에서 찾을 수 있다. 항쟁의 주체를 남로당으로 협소화시키면서 남북협상을 통한 단선 반대운동을 지워버리는 작업은 5월 5일 딘 소장을 비롯한 미군정 수뇌부들이 제주도를 방문한 이후에 토벌대들이 벌인 선전으로 시작되었다고 본다. 저항 주체들과 협상을 하던 김익렬 중령을 해임하고 저항 주체를 남로당으로 좁혀 본격적으로 토벌을 시작하면서 자신들의 명분을 만들기 위해 조작한 것이 바로 항쟁의 주체를 남로당으로만 몰

〈사진 1〉 1948년 5월 5일 제주비행장의 미군정 수뇌부.
왼쪽 두 번째부터 군정장관 딘 소장, 통역관, 유해진 제주도지사, 맨스필드 제주군정장관,
안재홍 민정장관, 송호성 총사령관, 조병옥 경무부장, 김익렬 9연대장, 최천 제주경찰감찰청장.

고 가는 전략이었다. 5월 5일 이전만 해도 미군정의 분위기는 달랐다. 남북협상운동의 회담이 평양에서 열리고 이를 지지하는 세력들이 광범위한 것을 알면서 미군정은 큰 부담을 가질 수밖에 없었다. 내심으로는 단선을 실시하고 이를 저지하는 세력을 탄압하려고 하였지만 그렇게 할 수 없는 사회적 분위기가 강하였다. 지식인들을 비롯한 많은 이들이 남북협상을 지지하고 앞장을 서는 현실에서, 이를 외면하고 단선으로 직행할 때 자칫 큰 저항을 맞이하게 될 것이며 이는 국제 사회에서 미국의 지위를 흔들리게 할 수 있는 중대한 일이 될 수밖에 없기 때문이다. 따라서 미군정은 남북회담을 관찰하면서 가급적 제주도의 항

쟁이 소강되기를 원하였을 것이다.

실제로 단선 반대의 시대정신을 어느 정도 이해하는 이들이 제주도 국방경비대에 지휘자로 있었고, 유해진 제주도지사 또한 남북협상을 지지하는 민독당民獨黨 당원이었으며, 민정장관이었던 안재홍 역시 이 남북협상에 동정적이었기 때문에 미군정으로서는 함부로 진압을 할 수 없었을 것이다. 하지만 4월 말 남북협상이 결렬되는 것을 보면서 미군정은 본격적으로 단선을 밀어붙이려고 하였고 특히 저항이 심하였던 제주도를 힘으로 탄압하려고 작정하였던 것이다. 그 과정에서 5월 5일의 회합은 전환점이었다. 서울에서 내려온 경무부장 조병옥은 저항하는 제주도민들을 남로당이라고 규정하면서 4·3항쟁을 아주 극소수 제주도민의 준동으로 몰아가고자 했다. 그런 시도에 맞서 국방경비대 김익렬 중령이 몸싸움을 벌였는데, 이는 이 항쟁의 주체가 남북협상을 통한 단선 반대를 주장하던 이들이며 남로당원은 이 대열의 한 부분으로서 참여했다는 사실을 김익렬이 잘 알았기 때문이었을 것이다. 남북협상을 통한 단선 반대에 어느 정도 공감하던 김익렬은 단선 반대를 지지하던 많은 제주도민들을 저항 주체로 보았던 반면, 단선을 실현하기 위하여 물리적 탄압을 행사하려고 작정한 조병옥은 저항 주체를 남로당으로 협소화시켜 이들과 제주도민들을 분리하고자 했던 것이다. 이 두 세력이 서로 맞붙어 폭발한 것이 바로 5월 5일의 그 유명한 싸움이었다. 결국 이 날을 계기로 미군정이 김익렬을 파면해 버렸음은 저항 주체를 단선을 반대하는 광범위한 제주도민에서 소수의 남로당원으로 협소화시킴으로써 주변화하려는 술책이 시작되었음을 의미한다고 할 수 있다. 물론 상부에 국한된 것이기는 하지만 말이다.

항쟁의 주체를 남로당으로 협소화시키면서 남북협상을 통한 단선 반대 세력을 지워버리려고 했던 두 번째 기획은 1948년 10월 이후 본격화된 초토화 작전부터이다. 9월 9일 북한이 정부를 수립하자 그보다 25일 앞서 수립되었던 남한 정부는 남북협상을 통한 통일 독립정부 수립의 부담에서 벗어났다. 실제로 소련은 북한이 남한보다 먼저 정부를 수립하는 것에 대해 계속 제동을 걸면서도 한 발짝 늦게 정부를 수립하라고 북한에 요구하였다. 국제 사회에서 자신이 질 수 있는 부담을 덜면서도 한반도 내에 자신의 영향력이 미치는 정부를 수립하려던 의도였다. 결국 미국과 소련은 궁극적으로 한반도 내에서 자신들에 의도에 충실한 정부를 세우려고 하였다. 소련의 용의주도함 속에서 김일성이 정부를 세우자 이승만의 남한 정부는 분단 책임의 부담을 덜게 되었다. 남한에서는 해방 직후부터 공개적으로 단선 반대가 강하였고 특히 1948년 이후에는 남북협상운동이 가속화되면서 그런 열망이 더욱 강해졌기 때문에 이승만과 미국은 상당한 부담을 안고 있었는데 북한 정부의 수립으로 그 부담을 덜게 된 것이다. 그러면서 남한 정부는 군대와 경찰을 자체적으로 정비하는 가운데, 제주도에 대한 본격적인 초토화 작업에 들어갔다. 이제 항쟁 주체를 남로당의 빨갱이로 낙인찍으면서 이전에는 상부에만 그쳤던 인식이 하부에도 확산되었고, 말단의 군인과 경찰은 아무런 가책 없이 이 '빨갱이'들을 학살할 수 있는 상황이 벌어지게 되었다.

이 두 계기를 통해 4·3항쟁의 주체는 남북협상을 통한 통일 독립국가 건설 세력에서 남로당으로 협소화되었고 한국전쟁 이후 이러한 인식은 한층 공고해졌다. 항쟁의 주체가 이렇게 바뀌게 된 데에는 단독정부 수립을 통해 이익을 얻으려고 하는 집단의 기획이 작동한 것이다. 그렇기 때문에 4·3항쟁의 주체를 남로당 중심이 아닌 남북협상의 통일 국가 건설 세력으로 볼 수 있는 근거를 밝히는 것은 4·3항쟁의 재인식과 진상 규명에서 매우 중요한 작업이 될 수밖에 없다.

필자는 당시 제주도민들의 정서와 지향을 일정하게 담고 있다고 판단되는 『제주신보』 등을 통해 그 일단을 보고자 한다. 4·3항쟁이 일어나기 직전에 발간된 3월 30일 자 『제주신보』를 보면 당시 제주도민들의 단선 반대 지향을 어렵지 않게 읽을 수 있다. 가장 눈에 띄는 것은 남북협상 과정의 진척이다. 1948년 들어 김구가 이승만과 결별하고 단선 반대를 주장하게 되면서 남북협상을 통한 통일 독립운동은 힘을 얻게 되었다. 김규식 등이 단선 반대에 김구와 뜻을 같이하면서 이 운동은 널리 확산되었다. 이들 정치 지도자들이 이렇게 나아갈 수 있었던 것은 당시 지식인들을 비롯한 많은 사람들이 단선을 반대하고 통일 독립국가 수립을 염원했기 때문이다. 이대로 가다가는 남북의 분단은 물론이고 나아가 전쟁으로까지 치달아 한반도의 민중이 냉전의 세계사 체제 속에서 엄청나게 큰 고통을 받을 수 있다는 우려 때문이었다.

조선의 지식인들은 미소공동위원회가 진행될 무렵만 해도 해방군으로 들어온 미국과 소련에 기대를 걸고 조용하게 바라보았지만, 미국과 소련이 더 이상 조선의 통일 독립에 관심을 갖지 않는다는 것을 안 이후 더 이상 미국과 소련에 기대를 걸지 않았다. 나아가 미국과 소련의 대리인으로 행동하는 정치인을 그냥 묵과하지 않고 남북의 지도자들이 직접 만나 문제를 해결해야 한다는 결론에 이르게 되었다. 남로당도 예외가 아니었다. 2차 미소공동위원회 결렬 이후 남로당은 미군정의 대대적인 탄압으로 지도부가 모두 해주·평양 등지로 피신하여 겨우 명맥만 유지하고 있었다. 그런 터였기에 남북협상을 통한 통일 독립운동이라는 이 역사적인 강물의 흐름을 거스르기 어려워 '2·7구국투쟁'이란 이름으로 참여하였다. 남쪽의 김구와 김규식이 북쪽의 김일성과 김두봉에게 편지를 보내 성사에 이른 남북협상회의는 『제주신보』의 지속적인 보도 대상이었다.

당시 제주도민들의 일반적인 정서를 대변한다고 할 수 있는 『제주신보』의 1948년 3월 30일 자 기사에서 더욱 흥미로운 것은 이 남북협상에 대한 미군정의 태도에 대한 보도이다. 김구와 김규식의 평양행에 대해 묻는 질문에 미군정 관리가 답하는 방식으로 된 이 기사에서 확인 가능한 것은 미군정이 속으로는 남북협상을 반대하지만, 겉으로는 반대할 수 없었다는 것이다. 실제로 미군정은 미소공동위원회 결렬 이후 유엔을 내걸면서 남한만의 단독 선거를 획책했다. 이승만을 끌어들여 이 일을 기획한 미군정으로서는 김구가 단선을 반대하면서 남북협상운동을 하는 것을 좋지 않게 보았다. 그런데 김규식마저 조선인들의 민심에 호응하여 단선을 반대하고 남북협상운동에 나서는 것을 보면서 크게 실망하였다. 하지만 이를 겉으로 드러냈다가는 조선인들의 민심에 불을 붙이는 꼴이기 때문에 관망할 수밖에 없었다. 이러한 미군정의 난처함이 이 신문 기사에 그대로 드러나고 있다. 이것으로 미루어 볼 때

제주신보

南北協商說에對한各界反響

民族前途에一大光明

全評聲明發表

民族自主聯盟談

南北協商과美態度

鄕土文化의根幹

道立圖書館開館에 두고

空苑生

成功을確信

金九先生談話

三八境界線서

〈사진 2〉『제주신보』 1948년 3월 30일 자.
남북협상과 관련된 여러 건의 기사가 수록되어 있다.

당시 남북협상을 통한 단선 반대의 여론이 얼마나 드세었으며 또한 이를 내세우는 세력이 얼마나 강하였는가를 어렵지 않게 확인할 수 있다.

『제주신보』에는 이와 관련하여 또 하나의 흥미로운 기사가 있다. 당시 제주도지사 유해진의 인터뷰 기사이다. 앞의 것들은 서울의 통신사로부터 기사를 받아 쓴 것인 반면에 이 기사는 직접 『제주신보』 기자가 질문한 것이다. 도지사는 민독당 소속인데 이번 단선을 받아들일 것인가 하는 질문에 유해진 도지사는 즉답을 피하고 서면으로 다시 질문해 달라고 요청하였다. 중요한 것은 유해진이 바로 민독당 소속이라는 것인데 당시 이 당은 남북협상을 적극적으로 지지하는 정당이었다. 아마도 기자 본인은 남북협상을 통한 통일정부 수립을 지지하는 쪽이기 때문에 이러한 기사를 작성하였을 것으로 보인다. 또한 당시 유해진 제주도지사 역시 제주 군정의 견제를 받기 때문에 기자 앞에서 공식적으로 말하지는 못하지만 내심 자신이 속한 정당인 민독당의 견해처럼, 남북협상을 통한 단선을 지지하고 있음을 짐작할 수 있다.

4·3항쟁이 터지기 직전인 3월 30일 『제주신보』의 한 면 대부분이 통일정부 수립 문제로 장식되었다는 것은 당시 제주도 내에서 이에 대한 일반 주민들의 관심을 단적으로 드러내어 준다고 할 수 있다. 물론 이 신문을 읽을 수 있는 식자층이 얼마나 되었겠는지, 또한 이들의 견해가 당시 제주도 주민들의 전체 의사를 잘 대변하고 있는지에 대해서는 더욱 면밀히 따져보아야 하겠지만 당시 제주도 내의 유일한 신문으로 여론을 대변하고 있던 이 신문에서 남북협상을 통한 단선 반대 보도가 주를 이루었다는 것은 당시 제주 주민들의 정치적 견해를 어느 정도 보여주고 있다고 판단할 수 있다. 제주의 남로당은 제주도 내에 광범위하게 퍼져 있던 이러한 흐름에 편승했던 것이라고 할 수 있다. 마치 1948년 1월 이후 단선 반대운동이 들불처럼 일어나자 '2·7구국투쟁'이란 이름으로 본류에 합류하였던 것과 유사한 형국이다. 남북협상을 통한 단선 반대운동이 제주의 항쟁에서 본류라고 한다면, 제주 남로당의 움직임은 그것의 한 지류라고 보는 것이 타당하다는 말이다. 그런 흐름이 5월 5일 미군정 수뇌부의 제주도 방문, 1948년 10월 이후 본격적인 토벌을 계기로 사태가 의도적으로 전도되기 시작하면서 지류가 본류인 것처럼 비추어지게 된 것이 아닌가 한다.

3. 남북협상파 문화인과 단선 반대운동

4·3항쟁의 주체를 규명할 때 가장 큰 걸림돌은 분단을 전후하여 단선 세력들이 획책한 항쟁 주체의 협소·주변화의 문제 그리고 항쟁 주체를 제주도민들과 분리하는 공작에 대한 인식 문제임을 위에서 논의하였다. 하지만 4·3을 전후하여 거세게 일어난 남북협상을 통한 단선 반대와 통일 독립국가 수립운동의 흐름에 대한 인식 부족도 한몫했다고 할 수 있다. 그동안 해방 직후를 연구할 때 남북협상을 통한 단선 반대운동이 갖는 의미는 큰 주목을 받지 못하였다. 이 방면을 연구하는 이들은 김구나 김규식을 연구하는 차원에서 이를 다룰 뿐이지 그 이상으로 나아가지 못하였다. 따라서 남북협상을 통한 단선 반대와 통일 독립운동은 정면으로 연구되지 못하였다. 하지만 『제주신보』의 보도에서 잘 드러난 것처럼 제주도의 식자층들은 4·3 전야에 남북협상을 통한 단선 반대운동에 대해서 지대한 관심을 가졌을 뿐만 아니라 이 연장선 속에서 항쟁에 참여하였음을 알 수 있다. 그런 점에서 4·3항쟁의 주체를 규명함에 있어 남북협상을 통한 단선 반대운동의 자세한 천착은 향후 다양한 방면에서 집중적으로 이루어져야 할 것이다.

여기서는 그러한 작업의 일환으로 1948년 1월 미소공동위원회 결렬 이후의 단선 반대운동이 한층 확대·강화될 때 문학인들이 행한 작업과 노력을 소개하겠다. 이 역시 그동안 이러한 방면에 대한 무지 탓으로 거의 연구된 바 없던 터이기에 이를 소개하는 것은 4·3항쟁의 주체였던 남북협상을 통한 단선 반대운동 세력이 단순히 정치권의 영역을 넘어서 당시 사회 전반에 걸쳐 큰 실체를 가졌음을 입증하는 것이라고 믿는다.

김구와 김규식이 평양행을 실행하지 못해 주춤하고 있을 때인 1948년 4월 14일에 문화인 108인이 성명을 냈다. 우리나라 근대 역사에서 처음으로 행하는 전 문화인의 성명인데, 그 핵심은 김구와 김규식이 평양으로 가서 필히 김일성, 김두봉 등과 만나 협상을 하여야 하고 이를 통해 단선을 막아내고 통일 독립국가를 수립해야 한다는 것이다.

> 참극과 조악을 포장한 실탄의 일발이 우리의 심장을 직충하는 데 있으니 그것은 가능지역의 일방적 선거로써 중앙정부의 일방적 형체를 만들어 간다는 남방의 단독 조치였다. 명목과 분장은 하여튼지 남방의 '단정'이 구성되는 남방의 '단독'인 것을 말할 필요도 없는 바이니 38선의 실질적 고정화요, 국토 양단의 법리화요, 민족분열의 구체화인 것도 분명한 일이며 후로 오는 사태는 저절로 민족 상호의 혈투가 있을 뿐이니 내쟁內爭 같은 국제전쟁이요, 외전外戰 같은 동족전쟁이다. 동족의 피로써 맞서는 동포의 상잔이며 이를 어찌 차마 주장할 수 있겠는가? 이같이 아슬아슬한 고비에서 우리는 민족 자체의 '자기 소리'를 들었다. 자결의 원칙과 합작의 실익을 위한 구국운동의 일보로서 '남북협상의 거족적 호령 소리'를 들었다. 치면 응하는 동고同鼓의 북소리를 들은 것이다. 골수에서 빚어나온 소리요, 다시금 골수에 사무쳐야 할 소리다. 심장에서 스며나온 최후의 소리요, 신생으로 비약할 최초의 소리다. 얼마나 피 묻은 소리인가? 이 소리에 응하지 않는 '우리'가 있겠는가? 우리의 지표와 우리의 진로는 가능 불가능 문제가 아니라 유진무퇴

의 용기와 노력으로써 일로 매진할 뿐이다. 양군의 동시 철퇴를 가능케 할 기본 토대를 짓기 위하여 우선 우리는 우리 자신이 체제를 단일적으로 정비 강화하자. 이 길은 남북의 통일을 지상적 과제로 한 통일체의 재발족에 있다. 자주독립을 달성할 때까지 후속을 지촉至囑한 '3·1선언'의 고사를 인용하거니와 '최후의 일각까지 최후의 일인까지' 남북협상을 추진하여 통일국가의 수립을 기필期必하자![1]

이 성명 발표 이후 김구와 김규식은 여러 난관을 뚫고 평양으로 향한다. 물론 108인의 문화인 성명이 당시 조선인들의 여론을 얼마나 담고 있는지는 더 따져보아야 하겠지만, 이렇게라도 문화인들이 나섰고 이를 계기로 남북협상 회의가 성사되었다는 점에서 당시 문화인들의 노력은 일부 전문 직역職域의 문제만은 아니라 조선인 대다수의 지향이었다고 해도 무방할 것이다. 그런데 이러한 노력은 이 시기에 일시적으로 나타난 것이 아니었고 1948년 1월 이후 지속적으로 벌인 운동의 연장선에서 나왔다. 이 점을 알아보기 위해서는 108인의 문화인 성명에 참여하였던 문학인 중에서 염상섭·정지용·김기림을 들여다보는 일이 필요하다.

염상섭을 비롯하여 이 3인은 1948년 초부터 단선 반대운동에 뛰어든 인물이다. 이들은 해방 직후 일단 신탁통치에 찬성하면서 미소공동위원회에 큰 기대를 걸었던 공통점을 가지고 있다. 조선인들이 스스로

---

1 『조선중앙일보』, 1948.4.29.

해방을 쟁취한 것이 아니기 때문에 어쩔 수 없이 미국과 소련이 협조해서 통일된 독립정부를 세우기 위한 절차를 밟아야 한다는 현실 인식하에 이를 강하게 지지하였다. 그러한 생각을 가졌기 때문에 1차 미소공동위원회를 지지하였고 이것이 좌절된 후 재개를 촉구하였으며 2차 미소공동위원회에 열렸을 때에는 마지막 기회라고 인식하고 적극적으로 지지하였다. 그런데 이 위원회가 결렬되자 미국과 소련을 업고 단독정부를 수립하려고 하는 남북의 지도자들을 비판하면서 본격적으로 단선 반대운동에 뛰어들었다. 김구가 이승만과 결별하고 단선 반대운동에 나서자 염상섭 등은 이를 적극적으로 지지하면서 다양한 활동을 펼친다. 염상섭은 김구가 속한 한독당 기관지에 소설을 발표하는 것을 시작으로 『신민일보』를 창간하여 이를 남북협상파의 무대로 삼기까지 할 정도였다. 정지용은 일제 때 총독부의 압력으로 폐간하였던 『문장』 잡지를 다시 발간하면서 문학판의 남북협상 문인들을 끌어모으는 노력을 하였다. 김기림은 그 이전에 볼 수 없었던 활력으로 중요한 국면마다 시를 발표하여 남북협상을 통한 단선 반대운동에 헌신하였다. 박헌영의 남로당이 거의 공개적인 활동을 하지 못하고 있는 상태에서 이들은 다양한 경로를 통하여 이승만과 미군정의 단선 정책을 저지하기 위해 백방으로 노력하였다. 바로 이 과정에서 나온 것이 바로 108인 성명이다. 김구와 김규식이 다양한 경로로 들어오는 방해 공작으로 인해 주춤하고 있을 때 문화인들이 이 성명서를 냈던 것이다. 그렇기 때문에 이 성명서는 갑자기 발표된 것이 아니라 1948년 초부터 전개되고 있던 단선 반대운동의 연장선에서 자연스럽게 나온 것이다. 이런 점을 감안할 때 당시 남북협상운동을 통한 단선 반대와 통일 독립국가 수립운동은 한정된 소수의 활동이 아니라 당시 조선의 대다수 주민들의 염원이었음을 알 수 있다. 4·3항쟁에 나선 제주도민들 역시 이러한 운동의 흐름과 호흡을 함께 하였던 것이다. 『제주신보』가 그토록 남북협상운동을 높이 평가하고 이를 널리 소개하여 여론을 형성했던 것도 역시 이런 맥락과 떼어놓고 생각할 수 없다.

4. 4·3 연구의 새로운 출발

제주도의 4·3평화공원에는 행방불명자들의 이름을 새겨놓은 비석들이 한 곳에 모여 있다. 군인과 경찰에게 잡혀 나간 이후 어떻게 되었는지를 모르는 영혼들이 쉬는 곳이다. 최근에 대전형무소에서 수형생활을 하다가 전쟁통에 집단으로 처형된 사람들의 유골을 수습하는 과정에서 제주에서 행방불명된 사람의 DNA가 확인된 바 있다. 마지막 경로가 알려짐에 따라 더 이상 행방불명자가 아니게 되어 후손들은 조금이라도 한을 풀게 되었다. 이처럼 1948년 10월 이후 발생한 국가 폭력에 의해 희생된 이들을 찾고 이들의 명예를 회복하는 작업은 앞으로도 계속 이어져야 할 것이다.

이와 더불어 이제 4·3항쟁 주체에 대한 구체적인 규명도 서둘러 행해야 할 때이다. 항쟁에 참여한 이들은 남북협상을 통한 단선 반대와 통일 독립국가 수립이라는 오늘날에도 여전히 지속되는 과제를 해결하기 위하여 나섰던 사람들이다. 그들의 역사적인 행위의 의미가 함께 밝혀질 때 진정한 명예 회복이 이루어지는 것이 아닌가 한다. 향후 여러 방면에서 이와 관련된 연구가 나오고 이를 기반으로 열린 토론이 행해져 4·3항쟁의 주체에 대한 논리적이고 구체적인 해명이 진행되어야 한다. 그럴 때 억울하게 죽은 영혼들을 조금이라도 더 위로할 수 있을 것이며, 나아가 4·3 정신을 올바로 계승하는 길이 될 수 있으리라고 믿는다.

제2장

4·3의 통일 독립과 비남로당계 항쟁 주체

1. 남북에서의 4·3 인식의 굴절

국가가 행한 폭력에 대한 노무현 대통령의 사과를 계기로 4·3 문제는 새로운 차원으로 이행되었다. 토벌대에 의한 무고한 제주 인민들의 희생에 대해, 진상조사도 자유롭게 진행될 수 없었던 냉전시대의 폭압에 맞선 제주도의 활동가들이 이룩한 업적은 그 자체로 큰 의미를 갖는 진전이라고 할 수 있다. 언론인과 연구자를 비롯한 많은 이들이 현장을 뛰어다니면서 발굴하였던 그 비극적 참상의 실상이 백일하에 드러나면서 더 이상 국가가 이를 외면할 수 없었던 것이다. 국가의 사과 이후에 행해진 피해자 보상과 자유로운 추념식은 냉전의 국가 폭력에 맞선 민중들의 저항이 얼마나 큰 의미를 갖는가를 웅변적으로 보여준다고 할 수 있을 것이다.

하지만 여기에 멈추어서는 이 사건에 대한 진정한 이해를 도모할 수 없을 것이다. 당시 4·3항쟁에 나선 이들은 5·10단독선거에 반대하기 위해 일어섰기 때문에 그들이 성취하려고 했던 것과 그 역사적 의미에 대한 종합적인 평가는 여전히 논의의 핵심에서 벗어나 있기 때문이다. 당시 항쟁을 주도하였던 이들은 남로당 제주도당이었지만 상당히 많은 참여자들은 남로당과는 다른 차원에서의 통일 독립, 남북협상에 의한 평화적 통일 독립을 희구하였기 때문이다. 향후 4·3의 연구에서 중요한 것은 남로당과 다른 방식으로 이 항쟁에 참여한 많은 제주도민들의 열망을 제대로 복원해내는 일일 터이다. 남로당에 국한해서 항쟁의 주체를 탐구하는 것은 이 시기 그 많은 제주도민들의 참가를 제대로 설명하기 어렵기 때문이다. 남로당의 지향과 전략을 분석하는 것도 중요하지만 더 중요한 것은 바로 그 많은 제주도민들이 산사람이 되었던 배경에 대한 역사적 탐구이다.

4·3의 연구사에서 빼놓을 수 없는 것이 북한의 입장과 태도이다. 남한과 달리 북한에서는 일관되게 민주기지론의 시각에서 해석하고 있다. 항쟁을 주도하였던 남로당의 김달삼이 1948년 8월에 열린 해주인민대표자회의에 참가한 후 이러한 입장을 설파하여 이후로도 큰 변화 없이 지속되었다. 2차 미소공위가 실패로 돌아간 후 삼팔선 이남의 남로당은 극심한 곤란에 처하게 되었다. 미군정의 탄압으로 활동을 할 수 없게 되면서 삼팔선 이북으로 넘어가 해주를 기반으로 독자적인 전략을 세웠던 이들은, 남쪽에서의 투쟁을 과대하게 선전하는 방식을 통하여 자신의 약한 지반을 강화하려고 하였다. 그러다 보니 남쪽에서 올라간 이들은 남로당 중심으로 제주도의 항쟁을 해석하고 이를 북한의 정권 수립과 연계시키는 쪽으로 방향을 잡아나갔다. 남로당 지도부가 했던 것을 중심에 놓고 해석하면서 이들과는 다른 방식으로 산에 올랐던

많은 제주도민들의 저항은 간과하고 말았다. 항쟁에 참여한 제주도민을 동원의 대상으로만 인식하였던 것이다. 당시 북로당은 이러한 정황을 어느 정도 헤아리고 있었지만 북한 정권의 수립 차원에서 애써 외면하게 된다. 해방된 북한을 기지로 삼아 남한까지 통합한다는 민주기지론 차원에서 이 남로당의 활동을 해석하고자 했던 것이다.

국가 폭력에 의한 희생자를 추모하고 기억하는 남한의 방식과 민주기지론의 시각에서 보는 이 두 가지 시각은 표면적으로는 너무나 다른 시각이지만 그 내면에서는 매우 중요한 점을 공유하고 있다. 즉 4·3을 남로당의 항쟁으로 국한시키면서 항쟁에 참여한 광범위한 제주도민들을 지향을 무화시키는 것이다. 당시 항쟁에 참여한 제주도민들은 단순히 남로당의 선전에 넘어간 것은 아니다. 그들 스스로 해방 후 제주도의 현실, 미국과 소련이 첨예하게 맞서는 한반도의 상황 등을 고려하여 통일된 정부를 수립함으로써 진정한 독립을 쟁취하고자 여기에 나섰던 것이다. 이들의 지향과 소망을 제대로 읽어내는 것은 더 이상 미룰 수 없는 과제 중의 하나이다.

2. 남북협상의 통일 독립론과 비남로당계 항쟁 주체

1980년대 이후 국가 폭력의 억압성을 드러내고 피해자들의 입장에서 4·3을 바라보는 시각은 억눌려 지내야 했던 많은 제주도의 피해자들에게 큰 희망을 주었고 이는 현재까지 계속 이어지고 있다. 일부 냉전 세력들이 4·3의 피해자들을 반공의 입장에서 비판하고 있는 현실이 존재하는 한 이러한 시각은 향후에도 계속 이어져야 할 것이다. 하지만 여기에 머물러서는 정작 4·3항쟁의 주체들에 대한 이해는 요원한 것이고 4·3에 대한 궁극적·전면적인 접근과는 거리가 멀어질 수밖에 없다. 토벌대와 야산대野山隊 사이에서 끼어 있어 수난을 당했다는 인식만으로는 더 이상 이 사건에 대한 진실에 전면적으로 다가갈 수 없는 것이다.

4·3이 일어나기 직전에 한반도 특히 남쪽 사회에서는 남북협상의 통일 독립론이 거세게 일어났다. 자신들이 그토록 강하게 지지하였던 미소공동위원회가 결렬된 후 남로당은 방향을 잃은 채 오로지 단선 반대의 '구국투쟁'만을 호소하였는데 그 실현 가능성이란 대단히 희박한 것이었다. 삼팔선 이북의 거점을 갖고 있던 북로당은 미소공위에 의한 조선임시정부 수립의 길을 접었다. 소련의 후원 아래 북한만의 국가를 건설하여 이를 토대로 한반도 전체의 완정을 수행한다는 계획을 세울 수 있었던 그들과 달리, 남로당은 공개적인 장에서의 힘을 상실하고 있었기에 모험주의적인 길로 나아갔다. 이 와중에 강한 설득력을 갖고 등장한 것이 남북협상의 통일 독립론이었다.

미소공위가 결렬된 마당에 미소 양군의 조속한 철수와 남북의 협상을 통한 통일 독립정부의 수립이란 전망이 저변을 확대하게 된다. 그동안 반탁운동을 하였던 김구가 다시금 전면에 나서고 지지 세력이 급증한 것은 바로 이러한 맥락 때문이었다. 염상섭과 정지용을 비롯한 많은 문필가들이 남북협상을 지지하는 성명을 내고 이를 계기로 김구, 김규식 등이 김일성과 김두봉을 만났던 것은 미소공위 결렬 이후의 한반도에서 평화적으로 통일 독립을 쟁취할 수 있는 유력한 방안으로 자리잡게 되었다. 이 점은 제주도도 예외가 아니었다고 생각한다. 4·3항쟁에 참여한 주체들 중에는 남로당의 노선을 지지하는 이들도 있었지만 남북협상의 통일 독립론에 입각하여 단선을 반대하는 이들이 더 많이 존재했던 것으로 보인다. 1947년 3·1기념식 이후 경찰의 무분별한 폭력을 똑똑히 보았던 제주도민들은 그들이 지지하는 이승만의 단독정부를 위한 5·10선거를 반대하고 남북협상에 기반한 통일 독립국가의 수립을 희구하였던 것이다.

이러한 점은 4·3 직후에 나온 항쟁에 관한 여러 글에서 어느 정도 확인할 수 있다. 4·3 발발 얼마 후 야산대와 토벌대 사이의 협상이 결렬된 직후이나 아직 초토화 작전은 진행되지 않았던 시기 4·3을 취재하여 쓴 김종윤의 「동란의 제주도」는 당시 항쟁 주체의 다면성을 매우 치밀하게 보여주고 있어 매우 흥미롭다.

현지 경찰 최고 책임자인 제주도 감찰청장 최천 씨는 4·3사건의 원인을 다음과 같이 말하여 주었다. "남로당은 현단계를 프롤레타리아 혁명 단계로 규정하고 이런 비인도적 살상행위를 하고 있는 것이며 이번 사건의 원인이 경찰에 있다는 것은 모략이다. 이에 가담한 자들은 모두가 폭도인 것이다." 이러한 설에 대하여 도민 유지는 말했다. "제주도민은 누구보다도 평화를 사랑하며 또 실리주의자들이다. 남로당이 얼마나 권세 있는 정당인지는 모르나 남로당의 선전모략으로 이런 비참사가 발생하였다고 보는 것은 제주도의 실정을 모르는 것이며 제주도민이 자신의 이해관계 없이 총부리 앞에 나서는 폭도화할 리 만무한 것이다." 즉 경찰은 남로당 극렬분자에게 사건의 책임을 추구하는 것이며 제주도민은 생을 위한 반항이라고 말하고 있는 것이다. 또 어떤 유지는 말한다. "생의 위협에 전율하고 있는 제주도민을 선전선동하고 조직한 것은 남로당일 것이지만 원인의 전부가 남로당에 있다는 것은 정확한 판단이 아닌 것이다."[1]

오늘날 4·3항쟁의 주체 문제를 남로당으로 귀속시키는 것은 당시 경찰의 인식을 그대로 답습하는 결과일 수 있음을 이 기사는 아주 잘 보여준다. 4·3항쟁의 주체를 다루려고 할 때 남로당원 이외의 참여자들에게도 깊은 관심을 가져야 한다. 특히 미소공위 결렬 이후에는 남로당은 방향을 잃고 헤매다가 북한의 민주기지론에 흡수당하였던 반면, 그 외의 참여자들은 남북협상의 통일 독립에 강한 지지를 보여주었기 때문이다.

그런 점에서 비슷한 무렵에 이수형이 쓴 시 「산사람들」은 매우 문제적이다. 이수형은 당시 남북협상의 통일 독립론에 기대어 활동을 하였던 시인으로 당시 이 노선의 좌장 역할을 하였던 정지용으로부터 시집 서문을 받을 정도로 열성적이었다. 아방가르드의 정치성을 흥미롭게 해석하면서 해방 직후의 현실에서 독자적인 활동을 하던 이수형은 1948년 들어 미소공위가 결렬되고 새롭게 남북협상론이 대두하자 이

1 김종윤, 「동란의 제주도」, 『민성』 4권 7·8호, 1948.8, 27쪽.

에 호응을 하였던 것으로 보인다. 그렇기에 4·3에 대해 각별한 관심을 갖고 이 시를 썼다.

××포 해풍 속에서 "어머-ㅇ" "어머-ㅇ" 부르다가 차돌같이 자라나 허벅 구덕 지고 물 긷기 바쁘던 비바리도, 해수海水를 자물러 머흘머흘 살아오던 그 어멍도 끝끝내 '산사람' 되었단다.

웬으로 오르내리며 나무꾼으로 겉늙다가 "왜놈이나 모색毛色 다른 놈이나 인젠 어림없다"고 두 눈 부릅뜨고 ×××××에 들어갔던 오라방도 어처구니없어 ×× 입은 채 ×× 든 채로 ××× 속을 도망질 쳤단다.

천길 만길 억울히 한 많은 조국의 '산사람'들의 눈물인 듯 피인 듯 터져 버린

화산 구멍에 백록담을 받쳐든 ××× 중허리 봉우리 모롱이 벌집 같은 굴 속에선……

무얼 먹구 싸우느냐구요

조밥과 소금만으로 눈이 어두워지는 일도 생긴다마는, 탕 탕 총소리 들으면서두 나팔 불며 꽹과리 치며 메이데이를 행사하고 돌비알 아득히 진달래 꽃사태 속에선 연기가 어엿이 나불거려 오른단다.

정든 부락에선 보리는 익은 채 선 채로 썩어가고 밭에서 붙잡혀간 외삼춘

은 재판도 없이 간 데 온 데 없어졌단다.

"네 아들 내놔라"는 모진 ××에 늙은 아방은 초옥草屋 자빠진 돌벽 앞에서 두 눈이 빠진 채 숨넘어갔단다.

요즈음은 어떠냐구요

물페기 굼틀거리는 아람도리 통나무 충충한 산중에서 돌바위 나뭇잎을 베고 덮고 깔고 어한을 하면서두, 기관지를 성명서 삐라를 인쇄하고 감물 들인 흙자줏빛 갈중이랑 ××복장이랑 입은 '산사람'들이 시뻘건 머릿수건 동이곤 ××엘 달려들 땐 아이구 정말…… "주구키여"란 말 한 마디도 없었단다.

아- 정월 대보름 때 바닷가 달 아래서 고깔 쓰고 북 치고 꽹과리 치곤 놀던 사람들, 지금쯤 어느 바위 틈바귀서 대나무 창칼을 깎고 있는 것일까.[2]

제주 출신이 아니고 북쪽 출신이었던 이수형이 이렇게까지 4·3에 대해 관심을 갖고 시를 쓰는 것 자체가 당시 보기 드문 일이었지만 더욱 흥미로운 것을 4·3을 대하는 태도이다. 이 시에는 흔히 4·3항쟁의 주체라고 할 수 있는 남로당원의 이미지를 담은 사람들은 등장하지 않는다. 마을에서 일상적인 일을 하던 이들이 폭력적인 경찰들이 주도하는 단선을 반대하기 위하여 산으로 올라가 싸우는 것을 특기하고 있는

2　이수형, 「산사람들」, 『문학』 8호, 1948.

것이다. 또한 이 시에서는 초토화 이후 일반화된 피해자의 시각도 나오지 않는다. 토벌대에 의해 희생당한 점을 드러내 보이지만 토벌대와 야산대의 중간에서 수난만을 당하는 그러한 인물은 보이지 않는다. 정월 대보름에 함께 어울릴 정도로 공동체가 강한 제주도민들이 폭력 경찰이 주도하는 단선을 반대하는 데 있어서는 하나같이 일어나고 있는 모습을 보여준 것을 고려할 때, 4·3항쟁의 주체가 일부 남로당원에 국한되는 것이 아니고 상당한 도민들의 참여에 의한 것임을 보여주고 있는 것이다. 그런 점에서 이 시는 필자가 말하는 남북협상의 통일 독립론에서 있었다고 볼 수 있다.

4·3 직후에 나온 보고문과 시를 통해서 볼 때 4·3의 항쟁 주체들 중에는 민주기지론의 남로당원뿐만 아니라 남북협상의 단선 반대를 주장하던 이들이 상당히 많았고 이들에 대해서 깊은 관심을 가지고 있던 이들이 제주 도내는 물론이고 제주 바깥에서도 상당히 많았다는 것을 알 수 있다. 그럼에도 불구하고 오늘날 4·3항쟁 주체들을 남로당원에 국한하여 살피는 것은 당시 미군정과 경찰이 만든 틀에 알게 모르게 흡수당한 결과가 아닐 수 없다. 그런데 앞의 시각은 분단 이후 남북 모두에서 사라져 버렸다. 남에서는 토벌대와 야산대의 사이에서 피해를 입은 사람들을 중심으로 즉 수난의 개념으로 접근한 반면, 북에서는 민주기지론에 서 있다. 이런 점들을 감안할 때 재일조선인 문학인 특히 김시종과 김석범의 최근 작업들은 매우 시사적이라고 할 수 있다.

3. 김석범과 비남로당 항쟁 주체의 재현

김석범 역시 4·3을 통일 독립의 차원에서 보고 있기에 1948년 10월 이후 형성된 피해자 혹은 수난사의 관점에서 4·3을 보는 태도와는 확연하게 선을 긋고 있다. 물론 작가는 이 시기에 자행된 폭력에 대해 강한 비판을 소설에 담고 있지만 그것으로 4·3을 환원시키지는 않는다. 대하소설 『화산도』는 작가의 총련 탈퇴 이후 창작 언어도 한국어에서 일본어로 바뀌고 4·3을 보는 눈도 달라져 쓴 것이지만, 기본적으로 4·3을 통일 독립과 연관지어 보는 시각이 흐르고 있다. 총련 시기에는 북한에서 4·3을 바라보는 시각 즉 민주기지론에서 자유로울 수 없었지만, 총련 탈퇴 이후에는 전혀 다른 각도에서 통일 독립을 바라보고 그 속에서 4·3에 접근하였다.

김석범의 『화산도』가 4·3 인식에 끼친 큰 기여는 바로 비남로당계의 항쟁 주체 설정이라고 할 수 있다. 1948년 말 이후 한반도와 바깥지역에서 행해진 4·3 담론은 좌우를 막론하고 항쟁 주체를 남로당과 일치시켰다. 우파들은 자신들이 행한 폭력을 합리화하기 위하여 항쟁 주체들을 남로당 '빨갱이'로 간주하였고, 좌파들은 자신들의 행위를 구국항쟁으로 정당화하기 위하여 남로당으로 항쟁의 주체를 국한시켰다. 그런데 김석범은 항쟁의 주체를 비남로당계로 설정하여 그들의 지향을 보여주려고 하였다는 점에서 큰 의미를 갖는다. 이 작품의 핵심 인물인 이방근은 남로당원이 아니다. 소설을 무심하게 읽어 가면 마치 그가 남승지와 양준오처럼 남로당원처럼 보이지만 실제로 그렇지 않다.

이방근은 남로당에 가입하라는 남승지의 필사적인 요청을 면바로 거부할 정도로 단호하다. 이 작품의 1부 마지막 장에 해당하는 12장 마지막 대목은 이 소설에서 가장 밀도 높은 대목으로 이방근이 남승지의 요청을 거절하면서 왜 당에 가입할 수 없는가를 말한다.

> 공산주의는 종교가 아니야. 이상한 이야기이지만, 가령 혁명의 사령부인 당이 잘못이 없고 절대적이라면, 그 당의 중앙은 어떻게 되나. 당중앙, 당중앙, 남동무 이 말의 울림 앞에서 자네는 지금 긴장과 전율을 느끼지 않나. 당중앙…… 그것은 절대 속의 절대. 신이 아니고 무엇인가. 신성불가침. '공산주의자'들은 자신의 관념과 조직에 대한 관념 안에 신을 만들어 내지. 그리고 당중앙의 정상에 자리하는 자가 있어.[3]

남로당에 가입할 것을 강하게 주문하는 남승지에 대해 당의 무오류성을 반박하는 이방근의 이러한 주장은 당시 항쟁의 주체 중에는 결코 남로당만이 아니고 다른 지향을 갖는 이들이 있음을 작가는 드러내고 있다. 일본 내에서의 당 활동을 통하여 느낀 바가 강하게 스며들고 있음을 어렵지 않게 확인할 수 있다. 그렇기 때문에 산으로 올라갔던 양준오가 당의 지시를 제대로 따르지 않는다는 이유로 처형된 사실을 들은 이방근의 반응을 작가는 다음과 같이 여실하게 묘사할 수 있었던 것이다.

---

3 김석범, 김환기·김학동 역, 『화산도』 5권, 보고사, 325쪽.

이방근은 말이 없었다. 그 이상 듣고 싶지도 않았다. 다만 조직에서 처형된 것이 사실인지, 죽은 것도 틀림없는지 되물었다. 그렇습니다. 오오 하늘이여, 무너져 떨어져라. 양준오는 정세용이 아니란 말이다. 언제 일인가? 지난달 초입니다. 반당이라느니, 반조직이라느니 하지만 도대체, 그 당이 존재하고 있는가. 실체가 없는 유령 당이 반당 반조직으로 동지를 죽이다니…… 음, 탈출하려고 했다는 건 사실인가. 녀석은 왜 산에 들어간 거야. 내가 그의 입산을 그토록 반대했는데…….[4]

당의 무오류설, 더 나아가 당의 관념성에 대한 이방근의 통렬한 비판을 통하여 김석범의 4·3을 보는 눈, 특히 비남로당 항쟁 주체에 대한 확고한 의식을 읽을 수 있다.

남로당을 비판하는 이방근은 어떤 전망과 실천 속에서 항쟁을 하였는가? 이방근은 통일 독립에 대한 열망을 강하게 가지고 있는 터라 이를 좌절시키는 세력에 대한 분노를 표출한다. 특히 4·3과 관련하여 그가 혐오하는 세력은 친일 반공 단정 세력이다. 자신의 친일 과거를 은폐하기 위하여 단정을 열망하고 이를 위해서는 어떤 일도 마다하지 않는다. 이 작품에서 이방근이 이러한 경향의 대표적인 인물로 본 것이 정세용이다. 야산대와 토벌대가 더 이상 싸우는 것은 무의미하다고 생각하고 평화회담을 하게 되는데 이는 친일 단정 세력의 입장에서 보게 되면 위험한 일이다. 친일 경찰 정세용이 이 방해 공작의 핵심이라고

4 위의 책 12권, 349쪽.

여러 정보를 통하여 확신한 이방근은 이런 사람을 자신의 총으로 죽여야 한다고 믿고 야산대가 잡아두고 있는 산으로 올라가서 직접 죽인다. 유달현을 간접적으로 죽인 것과는 달리 외가 친척인 정세용은 직접 죽인다.

4. 김시종과 김구 남북협상의 재인식

4·3에 대해 침묵을 지키던 김시종 시인은 그 60주년인 2008년을 전후하여 조금씩 입을 열기 시작하였는데 2008년에 발표한 시 「4월이여, 먼 날이여」는 그 점에서 특기할 작품이다. 마음 깊은 곳에 응어리진 채 남아있는 4·3에 자신의 태도를 표현한 이 시는 이 사건이 평생 그의 마음 깊은 곳에 자리잡고 있었음을 여실하게 드러낸다. 그 사건에 대해 언급하지 않을 때에도 사실은 이것을 가장 강하게 의식하고 있었음을 말해준다. 어쩌면 그의 시들의 여백에는 이 4·3항쟁이 항상 존재했는지도 모른다.

나의 봄은 언제나 붉고
꽃은 그 속에서 물들고 핀다.

나비가 오지 않는 암술에 호박벌이 날아와
날개 소리를 내며 4월이 홍역같이 싹트고 있다.

나무가 죽기를 못내 기다리듯
까마귀 한 마리
갈라진 가지 끝에서 꼼짝도 하지 않는다.

거기서 그대로
나무의 옹이라도 되었으리라.
세기는 이미 바뀌었는데
눈을 감지 않으면 안 보이는 새가
아직도 기억을 쪼아 먹으며 살고 있다.

영원히 다른 이름이 된 너와
산자락 끝에서 좌우로 갈려 바람에 날려간 뒤
4월은 새벽의 봉화가 되어 솟아올랐다.

짓밟힌 진달래 저편에서 마을이 불타고
바람에 흩날려
군경 트럭의 흙더미가 너울거린다.
초록 잎이 아로새긴 먹구슬나무 밑동
손을 뒤로 묶인 네가 뭉개진 얼굴로 쓰러져 있던 날도
흙먼지는 뿌옇게 살구꽃 사이에서 일고 있었다.

새벽녘 희미하게 안개가 끼고

봄은 그저 기다릴 것도 없이 꽃을 피우며
그래도 거기에 계속 있던 사람과 나무, 한 마리의 새
내리쬐는 햇빛에도 소리를 내지 않고
계속 내리는 비에 가라앉아
오로지 기다림만을 거기 남겨둔
나무와 목숨과 잎 사이의 바람.

희미해진다.
옛사랑이 피를 쏟아낸
저 길목, 저 모퉁이 저 구덩이
거기에 있었을 나는 넘치도록 나이를 먹고
개나리도 살구도 함께 흐드러지는 일본에서
삐딱하게 살고
화창하게 해는 비추어,
사월은 다시 시계를 물들이며 돌아 나간다.

나무여, 흔들리는 소리에 귀 기울이는 나무여,
이토록 봄은 무심하게
회오를 흩뿌리며 되살아오누나.[5]

---

5 김시종, 이진경·카게모또 쓰요시 역, 『잃어버린 계절』, 창비, 2019, 86~88쪽. 이 시는 4·3 제60주년인 2008년에 발표된 것이다. 김시종은 2년 후인 2010년 제62주년 4·3전야제에서 맨 뒤에 한 연을 덧붙여 낭독하였다. 그 연을 시인 자신의 한국어 번역으로 옮기면 다음과 같다.

일본에서 일본화를 거부하면서 살아가는 시인이 이제야 4·3에 대한 자신의 회한을 시로 남기고 있다. '비겁한' 자신을 질책하면서도 과거를 잊지 않으려고 하는 시인의 강한 의지를 읽을 수 있다. 그런데 이 시를 읽는 방법 중의 하나는 이 시가 담긴 시집『잃어버린 계절』의 다른 시들과 연계하여 보는 것이다. 이 시집에 실린 시들 중 상당한 분량은 일본에서 바라보는 통일 독립이다. 남북이 자신의 울타리에 갇혀 보지 못하는 것을 다소 거리가 있는 일본에서 보는 것이다. 통일 독립이 이루어져야 비로소 4·3항쟁의 진정한 정신이 구현된다고 보는 것이기에 현재 자신이 일본에 건너간 이후 시를 쓰기 시작한 이후 지속적으로 통일 독립에 강한 열망을 가졌던 것이다. 그럴 때만이 제주도의 4·3 정신을 제대로 이어받는 일이라고 생각하고 있는 것이다. 과거 4·3을 현재화하는 길이 바로 통일 독립에의 지향을 놓지 않는 것이라고 믿기 때문에 이런 지적 긴장을 유지할 수 있었던 것이다. 그런 점에서 그의 과거의 시들 중 분단과 통일 독립을 이야기한 것은 모두 4·3의 변형태라고 할 수 있을 정도이다. 직접 4·3을 다루지 않았던 것은 자신이 끝까지 거기에 함께 있지 못했고 빠져나왔다는 자의식에서 비롯된 일이지만 항상 통일 독립의 관점에서 서 있는 시를 썼던 것은 4·3을 현재화하

"내 자란 고장이 참혹했던 때 / 통곡이 겹겹이 가라앉은 그 때 / 겨우 찾은 해방마저 / 억압에 시달려 몸부림치던 그 때 / 상처 입은 제주 / 보금자리 고향 내버리고 / 제 혼자 연명한 / 비겁한 사나이 / 기억이 밤송이가 된 4·3 이래 60여 년 / 골수에 박힌 주문이 되어 / 날마다 밤마다 중얼거려 온 / 한 가지 소망 / 잠드시라 / 4·3의 피여 / 귀 안의 송뢰 되어 / 잊지 않고 다스리시라. / 변색한 의지 / 바래진 사상 / 알면서도 잊어야 했던 / 기나긴 세월 / 자기를 다스리며 / 화해하라 / 화목하라"

려고 노력하였던 것의 결과라고 할 수 있다. 그런 점에서 김시종의 재일은 각별한 의미를 갖는다.

재일 시인 김시종이 직접적으로나 간접적으로 통일 독립의 지향을 안고 살았던 것은 4·3의 여파이지만 최근의 기록들은 그 이상의 적극적인 의미를 갖는다. 2011년 6월부터 연재한 자전적 기록 『조선과 일본에 살다』에서 자신의 체험에 기초하여 4·3에 대한 상세한 기록을 남겼는데 여기에는 매우 흥미로운 대목들이 나온다. 남로당 말단 당원이었던 자신이 기억하는 민주기지론에 대한 것이다. 미소공동위원회가 결렬된 이후 제주도당 내부에서 향후 어떤 길을 걸어야 하는가에 대한 논의가 활발해지는 가운데 민주기지론이 등장하였다는 것을 증언하고 있다. 이 점은 앞서 필자가 거론한 바 있는 민주기지론의 통일 독립론과 4·3항쟁 주체들의 분화 사이의 상관관계를 보여준다는 점에서 매우 희귀한 자료라고 할 수 있다. 그 대목이 다소 길지만 인용하여 보자.

9월로 접어들자 사태가 더욱 삼엄해집니다. 조선반도의 운명을 결정하는 '유엔으로의 이관' 문제가 미국에 의해 야기됩니다. 제2차 미소공동위원회의 결렬로 '신탁통치안'이 휴지조각이 되자 미국은 기다렸다는 듯이 조선 문제의 전후 처리를 미국이 주도하는 유엔에 일방적으로 이관했습니다. 그때까지 미군정 당국이 부정해 온 남조선만의 단독정부 수립안이 이로써 갑자기 부상해, 좌익진영에 비해 열세였던 우익진영이 관민일체의 양상으로 전국적으로 세력을 확대해 갑니다.

11월 4일, 유엔총회는 소련이 퇴석한 채로 남부조선의 총선거를 가결합

> 니다. 그러나 북조선은 미국의 노림수대로 이를 거부해 자연히 남조선만의 '단독선거'가 1948년 5월 10일에 실시됩니다. 남북 분단은 이미 멈출 길 없는 역사의 추세가 되어 민족의 심정에 깊은 균열이 생겨났습니다. 남로당 제주도위원회 안에 군사부가 구성되었다는 것을 내가 알게 된 것 제2차 미소공동위원회가 결렬된 이후였습니다. 나는 제주 시내를 담당지역으로 하는 연락원 중 한 명이었을 뿐이지만, 결국 미소의 갈등에 지나지 않았던 '신탁통치' 문제에 대해서는 당이 찬성찬탁의 방침을 서둘러 밝혔을 때부터 균열의 바람이 부는 것을 도당 안에서 감지하고 있었습니다. 왜냐하면 대다수 민중이 우선 민족감정상 '신탁통치'를 받아들이지 않았으며, 도당 내 신진간부 사이에서도 '민주기지 확립'론에 여전히 집착하는 사람들이 많았기 때문입니다.[6]

위의 기록에서 흥미로운 것은 민주기지론에 대한 집착이다. 연락원 중의 한 명이었던 김시종도 남로당 내에서 민주기지론이 4·3항쟁으로 나아가는 경로를 이야기하고 있다. 미소공동위원회 결렬 이후 방향을 잃어버린 남로당에서, 군사부를 중심으로 민주기지론이 부상하면서 반미 구국의 길로 나아가게 되었던 것임을 이야기하고 있는 것이다. 미소공동위원회를 성사시켜 조선임시정부를 마련해야 한다고 선전할 때에는 미국에 대한 비판을 행하지 않았을 뿐만 아니라 기대를 갖기도 했었다. 하지만 위원회의 결렬 이후 난감한 상황에 빠져들었고, 결국 반미

6 김시종, 윤여일 역, 『조선과 일본에 살다』, 돌베개, 2016, 177~178쪽.

구국의 노선을 걷기 시작하게 되면서부터 민주기지론에서 활로를 찾을 수밖에 없다고 생각한 것이다. 이러한 분열과 그 과정을 남로당 내부 특히 제주도위원회 내에서 증언한 것은 매우 소중하다.

이 회고에서 돋보이는 또 다른 대목은 김구의 반탁과 남북협상운동의 통일 독립론에 대한 것이다. 김시종은 당시 민중들은 찬탁보다는 반탁을 더 선호했다는 것을 아주 분명하게 말하고 있다. 조선 왕조 내내 중앙집권의 국가 속에서 살았던 조선 사람들에게 신탁통치라는 것은 받아들이기 어려웠던 것이기에 일반 민중들은 반탁의 입장에 서 있었다고 이야기하고 있다. 또한 이러한 반탁이 힘을 발휘한 것은 미소공동위원회가 결렬된 이후이다. 만약 미소공동위원회가 잘 성사되어 조선임시정부 수립을 하게 되었다면, 김구를 중심으로 한 반탁운동은 세계정세에 어두웠던 결과로 치부될 수 있었지만, 결렬되었기 때문에 다시금 정당성을 얻게 되었던 것이다. 게다가 김구는 이승만과 결별을 하면서까지 남북협상운동에 뛰어들었기 때문에 더욱 민중들의 관심을 받게 되었다. 물론 김시종은 당시 남로당의 연락원으로 일하였기에 남로당 바깥의 항쟁 주체들이 통일 독립론에 어떻게 공명하여 이러한 항쟁에 뛰어들어갔는가의 과정을 말할 수는 없다. 즉 당시 김시종은 남로당 내에서의 이견, 민주기지론에 공감하는 내부 분위기들을 감지할 수는 있었지만 그 바깥에 놓여 있는 비남로당 항쟁 주체들의 내면과 지향을 읽을 수는 없었던 것이다. 그렇기 때문에 필자가 언급한 비남로당 항쟁 주체들의 남북협상에 의한 통일 독립론에 대해서는 구체적으로 언급하지는 않고 있다. 하지만 우회적으로 당시 이 김구를 중심으로 한 남북협상론에 대해서는 이야기하고 있다. 특히 자신이 일본에 건너가기 전까지는 반탁에 내심 동의했다는 대목은 매우 흥미롭다.

신탁통치 반대가 민의의 주류이던 한복판에서 설마 공산당이, 해방 전의 혹독한 통치와 탄압 아래서도 항일독립의 투쟁을 일관되게 이어온 공산당이 신탁통치 찬성으로 돌아서리라고는 전혀 생각지도 못했습니다. 해방 후의 남조선에서 민족적 불행의 시작은 분명 '신탁통치'를 둘러싼 좌우대립의 격화였다고 말할 수 있을 것입니다.

떠올리면 우울해질 뿐인 당시의 기억입니다만, 보수중도인 한국민주당 당수 송진우가 미국의 뜻을 받들어 찬탁으로 돌아섰다는 소문만으로 김구계의 혈기왕성한 민족주의자에게 암살당했을 만큼 '찬탁'은 민심을 거스르는 것이었습니다. '모스크바 협정'으로 알려진 '신탁통치'가 미영소 3국 외상회의에서 결정되고 불과 사흘 후인 1945년 12월 30일의 어두운 사건이었습니다.

그다음 날인 12월 31일에는 이미 '반탁' 기운을 남조선 전역으로 퍼뜨린 '신탁통치 반대 국민총동원운동위원회'가 항일독립망명 정권 '한국임시정부'의 지도자인 김구에 의해 조직되었습니다. 중국의 충칭으로부터 이제 막 해방된 조국으로 개선한 민족적 영웅 김구 선생이었습니다. 김구 선생이 제창한 '반탁 국민총운동'은 광범한 민중의 속마음을 파악해 공전의 규모를 가진 집회와 시위로 발전했습니다. 국민총운동으로 고양되려는 이 반탁 분위기에 대한 공산당의 대응은 분명히 민중의 반감을 살 만큼 뒤처진 것이었습니다. 김구의 제창에 조선공산당은 당초 비공식이기는 했지만 지지를 약속하고 있었습니다. 그런데 막상 대회 당일이 되자 불참을 했고 그 영향 아래 있던 철도노조 등의 자리는 공석인 채로 남겨져 반쪽짜리 대회라는 인상이 참가자들에게 강하게 새겨졌습니다.

뿐만 아니라 해가 바뀐 1월 3일에는 3국 외상회의 결정 지지대회를 열어 반탁 분위기를 정면으로 거스르며 찬탁의 기세를 조직적으로 과시했습니다. 갑자기 신탁통치 찬성을 표명한 공산당의 진의는 열성 심퍼사이저였던 나나 '독서회'의 참가자들에서부터 제주도 인민위원회의 상임들에 이르기까지 누구도 파악하지 못했습니다. 대내적으로는 당혹을 감출 수 없었습니다. 뒤에서 말하겠지만 신탁통치에 찬성한 당의 진의만큼은 부득이 일본으로 피해 온 뒤 자신의 마음을 정리하는 동안 점차 알게 되었는데, 앞날을 내다본 당의 지침이었기 때문에 더욱 허무해지기도 합니다. (…중략…)

김구는 자신이 의도한 '반탁'과는 다른 방향으로 국내 정세가 기울어버린 것을 후회해 "현재 통일 독립을 방해하는 최대의 장애물은 단독선거, 단독정부다. 우리가 함께 이것을 분쇄해야 한다"라는 격문을 날리고 48년 4월 19일부터 평양에서 열린 '전 조선 정당·사회단체 대표자 연석회의'에 결연히 출석했습니다. 회의를 끝내고 남쪽으로 돌아왔는데, 아니나 다를까 이승만의 자객인 현직의 육군 소위 안두희에게 암살당하고 맙니다.[7]

김시종 시인 스스로 반탁을 옳은 길이라고 믿었기에 남로당 연락원으로 4·3항쟁에 참여하면서도 남로당의 찬탁에 공감할 수 없었다고

7 위의 책, 129~132쪽.

적고 있다. 그럴 정도이니 당시 항쟁에 참여한 남로당원들 내부에서도 반탁의 연장인 남북협상운동과 통일 독립론에 기울어진 이들도 있었을 것이다. 하물며 비남로당 항쟁 주체들 대부분은 남북협상운동의 통일 독립론에 공명하여 이 항쟁에 참여하였을 것으로 보인다. 그런 점에서 김시종의 이 회고는 매우 소중한 가치를 갖는 증언이라고 할 수 있을 것이다.

5. 새로운 4·3 인식을 위하여

김시종과 김석범 모두 통일 독립을 염두에 두고 창작을 하고 있기에 4·3을 대할 때에도 항상 그러하다. '초토화' 이후 야산대와 토벌대 사이에서 벌어진 숱한 억울한 죽음을 모르는 바는 아니지만, 그보다는 4·3의 항쟁 주체에 대해 매우 큰 관심을 가지고 접근하는 것이다. 항쟁 주체의 일원이었든 아니었든 현재 두 작가의 관심은 이 방향에 집중되어 있다. 4·3 자체가 단선 반대에서 시작된 것이기 때문에, 항쟁 주체에 초점을 두는 한 통일 독립의 문제는 그 핵심으로 떠오를 수밖에 없다. 이러한 점들은 향후 4·3과 관련된 재현이나 논의에서 무시할 수 없는 중요성을 던져 준다. 억울한 죽음의 해원解冤이란 문제에 가두어진 인식으로부터 벗어날 수 있는 성찰을 제공하는 것이다.

또한 이 두 작가는 비남로당계 항쟁 주체의 문제를 던지고 있다. 당원이 되기를 거부할 뿐만 아니라 당의 무오류성론과 관념성을 비판하면서 당에 가입하기를 완강하게 거부하는 이방근을 그려낸 김석범은 말할 나위도 없다. 그런데 당시 남로당계 일원이었던 김시종을 이야기하면서 비남로당계 항쟁 주체를 언급한다는 것은 얼핏 보면 앞뒤가 맞지 않는 이야기인 것처럼 보이지만 잘 들여다보면 그 역시 자신의 과거를 비판적으로 성찰하면서 다른 가능성을 제시하고 있다. 즉 미소공위 자체가 잘못된 것이 아닌가 하면서 당시 남로당계의 전략과 다른 가능성의 의미를 읽어낸다. 김시종은 자신의 삶 특히 제주도에서의 삶을 복기하면서 남로당계 항쟁 주체만을 염두에 두는 사고방식을 반성할 수 있는 성찰의 자료를 제공한다.

김시종과 김석범 작가가 이러한 문제의식을 던져줄 수 있는 것은 '재일'과도 밀접한 관련이 있다. 남북으로부터 벗어난 위치에서 남북의 체제 문제로 인한 곤혹을 겪었기 때문에 사상적 내공을 가질 수 있었던 것으로 보인다. 남쪽이나 북쪽 어느 한쪽에 가두어져서는 쉽게 갖기 어려운 관점과 시각을 가질 수 있었던 것이다. 바로 이것이 재일조선인 문학의 힘이라고 할 수 있다.

제3장

남북협상파 문인으로서의 김기림

1. 들어가며

해방 직후 시기 김기림1908~1953?의 활동은 크게 주목을 받지 못하였다. 그럴 수밖에 없는 것은 일제하 김기림의 문학적 궤적과 해방 직후의 문학이 쉽게 이어지지 않기 때문이다. 일제하 김기림의 문학적 활동을 접근할 때 가장 널리 퍼진 견해가 모더니즘인데 해방 직후의 문학은 그것과 너무나 거리가 멀다. 따라서 일제하 김기림의 문학을 연구하는 이들은 해방 직후의 것을 중요하게 보지 않거나 혹은 궤도를 벗어난 것으로 간주하게 된다. 이러한 연구 경향으로 말미암아 해방 직후부터 한국전쟁까지의 시기에 김기림의 활동은 거의 무시되곤 하였다. 이 연구는 해방 직후의 김기림의 문학적 활동을 제국주의 / 제국의 근대성의 관점에서 읽어내려고 한다. 김기림은 누구보다도 근대성에 민감하게 반응한 문인 중의 하나이다. 특히 제1차 세계대전 이후 유럽의 변동을 주목하면서 이를 근대성의 각도에서 읽어냈던 지식인이다. 나아가 제2차 세계대전을 계기로 제국주의 근대뿐만 아니라 제국의 근대까지도 읽어낼 정도로 근대성을 역사적으로 고찰하였다. 근대성 일반이 아닌 제국주의 / 제국의 근대성의 측면에서 세계를 이해하였기에 영국과 프랑스의 제국주의를 모방한 일본뿐만 아니라 미국과 소련으로 대변되는 제국의 현실을 파악할 수 있었다. 그렇기 때문에 일제 말의 친일협력으로부터 벗어났을 뿐만 아니라 해방 직후에는 미소의 영향력으로부터 거리를 둘 수 있었던 것이다. 특히 미소공동위원회가 결렬된 이후에는 남북협상파의 일원으로 다양한 문학적 활동을 하게 되었다. 이 연구에서는 모더니즘과 그 연장선의 측면에서 김기림을 읽어내는 기존의 접근과는 다르게 제국주의 / 제국의 근대성 차원에서 이해하고 이를 바탕으로 해방기 남북협상파로서의 김기림의 면모를 살피고자 한다.

2. 남북협상파 문인의 내면, 김기림

해방 직후 남북협상파 문인 중에서 가장 중심적인 인물은 역시 염상섭과 정지용이다. 염상섭은 『신민일보』를 중심으로 남북협상운동의 여론을 주도하였을 뿐 아니라 이 일로 미군정으로부터 탄압을 받아 구금되기도 하였다. 또한 『신민일보』를 문학적 근거지로 삼아 남북협상운동에 참여한 문인들의 작품을 발표하게 하여 하나의 문학적 흐름을 형성하는 데 큰 기여를 하였다. 이 신문에는 정지용, 김기림, 설정식을 비롯하여 많은 남북협상파 문인들의 작품이 대거 발표되었다. 또한 염상섭은 소설 창작을 통하여 미국과 소련을 비판하면서 조선인들이 힘을 합쳐 통일 독립국가를 세울 것을 강조하였다. 정지용은 미소공동위원회가 진행되는 동안에는 거의 시나 산문을 발표하지 않다가 미소공동위원회가 결렬되고 남북의 분단이 시야에 들어오던 1947년 말 이후 과거와는 비교가 되지 않을 정도로 많은 정론 성격의 산문을 발표하였다. 물론 시는 여전히 드물었지만 산문은 폭발적이었다. 분단을 막고 통일 독립정부를 수립해야 한다는 위기의식이 강하게 작용하였기 때문에 그렇게 했던 것으로 보인다. 또한 남북이 분단될 수 있는 위기가 고조되던 1948년 중반에는 『문장』 잡지를 복간하여 많은 남북협상파 문인들이 작품을 발표하게 함으로써 또 하나의 문학적 목소리를 내는 데 큰 기여를 하였다.

염상섭과 정지용에 비해서 남북협상파의 내면 논리를 아주 잘 보여준 이는 김기림이다. 염상섭은 1946년 중반 이후 신의주에서 서울로 내려와 문학 활동을 하였기 때문에 해방 직후의 여정은 거의 드러나지 않는다. 또한 정지용은 해방 직후 잠깐 문학 창작 활동을 하다가 미소공동위원회가 한창일 때에는 거의 글을 발표하지 않았기에 해방 직후부터의 지적 여정을 파악하는 데에는 제약이 따를 수밖에 없다. 이에 비해 김기림은 해방 직후에 두 권의 시집을 낼 정도로 활발한 시작 활동을 지속적으로 하였다. 때문에 해방 직후의 정치·역사적 추이에 대한 문학적 대응 양식을 한층 쉽게 재구성할 수 있어 남북협상파의 내면을 파악하는 데 염상섭과 정지용에 비해 유리하다. 특히 김기림은 해방직후부터 미소공위 시작까지와 미소공위 시작부터 마지막까지 전 과정 그리고 미소공위 결렬 이후 시간대별로 많은 시를 발표하였기에 그 역사적 도정의 파악이 또한 수월하다. 그런 점에서 김기림은 남북협상파의 세계 인식을 살피는 데에 더할 나위 없이 좋은 창구가 된다. 그런 점에서 이 글에서는 해방 직후 김기림을 통하여 남북협상파 문인의 통일 독립에 대한 인식을 살피고자 한다.

김기림은 남북협상이 본격적으로 시작되는 1947년 말 이전의 시들을 두 권의 시집으로 묶어낸 바 있다. 하나는 1946년 4월에 발간된 시집 『바다와 나비』이다. 이 시집에는 해방 직후부터 1945년 말까지 김기림이 쓴 시들이 실려 있다. 물론 이 시집은 일제강점기의 시들이 주를 이루고 있으나 해방 직후의 것들도 함께 실려 있어 해방 직후의 김기림의 면모를 확인하는 데 큰 도움을 준다. 다른 한 권은 1948년 4월에 발간된 시집 『새나라』이다. 발간 시점은 1948년 4월로 되어 있지만 대부분의 시들은 미소공동위원회의 시작부터 끝나는 시점까지에 발표된 것들이다. 그렇기 때문에 미소공동위원회가 진행될 때 김기림은 이를 어떻게 보고 받아들였는가를 짐작할 수 있게 된다. (아주 일부 작품들은 미소공위 결렬 이후 발표된 것이다.) 미소공동위원회가 한창 진행될 때 이를 바라보는 문인들의 태도는 매우 한정적이고 단편적이어서 그 전체 면모를 재구성하기 매우 힘들다. 그런데 김기림은 이 시집 한 권 전부가 이 시기의 것이어서 미소공동위원회를 바라보는 문인들의 태도 특히 남북협상파 문인의 시각을 엿보는 데는 이보다 더 좋은 자료가 없다. 그런 점에서 이 글에서는 이 두 권에 실린 해방 직후의 시들을 일차적으로 살핀다. 미소공동위원회가 결렬된 이후 남북협상에 힘을 쏟을 시기에 발표한 시들은 시집에 묶이지 않았기 때문에 신문이나 잡지를 통해 살피고자 한다.

3. 근대의 파산과 해방조선의 꿈

김기림은 제1차 세계대전이 근대의 위기를 보여주었다면 제2차 세계대전은 근대의 파산을 예고한다고 생각하였다. 유럽 제국주의 국가들이 식민지 확보를 위해 서로 다투다가 결국 제1차 세계대전이 일어났기 때문에 유럽의 근대와 문명은 더 이상 인류의 모범이 될 수 없었다. 콘라드나 울프 등의 유럽 작가들은 물론이고 타고르와 염상섭 등 많은 비서구 식민지의 작가들은 식민지 획득에 눈이 먼 유럽의 근대 문명에 거리를 두기 시작하였다. 그러던 차에 제2차 세계대전이 일어나 그나마 희망을 가지고 있던 많은 유럽의 문학인까지 근대의 파산을 이야기하기 시작했다. 제1차 세계대전 이후 파리 베르사유궁전에 모여 전후 세계를 설계하고 개조를 외쳤지만 결국 전쟁을 막지 못하고 제2차 세계대전이라는 참화를 다시 겪게 되었기에 근대의 신화를 유지하고 선전하는 일은 거의 불가능하게 되었으며 근대를 넘어서는 일에 대해서 큰 관심을 갖게 되었다. 제1차 세계대전 이후 유럽의 문학이 어디로 가는가를 거의 동시적으로 파악하였던 김기림은 제2차 세계대전 이후에는 더 이상 그곳에 큰 관심을 두지 않았다. 대신에 비서구의 지역에서 새롭게 일어나는 역사적 흐름과 이에 발맞추어 진행되는 문학적 경향들에 관심을 갖게 되었다. 그런 맥락에서 해방조선이 새로운 공화국으로 성장하는 것에 큰 관심을 드러냈다. 해방 직후 낸 시집 『바다와 나비』 머리말에서 다음과 같이 쓰고 있다.

1939년 제2차 세계대전의 발흥은 벌써 피할 수 없는 '근대' 그것의 파산의 예고로 들렸으며 이 위기에 선 '근대'의 초극이라는 말하자면 세계사적 번민에 우리 젊은 시인들은 마주치고 말았던 것이다.

1945년 시점에서 세계를 바라보는 김기림의 비전이 아주 분명하게 드러나고 있다. 유럽과 서구에 의해 희생당한 아시아와 아프리카의 문학인들이 이제 스스로 근대를 넘어서는 일에 자기의 목소리를 내야 한다는 것이다. 김기림은 조선의 해방을 단순히 일국가적 차원에서 보는 것이 아니라 지구적 차원에서 보고 있으며, 서구의 유럽중심주의적 입장이 아니라 비서구의 시각을 견지하고 있었다. 유럽의 근대에 절망한 서구의 지식인들이 근대의 파산을 결산하는 방식과는 확연한 차이를 갖는 김기림의 이러한 태도는 해방 직후에 발표된 시 「세계에 외치노라」[1]에 잘 드러난다.

부스러진 거리거리 이지러진 육지에
화약 연기 걷히는 날
오래인 병석에서 일어나는 것처럼
한 새로운 세계의 얼굴은 떠오르리라
어지럽던 지옥의 지리가 끝난 곳에
어린 천국의 보석 대문은 열리리라 했더니

1 『신조선보』, 1945.12.30.

묻노니 역사여 너는 무엇 때문에

그렇게도 배부를 줄이 없이

수없는 청춘과 또 꿈

박물관과 도서관과 대학

가장 비싼 세계의 재산을 삼켰더냐.

'자유와 그리고 새로운 세계'

그 밖에는 이 커다란 살육을 용서할

5색 논리로 단장한 아무러한 구실도 거짓이리라

병든 꿈에 배인 어두운 신화와

사나운 열병에 몰린 세 민족이

온 세계의 젊은이와 태양을 묻어버렸던

저 식은 재와 같은 여러 해를 잊었느냐

무명전사의 십자가에 묻노니 그대 어깨에 걸린 것은

누구의 자유를 위한 꽃다발이냐.

구라파의 등에 솟은 해골의 산

'우쿠라이나' '노르망디' 불붙는 화덕에

오—무럭무럭 거기 풍성한 여러 나라의 청춘을 피웠더라.

녹아 흐르는 불바다 불길 뿜는 섬들

세계의 반조각에 걸쳐 아직도 남아 타오르는 기름과 유황 연기

오 여러 해 꺼질 줄을 모르던 세기의 화장터야

저 동으로 뻗친 살진 동맥
여러 세기를 두고 한 제국을 키워간 탐욕한 핏줄을 보아라
쫀 뽈 씨의 사치한 신경이 거기 얽혀 떨리지 않는냐
저도 모르는 사이에 부엌에서 부엌으로 끌려다니는
사자의 염통 아프리카를 보아라
구라파의 호텔을 부지하는 수입 맞는 영양을
'힌두스타니'는 얼굴 검은 종족에게 주라.
여왕님. 진주 목도리는 독목주 선수들의 것입니다.
사막과 금강석은 말 잘 달리는 주민에게 돌리라.
분주한 문명이라는 시장에 그들은 지각한 죄밖에 없었으니
지구에 휘감긴 삭은 사슬을 아직도 지키려는 자 누구냐

착한 늙은 나라 나라에 황홀한 야시일랑 벌리지 말아라
지혜와 일과 웃음만이 있으면 그만이다.
분과 비단은 '사탄'의 얼굴을 감추는 데만 소용이 되리라.
오 오래인 신전 거룩한 대륙에서
장사치와 '마키아벨리'의 후예를 쓸어버릴
성낸 '헤브라이' 젊은 사나이는 어디 없느냐.
중천에 사무치는 화롯불 피우자
제국을 떠받치던 해골의 서까래도 기둥도
호사와 음란을 길러가던 무지와 부덕도

화톳불에 던져라 어서 살라버려라
세계에 금을 그은 저 요새선들과
대포와 조병창과 투구들도—
전쟁은 벌써 끝나지 않았느냐
제국도 강국도 다 역사의 가슴에 달린
부질없는 사치한 장식 아니냐.

여러 오해와 적의의 가시덤불에 싸여
한 갈래 좁고 가는 이해와 지혜의 길은
아직도 어둔 밤 '플라리나' 머리칼처럼 희미하게 떨릴 뿐
너의 아름다운 세계 현란히 열릴 날 언제냐
오직 하나뿐인 세계 금가지 않은 세계로 향해
'사라센'의 휘장처럼
아침 안개 눈부시게 걷힐 날은 언제냐.

어두운 주검 속에서 꽃처럼 피어나는 논리
해골의 들에도 봄바람이 불면
젖은 잿더미 위에도 벌거벗은 산맥에도
싹은 트리니 푸른 싹은 트리니
이윽고 거기 보랏빛 당홍빛 노랑이
무지개 같이 가지가지 꽃은 우거져 나부껴
인제 어린 '아담'들 눈을 부비며 일어나리라.

세계에 외치노니 어서 길을 비껴라
저기 새로운 날은 녹슬은 사슬을 끈 채
거만한 '프로테우스'처럼 그러나 늠름히 오지 않느냐

조선의 해방을 지구적 차원에서 읽어내는 김기림의 이러한 시각은 곧 큰 장벽에 부닥치고 만다. 아시아와 아프리카에서 식민지로부터 해방된 나라들이 자기 결정권을 가져야 하는데 이것이 그렇게 만만하지 않은 것이다. 신생국들은 스스로 자신의 운명을 결정할 만큼 역량을 갖추지도 못했고, 더 힘든 것은 제국주의를 대체한 제국의 등장 때문이다. 미국과 소련은 파시즘에 맞서 싸운 자신들의 공로를 내세우면서 비서구지역들에 자신들의 영향력을 강하게 행사하려고 하였다. 제1차 세계대전 직후에 베르사유에 모인 전승국들이 외친 것도 바로 민족자결주의였다. 하지만 당시에도 식민지 해방은 패전국들의 식민지에 국한되었을 뿐 승전국들의 식민지에는 전혀 적용되지 않았기에 대단히 불완전한 것이 되고 말았다. 패전국의 식민지였던 체코나 폴란드가 독립을 쟁취한 반면 전승국 일본의 식민지인 조선이 독립하지 못한 것은 바로 승전국들의 위선의 결과였다. 그렇기에 제2차 세계대전 이후의 현실은 민족자결주의와 전혀 딴판이다. 미국과 소련은 해방군이라는 이름으로 삼팔선 이남과 이북을 장악하였다. 우리 스스로 일본을 물리친 것이 아니기 때문에 마냥 반대만 할 수 없는 일이었다. 이런 아슬아슬한 상태를 김기림은 시 「어린 공화국이여」[2]에서 이렇게 드러낸다.

식은 화산 밑바닥에서

희미하게 나부끼던 작은 불길

말발굽 구르는 땅 아래서

수은처럼 떨리던 샘물

인제는 모란같이 피어나라 어린 공화국이여

그늘에 감춰온 마음의 재산

우리들의 오래인 꿈 어린 공화국이여

음산한 '근대'의 장열葬列에서 빼앗은 기적

역사의 귀동자 어린 공화국이여

오 — 명예도 지위도 부귀도 다 싫소

오직 그대 가는 길 멍에 밑 즐거운 노역에 얽매어 주소

빛나는 공화국이여 그러고 안심하소서

젊은 어깨에 그대 얹히었으니

어린 공화국

오 — 우리들의 가슴에 차오는 꽃봉오리여

저 대담한 새벽처럼 서슴지 말고

밤새워 기다리는 거리로 어서 다가오소서

어린 공화국이라 칭하면서 조마조마한 마음으로 해방의 새 공화국

---

2 『신문예』 1권 2호, 1946.7.

을 기다리는 시인의 마음에는 미국과 소련이라는 새로운 제국의 강국에 의해 좌우되기는 하지만 그래도 궁극적으로 우리 민족이 기댈 수 있는 곳은 바로 이 땅에서 새롭게 성장하는 민중들밖에 없다는 인식이 강하게 자리잡고 있다.

4. 미소공동위원회에 대한 비판적 지지

1947년 말 미소공동위원회 결렬 이후로 남북협상파 문인들의 움직임이 본격화되었지만 이러한 지향은 가깝게는 해방 직후, 멀리는 일제강점기까지 거슬러 올라갈 수 있다. 특히 제1차 세계대전 이후 전후 세계 재편의 과정에서 시작된 것이다. 전쟁 이후 영국과 프랑스 등 유럽 제국주의 전승국들이 침체되고 있을 때 미국이 부상한다. 윌슨의 민족자결주의가 상징하는 것처럼 미국은 유럽 국가들과 달리 제국주의로부터 자유로운 것으로 인식되었다. 그렇기 때문에 많은 비서구 식민지의 지식인들은 미국에 큰 기대를 걸었다. 이승만이나 안창호 등이 미국에 대한 가졌던 기대도 이러한 흐름에서 배태된 것이라 하겠다. 비서구 지식인들에게 미국과 더불어 큰 기대를 가지고 등장한 나라는 소련이다. 특히 레닌은 유럽에서의 혁명 실패를 만회할 수 있는 원천으로서 아시아 식민지 나라의 민족해방운동에 주목하고 이들 출신들을 세계혁명에 동원하기 시작하였다. 1920년 바쿠에서 열린 회의라든가 1922년 모스크바에서 열린 극동피압박민족대회와 같은 것은 소련이 세계혁명을 위해 아시아의 민족해방운동을 동원한 대표적인 것들이다. 1920년대 한국의 많은 사회주의자들이 여기에 공명하여 추종하였던 것은 널리 알려진 이야기이다.

미국과 소련이 제1차 세계대전으로 망가진 유럽 문명을 새롭게 재건할 대안으로 등장하고 있을 때 이 모두로부터 거리를 두는 이들이 또한 존재하였다. 얼핏 보아 미국과 소련이 대안으로 보이지만 사실은 이 둘 다 자신의 국가 이익을 위해 이전의 제국주의 방식과는 다른 제국의 새로운 길을 발판으로 비서구지역을 이용하고 있다는 것을 알았기에 어느 쪽으로도 쏠리지 않고 적절하게 거리를 두었던 것이다. 해방이 되었을 때 미국과 소련이 일본군 무장해제를 이유로 삼팔선 이남과 이북에 들어왔을 때 파시즘과 싸웠던 것에 고마움을 가지고 해방군으로 환영하면서도, 1920년대 이후 미국과 소련의 제국적 형태를 지켜보았기에 이들이 정해진 임무만 수행하고 떠나기를 간절하게 바랐던 것이다. 미국을 신봉하던 이들은 미국이 조선을 떠맡아 주기를 바랐고, 소련을 신봉하던 이들은 소련이 떠맡아 주기를 바랐지만, 남북협상파 문인들은 파시즘과 맞서 싸웠던 미국과 소련의 야심을 알기에 경계하였다. 그 대신에 미약하지만 이 땅의 민중들이 성장하여 새로운 세상을 만들어 나가기를 바랐던 것이다. 김기림이 '어린 공화국'이라고 지칭했던 것도 바로 이러한 마음에서 나온 것이다. 미국과 소련에 기대지 않고 독자적으로 새나라를 만들어 나가려고 하는 의지가 강하기에 미국과 소련에 기대어 체제를 만들어가려고 하는 이들에 대해서 비판적인 생각을 갖고 있었다. 하지만 엄연히 우리 스스로 싸워서 얻은 해방이기보다는 미국과 소련이 일본군을 격파한 데서 얻어진 해방이기 때문에 이들의 존재를 완전히 무시하지 못한다. 바로 이러한 자세에서 나온 것이 미소공위에 대한 비판적 지지이다. 미국과 소련의 역할을 완전히 무시하고 일을 하려고 했을 때에는 통일 독립과 더 멀어지기 때문에 일정하게 이를 인정하면서도 그 어느 한쪽에 기대는 것은 어리석은 일이라고 생각하였다. 그렇기에 이들은 미소공위가 진행되고 있을 때 이를 완전히 반대하거나 혹은 어느 한쪽을 지지하는 것을 비판할 수 있었던 것이다.

바로 이런 점에서 해방 후 두 번째 시집 『새나라』의 시들은 하나같이 이러한 지향을 드러낸 시들이라고 할 수 있다. 미소공위의 시작부터 끝까지 김기림 시인이 가졌던 기대와 우려를 그대로 드러난다. 특히 「아메리카」[3]는 비판적 지지의 미묘함을 가장 잘 보여준 시라고 단언할 수 있다.

> 아득한 바다 건너 한없이 넓은 하늘 아래 홍성한 나라가 있어
> 아무의 권위도 믿지 않는 자유와 높은 하늘과 들과 일을
> 죽음보다 사랑하는 한 싱싱한 백성들이 거기 산다고 한다
> 만나기도 전부터 그대들 무척 반겼음은
> 우리 또한 얽매임 없는 넓은 대기와 살림 한없이 그리웠기 때문
> 모든 낡은 권위 무너져 부스러져야함을 알았기 때문이다.
> 사슬과 억압을 잠시도 용서 않으며

3 『현대일보』, 1946.7.4.

포악과 침략을 가장 미워하는 그대

자유와 또 전진만을 노래하는 시의 전통을 가진

'휘트먼'의 나라 백성이기에

그대 손목을 우리는 한없이 뜨겁게 잡으리라 하였다.

아 잊힐 리 없는 1945년 9월 의로운 우리들의 동무

왕 없는 나라 귀족 없는 나라 인민의 나라 젊은 전사들은

바다로 하늘로 구름 같이 덮여온다 하였다.

압제와 학살과 협박에 짓밟히고 찢긴 땅에서

독사의 무리와 그 앞잡이들 모조리 우리

채찍 높이 휘둘러 쫓아내리라 하였다.

그대들 또한 우리 옆에 예루살렘 신전의 성낸 젊은이들처럼

서 있으리라 하였다.

그러나 그대는 젊은 조선의 불타는 눈초리를 알지 못했다.

우리가 바라는 것이 한 혁명임을 알지 못했다.

연속이 아니라 단절을 추이가 아니라 청신한 비약이야말로

젊은 조선의 희망이었음을

지나간 날은 너무나 안타까이도 캄캄했던 까닭에

너무나 역사에게 버림받았던 까닭에

그러므로 우리는 커다란 새날만을 바라었다.

1945년 8월은 바로 우리들의 1776년 7월이고자 하였다.

모든 불합리와 모반과 사슬에 대한 불붙는 항의

위대한 인민의 권리와 자유의 선언이고자 하였다.

그대는 우리들의 '7년의 싸움'을 거지 반 도맡아 4년을 싸웠다.

그대는 우리들의 백만의 '라파이에트'

감옥과 지상의 우리들의 전사의 굳은 동맹군

인제 그대들 우리 곁에 있거늘

여기는 오직 오래인 가난과 불결과 회의와 연기

모두가 왜적이 남기고 간 상채기뿐

그대 손 너무 높은 데 있어 도시 잡기가 어렵고나

'프록코트'도 '쌀롱'도 우리는 없다.

비굴이나 아첨이나 예복은

오직 오래 입어본 치들만이 얼른 다시 뒤집어썼건만

우리는 느꼈다. 그는 도리어 의로운 전사를 대접하는 예의 아님을!

축배를 들자 7월 초나흘을 위하여 — 자유로운 아메리카의

성스러운 싸움에 빛나는 지나간 날과 오늘과

또 평화와 희망의 부채 무거운 내일을 위하여 —

'워싱턴' '제퍼슨' 그리고 '프랑클린'의 나라

무엇보다도 '에이브람 링컨'의 나라

그대에겐 있건만 아직도 독립 없는

우리의 아픔을 아 — 누구보다도 그대가 잘 알리라

자유로운 싸움터 위 다만 이해와 존경과 높은 이상으로만
우리들의 굳은 악수를 맺자
장미를 던져라 저 위대한 1776년의 7월을 위하여
우리 모두 축배를 들자
또 하나 축배는 우리들 것으로 남겨두자

이 시에서 미소공동위원회에 대한 김기림 시인의 비판적 지지를 확인할 수 있다. 김기림은 신탁통치에 의한 미소공동위원회를 결코 내키지 않으면서도 이를 지지할 수밖에 없었다. 미국과 소련 어느 체제에 무게를 두는 것이 아니고 통일 독립국가를 가장 우선적으로 생각하는 것이 바로 이 비판적 지지라고 할 수 있다. 김기림은 바로 이러한 입장에 서 있었다. 당시 정지용이나 염상섭이 가졌던 그러한 정치적 전망과 동일한 것이었다. 바로 이러한 비판적 지지의 속내를 이 시에서 잘 확인할 수 있다. 한편으로는 자유와 독립을 사랑하는 미국을 추켜세우는 것처럼 보이지만 다른 한편에서는 미국과 조선의 사이의 거리 그리고 미국을 추종하는 친일파들의 행태 등을 비판하고 있다. 1776년 미국이 영국으로부터 자유를 찾아 독립운동을 했던 것을 높이 평가하고 나아가 미국이 1941년부터 일본과 싸웠던 것을 아주 높이 평가한다. 그리고 자유를 위하여 목숨을 바쳐 싸웠던 미국 민주주의에 대해서도 고평하고 있다. 하지만 조선이 바라는 것을 제대로 이해하지 못하는 미국에 대해서는 아쉬움도 동시에 표하고 있다. 그리고 가급적 이러한 차이를 미국이 인정하고 존중해주기를 바라는 마음도 간절하게 드러나 있

다. 더욱 흥미로운 것은 과거 친일파들의 변신에 대한 비판과 이에 속지 않기를 바라는 마음이다. 과거 친일파들이 미국을 맞이하여 친미파로 변신하여 활동하는데 이것에 속지 않기를 간절하게 바라는 마음 역시 잘 드러나 있다. 이런 것들을 미루어 볼 때 이 시는 미소공동위원회에 대한 시인의 비판적 지지를 가장 여실하게 보여주는 것이라고 할 수 있다. 미국이 과거 영국으로부터 독립하여 민주주의의 역사를 일구었던 과거를 잘 기억하여 현재 조선에 대해 이해를 해달라고 하는 바람인 것이다. 미소공동위원회가 잘 운영되어 조선임시정부가 수립되고 이를 발판으로 통일 독립정부를 만드는 꿈을 강하게 가질 수 있었다. 김기림은 미국에 대한 이러한 기대를 바탕으로 자신이 꿈꾸는 한국과 세계를 상상할 수 있었다.

민중들이 자신의 삶을 표현할 수 있는 길을 보장하는 것이 이 새로운 나라의 중요한 지표이다. 시 「부풀어 오른 5월달 아스팔트는」[4]는 이를 잘 보여주는 작품이다.

> 부풀어 오른 5월달 아스팔트는
> 우리들 소리소리 노래부르며
> 어깨 겯고 나가기 좋은 길이다.
>
> 로타리 환히 트여 활개치고 가기 알맞다

4 김기림, 『새 노래』, 아문각, 1948, 22~24쪽.

비취빛 하늘이 둥그런 우리들 노래 울리기 좋다.

층마다 창이 뚫려 팔을 휘저어 꽃송이 던지기 한창이고나

이 길을 일찍이 왕과 정승의 행차 호통을 치며 지나갔다.

다음에는 원수의 군대와 경찰이 호기 피우며 휘돌던 길

아리랑 응어리며 새벽서리 밟고 젊은이들 전쟁으로 끌려가던 길

오늘은 네 줄 씩 각지 낀 인민의 행렬이 온다

이마가 그슬러 뼈대 굵은 노동자의 행진이다.

그 옆에 가는 것은 메투리 행견 찬 농군이 아니냐

사무원과 교원과 기자도 그 곁에 있고나

오늘은 뚫어진 먼지길이나

내일은 '아스팔트' 고루 다져 물뿌려두고

백성의 행렬을 모두들 기다리리

이 길은 백성의 길 노래 부르며 구르고 가기가 좋다

그러나 지배자의 군대와 그들의 앞잡이만은

두 번도 다시 이 길을 지나게 해서는 아니 된다.

이 길은 오직 백성의 길 승리로 가는 백성의 길이다.

1947년 노동절에 쓴 이 시는 미소공위가 성공하여 건설할 새 나라에서는 민중이 스스로 자기를 표현할 수 있어야 함을 강조하고 있다. 그것이 바로 민주주의이며 미소도 이를 저버리지 않을 것이라는 강한

희망을 드러내고 있다.

미소공위에 대한 시인의 비판적 지지는 비단 한반도에 그치지 않는다. 세계 특히 식민지를 겪은 나라들의 독립과 연대로 이어진다. 김기림의 시 「눈짓으로 이해하는 전선」[5]은 바로 이러한 지향을 잘 보여준 시이다.

손 오케이시의 '가닥과 별'을 읽은 날 밤에
애란군대를 꿈에 만났다.
공회당이라고 하는 곳에 목이 굵고 눈이 둥근 젊은이들이
우중충 앉아 있었다.
나는 흰 군복을 입은 사령관과 서로
이방사람이 아니라는 듯이 눈알림으로 인사했다.

말이 없는 군대
굽히지 않는 군대
사슬을 용서하지 않는 군대

인도군대를 만나면
아마도 손아귀 으스러지라 틀어쥐리라
안남군대를 만나면 껴안고 뺨을 비비며 러시아 춤추듯 돌아가리라

---

5 위의 책, 38~40쪽.

손을 버리자

자유 찾는 불길이 이는 곳마다

우리들의 동무는 있다.

말이 아니라

눈짓으로 이해하는

전선이 있다.

독립을 쟁취하기 위해 영국 제국주의와 맞서 싸웠던 아일랜드와 인도의 병사 그리고 프랑스 제국주의와 맞서 싸웠던 베트남 병사와의 연대를 보이는 이 시는 일본 제국주의와 싸웠던 조선 사람들과 자연스럽게 겹친다. 미소공동위원회가 성사되어 통일 독립국가가 만들어지는 날 이러한 세계적 연대도 자연스럽게 성취되리라는 희망을 담고 있다.

5. 남북협상운동과 김기림

1947년 말부터 한반도의 상황이 급격하게 변하면서 분단의 위기감이 고조되었다. 2차 미소공동위원회가 결렬되고 미국 주도로 한반도 문제의 유엔화가 시작되면서 분단이 가시권에 들어오기 시작하였다. 특히 미소공동위원회에 비판적 지지를 보냈던 문인들은 이런 상황을 돌파하기 위하여 급하게 움직였다. 이미 소련은 삼팔선 이북만이라도 확보하는 것을 최우선 과제로 하고 이를 기반으로 훗날 한반도 전체를 자신의 영향권 하에 두려고 하였다. 미국 역시 삼팔선 이남만이라도 확보하고 이를 기반으로 향후 한반도 전체에 영향력을 행사하는 쪽으로 방향을 잡았다. 그렇기 때문에 소련에 기울어져 있던 좌파의 많은 지식인들은 소련이 움직이는 방향으로, 미국에 기울여져 있던 우파의 많은 지식인들을 미국이 움직이는 쪽으로 갔다. 이들에게 남북의 분단이란 그렇게 큰 일이 아니었던 것이고 자신들이 지향하는 노선을 지키는 것이 중요하다고 생각하였다. 하지만 남북협상파 문인들은 남북의 분단은 필히 내전을 초래할 것이라고 보았기에 전쟁의 방지는 물론이고 남북의 통일을 위해서 반드시 미소가 떠난 자리에서 남북의 지도자들이 협상을 하여 분단과 전쟁을 막아야 한다는 생각이었다. 정지용, 염상섭과 더불어 남북협상파 문인의 주요 일원이었던 김기림은 그들과 뜻을 같이하면서 분단과 전쟁을 막으려고 하였다. 이 무렵부터 김기림의 글에서는 통일이라는 어휘가 빈번하게 등장하기 시작한다. 또한 민족이라는 낱말도 이전에 비해 한층 자주 사용되곤 한다. 그 시작을 알리는 작품이 「새해의 노래」[6]이다. 이 시가 발표될 무렵은 미소공동위원회가 결렬된 이후 조선 문제가 유엔으로 넘어가는 것을 목격하면서 김구가 이승만과 결별하고 본격적으로 남북협상운동에 나설 때이다. 김기림은 남북이 분단될 수 있다는 위기감을 강하게 체감하면서 이를 막기 위해 갖은 노력을 해야 한다는 생각을 하게 된다. 당시 유대인들이 오랜 방

---

6 『자유신문』, 1948.1.4.

랑을 마치고 팔레스타인지역으로 들어와 나라를 세우는 것에 빗대어 조선의 통일을 이야기한 이 시는 앞서 보았던 것처럼 비서구 나라들의 목소리를 지구적 차원에서 읽어내는 김기림의 독특한 시각을 엿볼 수 있어 흥미롭다.

역사의 복수 아직도 끝나지 않았음인가
먼 데서 가까운 데서 민족과 민족의 아우성소리
어둔 밤 파도 앓는 소린가 별 무수히 무너짐인가

높은 구름 사이에 애써 마음을 붙여 살리라 한들
저자에 사무치는 저 웅어림 닿지 않을까보냐?

아름다운 꿈 지님은 언제고 무거운 짐이리라
아름다운 꿈 버리지 못함은 분명 형벌보다 아픈 슬픔이리라

이스라엘 헤매던 2천년 꿈 속의 고향
시온은 오늘 돌아드는 발자국 소리로 소연하구나

꿈엔들 잊었으랴? 우리들의 시온도 통일과 자주와 민주 위에 세울 빛나는 조국
우리들 낙엽 지는 한두 살쯤이야 휴지통에 던지는 구겨진 조각일 따름
사랑하는 나라의 테두리 세 연륜으로 한결 굳어지라

새해와 희망은 몸부림치는 민족에게 주자
새해와 자유와 행복은 괴로운 민족끼리 나누어 가지자.

이 시를 쓴 이후 분단의 위기가 한층 고조되면서 남북협상운동도 제 궤도에 오르기 시작하였다. 미국의 대한 정책을 그대로 이어나가 단정 수립을 획책하는 이승만과는 완전히 결별한 김구는 본격적으로 김규식 등과 함께 남북지도자 협상을 촉구하였다. 김구와 김규식이 북한으로 올라가는 것을 주저하고 있을 때 김기림은 염상섭, 정지용과 함께 문화인 108인 서명에 참여한다. 이 절박한 순간에 나온 것이 바로 시 「통일에 부쳐」이다. 염상섭이 남북협상파의 언론 기지로 생각하여 창간하였던 『신민일보』에 김기림이 시 「통일에 부쳐」[7]라는 시를 썼던 것은 바로 이런 문맥에서 나온 것이다.

우리는 본시 하나이었다.
뼈저린 채찍 아래서도 끌어안고 견디던 하나이었다.
소리소리 지르면 저절로 반항의 합창이던
눈물어린 망향의 쓴 잔도 함께 나눈
오 둘을 모르는 하나이었다.
티끌 없는 하늘 아래

---

7 『신민일보』, 1948.4.18.

무늬 놓은 기와와 그릇과 비단과 종종한 말투
아름다운 것 죽어지라 사랑하며 살아온 내력도 하나

인제 온 백성을 구복口腹문제의 막다른 골로 몰아넣어
형제 있는 곳과 소식 또 오래인 꿈
돌볼 새 없이 만드는
이 놀라운 실리주의의 천재에 우리 모두 항거하리라
짓밟힌 아름다운 것 함께 모여 소곤소곤 살아갈 길 지키기 위하여

이방 친구들에게 이르노니
한데 뭉친 민중의 민주주의 대신에
조각난 폭군의 민주주의를
그대들에게 우리 언제 부탁한 기억이 없다
사월달 진달래 뿌리 뻗어
달래도 굳이 뻗어
남북으로 만발한 산맥과 핏줄
두드러져 꿈틀거리는 것
뉘 감히 끊을 것이냐?

흐르는 강물도 철로도 전선도 변하는 계절도
오로지 한 소리 아래 움켜지고 싶어
모든 시내 강물 바다로 모이듯

진달래 개나리 우거져 피는 한 보금자리도
우리 모두 한데 엉키어 노나지 말자

틀어쥔 손과 손 악수가 아니라
남과 북의 자국도 없는 용접
모든 열역학의 법칙을 기울어
거만한 이방 사람들의 눈앞에서
보아지라 우리 모두 감아매리

이 시에서 이방인이라고 한 것은 미국과 소련을 모두 일컫는다. 그리고 미소공동위원회 결렬에 양 강국이 모두 책임이 있다고 보는 것이다. 그렇기 때문에 이들은 민주주의를 내세우지만 사실은 폭군의 민주주의이고, 조선인들이 바라는 통일 독립의 민주주의는 민중의 민주주의라고 구분하는 것이다. 미소공동위원회 시기에 김기림은 이러한 차이를 알면서도 이를 강하게 강조하지 않고 대신에 민주주의 일반을 강조하였던 것은 그렇게 함으로써 미국과 소련이 협조하여 이 땅에 진정한 통일 독립의 민주주의가 성립되기를 간절하게 촉구하기 위한 것이었다. 하지만 이렇게 결렬된 마당에서 더 이상 그런 것에 연연할 필요가 없기 때문에 이렇게 미소를 다 비판하고 민주주의의 차이를 강조하였던 것으로 보인다.

이 시를 보면 김기림이 남북협상파 문인임이 너무나 분명하게 드러난다. 김기림은 미국과 소련 역시 파산된 근대의 일원일 뿐이라고 보는 것이다. 제2차 세계대전을 거치면서 비서구 식민지 국가들이 스스로 발언을 하기 시작하는 것을 제국의 강대국들이 틀어막고 자신들의 이익만을 챙기는 것은 과거 유럽의 제국주의 국가들이 행한 것과 별반 차이가 나지 않는 행위라고 보는 것이다. 결국 근대의 파산을 돌파하기 위해서는 비서구 식민지 출신의 지식인과 민중들이 자신의 안전과 행복을 위하여 스스로 나서야 한다는 것이다. 해방 직후 쓴 시 「세계에 외치노라」의 정신과 태도에 이어져 있다.

6. 냉전의 격화로 인한 남북협상의 위기와 최후의 몸부림

백범의 죽음은 남북협상의 결정적 소멸이었다. 남북이 각각 단독정부를 수립한 이후 현실운동으로서의 남북협상운동은 없어졌지만, 이념으로서의 남북협상운동은 근근이 지속되었다. 아무리 남북이 독자적인 정부를 세웠다 하더라도 내부적으로 균열이 생기면 다시 남북협상은 재개될 수 있기 때문이었다. 물론 현실적으로 쉽지 않은 이야기이지만 그래도 여기에 가냘픈 희망을 걸 수밖에 없었던 것이 당시 남북협상을 지지하였던 문인들의 태도였다. 그럴 수 있었던 것은 백범 김구가 존재하였기 때문이다. 삼팔선 이남은 이승만이, 삼팔선 이북은 김일성이 정권의 수반이 되었지만 조국통일을 외쳤던 김구가 암살당하자 실질적으로나 이념적으로나 남북협상파 문인들은 희망을 갖기 어려웠다. 김구가 죽었을 때 남북협상파 문인으로 김기림이 느끼는 절망감은 여간 아니었을 것이다. 이 비탄한 현실을 김기림은 「곡 백범 김구」[8] 시에서 그대로 노출시키고 있다.

> 살 깎고 피 뿌린 40년
> 돌아온 보람
> 금도 보석도 아닌
> 단 한 알의 탄환
>
> 꿈에도 못 잊는
> 조국통일의 산 생리를 파헤치는
> 눈도 귀도 없는 몽매한 물리여
>
> 동으로 동으로 목말라 찾던 어머니인 땅이
> 인제사 바치는 성찬은 이뿐이든가
>
> 저주받을 세 옳은 민족이외다.
> 스스로 제 위대한 혈육에
> 아로새기는 박해가 어찌 이처럼 숙련하나
>
> 위태로운 때

8 『국도신문』, 1949.6.30.

큰 기둥 뒤따라 꺾여짐
민족의 내일에
비바람 설레는 우짖음 자꾸만
귀에 자욱하구나

눈물을 아껴둬 무엇하랴
젊은 가슴마다 기념탑 또 하나 무너지는 소리
옳은 꿈 사랑하는 이 어디든 멈춰서
가슴 쏟아 여기 통곡하자

눈물 속 어리는 끝없는 조국의 어여쁜 얼굴
저마다 쳐다보며
꺼구러지며
그를 넘어 또 다시 일어나 가리

실제로 백범이 암살당하였을 때 남북협상파 문인의 거두인 정지용도 백범의 죽음을 애도하는 시를 발표하였다. 이처럼 정지용과 김기림이 하나같이 백범의 죽음을 애도하는 시를 썼다는 것은 당시 남북협상파 문인들에게 이 김구라는 존재가 얼마나 컸나를 역설적으로 보여주는 것이기도 하다.

김구의 죽음 이후 남북은 극단적인 대립 상태로 들어가게 되어 전쟁이 터지지 않을까 하는 우려가 팽배해졌다. 특히 남북협상파 문인들은 그 누구보다도 전쟁의 가능성을 예상하면서 이를 막기 위한 다각도의 노력을 하였다. 전쟁이 터지면 어느 쪽의 승리가 아니라 모든 민중들의 비참한 결과만을 야기할 수 있다고 판단하였다. 전쟁 직전에 김기림이 발표한 「조국의 노래」[9]는 이런 시대적 위기를 잘 드러내고 있어서 흥미롭다. 과거 근대성에 관한 숱한 사유를 기반으로 시를 썼던 김기림의 시라고 보기에는 너무나 거리가 먼 민족주의적 냄새가 강한 시이다. 신라시대부터 동일한 공동체를 유지하면서 살아온 조국의 역사를 강조하는 이러한 노력은 남북이 왜 나누어지면 안 되는가를 설명하기 위한 것이다.

언제 불러보아도
내 마음 설레는
아 어머니인
조국이여

아득히 먼 듯
삼한 신라에 뻗은 맥맥
그러나 한없이 가까웁게
내 핏줄에 밀려오고 밀려드는
물굽이
구비마다 감기운

9　『연합신문』, 1950.5.24.

그대 숨결

다보탑 돌난간 문수보살 손길에
청자병 모가지에 자꾸만 만지우는
다사론 손길

향가 민요 가사 시조에
되처 되처 울리는 그 목소리
강과 호수와 또 비취빛 하늘
가는 곳마다 비취는 얼굴
아 무시로 내 피부에 닿는 것
귀에 울리는 것 다가오는 것
그는 내 조국
내 자랑일러라

지난날
그대 없어서
우리 너나없이 서럽게 자란 아이
나면서 모두가 인 찍힌 망명자
그대 갖고파 북어처럼 여위던 족속

오늘

거리 거리
바람에 퍼덕이는
태극기
꽃 이파린가 별조각인가
아 이는 내 희망
내가 태어나
그 밑에 살기 소원이던 꿈

인류에게 고하라
우리 목숨 앞서
그를 다시 빼앗을 길 없음을

역사의 행진
한 모퉁이 떳떳이 나선 우리
삐걱이는 바퀴에
내 약한 어깨 받쳐었음
한없이 보람 있구나

언제 불러 보아도
마음 설레는
아 어머니인
내 조국이여

유럽의 근대 국민 형성과 달리 오래전부터 비교적 단일한 공동체를 형성해 온 한국의 역사를 강조하기에 과거의 김기림과는 분명 다르게 보이기도 하지만 해방 직후부터 유럽중심주의 역사로부터 벗어나 비서구와 조선의 목소리를 강조해 온 그를 생각할 때 이러한 경향은 매우 자연스럽다. 특히 남북이 극단적으로 대립하여 자칫 전쟁을 야기할지 모르는 상태에서 이렇게 조국을 강조하는 것은 한편으로는 남북이 이렇게 분단되어 있는 것이 결코 정상적인 상황이 아니기에 하루빨리 재조정되어 합쳐져야 한다는 것이고 다른 한편에는 대립이 동족상쟁으로 번질 수 있는 가능성을 막기 위함이다. 김기림이 이 시기에 통일·조국·민족 등의 어휘를 빈번하게 사용하는 것이 바로 이런 맥락에서 이해될 때 비로소 그 진정한 의미가 부각될 것이다. 그렇지 않고 이를 민족주의적 수사 정도로만 이해하게 되면 그 진정한 의미를 읽어내기 어렵다.

7. 나가며

한국 근대문학에서 근대성에 관한 가장 투철한 인식을 보이면서 문학적 실천을 했던 김기림은 제1차 세계대전 이후의 유럽 근대의 위기를 느끼면서 제국주의 근대성에 대해 눈을 뜨기 시작했고, 제2차 세계대전을 겪으면서 서구 근대의 파산을 감지하고 본격적으로 제국의 근대성의 논의를 펼쳤다. 이 과정에서 유럽중심주의에서 벗어나 비서구 식민지의 중요성과 정체성에 눈을 떴다. 이런 인식의 도정을 걸었기에 해방 직후 남북협상파 문인으로 자기 인식을 강화하면서 통일 독립운동에 매진하게 된다. 영국과 프랑스를 그대로 모방한 제국주의 일본의 지배를 통찰할 수 있었던 것은 바로 이러한 제국주의 근대성의 세계인식 덕분이라고 할 수 있으며, 해방 직후 미소공동위원회에 대한 비판적 지지를 견지할 수 있었던 것은 제국의 근대성에 대한 성찰이 전제되었기에 가능한 것이었다. 제국주의 / 제국의 근대성에 대한 이러한 날카로운 통찰이 없었더라면 일제 말 저항도 불가능했고 해방 직후 남북협상파로서의 실천도 불가능했을 것이다. 그런 점에서 남북협상파로서의 김기림의 태도는 이 시기 다른 이들과 달리 매우 시야가 넓은 독특한 관점을 보여주었다고 평가할 수 있다. 김기림을 단순히 모더니즘의 문인 정도로 평가하는 것이 얼마나 협소한 평가인가 하는 점도 남북협상파로서 통일 독립에 힘을 쏟고 창작한 김기림을 살필 때 잘 드러난다.

제4장

세계문학으로서의 재일조선인 문학

김석범과 김시종

1. 재일과 남북 혹은 난민의 문학

오늘날의 세계문학을 기존의 유럽중심주의에 기반을 둔 구미적 세계문학에서 잠시 떠나, 비서구 식민지의 문학을 고려하는 '지구적 세계문학'의 시야에서 읽어내려고 할 때 만나게 되는 현상은 난민의 세계문학이다. 이산의 문학 혹은 디아스포라의 문학이라고 흔히 일컫는 것을 굳이 따르지 않고 난민의 세계문학을 강조함은 이산 혹은 디아스포라를 좀 더 세분할 때 거기에는 단순한 이민과는 역사적 기원이 다른 난민이 있다는 점을 강조하고자 함이다. 이민의 이산과 달리 난민의 이산은 고국의 큰 정치적 변동 속에서 삶의 위협 등으로 인해 살던 곳에서 더 이상 머무를 수 없는 이들이 이주하는 것을 말한다. 단순한 경제적 이유 등으로 이주하는 것과는 매우 다르다는 점을 강조하기 위한 것이다. 이 둘을 엄격하게 구분할 수 있는 것이 결코 간단한 일은 아니지만 굳이 이렇게 구분하는 것은 현재 세계문학에서 난민의 신세로 이주하여 창작 활동을 하는 이들이 문제적인 작가이기 때문이고 이를 설명하기 위한 것이다.

난민의 신세로 지내기 때문에 세계를 바라보는 인식이 한층 섬세해지고 광활해지기 쉽게 되고 자신들의 이러한 처지에서 나오는 문제의식을 갖고 창작하는 이런 작가들에서 확인할 수 있는 것은 제국주의와 식민지 간의 이주라는 점이다. 모든 난민들이 그러한 것은 아니지만 난민의 세계문학을 주도하는 작가들은 제국주의 이후Post-Imperial에 살면서 창작을 하지만 제국주의와 식민지 영역 사이에서 이주하고 있다는 점이다. 자신의 조국에서의 정치적 변동으로 인해 제대로 된 삶을 영위하기 어려울 때 과거 자신의 조국을 식민지로 지배했던 나라로 이주하여 그곳에서 살아가면서 이 둘 사이의 관계를 따지는 작품을 쓰고 있다는 점이다.

잔지바르에서 살다가 잔지바르혁명의 여파로 영국으로 이주하여 그곳에서 영어로 창작을 하는 압둘라자크 구르나Abdulrazak Gurnah, 1948~는 그 대표적인 작가이다. 영국의 관할하에 있던 잔지바르와 탕가니아가 탄지니아로 합쳐지는 시기에 일어난 이 잔지바르혁명은 구르나 가족에게는 무시무시한 위협이었고, 이로 인해 구르나는 영국으로 이주하여 학업을 마쳤다. 그는 탈식민주의 이론을 가르치는 교수이면서 무려 10권이나 되는 장편소설을 창작하였다. 이들 소설에서 반복되어 드러나는 문제의식은 항상 두 방향이었다. 하나는 자신이 현재 몸담고 있는 영국에서 이주 난민으로서 겪는 어려움에 관한 것이다. 경제적인 이유만으로 이주한 이민자들과 다른 난민 처지의 자신의 삶을 성찰하는 것들이다. 다른 하나의 방향은 두고 온 잔지바르와 그 역사에 대한 것이이다. 특히 근대 유럽중심주의 세계사 속에서 완전히 지워졌던 인도양 무역에 잔지바르와 동부 아프리카가 행한 역할과 그 의미를 재현하는 것이다. 자신의 조국인 잔지바르와 과거 자신의 조국을 식민지 지배했던 영국을 넘나들면서 세계를 재현하고 있는 구르나의 작업은 난민 작가가 보여줄 수 있는 전형적인 모습이라 할 수 있다. 이러한 양상은 다소 정도는 다르지만 살만 루시디Salman Rushdie, 1947~에게서도 확인할 수 있다. 인도의 무슬림 출신인 루시디가 인도를 지배하였던 영국으로 가서 그 양쪽을 넘나들면서 작품을 쓴 것도 같은 맥락이라 할 수 있을 것이다. 단지 루시디는 아대륙을 넘어서 이슬람 전반으로 확장하는 동시에 영국을 넘어서 미국으로까지 대상을 확장하고 있다는 차이 정도이다.

김석범과 김시종을 난민의 세계문학이라는 시야에서 읽어내려고 하는 것은 이런 점에서 그 나름의 지구적 세계문학의 '보편성'을 가지고 있다고 생각한다. 구미적 세계문학의 틀에서는 독해가 어렵지만 지구적 세계문학의 틀에서는 이 두 작가의 세계를 어느 정도 충분히 파악할 수 있다고 믿기 때문이다. 김석범과 김시종 두 작가의 '재일在日'은 남북 조국과 밀접한 관계가 있다. 만약 분단된 남북 어느 한 곳이 온전한 조국이라고 생각하고 귀속 의식을 갖는다면 더 이상 재일은 아닌 것이다. 재일은 철저하게 남북 어디에도 온전한 조국의 귀속감이 없었을 때 생겨난 것이다. 남한에서 일본으로 건너간 이들에게 남쪽은 일찍부터 온전한 조국이 아니었지만 북한은 처음부터 조국으로 인식되었다. 충실한 공민 의식은 아니라 하더라도 북한은 이들에게 조국이었다. 따라서 이들이 북한을 조국으로 생각하고 그곳에 대한 충실감을 가지고 있을 때에는 '재일'이라는 생각은 나올 수 없었던 것이다. 하지만 북한이 더 이상 자신의 확신할 수 있는 온전한 조국이 아니라는 생각이 들 때부터 이들의 내면에는 '재일' 의식이 떠오르는 것이었다. 필자가 보기에 김시종은 1955년에, 김석범은 1967년에 각각 다른 역사적 조건과 이유로 하여 북한을 온전한 조국이라고 생각하지 않았던 것이고, 따라서 이 시기에 각자 재일 의식을 가졌던 것이 아닌가 판단된다.

일찍부터 '재일' 의식을 표명하였던 김시종의 경우를 통하여 난민의 세계문학의 가능성을 확인해보자. 1955년에 출간된 시집 『지평선』의 후기에서 그는 양심상 임화의 「인민항쟁가」를 다른 것으로 바꾸거나 지울 수 없었다고 토로하고 있다. 이것은 자신의 시 「제1회 졸업생 여러분께」에서 임화의 「인민항쟁가」를 거론한 것에 대한 것을 염두에 두고 한 것이다. 김시종 시인은 자신이 발표한 원문 시를 고치지 않고 그대로 시집에 수록하면서 후기에다가 이렇게 밝혔던 것이다. 당시 이것은 매우 민감한 정치적 문제였다. 자신이 그동안 온전한 조국이라고 생각하였던 북한에서 임화를 비롯한 남로당계 작가들을 미제간첩으로 규정하고 재판을 하였다. 김시종은 임화가 이런 일을 했다고는 도저히 믿을 수 없었고 이것이 북한의 국가 권력에 의한 자의적 억압이라고 간주하였다. 해방 후 제주도에서 남로당원으로 일하였고 그 연장선상에서 4·3항쟁에 참가하였던 김시종은 도저히 북한 국가의 이런 결정을 받아들일 수 없었다. 총련이 결성되던 이 무렵에 일본에서 활동하던 다른 이들은 북한의 이런 결정을 따랐지만 남로당에서 일하였던 김시종은 자기의 역사를 무화시키는 이러한 일을 도저히 받아들일 수 없었던 것이다. 그렇기 때문에 김시종은 나름의 결심을 해야만 했던 것으로 보인다. 북한의 주장을 받아들여 자신이 학생들에게 가르치기도 했던 「인민항쟁가」를 고쳐서 시집에 수록하면서 북한의 온전한 공민이 되든가 아니면 「인민항쟁가」를 고치지 않고 그대로 수록하면서 북한을 더 이상 자신의 온전한 조국으로 보지 않든가 중에서 선택해야 했다. 김시종은 후자를 선택하였고 이후 총련 쪽 사람들로부터 비판을 받는다. 『진달래』 16호의 김시종 특집에서 홍윤표와 허남기 등이 김시종을 비판한 것은 바로 이러한 대립에서 비롯된 것이다. 이에 대한 반박으로 쓴 김시종의 글의 다음 대목은 '재일'의 선언이라고 할 수 있다.

> 확고한 선진적 조국을 가진 자가 무비판적으로 유민적 감정을 토로하는 것은 용서받지 못할 것이다. 하지만 내 경우 아직 '공민적 긍지'를 내세울 만큼 조국이 생리화되어 있지는 않다. 이런 점에 내가 능동적인 위치가 아닌 수동적 입장에 선 주된 요인이 있을 것이다. 그것은 다시 말해 창작상의 콤플렉스가 되어 내 작품 설정 시 언제나 자기를 아직 의식되지 않는 한 사람의 인간으로 대치하는 것이 보통이었다. 적어도 내 경우 그것이 필요했다. 그저 '자기내부투쟁'이 없었다는 식으로 치부해 버릴 정도로 단순한 것이 아니다. 나는 내 나름대로 그렇게 하는 것이 자기내부투쟁이었고 그것을 통해서만 동세대에 영향을 미친다고 믿었다. 이것은 오히려 생리적 욕구이기조차 했다.[1]

1 김시종, 「내 작품의 장과 유민의 기억」, 오사카조선시인집단, 재일에스닉잡지연구회 역, 『진달래·가리온』 4, 지식과교양, 2016, 12쪽.

아마도 김시종의 '재일' 선언의 가장 앞에 나오는 대목이 아닌가 한다. 남로당원이 아니었던 김석범에게는 임화를 비롯한 남로당계 작가가 미제간첩으로 몰리는 것이라든가 혹은 박헌영이 간첩으로 규정되는 것 등이 그렇게 강하게 다가오지 않았을 것이다. 그렇기에 총련에 대해 문제의식이 없었던 것은 아니지만 김석범은 북한은 온전한 조국이라고 생각하고 충실하였던 것이다. 그런데 1967년 주체사상과 주체문학이 등장하면서 더 이상 북한을 온전한 조국이라고 여기지 않게 된 것이 아닌가 한다. 이 무렵부터 김석범은 일본어로 창작하는 재일조선인 문학으로서 자신을 규정하고 나아갈 수 있었던 것으로 보인다.

'재일'의 의식을 갖는 것은 문학상의 난민이 되는 것이기도 하다. 더 이상 온전한 조국을 갖지 않게 되면서 문학상의 난민이 되고 나아가 난민문학으로서의 새로운 가능성을 추구하게 된다. 한편으로는 과거 제국주의였던 일본에서 현재 살아가고 있는 삶을, 다른 한편으로는 자신이 떠나온 고국의 역사적 현실을 적극적으로 다루게 되고 그 둘을 넘나드는 창작 태도를 보이게 된다. 구르나와 루시디가 나중에 그렇게 했던 것처럼.

2. 일본어의 재일조선인 문학_ 김사량과 김소운

'재일'의 상상력의 중요한 한 축은 제국주의 이후 일본 속에서 조선인으로서의 살아가는 삶의 정체성 재현이다. '재일'의 의식을 갖기 전에도 물리적으로 일본 속에서 살아가야 하기 때문에 그 삶을 이야기하는 것은 너무도 당연하였고 또한 그것의 재현도 이루어졌다. 하지만 '재일'의 의식이 없을 때의 일본 속의 조선인의 삶은 항상 멀리 있는 조국의 연장선 속에서 바라보는 것이었다. 일본에서의 삶이 항상 일시적이었고 언젠가는 돌아가야 할 조국을 꿈꾸면서 현재를 견디는 그러한 종류의 것이었다. 몸은 일본에 있지만 마음은 조국이라고 생각한 북한에 있었던 것이다. 하지만 '재일'의 의식을 가지면서부터는 일본에서의 삶은 더 이상 일시적이지 않다. 언제 끝날지 모르는 막연한 상태에서의 지속적인 것이었기에 다른 삶의 태도가 요구되었다. 하지만 머무르는 일본의 땅은 아무런 역사적 과거가 없는 진공의 공간이 아니다. 제국주의 침략을 했던 나라이고 현재도 제국주의 이후의 제반 제도가 지속되는 공간이기에 그 역사적 중력으로부터 벗어날 수 없는 것이다. 그렇기 때문에 제국주의 이후의 일본과의 대결과 긴장이 불가피하게 되었고 단순한 소수자의 삶은 거부하게 되었다. 얼핏 보면 소수자로서의 차별로 치부될 수 있지만 제국주의와 식민지라는 역사적 중력으로 인하여 단순한 소수자가 아닌 역사적 차별로부터 자신을 보호해야 하는 막중한 긴장감을 가지게 되는 것이다. 바로 이것이 이민의 유민이 아닌 난민의 유민으로서 김석범과 김시종이 감당해야 하는 몫이며 바로 그 과정에서 나온 것이 그들의 문학 즉 '재일'의 상상력이었다. 재일조선인 1세대의 작가들은 결코 소수자일 수 없다는 김석범의 다음 진술은 그런 점에서 정곡을 찌르고 있다.

도대체 누가 재일조선인 1세대에 속하는 자신들을 일본에서의 소수민족으로 생각할까. 소수민족이라고 할 바에는 일본 사회에서뿐만 아니라 적어도 정치적으로도 사상으로도 문화적으로도 한반도에 사는 조선인과는 확실히 관계가 끊긴 의미여야 한다. 그런데 재일조선인은 스스로를 조선 반도에 사는 자들과 하나이자 그 구성의 일부분으로 생각하고 있고 '외국인'으로서 일본에 있다고 생각한다. 그것은 타당한 이치이며 무엇보다도 모럴리티 상에서 소수민족적인 개념의 틀에 스스로에게 끼워 넣는 것은 그 심정이 허락하지 않는다. 그러나 재일조선인 인구 구성의 거의 80%를 차지하는 2세들의 감각은, 그들이 1세대들의 강한 영향력 하에 있다 해도 거기에서 벗어날 것이며, 일본 속의 기묘한 존재로서 그것은 '소수민족' 개념의 틀 속에 어울릴 수 있는 요소가 되어 간다.[2]

재일의 상상력이 보여주는 내적 측면 즉 일본에서 살아가는 것의 재현은 김시종에게서는 1955년 이후, 김석범에게서는 1967년 이후 줄곧 진행되었기에 이 시기에 나온 대부분의 작품에서 이를 확인할 수 있다. 시와 소설뿐만 아니라 다양한 글쓰기와 활동에서 이러한 것이 드러났기에 이를 개괄하는 일은 무모한 일일 수 있다. 그렇기에 여기서는 두 작가에게 드러나는 특이한 작업 즉 근대 한국문학사에서 과거의 작가들을 불러내는 작업에 국한하여 이야기해보겠다. 김석범이 1967년 이후 김사량을 불러내고 이를 긍정적으로 해석하는 일과 김시

2 김석범, 오은영 역, 『언어의 굴레』, 보고사, 2022, 52쪽.

종이 2000년대에 이르러 김소운을 불러내어 비판적으로 해석하는 일이 그것이다.

김석범은 주체사상과 주체문학이 정립되는 1967년을 계기로 '재일' 의식을 갖게 되었다. 그동안 북한을 온전한 조국으로 여기면서 활동했던 것을 한꺼번에 버리고 자세를 변화시켜 새로운 시각으로 창작에 임한다. 그 변화 중에 가장 두드러진 것은 일본어를 문학어로 사용하기 시작한 점이다. 김석범은 일본어로 줄곧 창작 활동을 하다가 1961년 무렵부터 조선어로 창작하였다.[3] 그런데 주체사상을 계기로 '재일' 의식을 갖게 되면서 다시 일본어 창작에 나선다. 1969년 8월에 발표한 「허몽담虛夢譚」이 그가 조선어에서 일본어로 방향을 전환하여 쓴 첫 작품이다. 이후 김석범은 일본어로 창작해야 하는 이유에 대해서 다양한 글을 썼고 이를 모아 1972년에 『언어의 굴레ことばの呪縛』라는 단행본을 출판한다. 이 책에 실린 글들은 전부 1968년부터 1972년에 걸쳐 쓴 것으로 일본어로 창작하게 되는 재일조선인 문학에 대한 것이 주를 이룬다.

그런데 이 책에서 흥미로운 것은 작가 김석범이 김사량을 불러냈다는 점이다. 김사량에 대해 논한 글을 물론이고 그렇지 않은 글에서도 김사량의 그림자를 강하게 느낄 수 있을 정도로 이 책은 온통 김사량과 연결되어 있다고 할 수 있다. 김석범은 장혁주와 김사량의 일본어 글쓰기 의미를 역사적으로 아주 명징하게 읽어내면서 일제에 협력한 장혁주가 아닌 저항작가 김사량의 일본어 글쓰기를 긍정적으로 해석하고

3 이 무렵 김석범이 조선어로 쓴 작품은 김동윤 교수가 『혼백 – 김석범 한글소설집』(보고사, 2021)이라는 단행본에 한데 모아 놓아 참고가 된다.

있다. 식민지 시절의 김사량의 일본어 글쓰기와 재일조선인 작가들의 일본어 글쓰기가 갖는 일정한 차이를 전제하면서 지적한 다음 대목은 이 무렵 김석범이 왜 김사량을 불러냈는가 하는 점을 극명하게 보여주고 있다.

> 조선인으로서의 주체적인 존재 의식에 의해 생기는 사상으로 지탱된 자신이 일본어와 연관될 때, 거기에 긴장이 생길 수 있다. 그것은 일본어 사이에 긴장관계를 성립시키는 조선어를 자신 속에 갖는 문제는 일단 차치하고, 적어도 조선인으로서의 주체 의식이 그 긴장을 지속시킬 수가 있다. 일본어에 대한 외국어로서 언어 감각이 거의 없는 것임에도 불구하고, 그것을 외국어로 인식하려는 하나의 주체적인 자세에 의해 자신과 일본어 사이에 긴장관계가 성립하는 것이다. 그리고 그러한 자세를 뒷받침하는 사상에 이끌려 거기에 또 조선인으로서 있어야 할 감각이나 감정의 형성을 마주해야 할 것이다. 그것은 무에서 만들어내는 것과도 비슷하며 어려운 일일지도 모르지만 역사과제로 일단은 짊어져야 하는 것이다. 동시에 이것을 포함하여 일본어와 관련된 것 중에서 실현되어야 할 과제는 모든 재일조선인 작가 앞에 놓여 있다. 오늘날 상황 속에서 김사량이 재일조선인 작가에게 비추는 몇 줄기 빛 속에서 나는 먼저 이러한 의의를 생각한다. 그리고 그것을 재일조선인 작가와 관련되는 김사량의 한 측면으로만 맞춰서 본 것이다.[4]

4 위의 책, 188~189쪽.

김석범이 사소설의 형식을 적극적으로 피하는 것도 비록 일본어로 창작하지만 일본문학이 아니고자 하는 김사량의 전통을 이어받은 '재일'의 상상력의 산물이라고 할 수 있다.

김사량을 불러내어 일본어로 조선인 문학을 하는 것의 정당성을 설파한 김석범과 달리, 김시종은 김소운을 소환하여 자신을 황국소년으로 자라게 했던 일본 제국주의와 일본어를 복수하는 방식을 논증한다. 일본어로 창작하던 김석범이 총련에 깊이 관여하던 1961년부터 1967년까지 조선어로 창작하다가 이후 일본어로 선회하였기에 다시 일본어로 창작하면서 왜 이 언어로 창작을 할 수밖에 없는가를 반복적으로 이야기할 수밖에 없었던 것과 달리, 김시종은 일관되게 일본어로 창작하였기 때문에 굳이 반복적으로 일본어로 글쓰는 것에 대해 집중적으로 이야기할 필요는 없어 보인다. 그렇기 때문에 김석범의 『언어의 굴레』와 같은 성격의 책이 김시종에게는 굳이 필요하지 않았던 것으로 보인다. 하지만 김시종 역시 1955년 이후 '재일'로 살기로 결심하면서 주변과 논쟁을 하기 시작한 이후 줄곧 이 문제에 대해 고민하고 직간접적으로 글을 발표한 바 있다. 못으로 일본어를 긁어 복수를 한다는 그 유명한 구절은 김시종의 그러한 고민을 단적으로 보여주는 것이라고 할 수 있다. 실제로 그의 시들이 행하는 작법 특히 5-7의 일본어 리듬을 따르지 않음으로써 일본에 동화되지 않으려고 하는 시인의 노력은 널리 알려져 있기도 하다.

이 문제와 관련하여 필자가 주목하는 것은 2007년에 이르러 완성된 모습으로 출판된 『재역 조선시집再譯朝鮮詩集』에 관한 것이다. 1940년에

김소운이 번역 출판한 『젖빛 구름乳色の雲』을 당시의 체제를 그대로 가져와서 전복시킨 것이 바로 이 시집이기에 그 문제성이 매우 강하다고 생각하기 때문이다. 김시종이 이런 작업을 한 이유와 그 의미를 논하기 전에 우선 김소운의 이 책이 번역된 역사적 정황을 살펴볼 필요가 있다. 1938년 10월 중국의 무한 삼진 함락 이후 조선 내에서는 일본에 협력해야 한다는 목소리가 드세졌다. 1938년 11월 이광수의 협력 선언을 시작으로 많은 문학인들이 친일의 길을 걸었다. 내선일체의 친일에는 두 가지의 길이 있었다. 하나는 일본국 내에서 야마토大和민족으로 조선민족의 동화를 선동하는 이광수의 방식이 있었던 반면, 일본국 내에서 야마토민족과 조선민족의 혼재를 주장하는 최재서의 방식이 존재하였다. 『젖빛 구름』을 번역한 김소운은 후자의 태도를 간직한 반면, 이 책의 서문을 쓴 이광수는 전자의 태도를 가졌던 이다.

이광수와 김소운은 그 구체적 방식은 다소 달랐지만 일본국을 중심으로 한 내선일체에 있어서는 동일하였다. 그랬기에 이 책에서 이광수와 김소운은 서로 호응할 수 있었다. 전쟁협력자로서 나중에 대동아문학자대회에서 주도적인 역할을 하였던 일본 문학인들이 환호하면서 이 책을 지지하는 서문과 해설의 글을 썼음도 그에 따른 것이다. 더욱 흥미로운 것은 제국주의시대의 산물인 이 책이 제국주의 이후의 일본에서 수용되는 과정이다. 전자의 친일은 해방 후 조선은 물론이고 일본에서도 다시 불러내기 어려운 것이었던 반면, 후자는 조선과 일본에서 슬그머니 탈문맥화되면서 지속되었다는 점이다. 김소운의 이 시집이 아무런 성찰 없이 이와나미라는 영향력 있는 출판사를 통하여 일본인들과 계속 만나게 되었다는 것은 참으로 어처구니없는 일이었다. 1945년 이후의 일본 사회에 대해 일본인을 좇아 전후라고 부르는 것을 거부하고 제국주의 이후Post-Imperial라고 필자가 부르는 것도 바로 이러한 문제의식에서 나온 것이다.

김시종 시인은 아마도 일본어를 통하여 재일조선인들의 삶을 이야기하기 시작한 이후 줄곧 이 문제의식을 가졌을 것이다. 황국소년으로 자라면서 시심을 키울 때에야 이러한 문제의식이 없이 일방적으로 이 책에 빨려들어 갔겠지만, 1955년 이후 '재일'의 상상력으로 시를 쓰기 시작할 무렵부터는 틀림없이 이러한 문제의식을 가졌을 것이다. 일본의 리듬을 거부하는 시 쓰기를 통하여 일본에 동화되는 것을 스스로 점검하였던 김시종이었기에 이는 너무나 당연하였을 것이다. 그런데 하필 2000년대 이르러 잡지에 시 번역을 싣기 시작하고 나아가 하나의 책으로 묶어낸 것은 김소운의 번역시집에 실린 많은 작가들이 한국전쟁 이후 남북으로 흩어져 어떤 경우에는 생사조차 알 수 없는 일이 벌어진 남북의 문학적 현실 때문으로 보인다. 1980년대 이후 남북에서 서로 금기시했던 작가들에 대한 해금이 마치 약속이나 한 듯이 이루어졌고 연구가 어느 정도 진행되었기에 이러한 작업을 시도한 것이 아닌가 생각한다. 재일의 상상력이 시작된 이후 무려 60년이나 지난 후에 완성된 작업이기는 하지만 이 기획은 김시종이 일본어를 비틀어 쓰면서 제국주의 일본에 복수한다는 것이 무엇인지를 가장 명징하게 보여주는 것이라 할 수 있다. 시인은 이 작업을 통하여 제국주의 이후 일본 사회가 갖고 있는 식민지에 대한 혹은 제국주의에 대한 무관심과 무반성에 일침을 가하였다.

김석범이 일제 말 저항작가 김사량을 불러내어 긍정적으로 재해석하면서 자신의 일본어 글쓰기의 정당성과 고민을 드러냈고, 김시종이 일제 말의 친일협력 작가 김소운을 불러내어 비판적으로 재해석하면서 자신의 일본어 글쓰기의 가능성을 타진한 것은 '재일' 1세대 작가 중에서 가장 탁월한 두 문인만이 할 수 있는 경지라고 할 수 있다. 조선어로 창작하였던 재일조선인 작가들과는 다른 길을 걸었던 두 거인의 언어적 고민은 한국 현대문학과도 무관하지 않은 일이다.

3. 4·3의 민중적 지평

'재일'의 상상력은 일본어로 자신이 몸담고 있는 제국주의 이후의 일본 사회를 중요하게 다루게 되지만 그렇다고 해서 떠나온 고국을 몰각하지도 않는다. '재일'의 삶이 시작되는 것이 조국이 더 이상 온전하지 않기 때문인 터라 과거처럼 모든 것을 거기에 환원시키는 방식은 분명 아니지만 오히려 온전하지 못한 남북의 고국을 완미한 조국으로 만들 수 있는 가능성에 대해 일정한 거리 속에서 항상 고민하게 된다. 재일조선인 2세대 이후의 작가들에게는 드러나지 않는 1세대 작가 특히 이 두 작가에게 분단된 고국의 평화적 통일 독립은 미룰 수 없는 과제이기도 한 것이다. 특히 김석범과 김시종은 통일 독립과 관련되어 일어난 4·3항쟁의 직간접적 연루자이기 때문에 더욱 그러한 것이다. 그런 점에서 그들이 4·3항쟁을 직접적으로 다루거나 혹은 간접적으로 다루는 것은 너무나 자연스러운 일이다. 직접적으로 다루고 있는 김석범과 간접적으로 다루고 있는 김시종 모두에게 4·3항쟁은 '재일' 상상력의 또 다른 방향의 정점에 놓여 있다고 할 수 있다.

4·3항쟁은 토벌대와 야산대 사이의 타협이 깨진 이후에 형성된 남로당과 반동의 프레임이 모든 것을 압도하게 되어 진정 항쟁에 참가한 주체 즉 남북협상을 통한 통일 독립국가의 수립이란 민중의 열망은 현저하게 사라져 버렸다. 4·3항쟁이 일어나기 직전의 제주도의 민중은 미국과 이승만 주도의 단선을 반대하였다. 당시 『제주신보』에 실린 제주도지사 유해진의 인터뷰는 그 일단을 아주 잘 보여주고 있어 흥미롭다. 『제주신보』 기자는 도지사 유해진에게 민독당은 단선을 반대하고 있는데 민독당 소속인 당신은 단선을 치를 예정이냐고 물었을 때 유해진은 즉답을 피한다. 선거를 관리할 제주도의 행정 책임자로서 당연히 단독선거를 지지한다고 할 법한데도 답변을 피하는 태도를 보여준 것이다. 남북협상을 통한 통일 독립국가를 지지하기 위하여 탄생한 민독당의 당원이기에 내심 미국과 이승만의 단선을 반대하였을 것이기 때문에 즉답을 피한 것으로 보인다. 유해진 지사가 이럴 정도였으니 당시 제주도의 유지를 비롯한 민중들은 한사코 남북협상을 통한 통일 독립국가 수립에 모든 것을 걸면서 사태를 주시하였던 것으로 보인다. 실제로 4·3 직전의 『제주신보』에는 연일 남북협상에 대한 희망 어린 보도가 나왔으며 남북협상파의 김구와 김규식의 북행을 내심 반대하는 미군정의 태도를 비판적으로 보도하고 있다.

이런 점들을 감안할 때 당시 제주도 민중 대다수의 꿈은 남북협상을 통한 통일 독립국가의 수립이었을 것으로 판단된다. 당시 남로당도 이러한 대세를 거부할 수 없었다. 만약 남북이 분단되면 남로당의 입지가 현저하게 떨어지기 때문에 남북협상을 거역할 수가 없었던 것이다. 그렇기 때문에 4·3항쟁이 일어났을 때 유해진을 비롯한 지역 유지들이 앞장서서 이를 수습해 보려고 했던 것이며 남북협상의 평화적 통일 독립국가 수립에 공감을 하였고, 토벌대의 김익렬 연대장도 이들을 통하여 협상을 유지하고 문제를 풀려고 하였던 것이다. 그런데 하지를 비롯한 미군정이 제주도를 방문한 후 김익렬을 해임하고 본격적인 토벌에 나서면서 토벌대와 야산대 사이의 협상이 완전히 깨어지면서 남로당과 반동이라는 냉전적 프레임이 모든 것을 장악하게 되었다. 그 과정에서 남북협상을 통한 통일 독립국가의 수립이라는 제주도 민중들의 꿈은 처참하게 깨어지게 되었다. 미군정은 이 항쟁을 오로지 남로당의 소행이라고 규정하면서 토벌대를 앞장세워 탄압하였고, 항쟁 주체 중 협상을 거부하였던 이들은 자신들과 함께 하지 않은 모든 이들은 반동으로 몰면서 사태는 심각하게 진행되었다. 결국 4·3항쟁은 국가 폭력에 의한 무고한 사람들의 희생이라는 결말로 끝나고 말았다.

김석범의 대작 『화산도火山島』는 '재일'의 상상력이 이룩한 성취라고 할 수 있다. 비남로당계 인물인 이방근을 중심에 놓고 이야기를 전개함으로써 4·3항쟁의 주체에 대한 신선하고 역사적인 접근을 행하였다. 남로당에 갇힌 4·3항쟁을 구해내는 시도를 했다는 것 자체가 '재일'이 아니라면 쉽게 얻을 수 없는 부분이다. 또한 이 작품은 토벌대와 야산대 간의 평화협상을 전개의 핵심으로 삼았다는 점에서도 4·3항쟁에 뛰어든 제주 민중의 지평을 넓혔다고 할 수 있다. 비남로당계 주체를 설정하고 이에 기반을 두면서 평화협정을 중시하는 김석범의 이러한 시각은 작가 내부의 오랜 사유와 역사적 성찰에서 나온 것이지 결코 갑작스럽게 튀어나온 시각이 아니다.

김석범은 남로당의 일원으로 이 항쟁에 참여하였던 김시종과 달리 4·3항쟁의 현장에 있지는 않았다. 아마도 김석범은 4·3항쟁에 대해서 거의 동시적으로 들었겠지만 결정적인 접촉은 역시 1948년 말 계엄령 이후의 초토화 작전에서 간신히 탈출한 제주인이 대마도로 피해왔을 때 이들을 구하게 되는 과정에서 목격한 것이 가장 직접적이었을 것이다. 제주도 민중에 대한 국가의 무자비한 폭력을 가까이 보면서 4·3항쟁의 원풍경이 자리잡은 것이 아닌가 한다. 김석범은 이후 이 경험을 토대로 소설을 창작할 정도로 내면에 깊은 자국을 남겼던 것으로 보인다. 짐승에게도 쉽지 않은 만행은 인간에게 행하는 남한 국가 권력의 횡포에 다른 말이 필요 없었을 것이다. 이 충격적인 경험에 눌려 아마도 4·3항쟁 자체에 대한 이해라든가 천착이 불가능할 정도였을 것이다. 4·3항쟁에 직접 참여한 것이 아니고 이런 방식으로 경험했기 때문에 더욱 그러하였을 것이다. 그런데 이런 인식은 일본으로 넘어오는 더 많은 4·3항쟁에 참가한 이들의 경험을 듣고 거기다가 당시 김석범이 온전한 조국으로 여겼던 북한의 권위적인 4·3 해석이 결합하면서 약간 다른 방식으로 바뀌어 나간 것으로 보인다. 남한 국가 권력의 폭력에 의해 고통받는 이들에 대한 천착보다는 남로당 주체에 의해 진행된

4·3항쟁의 전개에 더 가까이 갈 수밖에 없었을 것이다. 김석범이 한창 총련에 깊숙이 개입되어 활동할 때 집필된 한글『화산도』[5]를 보면 이런 사정을 어느 정도 짐작할 수 있다. 무도한 국가 폭력으로 인해 희생당한 민중들의 모습을 복원함으로써 타락한 국가 권력을 비판하는 것보다는 당에 의해 움직이는 인물들을 중심에 놓고 반미 구국항쟁의 의미를 살리는 쪽으로 기울었다. 남로당에 관여하지 않았기에 남로당을 비판하면서 반미 구국항쟁으로 4·3항쟁을 해석하는 북한의 공식 해석이 작가에게 큰 장애물로 작용하지는 않았을 것이다. 하지만 1967년 이후 유일사상체계가 확립되면서 개인숭배가 극에 달하는 상황을 보면서 총련을 탈퇴한 김석범은 '재일'의 입장에서 한층 자유롭게 해석하고 재현할 수 있는 위치에 서게 된다. 남한과 북한 모두로부터 거리를 두게 되면서 일본어로 창작하게 된 김석범이 해석하는 4·3항쟁은 그 이전과는 분명 크게 달라졌고 그 고뇌와 성찰의 결과가 바로 일본어『화산도』가 된 것이다. 당이 타락하는 것을 현실에서 이미 보았기에 이방근의 입을 통하여 남로당의 행태를 비판할 수 있었던 것이다. 남로당과 반동의 대립이라는 프레임에서 4·3항쟁을 비로소 건져낸 이 작품은 그 자체로 '재일'의 상상력이 가져온 큰 성과라고 할 수 있다. 남북협상파의 큰 흐름 속에 이방근을 위치시키지 못한 아쉬움이 없는 것은 아니지만 이 작품은 '재일'의 작가가 한반도에 개입할 수 있는 독보적인 작업이라고 할 수 있다.

5 미완의 장편인 한글「화산도」(1965~1967)는『혼백－김석범 한글소설집』(김동윤 편, 보고사, 2021)에 수록되어 있다.

남로당원으로 참가한 김시종에게 4·3항쟁은 한층 복합적이다. 국가 폭력으로 인해 제주도 민중들이 형언할 수 없는 처참한 고통을 받는 상황을 밀항자를 중심으로 목격하면서 4·3항쟁에 연루된 김석범과 달리, 김시종은 직접 봉기에 참가하여 당시 항쟁 주체로서의 역할을 실천하였을 뿐 아니라 계엄령 이후의 국가 폭력을 직접 겪기도 한 터라 한층 복합적일 수밖에 없다. 그랬기에 김시종은 시작詩作 활동을 하면서 4·3항쟁을 직접적으로 다루었을 법한데 그렇지 않았다. 거기에는 복잡한 역사적 정황과 심리적 굴절이 존재한다. 일본으로 건너간 후 그는 한국전쟁을 바라보면서 4·3항쟁을 복기했을 것이다. 통일 독립국가의 수립을 염두에 두고 일어난 이 항쟁이 결국은 남북의 분단 고착화로 귀결된 것을 보고 자신의 과거와 항쟁을 성찰하지 않을 수 없었을 것이다. 그런데 이러한 성찰의 시간이 무르익기도 전에 그는 견디기 어려운 곤혹에 당면했다. 임화와 박헌영으로 대표되는 남로당의 중심인물들이 하루아침에 미제의 간첩으로 낙인찍히는 일이 벌어진 것이다. 김시종은 도저히 이를 받아들일 수 없게 되면서 자신을 억압하였던 남한과 남로당을 간첩으로 몰아대는 북한 모두로부터 거리를 두는 '재일'의 길을 걷기 시작하였다. 북한이 박헌영과 남로당을 비판하면서 4·3항쟁을 설명하는 기이한 역사적 해석을 일본에까지 유포하는 상황에서 김시종은 견딜 수 없었을 것이다. 4·3항쟁에 대한 복기와 성찰은 한참 이후로 미루어졌고 당장 이 곤혹스러운 역사적 상황에서 벗어나 자신의 위치를 재정립하는 일이 급선무였던 것이다. 남한과 북한 모두로부터 벗어났지만 4·3의 휘발성으로 인하여 이를 마음대로 이야기할 수 없는 언어의 감옥에 처하게 되었다. 4·3 앞에서 벙어리로 살아야 하는 곤혹스러운 세월 앞에서 그가 택한 시적 전략은 우회의 방식이었고 그것을 상상력으로 극복할 수밖에 없었다. 시인의 시집 『니이가타新潟』에서 4·3의 깊은 그림자를 확인하는 것은 이런 역사적 맥락에서이다. 남북으로부터 거리를 두면서도 평화적 통일 독립의 꿈을 상상하는 이 시집의 지향이 이승만과 김일성의 남북 단정을 극복하기 위하여 일어난 남북협상파의 평화적 통일 독립의 흐름에서 나온 4·3항쟁과 맥을 같이 한다는 점에서 『니이가타』는 4·3에 관한 시집이라고 할 수 있다. 이는 자신이 남로당원이었다고 선언할 경우 남한의 민중에게 큰 피해를 줄 것 같아 참았던 김시종이 수십 년 후에 남한의 민주화가 진전됨에 따라 공개적으로 이야기하게 될 때 해방 직후와 4·3의 회고에서 다소 엉뚱하게도 김구를 소환한 데서 찾을 수 있다. 『니이가타』를 4·3의 시집으로 읽는 필자의 생각이 결코 망상은 아닌 것이다.

4. 난민의 이산문학과 밑으로부터의 세계문학

일본 평론가 호소미 가즈유키가 김시종의 시를 착실히 읽고 그 의미를 밝힌 책을 낸 일은 매우 소중한 작업이기에 경의를 갖는다. 그의 관점에서 김시종을 읽는 참신한 시각을 배울 때도 있다. 그런데 아쉬운 것은 김시종의 가치를 한층 높이는 차원에서 하이네와 파울 첼란과 비교한 점이다. 독일문학에 익숙한 평자가 김시종의 시를 이렇게 비교하게 될 때 얻는 것이 적지 않기에 충분히 받아들일 만한 일이다. 그런데 김시종의 문학을 다른 문학인들과 비교한다면 제국주의와 식민지가 중첩되는 영토에서 산출된 빛나는 작가들과의 비교가 더 큰 의미를 주지 않을까 한다. 모두에서 말한 잔지바르 출신으로서 과거 자신들을 지배했던 영국에서 영어로 활동하고 있는 압둘라자크 구르나라든가 영국의 식민지 인도 출신으로서 제국주의의 유산인 영어로 창작하는 살만 루시디 같은 이들과의 비교가 김시종의 문학의 세계문학적 의미를 한층 두드러지게 보여주는 것이 아닐까. 언어의 문제를 빼고 보면, 팔레스타인의 시인 마흐무드 다르위시와 김시종의 시를 비교하는 것이 탈유럽적 세계문학의 가능성을 높이는 것이 아닐까. 이러한 접근은 비단 김시종에게만 그치는 것이 아니고 김석범에게도 해당된다고 생각한다.

유럽중심주의적 시각에서 벗어나 비서구 식민지 출신 작가들의 작품과 비교하는 밑으로부터의 세계문학을 상정하고 이 틀에서 김석범과 김시종을 해석하는 작업은 더 이상 미룰 수 없는 일이 아닌가 한다. 재일조선인 1세대 작가 중에서도 제주도와 직접적으로 관련이 있는 이 두 작가의 작업은 이후의 재일조선인 문학에서는 발견하기 힘든 특성을 지녔다. 난민의 문학으로서의 이 특성은 재일조선인 문학뿐만 아니라 한국 이산문학 전체에서도 앞으로 만나기 쉽지 않은 것임에 틀림없다. 따라서 김석범과 김시종을 난민의 세계문학으로서 읽어내고 이를 기존의 유럽적 세계문학이 아닌 지구적 세계문학의 지평에서 해석하는 일은 차후 우리 모두에게 주어진 과업일 것이다.

제5장

폭력과 권력 그리고 민중

4·3문학, 그 안팎의 저항적 목소리

1. 끝나지 않은(?) 4·3항쟁

해방 직후에 시작된 4·3항쟁은 마지막 야산대가 산에서 내려오고 제주도민들의 한라산 출입이 재개됨으로써 일단 마무리되었지만 결코 끝난 것은 아니다. 이는 일제 식민지로부터의 해방 이후 독립국가를 세우려고 하였던 노력이 무산되고 분단국가로 귀결되는 시점에서 분단 극복의 방도를 둘러싸고 일어났기에, 아직 분단을 극복하지 못한 오늘날의 현실에서 이미 완료되었다고 하기는 어렵다.

또한 4·3항쟁은 한반도에서 냉전이 본격적으로 심화되는 길목에서 생긴 것이고 이후 냉전의 대결을 더욱 가속화시킨 계기로 작용하였기 때문에 남북한의 민중 모두가 이 냉전적 억압으로부터 완전히 벗어나지 못하고, 이로 인하여 엄청난 고통을 받고 있는 오늘날의 현실에서 결코 과거의 일로만 취급할 수 없는 것이다. 그런 점에서 4·3항쟁은 끝난 것이 아니다. 따라서 분단이 극복된 후의 시점에서 항쟁을 바라보는 관점과 분단 상태에서 분단의 극복을 꿈꾸면서 이를 바라보는 관점은 다를 수밖에 없는데, 현재 우리가 서 있는 자리는 후자이므로 복합적이면서도 실천적 시각의 견지가 중요하다 할 수 있을 것이다.

오늘날 4·3항쟁을 다루게 될 경우 그것은 단순히 과거의 국가 폭력을 드러내 보여줌으로써 망각된 역사를 되살리는 것에 그치는 것이 아니고, 남북한의 냉전적 기득권 세력에 의해 아직도 해결되지 못하고 있는 이 분단 구조를 어떻게 극복해야 할 것인가의 문제와 직결된다고 했을 때, 4·3항쟁을 다룬 작품들 중에는 이러한 문제의식을 담고 있는 것과 그렇지 못한 것이 있다고 할 수 있다. 필자가 이 글에서 현기영과 김석범 두 작가를 선택하여 글을 쓰게 되는 데에는 이들이야말로 바로 이러한 의식의 긴장을 갖고 작품을 썼다고 판단했기 때문이다.

잘 알려져 있는 것처럼 이 두 작가는 국내외에서 4·3항쟁을 일찍부터 소재로 다루었다. 그러나 이러한 이유만으로 이들의 작품이 중요성을 가진다고 할 수는 없다. 이들 작가의 작품이 빛을 발하는 것은 억압의 공포 속에서 아무도 하지 않는 이야기를 우리 모두에게 환기시켜주었을 뿐만 아니라, 이후 지속적으로 이를 다루면서도 분단 한국의 모순과 이를 극복하여 바람직한 통일 한국 사회를 만들고자 하는 지향을 한시도 놓치지 않았다는 바로 그 점에 있는 것이다. 그런 점에서 이 글은 이 두 작가를 중심으로 다루고자 한다.

이 두 작가는 자신이 처한 사회적 조건에 따라 각각 상이한 창작적 고뇌를 경험하였고 이에 따라 독특한 방법을 취하였다. 특히 자신들이 상정하고 있는 잠재적 독자의 차이로 말미암아 그 접근 경로가 다를 수밖에 없었다. 한반도 안의 남녘에서 작품을 쓴 현기영의 경우 사상의 제약으로 인하여 쓰고자 하는 것을 마음대로 표현할 수 있는 형편이 되지 못하였다. 바깥이라면 아무런 문제가 되지 않는 것도 넘어서기 어려운 벽으로 다가오기도 했기에 4·3을 바라보는 눈과 문제의식이 한반도의 남녘이란 현실적 제약 위에서 이루어졌던 것이다. 한반도 바깥인 일본에서 작품을 썼던 김석범의 경우 현기영이 겪었던 그러한 제약은 없었지만 한때 몸을 담았던 총련 조직과 재일본 조선인 사회라는 또 다른 한반도의 연장 공간 속에서 작업을 하였기 때문에 전혀 다른 고뇌를 겪어가면서 작품을 쓸 수밖에 없었다. 그런 점에서 이 안팎의 목소리는 오늘날 우리에게 4·3을 바라보고 그 속에서 분단 극복과 인간해방을 생각함에 있어 오히려 풍부하고 다양한 시선을 제공해준다고 할 수 있다.

여기서는 현기영의 소설의 경우 지금까지 나온 세 권의 단편집에 수록된 4·3항쟁 관련 작품만을 대상으로 삼았다. 김석범의 경우 4·3항쟁을 다룬 단편들이 있기는 하지만 이 글에서는 그것의 집약이라 할 수 있는 장편소설 『화산도火山島』를 중심 대상으로 하고자 한다.

2. 현기영_ 역사 속의 민중 발견과 강요된 망각에의 저항

현기영은 작품 활동을 시작하면서부터 4·3을 다루기 시작하여 지금까지 지속적으로 이를 천착하고 있다. 이는 한국문학사에서 결코 흔한 풍경이 아니다. 한국문학의 큰 약점 중의 하나로 작가의 치열성과 일관성 부족을 들게 되는데, 그런 점에서 현기영의 작가적 태도는 분명 낯선 것임에 틀림없다. 기나긴 창작 인생에서 이것을 다룬 소설이 한 번도 끊어지지 않고 나오고 있으며, 중간중간 다른 것을 다루어 이것을 직접 등장시키지 않는 경우에도 4·3과 전혀 무관하지 않은 작품장편소설 『변방에 우짖는 새』와 『바람 타는 섬』을 쓴 것을 생각해보면 이는 분명 우리 문학계에서 흔한 일이 아니다.

그런데 그가 이렇게 이 문제에 집착하여 다루는 것은 단순히 자신의 고향에서 일어난 이 참화에 대해 밝혀보겠다는 생각만으로는 불가능한 일이다. 만약 이런 성격의 것이라면 한두 작품으로 족했을 것이고 그 이상으로 한다 하더라도 이렇게 지치지 않고 줄기차게 하기는 쉬운 일이 아니었을 것이다. 그가 이 일에 매달릴 수 있었던 것은 4·3이 비단 제주도지역의 한 사건으로 끝나는 것이 아니라 분단시대의 모순이 집약되어 있는 핵심적 사건으로 보고 있기 때문이다. 분단으로 인해 발생한 모든 문제에 대해 끝까지 부닥쳐보면서 이를 극복하는 데 문학적으로 일조를 해야 한다고 믿기 때문에 이러한 작업이 가능했던 것이라고 생각된다.

4·3을 다룬 현기영의 소설은 크게 두 가지의 방향으로 진행한다. 하나는 역사 속의 4·3 자체를 다루면서 냉전적 억압체제하에서 고통받는 민중들을 발견하고 그들의 목소리를 역사의 전면에 내세우는 일이며, 다른 하나는 그것이 이후 우리의 삶에 미치는 영향과 의미를 탐구하면서 강요된 망각과 싸우는 일이다. 물론 이 두 가지는 시간이 흐르면서 변주되어 확산되기는 하나 그것이 기본적으로 지향하는 바는 결

코 흔들리지 않는다. 어떤 경우에는 그 두 가지의 지향이 한 작품 속에 서로 스며들어 있기도 하고, 어떤 경우에는 각각의 작품이 독자적으로 이를 담고 있어 작품 서로간에 반향하기도 한다.

이 점을 염두에 두고 그의 세 권의 단편집 『순이 삼촌』1979, 『아스팔트』1986 그리고 『마지막 테우리』1994를 차례로 살펴보자. 이 세 작품집은 일정한 휴지부를 사이에 두고 나온 것으로 작품집마다 4·3을 다룬 작품들이 수록되어 있다. 몇 편의 작품이 연이어 나오다가 다시 일정한 틈을 갖고 이어 다시 몇 편의 작품이 나오고 하는 식으로 되어 있기에 이들 휴지부는 자연스럽게 작가의 사유와 지평의 마디 역할을 하게 된다. 그렇기 때문에 이 마디를 경계로 하여 세 단계로 나누어 각 시기에서 이 두 가지 방향, 즉 4·3 자체 속에서 민중의 역사를 구하려고 하는 것과 이후 분단시대의 냉전적 억압의 문제가 어떤 식으로 드러나고 확산되어 가는가를 살피고자 한다.

우선 첫 작품집 『순이 삼촌』부터 예의 시각을 염두에 두고 읽어보자. 4·3을 본격적으로 다룬 그의 첫 작품인 「순이 삼촌」1978은 그동안 묻혀 있었던 문제를 끄집어내어 우리에게 강한 충격을 주었다는 점 그리고 금기시되어오던 문제를 다루었다는 이유로 작가가 붙잡혀 가 고생을 했다는 점에서 우리의 관심을 붙잡아두는 작품이지만, 앞서 언급한 4·3을 다룬 현기영 작품의 두 가지 방향을 한 작품에서 동시에 다루고 있다는 점에서 현기영의 4·3문학의 출발점이라 할 수 있을 것이다.

이 작품에서 작가는 4·3 자체를 다루면서 역사 속의 민중을 드러내는 한편 그것이 이후 이곳 출신들의 삶에 미치는 영향을 동시에 다루고 있다. 이 작품과 더불어 『순이 삼촌』에 실린 작품들, 예를 들어 「도령마루의 까마귀」1979와 「해룡 이야기」1979 그리고 「순이 삼촌」을 비교하면 이는 더욱 명료해진다. 「도령마루의 까마귀」가 4·3이 일어났던 당시의 역사적 사실을 문학적으로 추구한 것이라면, 「해룡 이야기」는 4·3 그 자체의 역사적 사실보다는 그것이 이후 이곳 출신들의 삶을 규정하고 있는 현실을 다루고 있다. 그런데 「순이 삼촌」의 경우 이 두 문제가 동시에 다루어지고 있어 단연 4·3을 다룬 현기영 문학의 두 방향 모두에서 자연스러운 출발점이 되는 것이다. 그런 점에서 이 글도 이 작품부터 시작한다.

우선 4·3 그 자체의 역사 속에서 민중을 발견하는 작업과 이후의 영향 문제 중에서 먼저 전자에 초점을 맞추어 「순이 삼촌」을 읽어보자. 4·3을 다루는 작가 현기영의 시각에서 두드러지게 드러나는 것은 작가의 시선이 '도피자'에 맞추어져 있다는 점이다. 이때의 도피자란 것은 현실로부터의 도피라는 일반적 의미가 아니고, 4·3 당시에 항쟁을 주도하였던 야산대와 이들을 진압한다는 명분으로 무고한 제주도 사람들을 숱하게 탄압하였던 토벌대의 틈바구니 속에서 어디에도 가담하지 못하고 몰리다가 억울한 죽음을 맞이하였던 역사 속의 구체적인 사람들을 가리킨다.

이 도피자의 시각에서 볼 때 산사람들은 단정을 반대한다는 주관적 지향에도 불구하고 당시 우리 민족 현실의 전체상을 올바르게 판단하지 못했을 뿐만 아니라 대중들의 상태를 충분히 파악하지 못하고 무력항쟁을 시도하여 토벌대의 무지막지한 폭력만을 초래한 모험주의자로 비친다. 이에 반해 토벌대들은 얼마 되지 않은 입산자들을 잡는다는 명분 하에 수많은 제주도민과 그들이 살고 있던 마을을 초토화시킨 폭력의 행사자로 인식되는 것이다. 이들 양 세력의 싸움이 격화되어가면서 이 사이에 그 어떤 것도 허용되지 않는 편협한 상황에서 산사람들에게는 토벌대의 앞잡이, 즉 반동으로, 토벌대에게는 산사람의 동조자, 즉 빨갱이로 낙인찍혀 죽음을 당하지 않기 위해 많은 남녀들이 산과 마을의 중간지대에서 숨어 지내다가 대부분은 잡혀 억울한 종말을 맞는 것이다. 바로 이들이야말로 작가가 가장 애정을 갖고 보고 있는 인물들이다. 「순이 삼촌」에 등장하는 주인공 나의 아버지도 바로 이 와중에서 일본으로 밀항하였고, 순이 삼촌의 남편 역시 안팎의 외압 속에서 견디지 못해 행방불명되었다. 작가는 바로 이들 인물들의 억울함을 중심에 놓고 4·3을 보고 있는 것이다.

야산대와 토벌대 모두에 의해 억울한 죽음이 초래되었지만 작가가 많은 비중을 두어 묘사하고 있는 것은 역시 토벌대에 의한 것이다. 산에 있는 200명의 사람을 색출하기 위하여 5만 명을 죽이는 일이 어떤 명분으로 정당화될 수 있는가라는 작가의 질문은 이를 잘 말해주는 대목이다. 작가가 배경으로 하는 시점이 주로 4·3이 처음 일어난 1948년 4월 무렵이 아니라 토벌대의 본격적인 초토화 작전이 시작된 1948년 10월 이후의 무렵이라는 것 역시 이를 뒷받침해주고 있다. 잘 알려져 있는 것처럼 이 무렵에 이르러 산에 남아 있는 일부 산사람들을 색출하고 주민들을 소개하는 일을 하면서 많은 중산간의 주민들을 빨갱이로 몰아 죽음으로 내몰았다. 바로 이때 많은 도민들이 이승에서 사라져버린 것이다. 그렇기 때문에 작가는 이 시간대를 작품의 시간적 배경으로 하여 어떤 이유로 이들이 떼죽음을 당했는가를 보여주면서 이런 폭력을 행사하였던 토벌대와 이를 배후에서 감싸고 조종한 폭력의 주체, 즉 미군정과 이승만정부를 강하게 비판하고 있는 것이다.

「순이 삼촌」도 그러하지만 거의 같은 시기에 발표한 「도령마루의 까마귀」의 경우에서도 이는 고스란히 드러나고 있다. 귀리네가 울력을 다니면서 아들 순원이를 만나볼 생각으로 여기저기 살피다가 결국 찾게 되는 것은 자기의 남편, 즉 순원이 아버지이다. 말할 나위도 없이 순원이 아버지는 이리저리 헤매다가 결국은 토벌대에 의해 죽음을 당한 것이다. 한때는 도피자로 떠돌아다니다가 산사람들에 의해 붙잡혀가 행방불명되었지만 결국은 빨갱이로 몰려 억울한 죽음을 맞은 것이다. 귀리네가 아들을 만나려고 애를 쓰다가 결국은 죽은 남편의 시체를 치우는 일을 하게 되는 기막힌 상황을 통하여 작가는 당시 이 토벌대에 의해서 무참하게 억울한 죽음을 당한 사람들의 한을 풀어주고 있는 것이다.

이들 토벌대의 폭력에 대해 가차없는 비판을 가하고 있는 현기영의 작품 속에서 우리가 놓칠 수 없는 것은 같은 토벌대 중에서도 제주도민에 대해 행사한 가혹함에 있어 경중이 있다는 것이다. 군대와 경찰 중에서도 이 지방에서 태어난 사람들의 경우보다 외지에서 들어온 육지 출신들의 횡포가 심했다는 점과 또한 육지 출신 중에서도 서북 출신들의 그것이 훨씬 가혹했다는 사실을 작가는 반복해서 보여주고 있다. 이 점은 「순이 삼촌」에 등장하는 고모부의 경우를 비롯하여 여러 작품에서 반복적으로 드러나고 있다. 고모부는 빨갱이로 몰려 죽지 않기 위하여 서북 출신을 사위로 맞아들여 가족의 일부를 구했던 할아버지의 기지로 인하여 이 마을에 정착하게 된다. 그는 이 사건이 터진 30년 후인 지금에도 이 마을의 한 구성원으로 살면서 이 사건과 관련된 이야기가 나올 때마다 왜 과거의 일을 들추어 안색 붉힐 일을 만드느냐고 하면서 과거사를 묻어두는 일에 앞장서는 인물이다. 아문 상처를 덮어두려고 안간힘을 씀에도 불구하고 지금껏 버리지 못하고 가끔 터져 나오는 서북 사투리 때문에 주변 사람들에게 과거의 폭력을 한층 생생하게 상기시켜주는 역할을 본의 아니게 맡기도 한다. 작가는 바로 서청에 의한 폭력을 가장 집요하게 묘사하면서 이를 비판하고 있는데, 이것은 어디까지나 당시 토벌대가 행한 폭력 속에서 이루어지고 있는 것이다.

빨갱이와 반동의 틈바구니에서 살아나가려고 발버둥친 민중들의 입장에 서서 토벌대의 폭력과 야산대의 권력에 대해 저항하고 있는 작가가 가장 힘을 들여 비판한 것은 역시 위에서 본 것처럼 토벌대에 대한 것이지만, 당시 일반 민중들을 반동으로 몰면서 그들의 억울한 죽음을 초래한 산사람들에 대한 비판에 있어서도 고삐를 늦추지 않는다. 물론 이것은 토벌대에 대한 작가의 비판의 강도와는 비교되지 않을 정도의 것임은 분명하지만 그렇다고 해서 무시될 수 있는 정도의 것도 아니다. 냉전이 격화되고 또한 야산대가 소수화되어가는 것과 반비례하여 토벌대의 포위 강도가 강해지자 위기의식을 느낀 산사람들은 일반 민중들을 아주 편협하게 대하게 된다. 산으로 올라오거나 협조하지 않으면 모두 반동으로 간주하는 것이다. 이러한 대응방식은 당시의 대치된 현실에서 자신들이 옹호한다고 여기던 일반 민중들의 입장을 오히려 생각하지 않은 처사에서 나온 것임을 작가는 강조하고 있다.

쌀을 모아달라고 하는 야산대의 요구를 부담스럽게 여기면서 차라리 빼앗아가는 것이 경찰로부터 우리를 보호하는 길이라고 설득하는 주인공의 종조부가 산사람들의 대창에 찔려 숨지는 장면을 묘사하는 대목을 삽입한 것 역시 이를 극적으로 보여주기 위한 작가의 문제의식에서 나온 것이라 할 수 있다. 그만큼 당시의 산사람들 역시 냉전의 폐해에서 벗어나기 어려웠고, 이는 시간이 지나면서 고립감이 심화될수록 격화되어 결국은 민중을 위한다는 원래의 명분은 사라져 버리고 민중들로부터 이반되는 결과를 빚게 되는 것이다. 이런 점들을 미루어볼 때 작가는 역시 도피자의 시각에 서서 이들 민중들의 삶을 짓밟아버린 폭력과 권력에 대해 비판하고 있음을 확인할 수 있다.

이렇게 도피자의 시각에 서 있다고 해서 그가 분단현실을 다룬 당시의 다른 작품에서 드러나고 있는 것처럼 이데올로기와 인간을 평면적으로 대립시키는 그러한 안이한 접근법에 빠지고 있지는 않다. 빨갱이와 반동의 틈바구니에서 시달려 피해를 입은 사람들이 갖기 쉬운 태도 중의 하나가 바로 이데올로기와 인간을 대립시키는 방식이다. 이데올로기 때문에 이러한 비극이 생겼다고 믿는 사람들은 이데올로기는 나쁜 것이기 때문에 어떠한 사상도 인간이 가져서는 안 된다는 것으로 나아가게 되어 결국 진공 속의 인간을 상정하는 관념적인 문제에 빠지기 일쑤다.

어떤 이데올로기가 어떻게 작용하여 인간의 삶을 불행하게 했는가

하는 탐구는 빠져버린 상태에서 남는 것은 모든 사상을 배척하는, 현실에서는 가능하지 않은 태도이다. 분단현실을 다룬 이 시기의 다른 작가들의 작품을 읽어보면 이러한 태도를 어렵지 않게 읽어낼 수 있다. 작가 현기영은 이러한 태도와는 아무런 공통점이 없다. 이데올로기에 대한 비판을 내세우면서 순수한 인간을 내세우는 태도가 민중과는 거리가 먼 쪽으로 가는 것과는 달리 현기영은 민중의 입장을 한층 더 부각시키는 것이다. 그가 양쪽에 비판적 시각을 갖는 중요한 이유는 바로 이러한 태도들이 결국 민중의 이름을 앞세우지만 실질적으로는 민중들의 삶을 파괴시키는 폭력을 행사한다는 점에 있다. 그런 점에서 현기영이 빨갱이와 반동 속에서 도피자적 입장을 갖는 것은 순수한 진공 속의 인간을 내세우면서 이데올로기를 비판하는 당시 다른 작가들의 손쉬운, 그러나 별 의미를 주지 않는 양비론적 입장과는 명백한 차이가 있다.

4·3을 다룬 현기영 작품의 방향은 앞에서 다룬 것처럼 4·3 그 자체의 역사를 민중의 입장에서 해석하려고 하는 것이며, 다른 하나는 그것이 이후 미치는 영향을 중심으로 분단시대의 억압을 다루려고 하는 것이다. 이제 후자를 염두에 두면서 「순이 삼촌」부터 읽어보자. 분명 4·3은 1948년에서 시작하여 1954년에 이르기까지의 일로서 사건 자체는 종료되었다고 할 수 있을 것이다. 그러나 그것으로 인해 빚어진 엄청난 비극은 비단 그 시기에 국한되는 것이 아니고 이후 한국사에서 다양한 방식으로 지속되었다. 일차적으로 그 사건과 관련되어 피해를 입었던 사람들의 문제로 드러나기도 하고, 이차적으로는 분단 현대사에서 냉

전의 사고를 확충 심화시키는 것으로 나타났다. 바로 이런 점들을 놓치지 않고 보고 있다는 점에서 현기영에게 있어 4·3이란 과거의 것만이 아닌 현재의 것이기도 한 셈이다. 이 점을 우리는 「순이 삼촌」에서부터 확인할 수 있다.

이 작품은 주인공이 고향으로 내려오는 것으로부터 시작된다. 8년간 한 번도 내려와 보지 않았던 고향에 어쩔 수 없이 내려오는 것으로 시작되는 이 소설에서 작가가 우리에게 뚜렷하게 보여주는 것은 피해 당사자들의 마음속에서 고향을 지워버리려고 하는 마음가짐이다. 이 작품에서 주인공의 마음속 고향은 온통 어둠과 절망으로 채색되어 있다. 우리가 고향에 대해 가질 수 있는 그 어떠한 그리움의 감정도 이들은 가지지 않는다. 그 대신에 고향에서 멀리 떠나 살고 싶어 하는 마음이 간절할 뿐이다. 그런데 그러한 마음가짐을 잘 들여다보면 거기에는 일차적으로 과거 사건에 대한 공포심이 작용한다. 그 엄청난 폭력 속에서 그나마 운 좋게 살아난 사람들만이 지금 살고 있는 것이기 때문에 항상 그들 뒤에는 과거의 폭력에 대한 무서움이 도사리고 있어 그것으로부터 피해 나오려고 무의식중에도 노력하게 되는 것이다.

사실 이 작품에서 순이 삼촌이 고향집과 또 고향의 딸네 집을 버리고 서울로 올라와 주인공의 집에서 살림을 돌봐주면서 살려고 했던 것 역시 바로 이러한 공포로부터 해방되기 위한 필사적인 몸부림이라고 할 수 있다. 그런데 주인공의 그러한 안간힘이 허사로 돌아가는 것처럼 순이 삼촌의 노력 또한 부질없는 짓으로 끝난다. 4·3대학살의 공포로부터 벗어나려고 노력하지만 종국에는 거기에 사로잡히고 마는 것이다.

그렇기 때문에 피하기보다는 오히려 마주 봄으로써 그것을 넘어서는 방도밖에 없는 것이다. 피하면서 잊기보다는 마주 보면서 극복하려는 자세를 우리는 「해룡 이야기」에서 만나게 된다.

「해룡 이야기」에서 문중호는 자신의 마음속에 가라앉아 있는 고향을 멀리하고픈 감정이 결국 공포에서 기인하는 것임을 깨닫게 되고 이로써 그는 왜 예전에 일본 해적들을 '해룡'이라고 표현했는가 하는 것을 이해하게 된다. 결국 엄청난 공포 속에서 겁에 질려 살아온 사람이 그것을 극복하기가 어려울 때 자신이 겪은 일을 숙명이나 팔자소관으로 돌리기 위해서는 그 공포를 야기시킨 대상을 엄청난 위력을 가진 존재로 탈바꿈시키고 마는 것이다. 일본 해적들을 해룡으로 신비화시킨 것처럼 4·3을 겪은 제주도의 사람들은 알게 모르게 자신들의 머릿속에서 국가의 권력을 거대한 힘의 존재로 만들어버리고, 그 속에서 자신의 운명을 왜소화시키고 항상 불안에 떨면서 사는 것이다. 이 작품의 주인공이 친구가 전화를 걸어 경찰이라고 하면서 속이려고 했을 때 놀라는 것이나, 혹은 자기 어머니가 서울에서 길을 잃어 파출소에서 전화가 오지나 않을까 하는 걱정을 하는 설정 속에는 바로 이러한 국가 권력에 대한 뿌리 깊은 공포가 놓여 있다. 토벌대에 의한 도피자들과 그의 가족들의 죽음은 바로 국가 공권력이 자의적으로 작동하면 어떤 폭력을 행사할 수 있는가를 너무나 잘 보여주었기 때문에 이는 이후에도 이러한 경험을 가진 사람들에게 억압으로 작용하는 것이다.

물론 이러한 점은 비단 이 사건을 겪은 사람들만의 문제는 아니고 분단과 전쟁을 겪은 이후의 남북한 대부분의 민중들이 정도의 차이만 있을 뿐 공통적으로 갖는 것이기는 하지만 4·3을 겪은 사람들만큼 심하지는 않은 것이라 할 수 있다. 그런 점에서 바로 이러한 국가 권력이 행사하는 폭력 앞에서 굴하지 않고 자기 자신을 회복한다는 것은 매우 의미 있는 일임에 틀림없다. 이 작품에서 주인공 문중호가 친구들을 자기 집에 불러놓고 마음껏 제주도 사투리를 써가면서 한번 놀아볼까 하는 생각을 하는 것은 바로 그동안 자신을 억압하였던 실체를 확인하고 그것과 마주 보면서 이를 넘어서려고 하는 노력의 일 표현이라 할 수 있을 것이다. 바로 국가 권력의 횡포로부터의 해방이라고 할 수 있을 것이다.

1980년대에 들어서도 4·3에 대한 현기영의 집요한 추구는 끊이지 않고 이어졌지만 과거의 것을 단순히 되풀이하는 것은 아니고 확대되어 갔다. 광주항쟁과 그 이후 이어지는 또 다른 억압적 상황을 겪으면서 작가의 과거를 바라보는 시각은 한층 더 심화되어 가며 현재성을 획득하게 된다. 이러한 작가의 노력이 깊이 스며 있는 작품이 수록된 두 번째 단편집 『아스팔트』를 읽어보자. 이 작품집에 수록된 「길」1981은 흔히 화해를 보여주는 작품으로 읽히곤 한다. 이 작품에서 주인공이 과거에 자기의 아버지를 살해했던 토벌대 출신인 휘진의 아버지에 대하여 가졌던 적대감을 극복하는 과정을 그린 것을 두고 흔히들 이런 해석을 하는 것이다. 그러나 이 작품을 잘 읽어보면 이는 단순한 화해와는 일정한 거리가 있는 작품임을 알 수 있을 뿐만 아니라, 나아가 이전의 작가의 시각이 지속적으로 확충되고 있음을 발견할 수 있다. 앞서 이야기한 바 있는 것처럼 작가 현기영의 관심 중의 하나가 바로 4·3 당시의 역사적 진실을 추구하는 것이고, 이럴 때 그가 지녔던 시각은 도피자의 편이었다. 이러한 시각은 이 작품에서도 그대로 드러난다고 할 수 있다.

이 작품의 주인공이 휘진의 아버지 박춘보를 만나려고 한 것은 분명 과거의 적대감에서 어느 정도 벗어났기 때문에 가능했던 것도 사실이다. "가해자는 개인이 아니라 개인을 발광케 만든 한 시대였다"는 인식이 있기에 분명 과거의 적대감에서 벗어날 수 있었다. 그런데 이 대목에만 집착하여 이를 화해의 근거로 삼는 것은 이 작품의 전체적 문맥을 간과하는 것이다. 주인공이 박춘보를 더 이상 자신의 아버지를 죽인 살해자로서 보지 않고 그 역시 이 난세의 와중에서 희생자였음을 인정하고 마음을 누그러뜨릴 수 있었던 데에는 '빨갱이'와 '반동'이란 두 극단적인 규정 속에서 자신의 생명을 지키기 위하여 최소한의 자기방어 차원에서 이런 일을 저질렀다는 상황을 이해한 것이 작용하였다.

박춘보는 양쪽 진영이 첨예하게 대립하고 있는 위험한 상황에서도 자신의 소를 찾기 위해 산을 헤매다가 결국 야산대 용의자로 몰려 붙잡혔다가 살기 위하여 자신의 가족을 저당잡히고 토벌대의 산 안내자의 길로 들어선 사람이다. 그리고 잘못 인도하여 토벌대의 여러 사람들을 죽이게 되어 결국 통비분자로 몰리게 되자 자신의 결백함을 증명하기 위하여 더욱더 토벌대의 앞장에 섰던 것이다. 그런 점에서 그는 토벌대의 일원이지만 사실은 넓은 의미에서 보면 도피자인 것이다. 즉 당시 냉전의 첨예화된 상황에서 한 민중이 자신을 살리기 위하여 선택한 하나의 방식일 뿐인 것이다. 그런 점에서 그는 분명 넓은 의미의 도피자이고, 작가 현기영이 그동안의 소설에서 지속적으로 등장시켰던 바로 그 도피자의 계열에 속하는 것이다. 그런 점에서 이 소설에서 작가는 화해를 말했다기보다는 오히려 도피자의 시각을 확충했다고 보아야 할 것이며 그 과정에서 민중의 실체를 더욱 분명하게 했던 것으로 보아야 할 것이다. 그런 점에서 당시 일부의 소설이 그러한 것처럼 어설픈 화해를 이야기하는 것은 아니다.

이 점은 이 시기에 발표된 현기영의 다른 작품인 「아스팔트」1984를 보면 한층 더 분명해진다. 지금은 중학교 교감이 된 창주가 한때 이 마을에서 주민들을 괴롭혔던 강영조의 마지막 말을 듣기 위해 눈발을 헤치고 밤길을 가는 과정이 이 작품의 골격이다. 언뜻 보아 과거의 가해자와 피해자가 이제 옛 상처를 넘어서 죽음을 앞에 두고 화해하는 것으로 보일 수도 있으나 이는 잘못된 독법이라 할 수 있다. 이 작품에서 묘사되고 있는 것처럼 강영조의 경우 한때 토벌대의 안내자 일을 하기도 하고, 나중에는 이장 일을 맡으면서 주민들을 괴롭힌 장본인으로 나오지만, 더 깊이 읽어보면 이 인물 역시 처음부터 그러했던 것은 아니다. 이 사람 역시 넓은 의미의 도피자였던 것이다. 당시 산은 빨갱이이고 해변은 반동이라는 이분법이 지배하는 상황 속에서 살아남기 위하여 산으로 도피하다가 붙잡혔고 생존하기 위하여 결국 토벌대에 협조한 것이다.

그런 점에서 그는 넓은 의미의 도피자의 하나일 뿐이고, 그의 이후의 행동은 사실 민중들이 자기의 삶을 지키기 위한 방어에 지나지 않았던 것이다. 그렇기 때문에 그는 이런 도피자와는 무관하게 처음부터 폭력을 행사하기로 마음먹고 일을 시작한 것으로 설정된 이북 출신의 순경 임씨와는 다른 것이다. 작가가 마지막 대목에서 강영조가 과거 자신의 행동을 뉘우치기 위하여 아들을 통해 창주를 부르러 보낸 것과는 대조적으로 임종을 맞이하러 잠깐 왔어도 강영조가 무슨 말을 할 것인가를 눈치채고 슬그머니 달아난 임씨를 등장시킨 것은 바로 이러한 맥락에서 이해될 수 있다. 그런 점에서 작가는 「길」에서와 마찬가지로 단순히 가해자와 피해자 사이의 화해를 이야기하려고 한 것이 아니라 4·3의 와중에서 어쩔 수 없이 토벌대에 협조했던 사람 역시 크게 보아 도피자의 하나이며 희생자의 하나임을 말하면서 당시 사건의 실체를 더욱 분명하게 이야기하고자 하는 것이다.

「길」에서 우리가 단순히 넘길 수 없는 것 중의 하나가 주인공의 의식의 변화에서 감지할 수 있는 피해의식으로부터의 해방이다. 이미 이야기했던 것처럼 주인공의 의식의 변화는 단순한 적대에서 화해로의 전변이 아니다. 오히려 그의 의식의 변화에서 중요한 것은 앞서 말한 것처럼 박춘보 노인 역시 피해자라는 인식과 더불어 자기의 마음 깊이 도사려 있던 금기로부터 해방되려고 하는 마음가짐이다. 아버지가 4·3의 와중에서 죽은 이후 그의 마음속에는 한편으로는 자기 아버지를 죽었던 사람을 찾아내 복수함으로써 아들의 구실을 다하겠다는 생각도 있지만, 다른 한편으로는 근 30년 동안 자신을 내리눌렀던 피해의식을 극복해야겠다는 생각도 있는 것이다. 4·3은 자신들의 운명을 바꾸어 놓았던 일생 최대의 사건이었지만 그것은 가슴속에 묻어놓고 지낼 수는 있지만 드러내어 말하면서 따질 수 있는 성격의 것이 아니었다. 그랬기에 그동안 피해의식에 가위눌려 한 번도 과거를 들추어내려고 하지 않았던 것이다. 그러던 그가 박춘보 노인을 만나려고 노력하는 과정은 바로 이러한 의식으로부터 해방되어 당당하게 살아가려고 하는 마음과 떼어놓고 생각할 수 없는 일이다. 그러나 이 작품에서 잘 드러나고 있는 것처럼 이 역시 쉽지 않다. 그만큼 그동안의 억압이 심했다고 할 수 있다. 이 작품의 마지막 대목에서 극명하게 드러나고 있는 것처럼 마침내 그가 결심을 단단히 하고 박춘보 노인을 찾아가기 위해 집을 떠나 고향의 옆 마을을 향하였고, 박춘보 노인의 집 가까이 왔을 때 이것은 이미 그의 마음속에서 오랫동안 자신을 괴롭혔던 금기와 억압으로부터 벗어나고 있음을 증좌하는 것이다. 그렇기에 박춘보 노인이 죽었다는 사실은 사태를 크게 바꾸지 못한다. 만나거나 만나지 못하거나 하는 문제는 마음의 금기를 깬 상태에서 이제 별 중요한 의미를 갖지 못하는 것이다.

1980년대의 작품 중에서 특기해야 할 것은 4·3을 그 자체로 보기보다는 그 이전의 역사적 흐름 속에서 보려고 하는 태도이다. 4·3이라는 것이 가깝게는 해방 직후의 현실로부터 시작된 것이지만 멀리 보면 그 이전의 역사 흐름의 연장선 위에 놓여 있다. 바로 이러한 시각에서 4·3을 탐구하는 노력이 이 시기에 보이는데, 이는 「잃어버린 시절」1983에서 이미 부분적으로 드러났으며, 1990년대에 들어 본격화된다.

1990년대에 들어서도 작가 현기영은 4·3 문제에 대하여 끈질기게 추구하고 있다. 6월 민주항쟁의 과정에서 민중들이 성취한 것은 결코 적은 것이 아니다. 특히 냉전시대의 오랜 피해의식으로 인해 불행한 경험을 했던 사람들로서는 이 민주주의의 일부 성취가 자신의 삶을 흔들어놓는 계기를 마련해주었다고 할 수 있다. 이 시기에 이러한 변화된 상황에서 다시 4·3을 다룬 작품들이 나오는데, 이는 세 번째 단편집 『마지막 테우리』에 수록되어 있다. 현기영의 작가적 능력에 대해 신뢰를 갖고 있는 사람들 중에서는 작가가 이렇게 자기 고향인 제주도의 4·3을 지속적으로 천착하는 태도에 대해 불만을 느낄 수도 있지만, 이 4·3이 단순히 제주도에 국한된 것이 아니고 해방 이후 우리나라의 분단현실에서 빚어진 냉전적 대결과 이로 인한 온갖 참화의 원형이라는 점에서 단순히 지역적인 것이 아니라는 점을 감안하면 오히려 이러한 작가의 작업에 경의를 표해야 할 것이다. 분단현실에서 작가가 해야 할 일에 대해 정직하고 성실하게 접근한다고 보는 것이 타당할 것이다.

이 시기는 그 이전에 비해 상대적으로 창작의 자유가 주어졌던 시기이다. 1987년 6월항쟁을 넘어서면서 숱한 희생 위에서 쟁취된 민주주의의 성장에 힘입어 일정한 범위 내에서는 과거에는 생각하기 어려웠던 그러한 창작상의 자유를 누릴 수가 있었다. 물론 이것은 대단히 제한된 것이라 진정한 사상의 자유와는 여전히 거리가 먼 것이고, 그런 점에서 작가로서는 여전히 큰 정신적 부담을 가질 수밖에 없는 상황이었지만 이전에 비해서는 그나마 상황이 조금 나아졌다고 할 수 있을 것이다. 이와 더불어 이 시기에 지적할 수 있는 것은 국가사회주의의 전반적 붕괴 이후에 이 땅에 몰아닥치기 시작한 역사에 대한 무관심의 팽배이다. 역사라 하면 큰 이야기로 치부해버리면서 자기의 역사와 문제를 잊어버리려고 하는 태도가 팽배해지면서 그나마 과거에 우리 사회가 가졌던 건강한 역사 의식마저도 일부 지식인과 대중적 차원에서 사라져버리는 사태를 맞이하게 되었다. 바로 이러한 착종된 국면 속에서 작가는 다시금 4·3을 다루게 된다.

현기영은 1980년대 중반에 일련의 4·3을 다룬 단편소설을 발표한 후 한참 동안 이 계열의 작품을 발표하지 않다가 4·3의 전사前史로서 1930년대의 제주도 잠녀투쟁을 그린 『바람 타는 섬』을 발표하였다. 이 역시 4·3의 전사로서의 의식을 갖고 쓴 것이기 때문에 분명 연관이 있다고 할 수 있지만 그것은 어디까지나 우회적인 것이고 간접적인 것이다. 이렇게 역사적 호흡을 고른 다음 그는 다시 4·3을 다룬 일련의 단편을 발표하기 시작하였다. 이 시기에도 작가의 관심은 역시 도피자의 시각에 맞추어져 있다. 이 점은 「마지막 테우리」1994에서 가장 잘 드러나고 있는데, 이 작품의 주인공 순만 노인이 바로 그러한 인물이다. 소를 키우던 테우리였던 순만 노인이 결국 산사람과 토벌대 사이에서 한때는 산사람들의 편에 서서 일을 도우다가 나중에 토벌대에 붙잡혀 죽게 되었을 때 살기 위하여 배신을 하게 되고, 나중에는 본의 아니게 도피자들의 일부를 죽이는 일에 참가하는 어처구니없는 일을 하게 된다. 이 일로 인하여 그는 평생 마음속에 큰 짐을 떠안게 되었고, 이로 인하여 마을에 살기보다는 테우리 일을 하면서 초원에 묻혀 살기를 원했던 것이다. 자신의 소는 한 마리도 없이 고용되었음에도 불구하고 누구보다도 소에 대해서 큰 애정을 가지고 생명을 사랑하는 것이다. 그렇기에 골프장 건설을 하기 위하여 불도저들이 굉음을 내면서 초원을 갉아먹으려 하고 있을 때 누구보다도 이를 괴롭게 생각한다.

이러한 설정은 단순히 오늘날의 생태 문제를 끌어들이려고 한 것이라기보다는, 더 많이는 바로 이러한 도피자들이야말로 어쩌면 가장 생명을 사랑한 것이고 바로 그런 점에서 이들 민중들이 땅의 삶에 충실하면서 살아가는 태도야말로 역사에서 고귀한 것으로 보아야 한다는 작가의 평가에서 나오는 것이다. 이들이야말로 권력의 횡포로부터 벗어나 있는 자유인인 것이다. 그런 점에서 작가는 이들 도피자적 시각에서 4·3을 바라보던 시각을 계속 견지하면서도 이를 더욱 확충시키는 작업에 성공하고 있음을 알 수 있다. 도피자적 시각을 갖는 그의 일관된 태도가 자칫 반복감을 줌으로써 작가로서의 한계를 드러낼 수도 있는데, 현기영은 이러한 시각을 확충시켜 나가고 또한 항상 동시대성을 확보함으로써 이를 잘 극복해 나간다. 이 작품에서 간과할 수 없는 것 중의 하나는 이전의 도피자적 시각에 이 작품이 닻을 내리고 있음에도 불구하고 그것에서 약간 벗어나고 있다는 점이다. 이 작품에서 고순만 노인은 도피자의 부류에 들면서도 산사람들의 입장을 부분적으로 지지하고 있다는 점이다. 사진 찍는 젊은 총각에게 하는 말 중에, 나라를 세우려면 통일정부를 세워야지 분단정부를 세워서야 되는가라고 하는 대목에서 이를 짐작할 수 있으며, 토벌대에 의해 붙잡히기 이전에 그가 했던 일들에서도 단편적으로 확인할 수 있다. 작가가 지평을 넓혀가는 조짐으로 해석할 수 있는 이러한 변화는 매우 중요하다고 할 수 있다.

이러한 경향은 이 작품 이전에 이미 드러났다. 그동안 몇 년간의 휴지를 마감하고 나온 4·3 관련 소설 「거룩한 생애」1991에서는 그동안의 도피자적 시각을 유지하면서도 산사람들의 이야기가 어느 정도 나오고 있다. 간난이의 남편은 도피자가 아니고 입산자이다. 그가 산에 올라간 것은 단순히 도피하기 위해서가 아니라 일제하에서 친일을 하던 사람들이 해방된 세상에서 다시 설치는 모습과 또한 남한만의 단독선거를 통하여 분단정부를 세우려고 하는 것에 대한 명백한 저항 의식 때문이다. 물론 그의 아내 간난이의 경우는 여전히 도피자적 입장이 강하지만 그의 남편은 그렇지 않은 것이다. 1990년대 이전에 발표된 4·3 관련 작품에서 좀처럼 나타나지 않던 입산자들의 목소리가 나온다는 것은 이전의 그것과 비교할 때 현저한 변화라 할 것이다. 위에서 보았던 것처럼 「마지막 테우리」에서 이러한 산사람들의 목소리가 간헐적으로 터져나오는 것이 그런 점에서 갑작스러운 일은 아닌 것이다.

「거룩한 생애」에서 아주 분명하게 드러나고 있는 것처럼 도피자들의 목소리뿐만 아니라 산사람들의 목소리까지 나오는 것은 4·3을 그 자체로 보기보다는 역사적 흐름 속에서 보는 것과 궤를 같이한다. 도피자의 시각에 머물 경우에는 그럴 필요가 없지만 산사람들의 목소리가 나오기 위해서는 그 이전의 역사적 흐름이 전제되어야 한다. 이는 당시 산사람들의 행동이 즉자적인 것이기보다는 일제 이후 해방 직후 시기까지의 역사에 대한 주체적 결단에서 나온 것이기 때문이다. 물론 이들도 당시의 냉전체제의 두터운 틀 속에서 벗어나지 못한 까닭에 매우 좁은 시야밖에 가지지 못하였고, 이로 인하여 현실을 전체적으로 보지 못한 한계, 특히 냉전적 대결 속에서 진정한 민족 의식의 상실을 간과하는 한계를 노정하기는 하지만 그들 나름의 역사적 흐름에 대한 주체적 결단임은 분명한 것이다. 그런 점에서 산사람들의 목소리가 배제된 상태에서의 이들에 대한 비판과 이들의 목소리가 들어온 상태에서의 이들에 대한 비판은 분명 다른 것이다.

1990년대 들어 이처럼 4·3 자체의 역사적 진실을 민중의 시각에서 다루는 방향에서 이러한 변화와 진전을 보여주고 있는 것처럼 4·3 이후의 영향을 분단시대에서 천착하는 방향에서도 일정한 변화가 일어나고 있다. 앞서 말한 것처럼 1987년 6월항쟁 이후 우리 사회는 제반 민주주의의 투쟁으로 말미암아 이전과는 다르게 일정한 자율성을 확보할 수 있었다. 물론 이는 극히 제한된 것이라 사상의 자유라는 민주주의의 근본적 지향과는 여전히 거리가 있지만 이전에 비해 일정하게 나아진 것만은 사실이다. 따라서 4·3에 관한 이야기도 부분적으로는 공개적으로 말할 수 있게 되었기에 과거와 같이 피해의식 속에서 일방적으로 억압당하지만은 않게 되었다. 따라서 피해의식이 드러나는 양상도 이전과 동일할 수 없다. 작가는 이러한 변화한 상황 속에서 피해의식으로부터 벗어나는 과정에 대해 천착하였고, 이는 이 시기의 다른 작품「목마른 신들」1992에서 잘 드러나고 있다.

이 작품에 등장하는 심방이 여러 곳으로부터 부름을 받아 4·3굿을 해주는데, 이는 그동안 피해의식에 시달려 해원굿을 해보려고 엄두도 내보지 못하던 사람들이 광주청문회에서 1980년 광주학살의 책임자들에 대하여 책임 추궁과 성토가 일어나는 것을 보고 이제 4·3 문제에 대해서도 따져야 할 분위기가 만들어졌다고 판단한 데서 가능했던 것이다. 그 이전만 해도 국가라는 엄청난 권력 앞에서 항상 주눅 들어 살아왔기에 어떤 말도 할 수 없었던 것이다. 나중에는 그 억압이 너무나 강하게 눌러 내리는 나머지 자기 스스로 검열을 하게 되는 지경까지 이르렀다. 그러나 4·3과 유사하게 비정상적인 폭압적 국가 권력으로부터 폭도라는 이름을 얻었지만 이제 오히려 민주투사로 바뀌어가는 광주의 모습을 보면서 그동안 권력의 눈치를 보느라 마저 하지 못하였던 말을 하게 되는 것이다.

이 작품에서 심방이 광주청문회 이후에 4·3굿을 많이 하게 된 것도 이러한 사정과 무관하지 않다. 특히 심방 자신은 그동안 철저하게 침묵을 강요당했던 인물이다. 토벌대에 의해서 어머니를 잃어 그가 자신의 이야기를 하려고 했을 때 돌아오는 것은 매질밖에 없었다. 그리하여 그도 그동안 굿을 해도 제대로 된 굿을 하기가 어려웠다. 굿이란 억눌려 있던 것을 마음껏 풀어헤쳐야 되는 것인데, 억압 때문에 하고 싶은 말을 할 수 없게 되자 그 굿이 제대로 될 리가 없는 것이다. 이제서야 마음속에 있던 이야기를 할 수 있게 되고 제대로 된 굿이 가능하게 되었다. 이것은 비단 심방뿐만이 아니라 이 심방에게 굿을 부탁했던, 그동안 피해의식에 시달렸던 사람 모두의 자화상이며, 나아가 4·3에 의해 피해를 입었지만 그동안 어떤 항의도 저항도 할 수 없었던 사람들의 초상인 것이다. 바로 그런 점에서 이 작품은 작가의 문제의식 중의 하나인 4·3의 피해자들이 어떻게 그 피해의식을 극복하게 되는가를 변화된 현실 속에서 새롭게 탐구한 것이라 할 수 있다. 물론 이 작품에서는 이렇게 나아진 환경에도 불구하고 오히려 역사에 대한 자발적 무관심 때문에 잊혀가는 것에 대한 작가의 강한 항의도 빼놓을 수 없을 것이다.

3. 김석범_ 폭력과 권력에의 저항

일본에서 재일조선인으로 사는 것 자체가 결코 쉬운 일이 아님에도 불구하고 한반도 안에 살고 있는 사람들도 제대로 하기 어려운 문제의식의 긴장을 유지하면서 20년이 넘는 세월을 거치며 김석범이 『화산도』를 내놓았다는 것은 그 자체로 우리의 주목을 끌기에 충분하다. 더구나 한반도 내에서는 여러 가지 제약으로 인하여 갖기 어려운 시각을 견지하면서 4·3을 인간해방의 차원에서 다층적으로 접근하고 있다는 점에서 매우 흥미로운 작품이다. 이 작품의 연재가 시작된 1970년대는 그에게 결코 쉬운 연대는 아니었다.

그가 일본에서 살았던 세월치고 어느 연대인들 쉽기야 했을까마는, 해방 후 그가 몸담았던 총련에서 나와 일본 사회에서 한 개인으로 살아가던 1970년대 이후의 세월은 그 이전과는 다른 긴장을 요구했을 것이다. 그런데 그는 이 과정에서 겪은 체험과 사유를 바탕으로 하여 4·3을 썼기 때문에 오히려 한층 풍부하고 깊은 세계를 보여준다. 그러한 고뇌를 겪지 않았다면 이러한 성찰과 안목은 나오기 어려웠을 거라는 점을 생각할 때 오히려 작가로서는 퍽 다행이라 할 수도 있을 것이다. 이 작품을 읽다 보면 언어의 벽이란 것이 경우에 따라서는 별로 높지 않다는 것을 느끼게 될 정도로 독자들을 깊은 곳으로 이끌어간다. 인물들에 빠져 그들 서로가 나누는 대화 속에서 삶과 역사를 호흡하게 될 때 어느새 이 작품이 원래 일본어로 쓰여졌다는 사실을 잊게 된다.

김석범의 소설은 우선 다루는 대상의 시기에 있어 현기영의 그것과 매우 다르다. 앞서 본 것처럼 현기영 소설의 주된 시간적 배경은 주로 대학살이 자행된 1948년 10월 이후 무렵이다. 실제로 4·3 때 희생된 사람들 중 대부분이 바로 이 시기에 이루어진 대학살극으로 말미암은 희생자라는 점을 고려할 때 그가 왜 이 시기를 그렇게 지속적으로 다루었는가 하는 점을 짐작할 수 있다. 그런데 현기영이 이 시기를 다룬 것은 4·3을 바라보는 그의 시각과 밀접한 관련을 갖고 있다. 바로 이 시기에 제주도의 일반 민중들은 한편으로는 토벌대에 의해 무참한 죽음을 당하였지만 다른 한편에서는 야산대에 의해서도 부분적으로 살해당하였다. 이 무렵에는 양쪽 모두 자신의 편이 아니면 전부 빨갱이거나 혹은 반동으로 몰아붙일 때라 일반 민중들은 그 사이에서 안팎곱사등이로 살아갈 수밖에 없었던 것이다. 이런 상황이기 때문에 현기영은 도피자의 입장에서 이 양쪽을 비판하였던 것이다. 물론 그 대부분의 비판이 시간이 흐를수록 토벌대에 집중되어가는 것은, 앞서 보았던 것처럼, 말할 필요도 없다.

그러나 김석범의 『화산도』는 그 다루는 시기가 4·3이 일어나기 한 달 전의 시간부터 시작된다. 따라서 자연스럽게 이 작품에 등장하는 인물 역시 항쟁에 참가한 사람들이 주를 이루게 된다. 현기영의 작품 속에서는 여러 가지 이유로 등장하지 않았던 야산대들이 자신의 이야기를 하게 되는 것이다. 현기영의 작품에서도 아주 부분적으로 이러한 야산대들이 등장하기는 하지만 본격적인 것이 아니기에 자신의 이야기를 할 정도는 되지 못하였다. 그런 점에서 김석범이 이렇게 야산대들을 작품의 주된 등장인물로 만들고, 그들이 스스로 자신의 이야기를 할 수 있게 한다는 것은 국내의 여러 가지 제약 속에서 작품을 만들 수밖에 없었던 현기영의 처지와는 너무나 다른 것으로, 일본이라는 상대적으로 자유로운 공간에서만 가능한 일이었다.

그런데 이 작품에는 항쟁의 주체가 등장하기는 하지만 이들에 대한 작가의 시선은 그렇게 밝지만은 않다. 이들 등장인물들 서로가 나누는 대화라든가 혹은 작가와 등장인물 사이에 이루어지는 대화 등을 전체적으로 고려해 볼 때 이들에 대한 작가의 시선은 결코 긍정적인 것만은 아니다. 때로 어떤 등장인물, 예컨대 유달현과 같은 인물에 대해서는 작가가 시종일관 비판적으로 보고 있음을 느낄 수 있다. 이런 점들을 고려할 때 이 작품은 야산대를 주된 등장인물로 하고 또한 그들 자신의 이야기를 하도록 배치하고 있음에도 불구하고 우리가 단순히 상상하는 것처럼 이들을 일방적으로 미화하지는 않고 있다. 물론 이러한 것은 외부의 검열로 인한 것이 아님은 너무나 명백하다.

우리나라의 경우라면 노예적 언어로 인하여 이런 일이 일어날 수 있지만, 또 그런 것을 감안하여 작품을 읽어야만 오독하지 않는 경우가 있다. 하지만 김석범의 경우는 그런 것과는 거리가 멀다. 오히려 작가는 자신의 이야기를 바로 그리고 충분히 하기 위하여 항쟁의 주체를 주된 등장인물로 만들어놓고 이들의 성격을 그런 식으로 만들어 나갔던 것이다. 거기에서 바로 이들 항쟁 주체들 내부에 있는 권력에의 맹목 문제를 본격적으로 다루어 나가려고 하는 작가의 지향을 읽을 수 있는 것이다.

이 점은 이 작품에 등장하는 인물들을 전체적으로 살펴보면 더욱 분명하게 느낄 수 있다. 이 작품에는 야산대와 같은 항쟁의 주체들뿐만이 아니라 서북청년단, 경찰, 지방 유지 등의 인물들이 등장한다. 그러나 이들은 비록 단순한 삽화의 차원은 아니라 하더라도 전체 작품에서 별로 비중을 차지하는 인물은 되지 못하고 있다. 대부분 이들은 무장 세력 혹은 항쟁의 주체들이 자신의 일을 해나감에 있어 연관되는 범위 내에서 등장하였다가 사라지는 정도이다. 그런 점에서 이 작품은 기본적으로 야산대가 주를 차지하고 그 반대편에 있는 사람들이 부차적인 지위를 차지하는 그러한 구성으로 되어 있다. 이런 점들을 전체적으로 고려할 때 분명 이 작품에서 작가의 시선은 기본적으로 이 야산대에 쏠려 있음을 알 수 있다. 따라서 이 작품에서 당시 폭력의 주범이었던 토벌대와 이들을 조종하였던 세력에 대한 작가의 비판은 대단히 약한 것으로 오인될 수 있으나, 이는 작품 전체에 걸쳐 드러나는 인물과 사건에 대한 작가의 시각을 제대로 파악하지 못한 데서 오는 것이라 할 수 있다.

이 작품에서 작가의 기본적인 시각은 바로 당시의 이러한 폭력에 대한 비판에서 출발하고 있다. 이는 단순히 당시의 토벌대를 비롯한 폭력을 직접적으로 행사한 세력에 대한 비판에 멈추는 것은 아니다. 제주도 사람들이 무장항쟁이란 방법으로 싸울 수밖에 없도록 만든 당시의 전반적인 상황에 대한 비판이다. 아무리 항쟁을 주도하였던 사람들이 모험주의에 빠져 있었다는 가치판단을 하더라도 그것은 그 다음의 문제이고, 일차적으로 그들이 설령 잘못된 판단으로 대응했다 하더라도 그런 자세와 마음의 결정을 낳게 했던 것은 결코 야산대 자신들의 마음 내부에서가 아니라 바깥의 폭력적 상황이 그러했던 것이다.

그런 점에서 이 작품에서 가장 중요한 부분은 바로 왜 이들이 이렇게 나설 수밖에 없었는가를 보여준다는 점이다. 그것은 너무나 잘 알려져 있는 것처럼 그리고 이 작품에서 누차 강조되고 있는 것처럼 유엔의 한국위원회가 남한지역에 들어오면서 남한만의 단독선거가 결정되고 따라서 우리나라가 진정한 독립된 통일 국가를 형성하지 못하고 분단될지도 모른다는 우려가 가장 컸다고 할 수 있을 것이다. 해방이 되고 난 다음 대부분의 사람들은 당연히 통일 민족국가를 세울 수 있으리라고 생각하였고, 신탁 문제를 둘러싼 논쟁이 있기는 하였지만 이로 인하여 야기되었던 분열은 얼마든지 넘어설 수 있을 것이라고 믿었다. 그러나 2차 미소공동위원회도 아무런 성과 없이 결렬되자 더욱 초조하고 분노가 치밀었다. 그럴 무렵에 한국 문제가 유엔으로 이관되고 거기에서 가능한 지역만의 선거가 결정되어 이를 위임받은 한국위원회가 들어와 활동을 전개하자 미국을 비롯한 단정세력에 대한 불신이 가중될 수밖에 없었던 것이다.

당시 김구와 김규식 같은 사람들이 이를 반대했던 것 역시 당시 일반인들의 감정이 어떠했겠는가를 잘 보여주는 대목이라 할 수 있다. 제주도 사람들 역시 자신의 이익보다 민족의 앞날을 걱정하는 사람들은 당연히 이러한 흐름에 대하여 비판할 수밖에 없었을 것이다. 게다가 제주도에서는 이미 1947년 3·1절 발포사건으로 말미암아 심상치 않은 분위기가 있었고, 해방 2주년을 전후한 대대적인 탄압으로 갈등은 한층 첨예화되었으며 여기에 육지에서 파견된 서북청년단들의 노골적이고 원시적인 반공 활동은 이를 더욱 부추겼던 것이다. 그렇기 때문에 이

지역의 일부 지식인들은 이러한 사태를 극복하기 위해서 야산대 활동을 할 수밖에 없다고 판단하였다. 꼭 이런 방식이 가장 민중들을 위한 것인가 하는 정당성의 문제 여부를 떠나서 결국 이러한 억압적 상황이 이러한 행동을 유발하게 한 것은 분명하다.

이 작품에 등장하는, 항쟁에 직간접으로 연결된 사람들은 모두 이러한 판단에서 여기에 뛰어들었다. 별도의 유보와 회의 없이 이 항쟁에 뛰어든 유달현과 강몽구의 경우는 그런 점에서 오히려 간단하다고 볼 수 있다. 그러나 그외의 인물들, 즉 남승지, 김동진, 양준오 그리고 이방근의 경우는 한층 복잡하다. 우선 남승지를 살펴보자. 그는 일본에서 돌아와 서울에서 잠깐 활동하다가 이 지역에 내려와 활동하는 인물이다. 조국과 향토에 대한 애착으로 인하여 어머니와 누이동생을 일본에 두고 홀로 고향에서 일하고 있다. 그는 처음부터 좌익에 속하였던 인물은 아니다. 물론 일제하 일본에서 당시의 지식청년이라면 받았음직한 그러한 교양은 갖추고 있지만 본격적으로 조직적 활동을 한 그런 사람은 아니었다. 해방 후 서울에서 김동진의 작품을 둘러싸고 논쟁이 있었을 때, 다소 유희적이고 퇴폐적이라고 지목받아 일부로부터 비판을 받기도 했던 김동진을 편들기도 하였으며, 제주도에 내려와 야산대 활동을 하면서도 틈이 나면 여자와의 육체적 결합을 꿈꾸기도 하는 인물이다. 그런 점에서 그는 유달현이나 강몽구와 같은 인물은 아닌 것이다. 그렇기 때문에 강몽구와 같이 일본에 건너가 자금을 조달하는 사업을 벌일 때 강몽구가 일본에 남아 식구들과 더불어 정착하라고 권유까지 할 정도였다. 그가 처음부터 조직적으로 단련된 그러한 인물이라면 아무리

가족이 옆에 있다 하더라도 강몽구가 그러한 권유 자체를 처음부터 일체 하지 않았을 것이다. 그러나 그렇지 못했기 때문에 조직적 활동을 오랫동안 해 온 강몽구가 남승지에게 이를 권유하기조차 하는 것이다. 바로 이러한 인물이 당시의 상황 앞에서는 다른 선택을 하지 않게 된다. 조국과 향토를 생각하는 마음에서 볼 때 이러한 상황은 좌시할 수만은 없었기 때문이다.

이는 남승지에게 국한되는 일만은 아니다. 남승지와는 다른 차원에서 이 항쟁에 참가한 김동진의 경우도 매우 독특하다. 그는 문학을 지망하는 청년으로서 해방 후 서울에서 열렸던 향우회 모임에서도 유미주의적 작품으로 인하여 당시의 혁명적 학생들로부터 핀잔과 비판을 받기도 한 인물이다. 그는 제주도에 내려와서도 이러한 문학적 지향을 버리지 않고 계속하여 견지할 뿐만 아니라 잡지에 실린 작품을 여러 주위 사람들에게 보여줄 정도의 열정을 갖고 있는 인물이다. 이런 일들로 미루어볼 때 야산대에 참가할 수 있는 인물이 못 된다고 할 수도 있다. 그런데 그가 바로 이 야산대에 참가하여 한 일원이 된 것이다. 남승지에 비해서 상대적으로 덜 성격화 된 점이 있기는 하지만 그가 왜 여기에 참가할 수밖에 없었던가 하는 점은 역시 드러나 있다. 그 역시 다른 사람들과 마찬가지로 해방된 나라가 통일 국가를 설립함으로써 독립을 하지 못하고 다시 분단된 국가로 존립해야 하는가에 대한 비판에서 여기에 뛰어든 것이다.

이들 야산대에 직접 참가하지는 않았지만 여기에 동의하는 인물은 단연 이방근과 양준오이다. 제1부에서 이방근과 양준오는 이 야산대에 가담하지 않는다는 점에서 같지만 그 자세에 있어서는 그 둘 사이에도 차이가 있다. 양준오가 결국 야산대에 들어갈 수 있음을 내비치는 반면, 이방근은 끝내 거부하고 마는 것이다. 이방근 역시 야산대에 합류하지는 않지만 당에 가입하지 않고 이들을 도움으로써 결국은 이 일에 참여하게 된다. 그런 점에서 이들 역시 처음부터 야산대에 참가하지 않았다뿐이지 싸움의 의미에 대해서는 동의하고 있는 셈이다. 그런데 이 두 사람이 여기에 간접적으로 참여하게 되는 과정은 매우 다르다.

양준오가 제1부에서 이 싸움에 간접적이나마 참여하게 되는 과정은 매우 복잡하다. 양준오는 처음에 미군정청에 근무하였고, 이 무렵에는 일본을 몰아낸 해방군으로서 미국에 대한 기대감이 충만된 때라 자신의 영어로써 국가건설에 이바지할 수 있다는 자긍심으로 일했다. 그러나 시간이 흐르면서 냉전이 심화되기 시작하고, 특히 미소공동위원회가 무산되고 한국 문제가 유엔으로 이관되면서 미국의 한빈도에 대한 태도가 이전과는 달라지자, 자신이 군정청에 근무한다는 자체에 대해 심한 자괴감을 느껴 결국 도청으로 근무지를 바꾼다. 또한 그는 분열되어가는 조국의 모습에 심한 허탈감을 느끼면서 일본으로 가려고까지 하던 인물이다. 이 황폐한 조국을 떠나 조국 없이 살아가려고 하는 생각도 하였지만 결국 이것은 현재 일어나고 있는 폭력에 대한 간접적 동의라는 의미에서 자신의 뜻을 철회하고 여기에 참여하게 되는 것이다. 그는 제2부에서 야산대에 가담하는 길을 택하게 된다.

이런 점에서 이 작품에서 가장 문제성을 띤 인물은 단연 이방근이다. 그는 야산대에 끝내 가담하지 않지만 싸움에는 간접적으로 참여하게 되는 인물이다. 유달현을 비롯하여 강몽구, 남승지 등이 그에게 당에 들어와 항쟁에 가담하라고 했을 때 그는 그것을 거부한다. 당의 권위를 내세워 모든 것을 해결하려고 하는 권위주의적 태도에 대해 대단히 큰 불만을 가졌던 그로서는 어떤 비난을 받더라도 결코 자신의 뜻을 굽히지 않고 끝까지 당에 참가하지 않는 것이다. 그렇다고 해도 그는 이 싸움이 일어날 수밖에 없는 이유에 대해서 무관심하다든가 혹은 이를 비난하지는 않는다. 오히려 이들이 이렇게라도 일어날 수밖에 없는 절박함을 이해하는 편이다. 그 역시 서청이 저지르는 행악에 대해 강한 분노를 갖고 있었기에 시비를 거는 그들을 혼내주기도 할 정도로 무엇이 문제인가 하는 것을 잘 알고 있다. 그리고 자신의 아버지를 포함하여 최상화 등 미군정과 단정세력에 빌붙어 자신의 이익과 출세를 도모하면서 살아가는 이들이 우리 민족의 자주독립과는 무관할 뿐만 아니라 오히려 그것을 저해한다는 사실도 잘 안다. 그렇기 때문에 금전적으로 이 야산대를 도와줄 뿐만 아니라 그들의 근거지를 방문하기도 하는 것이다. 이처럼 폭력에 맞선 또 다른 폭력의 위험에 대해서 너무나 신중한 이방근마저도 이 싸움의 의미를 전적으로 부정하지는 못하는 것이다. 그는 이러한 방식으로 싸우는 것에 대해서는 너무나 비판적인 인물이다. 그러나 그렇다고 해서 이 상황에서 이 싸움이 갖는 의미를 전적으로 부정하지는 않는 것이다. 그런 점에서 이러한 이방근 역시도 넓게 보아 참여하게 되는 것이다.

결코 좌익이라고 할 수 없는 이러한 인물마저도 참여할 수밖에 없을 정도이니 4·3은 결코 좌익만의 산물은 아닌 것이라 할 수 있다. 다시 말하면 단순한 좌우의 대결이 아니라 단정세력에 대한 저항을 통해 통일 국가를 건설함으로써 독립국가를 세우려고 하는 열망의 산물이 바로 4·3임을 이방근을 통해 작가는 강조하는 것이다. 그런 점에서 이방근과 양진오는 이 작품에서 매우 중요한 위치를 갖게 되는데, 특히 이방근의 경우 작가의 4·3에 대한 성격 규정을 가장 잘 보여주는 인물이라 할 것이다.

김석범은 이 싸움에 참여한 여러 층위의 인물을 통하여 4·3의 성격을 보여주고 있다. 유달현과 강몽구 같은 좌파의 인물, 남승지와 김동진과 같이 좌파와는 무관하지만 결국 당시의 폭력에 맞서 자신들을 지켜내기 위하여 당에 가입하는 인물 그리고 양진오처럼 처음에는 거리를 두다가 나중에 참가하는 인물과, 이방근처럼 야산대에 참여하지 않으면서도 직간접으로 도와줌으로써 결국 항쟁에 참여하게 되는 인물, 바로 이런 사람들을 통하여 4·3이란 것이 결코 좌우의 대립이 아니라 단정세력이 주도한 분단국가 수립 정국에 대한 항의에서 시작되었음을 보여주는 것이다. 마치 홍명희가 『임꺽정』에서 7명이 제각기 다른 이유와 과정으로 청석골로 들어와 화적이 되는 것을 보여줌으로써 왜 이들이 이렇게밖에 살 수 없었던가 하는 점을 눈앞에 제시하는 것과 비슷한 방식이라 할 수 있을 것이다.

지금까지 폭력의 문제에 초점을 맞추었다면 이제부터는 이 폭력에 맞서 싸우는 주체 내부에서 제기되는 문제, 특히 권력에 대해 살펴보자. 『화산도』는 이미 검토한 것처럼 4·3의 주체들이 작품의 전면에 나서고 있는 반면, 그 싸움의 대상들은 거의 후면에 드러나고 있다. 이 작품에서는 항쟁의 원인을 제공한 한 주체로서의 미국을 중요하게 다루고 있지만 실제로 미국인이 등장하고 있지는 않은 것처럼, 그 외 단정 지지 세력들 역시 이 작품의 전체 지향에 비추어 중요한 의미를 갖지만 실제로 작품의 전면보다는 삽화에 그치거나 혹은 등장한다 하더라도 그렇게 큰 비중을 차지하지 못하고 있다. 이처럼 다양한 항쟁 주체들이 각자의 길을 뚫고 나가는 과정을 보여줌으로써 이 사건의 성격을 폭넓게 제시하려고 하는 작가 의식을 확인할 수 있다.

그러나 이러한 구성은 비단 여기에 그치는 것이 아니다. 더불어 중요한 의미를 차지하는 것은 항쟁 주체 내부에서 제기되는 여러 문제들에 대해서도 덮어두지 않겠다는 작가의 의지를 읽을 수 있다는 점이다. 이 점은 바로 폭력에 맞서 싸우는 항쟁 자체 내에서의 권력의 문제이다. 이 점은 이 작품의 가장 중심에 놓여 있는 인물인 이방근이 다른 항쟁 주체들과 이야기를 나누면서 진행되는 이 작품의 대화적 구성에서 가장 잘 드러나게 된다.

이방근은 끝까지 당에 가담하지 않으면서 결국은 항쟁에 간접적으로 참여하게 되는데, 여기에는 당이란 이름을 빌려 암암리에 자신의 권력욕을 채우려고 하는 것에 대한 강한 반발이 개재해 있다. 그가 당에 가입하지 않고도 싸울 수 있다고 말하는 대목은 바로 이러한 인식에서 나오는 것인데, 특히 그가 의식하고 있는 것은 바로 유달현이란 존재이다. 이방근이 과거 일제하의 경력에도 불구하고 해방 직후에, 특히 이 항쟁에 나서지 않는 것에 대해 많은 사람들이 의아하게 생각하는데, 사실 그의 내면에는 일제 말에 항일을 계속하지 못하고 간접적이고 강요된 것이기는 하지만 전향을 했다는 부끄러움이 놓여 있다. 그는 이 사실을 덮어놓고, 또한 자신과 이 세상을 속여가면서 떳떳하게 무엇인가를 할 수는 없다고 생각하는 종류의 사람이다. 그런데 유달현은 과거 일제하에서 친일을 했음에도 불구하고 해방 후에 다시 나서서 앞장을 선다. 그는 혁명과 무장항쟁을 이야기하지만 진실하게 들리지는 않는다. 그렇기에 유달현과 같은 존재가 하는 일에 대해서 매우 못마땅하게 생각하는 것이며, 당시 좌파 내에서 존재했던 이러한 권력적 지향에 대한 가차 없는 비판을 던진다.

사실 유달현의 존재는 이 작품에서 작가 김석범이 창조해낸 인물 중에서 이방근과 더불어 매우 개성적인 인물로 작가의 탁월한 통찰이 들어 있다. 그 시대의 유행사조를 마냥 추종하면서 그 흐름의 가운데 혹은 맨 앞에 위치해야 마음이 놓이는 그러한 인물이다. 마음이 놓일 정도가 아니고 그 속에서 움직여야만 자신이 무엇을 하고 있다고 믿는 그러한 인물이다. 자신의 내부에서 제기되는 일관성의 문제라든가 그때그때의 상황에서 가장 인간적인 것이 무엇인가를 묻는 그러한 성실한 태도와는 거리가 먼 것이다. 이처럼 시대사조의 첨단에 나서야 스스로 만족하는 사람들은 결국 끝없는 권력 추구의 다른 표현이라 할 수 있을 것이다. 일제강점기에는 법률을 열심히 공부하여 조선총독부의 고급관리가 되기를 꿈꾸다가 일제 말에는 내선일체를 모범적으로 한 인물로 표창장까지 받았던 인물이 아무런 반성없이 해방 후에는 시대의 사조였던 좌익으로 변하여 투사가 되었던 것이다.

일제 말에 전향을 했다는 이유로 괴로워하면서 해방 후에 조직과는 거리를 두려고 하는 이방근과는 그런 점에서 큰 차이를 갖고 있다. 자신이 가진 지향의 정당성 여부나 민족사적 의미에 대해서는 관심이 없고 오로지 시대의 풍향계를 좇아가면서 행세하고 권력에의 욕망을 채우려는 인물이다. 우리 문학에서 쉽게 만나지 못하는 그런 인물을 작가가 창조한 셈이다. 사실 20세기 한국근대사를 돌아보면 이런 인물이 결코 적지 않았다. 때로는 이런 인물이 판을 친다고 할 정도로 시대를 휩쓸었던 때도 있다. 그런 것이 바로 우리 역사의 숨길 수 없는 한 흐름이다. 멀리 갈 것도 없이 1980년대와 1990년대의 일부 지식인의 행태, 특히 독재와 권력에 맞서 진보를 운운하던 이들에게 눈을 돌려보면 이를 어렵지 않게 확인할 수 있다. 그런 점에서 유달현은 한국근대사에서 반복적으로 나타나는 그러한 인물임을 알 수 있다. 그런 이유에서 작가가 이러한 인물을 창조한 것은 우리 역사, 특히 근대사에 대한 뛰어난 통찰에서 나온 것임을 새삼 느낄 수 있다.

이방근의 유달현에 대한 가차없는 비판은 바로 항쟁 주체 내부에서의 권력에의 지향에 대한 비판인 것이다. 이 문제는 비단 유달현이 과거에 친일하였다가 해방 후에 언제 그랬느냐 하는 식으로 일말의 자기 반성도 없이 다시 좌익의 전면에 나서서 활동하는 문제에만 그치는 것이 아니다. 그가 실제 항쟁의 주체로 활동하면서 보여주는 제반 행동양식에서도 드러나는데, 특히 당을 물신화하면서 이것의 권위를 빌려 다른 사람들을 억누르는 것이라든가, 혹은 권위 있는 선 등을 강조하면서 마치 자신만이 아는 상부의 거대한 조직이 있음을 과시하는 것 등이다. 그렇기 때문에 유달현이 '조직', '당중앙', '원칙', '상부' 등의 용어를 즐겨 사용하는 것으로 드러나는 것도 결코 우연이 아니다. 그뿐만이 아니라 자기편에 들지 않으면 무조건 반동이고 반혁명분자로 모는 것 역시 이러한 것의 연장선에서 이루어진다. 유달현의 끈질긴 종용에도 불구하고 이방근이 당에 가담하지 않자, 얼마 전만 해도 진보적이기 때문에 당에 가입할 것이라고 하던 사람을 두고 이제 반동적이니 반혁명적이니 하면서 일방적인 비판을 늘어놓는 것은 결국 자기 자신의 비일관성을 드러내는 일이 될 뿐이다. 이것은 자기과시와 영웅주의와 자기중심주의가 결코 먼 거리에 있지 않음을 잘 말해주는 것이다. 자기만이 진리를 가지고 있고 자기와 다르면 모두 비진리라는 자기동일성의 환상에 빠져 있기 때문에 이러한 것이 가능해지는 것이다. 이런 인물이 강조하는 원칙이란 결국 교조와 또 다른 억압에 불과하다. 결국 그는 제2부에서 조직을 배신하고 도피하다가 비참한 종말을 맞게 된다.

이 점은 비단 유달현에게만이 아니라 부분적으로 강몽구에게도 해당된다. 강몽구는 유달현과는 아주 다른 인간이다. 유달현이 권력에의 지향으로 뭉쳐져 있는 인간이라면 같은 야산대의 중추를 맡고 있는 강몽구는 그렇지 않은 인물이다. 그는 일제하에서 활동했을 뿐만 아니라 그 연장선에 해방 후에도 일을 하고 있는 인물이며, 유달현과 달리 조직이나 선을 강조하면서 권위주의적으로 행세하는 인물도 아니다. 남승지와 같이 일본으로 건너갔을 때 남승지의 처지를 생각하여 일본에 남게 하려고 조치를 취할 정도로 교조적이지 않고 유연하며 현실을 풍부하게 읽어내는 인물이다. 그 역시 이방근에게 당 가입을 촉구하는데 그는 유달현과 달리 거부감을 주지 않는다. 유달현이 이방근에게 '무장

봉기'라는 말을 할 때와 강몽구가 '무장봉기'라는 말을 할 때는 그 어조가 다를 뿐만 아니라 듣는 사람에게 전혀 다른 울림을 준다. 그런 점에서 강몽구는 유달현과는 다르다. 유달현에게서 발견되는 자기과시와 영웅주의 같은 것을 강몽구에게서는 찾을 수 없다. 또한 그는 현실의 정세를 판단함에 있어서도 신중하다. 무장봉기를 피하려고 하지만 현재로서는 파업이나 데모가 불가능한 상황이기 때문에 이같은 방법을 선택한다는 분명한 자의식을 갖고 있다. 그냥 들떠 움직이는 행세주의적 인물과는 다른 것이다. 그의 이런 판단이 과연 현실에 부합하는가와는 별도로 그는 분명 자신의 선택에 대해 자의식을 갖고 있는 것이다. 그런 점에서 자의식 결여의 권력지향자인 유달현과는 너무나 닮은 점이 없다. 그러나 그도 당의 진리 담보성 문제에 대해서는 유달현과 마찬가지이다. 그렇기 때문에 이방근은 유달현에게와는 다른 차원의 반감을 강몽구에 대해 가지게 된다. 그 점은 다음 대목에서 잘 드러나고 있다.

> 당중앙, 중앙, 중앙, 중앙위원회……, 박갑삼이 서울에서 노상 되뇌었던 그 말의 여운이 불러일으키는 주술적인 권위의 울림. 그 여운을 장엄한 종소리에 비유한다는 것은 지나친 걸까. 아니 당조직은 모든 것에 앞서는 절대진리의 종각이고, 당이 내놓는 메시지는 그 종의 울림이고 장엄한 여운이다. 어찌하여 이렇게도 당조직에의 참가 거부가 반정의, 반민족, 반진리 등등, 그 어떤 버젓하지 못한 그리고 꺼림칙한 감정의 수렁 속으로 스스로를 떨어뜨리려 하는가. 그 조직의 싸움에 참가하지 않는 자는 정의의 언덕에서 굴러

떨어질 수밖에 없는 것이다. 어찌하여 조직이 정의인가 적어도 현실에 있어서 정의롭지 못한 것과 근본적으로 대립하여 싸우고 있는 것이 조직인 것은 틀림없는 사실이다. 그러나 그 정의가, 절대정의가, 정의 그 자체의 자유를 빼앗는다.[1]

유달현은 물론이고 강몽구의 당 가입 요청에 대해서도 거부하려고 마음먹으면서 이방근이 스스로 되뇌는 이 대목은 유달현 식의 자기과시와 영웅주의는 물론이고, 그러한 것과는 거리가 있지만 결국 당의 물신화에서 자유롭지 못한 모든 사람들에 대한 비판이다. 국가사회주의의 붕괴는 아니지만 국가사회주의의 관료주의적 문제점들이 드러나기 시작하였던 1950년대 후반 이후의 제 과정에 대한 이해에서 이러한 성찰이 가능했다고 볼 수도 있겠지만, 작가가 일본의 조총련에서 겪은 제반일들이 이러한 것을 결코 관념적인 차원이 아닌 생생한 현실로 드러낼 수 있게 한 것이 아닌가 하는 생각을 하게 된다. 당의 액세서리화를 문제삼는 작가의 시선은 바로 당의 물신화와 그로 인한 관료주의화에 대한 비판이라 할 수 있다. 바로 이 점이 이 작품에서 가장 주목받을 수 있는 부분이다.

폭력에 맞서 싸우는 과정에서 빚어지는 권력의 문제에 대한 작가 김석범의 다층적 문제 제기에서 우리의 시선을 끄는 것은 육체성이다. 변혁운동을 다룬 작품에서 좀체 찾아보기 어려운, 성과 관련된 육체성의

---

1 김석범, 『화산도』 5권, 실천문학사, 239~240쪽

문제가 이 작품의 곳곳에서 나오고 있어 처음 보는 독자들을 당황스럽게 하기도 한다. 변혁운동과 관련된 일부의 우리 소설에서 가끔 성을 다루는 대목이 나오기는 하지만 그것은 그 작품의 전체 주제에서 독특한 면을 보여주기 위한 것이기보다는 인물의 생동성을 살려주는 부속물 정도이거나 아니면 서사의 전개과정에서 흥미를 돋우어주는 정도에 그치기 일쑤이다. 그러나 이 작품에서 성은 이런 것과는 아무런 인연이 없고 오히려 권력의 문제와 밀접한 관련을 맺고 있다.

김석범은 이방근을 통하여 당 조직을 종각에, 당의 메시지를 종소리의 여운으로 비유하면서 그 장엄함이 어떻게 새로운 억압으로 되어버리는가를 이야기한 바 있다. 현실의 육체성을 제대로 파악할 수 있을 때 당은 그 의미를 가지게 되는데, 그렇지 못할 때 현실 대신에 관념이 지배하게 된다. 현실로부터 멀어지면서 그것은 자체를 고집하게 되고, 어떤 변화도 받아들이지 않게 되면서 권력화되어가는 것이다. 변화를 인정하지 않으려고 하는 이 힘은 권위주의와 관료주의를 형성하면서 절대적 거리를 유지하게 되고, 나아가 장엄함을 통해 내리누르게 되는 것이다.

그러나 진정한 의미에서 당이야말로 현실의 구체성을 가장 정확하게 담고 있어야 하고 그런 점에서 그것은 형이상학이나 관념을 넘어서는 물질성을 갖고 있는 것이다. 그런 곳에서는 장엄함과 같은 것이 초래하게 마련인 절대적 거리가 존재하지 않고, 따라서 어떤 형태의 권위도 들어설 틈이 없다. 그 대신에 거기에는 현실의 변화에 따른 끝없는 생성이 가능해짐으로써 어떤 고정된 것도 없으며 어떤 중심도 존재하지 않는다. 따라서 권위주의라든가 관료주의가 들어서지 않게 되며, 웃음이 장엄함을 대신하게 되는 것이다.

이 작품에서 육체성은 바로 이러한 의미를 갖고 있다. 이방근이 부엌이와 맺는 육체적 관계라든가, 긴박한 순간에도 남승지가 이방근의 누이동생의 육체를 떠올리는 것 등은 바로 이러한 측면에서 이해될 수 있다. 이 작품에서 당의 물신화에 빠져 있는 사람들에게서 이러한 육체성의 대목이 나오지 않고 당의 물신화에 대해서 지속적으로 반대하는 이방근에게서나 혹은 이 문제에 대해 스스로 성찰을 하면서 일을 하고 있는 남승지의 경우에서만 이 육체성의 문제가 다루어지는 것은 그런 점에서 결코 우연한 일이 아니다. 즉 육체성의 문제가 바로 권력으로부터의 해방을 의미하는 것이다. 이러한 점은 육체성을 암시하는 대목을 이 작품의 서장에 배치한 작가의 지향과도 밀접한 관련이 있음을 알 수 있다.

4. 분단 구조 인식의 어려움과 과제

우리 문학사에서 드물게 치열성을 보여주고 있는 현기영의 4·3을 다룬 작품은 야산대와 토벌대 사이에 끼여 무고한 죽음을 당한 민중들을 역사의 전면에 내세우고 그 속에서 폭력에 대한 비판과 피해의식으로부터의 해방을 다루었기 때문에 앞으로 남북한의 냉전적 기득권 세력을 비판하고 넘어서야 할 분단 극복의 과정에서 많은 시사를 줄 수 있다고 생각한다. 그리고 이러한 것을 항상 동시대성의 문제의식 속에서 들여다봄으로써 자칫 반복되고 지루하기 쉬운 것을 잘 극복하고 있어 매번 새로움을 잃지 않게 된다. 그러나 1990년대까지의 단편소설에서는 야산대가 작품에서 항상 유예되고 있어 4·3의 전체적 양상과 이의 해명을 통한 분단시대 한국 사회와 삶을 전면적으로 추구하는 데 아쉬움을 남긴다. 그가 4·3을 이렇게 지속적으로 다루는 것은 앞서 말한 바대로 4·3이 단순히 제주도에서의 한 사건이 아니라 바로 분단시대의 모순과 갈등을 집중적으로 안고 있기 때문이라는 사실을 고려할 때, 야산대가 자기의 이야기를 하게 만들고, 그 속에서 4·3의 진정한 민중의 입장을 대변하고 나아가 인간해방의 문제를 다루는 것은 한층 중요한 것이다. 그동안의 한국 사회가 작가로 하여금 자기의 가슴에 있는 것을 실제로 펼치지 못하게 한 면이 많았던 점을 생각할 때 작가의 최근작 『제주도우다』전3권, 2023는 한층 나은 조건 속에서 이루어진 커다란 성과라고 할 수 있다.

김석범 장편 『화산도』의 경우 폭력과 권력의 문제에 대한 깊은 천착으로 하여 우리 문학에서 보기 드문 한 진경을 보여주었다. 특히 그것이 막연한 관념적 농사에 바탕을 둔 것이라기보다는 튼튼한 역사 의식 속에서 이루어진 것이라 한층 값진 것이다. 중국의 동포작가 김학철의 작업이 한반도 내에서 이루어진 문학과는 다른 층위에서 기여한 바 있는 것처럼 김석범의 작품 역시 일어로 된 것임에도 불구하고 우리 문학사에서 마땅히 다루어져야 할 만큼 우리 문학의 한 영역을 열어놓았다. 그리고 다성적 소설에 가까울 만큼 작가와 등장인물 사이 그리고 등장인물과 등장인물 사이의 대화가 충실하고 깊이 있음도 특기할 만한데, 이 역시 이러한 소설적 방법과는 다소 거리가 있는 우리 문학의 확충을 위해 좋은 자극이 될 것이다.

그렇지만 이 작품에서 눈에 띄는 단처는 4·3이 일제하 역사의 연장에서 비롯되었다는 점이 작품 전체에서 잘 드러나지 않아 그 역사적 두께를 제대로 보여주지 못하는 점이다. 이 점은 등장인물들의 일본 연관성에 비교하면 더욱 명백해진다. 남승지와 강몽구가 자금 마련을 위해 일본을 방문하고 그 과정에서 일본 동포 사회와 한반도의 연속성을 강조한 작가의 폭넓은 배려에 비한다면, 이 소설에 등장하는 인물들의 일제하 역사와의 연속성은 너무나 적은 것이다. 이 점이 등장인물들의 풍부함을 더할 수 있는 기회를 차단하게 된 것으로 보인다.

그런데 더 중요한 것은 이 두 작가가 공히 갖고 있어 앞으로 4·3을 다루는 문학이 해결해야 할 과제이다. 그것은 분단 구조에 대한 인식 문제이다. 4·3의 과정에서 쉽게 이해되지 않는 것 중의 하나는 왜 대학살이 1948년 10월에 들어 이루어졌는가 하는 점이다. 이때는 야산대의 활동이 일단 소강 상태에 접어들 무렵인데 오히려 대학살이 이루어졌다. 실제로 현기영의 대부분의 소설에서 그 다루는 작품의 시간적 배경이 바로 이 무렵이라는 사실은 그런 점에서 우연이 아닌 것이다. 오늘날 일부의 연구에서 비치고 있는 것처럼 이것은 제주도 자체의 맥락만으로는 풀기 어렵다. 이것은 그 지역의 참화로 이어지기는 했지만 그 지역의 문제만으로 이루어진 것이 아니다. 이것은 당시 남한 사회 전반, 특히 여순사건을 이해하지 않고서는 풀리지 않는다. 1948년 10월 여순

사건이 터지자 막 출범한 이승만 정부는 간신히 만들어낸 남한만의 분단국가가 와해될지 모른다는 위기감을 느꼈다. 본토와는 떨어져 있던 제주도에서 단선을 반대하여 일어난 4·3과는 다르게 인식하였던 것이다. 이 무렵에 국가보안법을 급조했던 것을 보더라도 당시의 지배권력이 얼마나 큰 위기감을 느끼고 있었는가 하는 점을 확인할 수 있다. 그렇기 때문에 제주도에 대해서 그 사태의 심각성을 재인식하게 되어 초토화 작전으로 나섰던 것이다. 이런 점에서 1948년 10월 야산대에 대한 대대적인 토벌이 설명될 수 있는 것이다. 물론 여기에는 1947년 이후부터 진행된 일상적인 검거와 토벌과 같은 요인들이 작용하지만 결정적인 제기는 역시 본토에서 일어났던 여순사건으로 인한 지배권력의 위기의식이라고 볼 수 있을 것이다.

이런 점들을 생각할 때 제주도의 4·3이란 문제를 온전하게 이해하려면 당시의 우리 사회의 전체적 맥락을 읽어내는 것이 그만큼 중요한 것이다. 이런 측면을 좀 더 확대해 나가면 4·3이 일어나서 진행되는 모든 과정에서 분단 구조의 문제를 생각할 수 있다. 그것의 가장 좋은 예를 든다면 서청이다. 이 두 작가의 작품에서 서청의 존재라는 것은 매우 중요한 위치를 차지한다. 현기영의 작품 중에 이 서청의 존재가 빠져 있는 작품은 없다 할 정도로 당시 폭력의 주된 담당자로 나온다. 김석범의 작품에서도 서청의 존재는 매우 중요한 비중을 차지한다. 유달현과 달리 유연하면서도 자기성찰이 담겨 있는 강몽구가 무장봉기의 승리 가능성에 대해서 일말의 회의를 내심 가지면서도 이렇게밖에 할 수 없는 사정을 이방근에게 설명하면서 가장 큰 근거로 대는 것이 바로 서청의 존재이다. "지금 이 상태에서도 제주도 사람은 서청 밑에서 숨을 죽이고 있으니, 결국에는 우리가 서청에게 살해될 걸세, 파업이나 데모만 하면 무슨 소용이 있겠나. 하기사 파업이나 데모도 이젠 할 수 없게 됐지만. 그럼 어떻게 하면 좋을까. 서청이나 경찰놈들 밑에서 죽으면 되는 건가"라고 반문하는 강몽구의 말에서 확연하게 드러나는 것처럼 서청의 탄압에 대한 자기방어를 위해서 무장봉기가 정당화될 정도이다. 그런 점들을 고려할 때 이 두 작가의 작품에서 서청의 존재가 얼마나 중요한가 하는 것을 짐작할 수 있다.

그런데 문제는 이들 서청의 존재를 바라보는 작가의 시각 문제이다. 서청 출신들은 모두 이북 출신들이다. 그들은 일제하 경찰, 지주 등 북한 사회에서 생활하기 힘든 존재들이 대부분이다. 이들은 주로 1946년 2월의 토지개혁으로 대거 남쪽으로 내려오게 되고 북에서 받은 피해를 보복하고 자신의 기반을 만들기 위하여 상상하기 어려운 폭력을 휘둘렀던 측면이 존재한다. 여기에서 우리는 북한의 민주기지론을 생각하지 않을 수 없다. 1945년 10월 13일 조선공산당 서북 5도 당 책임자 및 열성자회의에서 민주기지론적 방식을 선택하였고, 이에 따라 공산당 북부조선 분국이 설치되면서 북한 자체로 분리하여 사고하게 되며 나아가 북한 중심주의의 양상을 드러내었고, 이는 토지개혁으로 이어졌다. 이로 인해 많은 사람들이 남하하였다. 따라서 북한 사회는 장애물 없이 일을 해나갈 수 있었지만 이 부담은 전부 남한으로 전가되고 있는 것이다. 이것이 바로 분단 구조로 인해 일어나는 측면이고, 4·3에서의 서청의 존재 역시 이와 무관하지 않다.

그런 점에서 4·3을 좀 더 넓게 인식하고 그 속에서 서청의 존재를 보기 위해서는 이러한 분단 구조의 현실을 읽는 작업이 중요하다. 4·3이 바로 단독정부를 반대하여 일어난 것이고 그 궁극적 해결이 통일 국가의 수립이라는 데 있었다는 점을 생각할 때, 서청의 존재에 대한 이러한 파악은 당시 4·3 자체를 제대로 이해하는 일일 뿐만 아니라 앞으로 분단을 극복하는 방향에 있어서도 매우 중요한 것이라 할 수 있다. 서청의 존재를 단면적으로 보게 되고 나아가 4·3이 해방 후 한국사에서 갖는 의미를 좁게 해석하는 방식으로는 여전히 아쉬움이 남게 마련이다. 이는 해방 후의 현실을 분단 구조 전체에 고려하지 못하고 남한에 국한하여 생각하는 태도에서 비롯된 것이 아닌가 생각한다. 이 역시 앞으로의 과제이다.

김동윤

4·3문학과 동아시아의 탈식민화

제1장 역동하는 섬의 상상력
오키나와·타이완·제주 소설에 나타난 폭력과 반反폭력의 양상

제2장 정치적 난민의 실천과 월경越境의 상상력
김시종 문학의 분투

제3장 김석범 한글소설의 양상과 의의
단편 3편과 미완의 『화산도』

제4장 재일 4·3 난민의 좌절과 재생
김석범 장편소설 『바다 밑에서』

제5장 환대 공동체에서 제외된 장소상실의 존재
제주소설의 4·3 난민 형상화 방식

제6장 자주적 평화공동체로 가는 제주섬의 혁명과 사랑
현기영 장편 『제주도우다』

역동하는 섬의 상상력

오키나와 · 타이완 · 제주 소설에 나타난 폭력과 반反폭력의 양상

1. 왜 동아시아 세 섬에 주목하는가

세계사적으로 20세기 중반은 엄청난 격동의 시기였다. 당시 동아시아 섬지역은 제국주의 전쟁으로 비롯된 그 격동의 한복판에서 엄청난 희생을 치르며 급류에 휘말렸다. 1945년의 오키나와沖繩, 1947년의 타이완臺灣, 1948년의 제주도濟州島는 그 급류의 동성이속同聲異俗이라고 할 만하다.

태평양전쟁에서의 오키나와전투沖繩戰나 타이완 2·28항쟁이나 제주 4·3항쟁이나 모두 제국의 폭력과 밀접한 관계를 맺고 있다. 제국으로 인해 유발된 전란 속에서 동아시아 세 섬의 공동체들은 제국의 탐욕에 철저히 유린된 마이너리티였다. 오키나와전투에서의 집단자결, 타이완 2·28항쟁과 제주4·3항쟁 진압 과정의 갖가지 학살은 그러한 폭력성의 극단을 보여주는 것이었다. 야마토大和의 천황과 일본군을 위해 희생되어야 할 대상, 대륙에서 건너온 정부의 존립을 위해 진압되어야 할 대상, 미국의 전략과 서울 정권을 위해 제거되어야 할 대상이 이 세 섬의 주민들이었다.

세 섬의 문학에서 이러한 문제들이 포착되는 것은 필연일 수밖에 없다. 금기와 탄압 속에서도 폭력의 실상을 재현·고발하고 그것에 대응하는 반反폭력의 문학적 상상력은 꿈틀대었다. 그러한 상상력의 결실이 세 섬의 문학에서 각기 주요한 정체성으로 자리잡았음은 물론이다. 따라서 세 섬의 문학 작품들에 대한 대비적 고찰을 통해 그것들이 어떤 점에서 유사하고 어떤 점에서 다른지를 파악하는 한편, 그것이 정체성이나 저항 방식과 어떤 관련이 있으며, 문학적 진실 규명에 어떻게 활용하는 것이 바람직한지를 모색할 필요가 있다.

여기서는 제국의 폭력이 빚어낸 비인간적인 만행의 실상과 상흔을 재현·고발하는 데 앞장선 작가들 가운데 오키나와의 오시로 사다토시大城貞俊, 1949~, 타이완의 린솽부林雙不, 1950~,[1] 제주의 고시홍高時洪, 1949~[2]에 주목했다. 이들은 엄청난 전란의 소용돌이에 휘말렸던 동아시아 섬의 토박이[3]로서 역사적 사건의 와중과 직후라는 매우 비슷한 시기에 출생하여 그 거대한 폭력의 상흔 속에서 성장한 작가라는 공통점이 있다. 말하자면 유소년 시절부터 전후적 상황의 직접적인 영향권 아래에 있

---

1 린솽부(林雙不)의 본명은 황옌더(黃燕德)이다.

2 고시홍은 1948년생으로 알려져 있지만, 그가 밝힌 정확한 출생연도는 1949년이다. "나는 음력으로는 1948년 12월, 양력으로는 1949년 1월생이다. 정확한 생일은 모른다. 호적에는 잘못 등재되었다."(고시홍, 「작가의 말－이제 그들 곁을 떠나야겠다」, 『물음표의 사슬』, 삶창, 2015, 302쪽.)

3 오시로 사다토시는 오키나와 본섬의 오기미손(大宜味村), 린솽부는 타이완 윈린현(雲林縣) 둥스향(東勢鄕), 고시홍은 제주도 북제주군 구좌면(현재의 제주시 구좌읍) 한동리에서 각각 태어난 토박이 작가다.

었던 전후 세대 작가들이라고 할 수 있다. 모두 고등학교 교사 경력[4]이 있다는 공통점도 있다. 대비적對比的 고찰의 대상 작품으로는 오시로 사다토시의 「게라마는 보이지만慶良間や見いゆしが」2013, 린솽부의 「황쑤의 작은 연대기黃素小編年」[5]1983, 고시홍의 「도마칼」1985을 택했다.[6]

2. 눈에 보이지 않는 전쟁_「게라마는 보이지만」

오시로 사다토시의 「게라마는 보이지만」은 오키나와전투에서 있었던 집단자결강제집단사[7]을 다룬 작품으로, 16개의 장으로 구성된 중편이

4 오시로 사다토시는 류큐대학 교육학부 교수로 근무하기 이전에 현립고등학교 교사와 오키나와현교육청 현립학교교육과 지도주사(장학사)를 역임했다. 린솽부는 위안린고등학교(員林高中)에서 교편을 잡았으며 1992년 3월 '타이완교사연합' 결성에 나서기도 했다. 고시홍은 1972년 대학을 졸업하면서부터 제주도 내 고등학교 국어교사로 학생들을 가르치다가 교장으로 정년퇴임했다.

5 최말순은 「黃素의 일생」으로 제목을 번역했으나(최말순, 「대만의 2·28항쟁과 관련소설의 역사화 양상」, 『식민과 냉전하의 대만문학』, 글누림출판사, 2019, 328쪽), 「황쑤의 작은 연대기」가 더 어울리는 것으로 판단된다.

6 각각 大城貞俊, 『島影』, 人文書館, 2013; 許俊雅 編, 『無語的春天－二二八小說選』, 玉山社, 2003; 고시홍, 『대통령의 손수건』, 전예원, 1987에 수록된 작품을 분석 텍스트로 삼았다. 인용 작품의 쪽수는 이들 텍스트의 것임을 밝힌다.

7 "주민들이 집단으로 목숨을 끊은 것은 일본군의 작전에 의한 강제나 유도, 명령에 의한 것이었으므로 '강제집단사' 혹은 '강제사'로 부름으로써 그 본질을 바로잡지 않으면 진실을 바로보지 못한다"고 주장하는 이들이 있고(오시로 사타토시, 박지영 역, 「강제집단사의 진실」, 『지구적 세계문학』 제15호, 글누림출판사, 2020, 243쪽), 그런 주장이 충분히 타당성도 있다. 그러나 오시로가 「게라마는 보이지만」에서 '집단자결(集団自決)'이라는 용어를 쓰고 있으므로, 이 글에서도 거기에 따른다.

다. 소설적 현재는 2007년[8]이며 오키나와 본섬 서쪽으로 약 40킬로미터 떨어진 곳에 있는 게라마제도慶良間諸島의 한 섬[9]이 주요 공간적 배경이다.

오키나와 본섬의 나하那覇에서 중학교 교사로 근무하는 키요시清志는 아내 미나코美奈子가 둘째 출산을 앞둔 상황에서 아버지 키요마사清正로부터 할아버지 세이지로清治郎의 자살 소식을 듣고는 고향 N섬으로 향한다. N섬의 본가에서 키요시는 할아버지가 남긴 대학노트 10권 분량의 수기를 접하는데, 거기에는 1945년 3월 섬 주민과 가족들의 집단자결 전후 상황 등이 적혀 있었다. 집단자결하는 과정에서 가족 중에 할아버지와 동생작은할아버지만 생존하게 되었는데, 그 동생이 중학교 졸업 후 행방불명되자 상심 끝에 자살하려던 할아버지는 먼저 목을 매달던 할머니 우토ウト를 만류한 것이 인연이 되어 가정을 꾸려 살아왔다는 것이다. 장례 과정에서 미나코는 아들을 낳는다. 이후 할아버지 장례 후의 첫 추석初盆을 맞아 처자식과 함께 N섬을 방문한 키요시는 할아버지가 할머니와 사별하는 날을 기다렸으나 여의치 않자 먼저 세상을 떠난 것이라는 할머니의 전언을 듣는다. 나하로 돌아온 후 할아버지의 수기를 소책자로 간행키로 한 가운데 특별 활동 시간에 학생들에게 수기의 한 부분을 읽어주던 키요시는 할머니도 자살할지 모른다는 꺼림칙한 예

---

8 할아버지의 수기(유서)에 헤이세이 19년(平成十九年, 92쪽)이라고 적혀 있다.

9 'N섬'으로 나타난 이 섬은 게라마제도에서 강제집단사가 발생했던 두 섬인 도카시키섬(渡嘉敷島)과 자마미섬(座間味島)을 뒤섞어 형상화한 것이라고 할 수 있다. 鈴木智之, 「[解說]死者とともにある人々の文學」, 大城貞俊, 『樹響』, 人文書館, 2014, 279쪽.

감에 불안해진다.

전체적으로는 3인칭 소설로서 키요시가 초점자焦點者 구실을 하지만, 위의 내용 요약에서 알 수 있듯이, 이 소설의 전반을 흐르는 중심서사는 할아버지 세이지로의 자살에서 출발한다. 미수米壽 직전인 87세의 고령이자 증손자 출생을 앞둔 상황이었는데도 자살을 감행했다는 사실 자체가 충격적인 사건이 아닐 수 없다. 수차례 액자 형식으로 제시되는 세이지로의 수기는 전쟁에서부터 죽음에 이르기까지의 과정을 긴장감 있게 보여준다.

> 3월이 되면 이 섬에서는 죽은 사람들의 넋을 위로하기 위해 모든 집이 향을 피운다. 많은 집에서의 향냄새가 길거리로 흘러나온다. 그리고 이 냄새와 함께 전쟁의 기억이 되살아난다.
>
> 왜 그런 짓을 했는지……. 무서운 일이 아닐 수 없다.17쪽[10]

게라마제도의 3월은 전쟁의 한복판에서 끔찍한 살육을 경험한 계절이다. 태평양전쟁을 일으킨 일본군은 패색이 짙어지면서 오키나와에서 옥쇄 작전을 준비한다. 이에 오키나와전투가 벌어지게 되어 미군은 1945년 3월 '철의 폭풍鐵の暴風' 작전으로 게라마제도에 무수한 함포사격을 퍼부은 끝에 26일 아카섬阿嘉島을 거쳐 28일 N섬에까지 상륙한다.

---

10 한국어 번역자는 박지영(일본 불교대학 문학연구과 석사 졸업)이다. 번역 전문은 오시로 사다토시, 김재용·박지영 편역, 『저승의 목소리』, 소명출판, 2022, 71~181쪽에 수록되어 있다.

섬사람들은 귀축미영鬼畜米英의 포로가 되어 능욕당하면서 노예의 삶을 살기보다는 스스로 목숨을 끊는 것이 소중한 국가에 대해 봉사하는 길이라는 야마토大和의 농간에 넘어가고 만다. 마침내 가족끼리 모여 서로를 죽여주는 어처구니 없는 상황, 이른바 '집단자결'의 지옥도가 펼쳐지게 된다.

> 아버지는 먼저 가지고 있던 낫으로 어머니의 목을 베었다. 튀어나오는 피를 뒤집어쓴 얼굴로 나에게도 내 아내를 정리하라며 소리를 질렀다. B씨가 자기 딸들의 목을 베고 있는 것이 눈에 들어왔다. 나는 면도칼을 들고 아내를 끌어안았다. 눈물이 멈추지 않았다.
>
> 아버지가 여동생의 목을 베는 것을 보았다. 옆에서 남동생도 아버지를 보고 있었다. 나는 손이 떨렸지만 떨면 안 된다고 마음을 다잡았다. 벙커 안의 모든 사람들이 보고 있다고 생각하며 나는 부둥켜안은 아내의 목에 면도칼을 대고 힘껏 당겼다. 아내의 피가 내 얼굴에 물거품처럼 튀었다. 아내는 내 팔 안에서 나를 끌어안고 두 다리를 경련시키며 서서히 목숨을 잃어갔다.
>
> 아버지는 남동생을 부탁한다고 말하고, 스스로 낫으로 목을 그었다. 선혈이 기묘한 소리를 내며 주변에 샤워기처럼 쏟아지며 아버지가 쓰러지셨다. 더 이상 동생을 죽일 힘이 없었던 거였다.22~23쪽

어머니, 여동생, 아내, 아버지 등 세이지로의 가족 넷이 차례로 목숨을 끊었다. 게다가 아내는 임신 중이었으니 다섯이 죽은 것이나 다름없다. 이어 세이지로는 막내인 남동생과 함께 가족들의 시신을 가지런히

눕힌 후 그 동생을 껴안고 면도칼을 목에 들이대었다. 그런데 그 순간, 강한 폭발에 정신을 잃게 된다. 살아남은 세이지로는 12살의 막냇동생에게 다시 죽자고 할 수가 없어서 동생을 키우면서 가족들의 영혼을 달래는 일을 해야 했다. 몇 년이 지나 동생이 중학교를 졸업한 후 행방불명되자 그는 더 이상 살 이유가 없다고 생각되어 산 중턱에서 자살하고자 했다. 그런데 거기서 먼저 자살을 감행하고 있던 소꿉친구이자 초등학교 동창인 우토할머니를 구한 후 결혼하게 되었고, 외아들 키요마사키요시의 아버지를 낳아 살아왔다.

수십 년 인고의 세월을 견뎌낸 세이지로는 2007년 봄[11]에 더 이상 여한이 없다고 판단하고는 세상 하직을 결심했다는 것이다. 그 날은 3월 28일로, 미군이 N섬에 상륙했던 바로 그 날이었다. "가족과 함께 힘을 합쳐 살려고 했어야" 했는데, 오히려 죽이는 일에 나섰으니 "하루빨리 부모님 곁으로 돌아가 사과드리고 싶다"는 것이었다. "죽음으로써 속죄"92쪽 한다는 의미였다.

그러한 일련의 사연들이 할아버지 세이지로의 수기에 의해 하나하나 밝혀지는 가운데 소설의 말미에서 충격적인 반전이 일어난다. 할아버지에 이어 할머니의 자살이 예감되는 급작스런 상황에 다다른 것이다.

---

11 세이지로가 자살한 시점이 2007년이라는 것은 집단자결을 둘러싼 아베 정권의 교과서 왜곡과 관련된다고 해석할 수 있다. 아베 정권의 문부과학성은 2007년 3월 일본 고등학교 교과서의 검정 결과를 공표했는데, 그중에 일본사 교과서에 수록되는 오키나와전투의 집단자결에 관한 서술에서 일본군에 의한 명령·강제·유도 등을 삭제, 수정하게 했다. 이에 오키나와에서는 크게 반발하여 9월 29일에 11만 명이 참석하는 '교과서검정의견 철회를 요구하는 현민대회'를 개최했다. 아라사키 모리테루, 백영서·이한결 역, 『오끼나와, 구조적 차별과 저항의 현장』, 창비, 2013, 174쪽 참조.

너무 불안해서 가만히 있을 수가 없었다. 다 읽은 직후에는 격한 동요마저 일어나고 있었다. 눈물이 날 것 같았다. 키요시는 필사적으로 그 동요를 억누르고 있었다.

할머니가……, 할머니가 할아버지처럼 생을 마감해버리지 않을까 하는 불안감이었다. 할아버지의 뒤를 쫓아 자살하지 않을까 하는 불안감에 아찔해졌다. 키요시는 할아버지의 죽음에만 집중한 나머지, 할머니에게 신경을 쓰지 못했다는 생각이 들었다. 할머니도 집단자결의 생존자이다. 할아버지가 돌아가신 후, 할머니 역시 할아버지와 마찬가지로 자신의 삶을 단죄하려고 하지 않을까. 그런 불안한 마음이 커져만 갔다.

"할머니, 죽으면 안 돼, 살아야 해!" ……. 키요시는 적어도 그렇게 말해주어야 했다. 할머니가 살아계신 덕분에 아버지가 태어나고, 자신이 태어나고, 치나츠와 유우지가 태어났다. 할아버지와 할머니가 죽지 않고 계속 살아주신 덕분이었다. 할머니마저 목숨을 끊게 되면 정말로 전쟁에 지는 것이다. 그러니까 살아야 한다. 이제 괜찮다, 이제는 충분하다…….92~93쪽

꼭 살아야 한다는 키요시의 간절한 바람에도 불구하고 할머니 우토는 자살을 택했을 가능성이 매우 높은 것으로 판단된다. 아버지에게 걸려왔던 부재중 전화가 3건이나 있었고, 그것은 드문 일이었으며, '꺼림칙한 예감'과 '불길한 예감'에 몹시 불안해하는 키요시의 모습 등은 할머니의 자살 정황에 신빙성을 부여하는 근거라고 보아도 무방하다.

그렇다면 할머니 우토는 왜 자살해야 했는가. 그 이유는 역시 할아버지 세이지로의 수기에서 어느 정도 추측이 가능하다.

아버지와 언니는 집에서 함포의 직격탄을 맞고 죽었다고 했다. 당시 우토의 가족은 N산에 은신해 있었지만, 집 뒤뜰에 묻어 놓았던 식량을 가지러 갔다가 직격탄을 맞은 것이다.

우토에게는 조선에서 온 김씨라는 애인이 있었다. 그러나 김씨는 스파이라는 누명을 쓰고, 눈앞에서 일본군에게 살해당했다고 했다. 아버지와 언니가 죽고, 김씨가 죽은 지금, 우토는 살아갈 희망을 잃어버리고 만 것이다.

며칠 동안 어머니와 여동생과 셋이서 산림을 피해 다녔지만, 많은 사람들이 자살하는 것을 보고, 더 이상 미룰 수 없다며 죽음을 결심했다고 했다.

시체가 쌓여있는 참호를 발견하고, 어머니와 둘이서 여동생을 달래어 목을 조른 후, 우토가 어머니의 목을 졸랐다고 했다. 우토는 더 이상 자신이 인간이 아니라고 말했다.90~91쪽

우토 역시 전쟁으로 가까운 이들을 대부분 잃었다. 아버지와 언니는 미군의 함포 사격에 희생되었고, 애인이던 조선인 김씨는 스파이 누명으로 일본군에게 죽임을 당했다.[12] 게다가 집단자결의 한복판에 그녀 자신이 있었다. 여동생과 어머니를 그녀가 직접 목 졸라 죽인 것이었다. 어머니를 죽인 후 나무줄기에 목을 매달려는 찰나 눈앞에 미군이 나타나는 바람에 그녀의 자살은 실패했다. 그 후 우토는 전장에서 귀환한

---

12 오키나와의 구메섬(久米島)에서 조선인 구중회(具仲會)와 그 가족이 미군과 내통했다는 스파이 혐의로 학살당한 사건이 있었다. 구중회의 아내는 오키나와 사람으로 이름이 우타(ウタ)였다(오세종, 손지연 역, 『오키나와와 조선의 틈새에서』, 소명출판, 2019, 61~68쪽 참조). 오시로는 이를 소설에서 변용한 것으로 보이는데, 김씨의 애인이던 할머니의 이름이 우타와 비슷한 우토(ウト)라는 점도 그 근거가 된다.

오빠와 둘이서 지내다가 오빠마저 병사하자 자신도 죽으려고 다시 산으로 갔던 것이다. 집단자결 현장에서 몇 년 유예되었던 죽음이 마지막 남은 단 한 명의 혈육마저 잃게 됨에 따라 또다시 자살을 시도한다는 점에서 세이지로와 동일한 상황인 셈이다. 그 극단적 선택 현장에서의 우연한 만남이 인연이 되어 세이지로와 우토는 수십 년을 부부로 살아왔다. 그런데 그 배우자가 세상을 떠나 저승 보내는 의례 절차까지 마쳤다. 이제 우토는 미뤄놓았던 죽음의 길을 다시 찾아나서는 결단을 비로소 감행할 수 있게 된 것이다.

우토는 말한다. '게라마는 보이지만 전쟁은 보이지 않는다'고. 이는 오키나와 속담 중에 '게라마는 보이지만 속눈썹은 보이지 않는다'는 말에 빗댄 표현으로, 이는 오키나와 본섬에서 보았을 때 멀리 있는 게라마제도는 보이지만 속눈썹처럼 가장 가까이에 있는 것은 보이지 않는다는 뜻이다. 즉, 가장 가까이에 있는 것은 보이지 않는다고 했으니, 전쟁은 여전히 밀착되어 존재한다는 뜻이다. 소설적 현재인 2007년 시점에서 볼 때 전후 60여 년이 지났음에 따라 전쟁의 참상이 보이지 않는 것 같았지만 실은 너무나도 가까이에 엄존했던 것이다. 전후 60년이 아니라 '전후 0년'[13]이었음이다. 따라서 세이지로 수기의 제목이 게라마慶良間를 활용해 '축복慶과 선량良 사이에 누워 있는 섬慶びと良きことの間に横たわる島'으로 명명된 것은 상당히 반어적인 메시지다.

세이지로가 수기를 남겼고, 손자인 키요시가 책자로 간행하기로 하

---

13 오키나와 작가 메도루마 슌(目取眞俊)은 『沖縄 '戰後' ゼロ年』(2005)을 펴냈다. 한국에는 『오키나와의 눈물』(안행순 역, 2013, 논형)로 출간되었다.

는가 하면, 그 내용을 특별 활동 시간에 학생들에게 들려준다는 점도 주목할 필요가 있다. 세이지로의 수기는 일본의 공식 역사official history에서 말하는 집단자결 문제에 대한 오키나와 민중의 대항기억이다. 바로 그것을 책자로 간행한다는 것은 대항기억을 공식화하려는 움직임이다. 그 내용을 학생들에게 전하는 것은 대항기억의 전승을 의미한다. 집단자결에 대한 우치난추오키나와 사람을 뜻하는 오키나와방언의 기억투쟁으로 읽힌다는 것이다.

「게라마는 보이지만」에서 80대 후반의 노부부가 감행한 연쇄 자살로 대변되는 비극은 바로 제국주의의 탐욕과 폭력에서 비롯된 것이다. 문제는 수십 년 세월이 흘렀어도 현실은 전쟁의 참혹함에서 조금도 벗어나지 못했다는 것이다. 노부부의 연쇄 자살은 그것을 일깨우기 위해 온몸을 내던진 강력한 반폭력투쟁이었다고 할 수 있다. 아울러 왜곡된 공식 역사에 맞서는 노인의 수기와 그것의 출판은 그와 관련된 절박한 기억투쟁의 양상이다.

3. 처절한 파국의 철길_「황쑤의 작은 연대기」

린솽부의 「황쑤의 작은 연대기」는 타이완 서쪽의 어느 작은 시골 마을을 무대로 현대사의 비극을 다룬 작품이다. 젊은 여성이 2·28사건의 와중에서 억울한 일을 당하여 모든 꿈이 무산되면서 정신을 잃고 방황하다가 비극적 종말을 맞는다는 내용으로, 한 여인의 기막힌 생애가 8쪽 분량의 짧은 소설 속에 압축되어 그려졌다.

1947년 봄 황쑤黃素는 이웃마을 청년 왕진하이王金海와 결혼을 앞둔 19세 처녀였다. 어머니를 따라 혼수를 준비하러 나간 그녀는 신접살림용 식칼을 사서 가방에 넣은 직후 영문도 모른 채 난리 속에 휘말리게 되면서 불행의 나락으로 떨어진다. 쫓고 쫓기는 패거리들의 싸움에 휩쓸려 옷과 식칼에 피가 묻은 상황에서 피신하다가 붙잡히는 처지가 된 것이다. 피 묻은 식칼로 사람을 죽였다고 추궁당하며 고문에 시달렸다. 그렇게 수감생활을 하다가 1년 후 총살되기 직전에 무죄로 석방되지만, 귀가한 그녀를 기다리는 것은 아버지의 죽음과 정치범이라는 죄명이었다. 왕진하이의 아버지는 파혼을 통보해왔고, 황쑤는 감옥과 형장에서 받은 충격으로 온종일 중얼거리다가 밤중에 쏘다니곤 했다. 사태 10년 후 어머니마저 세상을 떠나자 점점 미친 여자가 되어버린 황쑤는 1967년 여름 어느 날 급기야 철로 위에 서서 달려오는 기차를 맞이한다.

이 소설에서 다루어진 황쑤의 생애는 1947년부터 1967년까지 20년 정도다. 19세의 시골 처녀가 맞이하는 희망찬 봄날에서부터 이야기는 시작된다.

> 1947년 어느 봄날 새벽, 첫 햇살이 작은 마을로 드리울 때, 마을의 남쪽 한 토담집에 살고 있는 19세의 소녀 황쑤黃素가 일어났다. 그녀는 전에는 느껴보지 못한 설렘에 들떠있었다. 이 날은 황쑤의 어머니가 그녀를 데리고 20km 떨어진 시내에 가서 혼수준비를 하기로 한 날이었기 때문이다. 보름이 더 지나고, 그녀는 곧 새신부가 될 터였다.89쪽[14]

'봄날'·'새벽'·'첫 햇살'로 표현되듯이, 결혼을 보름 앞둔 황쑤는 설렘과 기대로 가슴이 벅차다. 그녀는 신랑감인 이웃마을 총각 왕진하이를 사탕수수 수확할 때 몇 번 본 적이 있는데, 신중하고 믿을만한 청년으로 생각되던 터였다. 그랬기에 황쑤는 "행복의 기운이 그녀의 가슴에 차올라 마치 남풍에 밀려가는 돛단배의 돛과 같"아서 "즐거운 종달새마냥 목청을 가다듬고 소리 높여 노래"89쪽하고 싶을 정도였다. 외출할 때만 꺼내 입는 흰색 바탕에 푸른색 꽃무늬가 그려진 긴 소매의 원피스로 갈아입고 거실 벽에 걸린 미색 광목천 가방을 들고서 어머니와 함께 시내 시장으로 향한다. 이불보와 천을 사서 광목천 가방에 넣고는 잡화점에 들렀다.

모녀가 어느 잡화점을 지나는데 상점 입구에 식칼이 죽 늘여져 있었다. 그리고 식칼은 햇빛에 반사돼 번쩍번쩍 빛났다. 어머니는 오른손 엄지손가락으로 칼날이 날카로운지 확인했다. 여섯 자루의 칼날을 확인한 후 칼 한 자루를 샀다. 그리고 고개를 돌려 딸에게 말했다.

"아껴 써라, 이 칼은 10여 년은 쓰겠다."

황쑤는 고개를 끄덕였다. 10여 년 후 아들, 딸을 둔 자신을 생각하니 자기도 모르게 부끄러워졌다. 고개를 숙이고 손에 잡힌 칼을 광목천 가방에 넣었다.90쪽

14 한국어 번역자는 이하영(제주대학교 중어중문학과 강사)이다.

'햇빛에 반사돼 번쩍번쩍 빛'나는 식칼은 황쑤에게 10년 후의 다복한 가정이 연상되는 희망의 신접살림 도구였다. 그러나 그것은 그녀의 삶을 끝없는 나락으로 몰고 간 불행의 도구가 되고 말았다. 서로 "촌뜨기 새끼阿山仔"와 "육지 새끼芋仔"90쪽로 비하하며 격하게 충돌하는 두 패거리 사이에 휩싸이게 되면서부터였다. 외성인外省人과 본성인本省人의 충돌,[15] 즉 2·28사건의 현장이었던 것이다. 황쑤는 전혀 영문도 모른 채 2·28사건의 한복판에 놓인 셈이었다. 고성과 욕설이 오가고 나무 방망이, 벽돌, 깨진 술병을 동원해 공방전을 펼치는 무리들의 틈바구니에서 빠져나오지 못한 그녀는 어머니의 손마저도 놓치고 말았다. 통곡하던 그녀가 두들겨 맞아 시신 위로 쓰러지니, 꽃무늬 원피스와 광목천 가방이 핏빛으로 물들었다. 총소리가 나고 사람들이 흩어지자 그녀가 몸을 일으키는데 삼각턱 남자三角臉的男人가 가방을 빼앗고 뺨을 때렸다. 트럭에 실려 끌려간 그녀는 매일 추궁당한다.

"네가 사람 죽였지? 어? 안 그럼 왜 식칼을 들고 있어? 네가 들고 있던 칼에 왜 피가 묻어 있는 거야? 누가 너한테 죽이라고 했어? 얼마나 죽였어? 타

---

15 1945년 일본 제국주의가 패망하자 중국 국민당 정부가 타이완 인수를 위해 군대를 파견하면서 대륙 출신 사람들이 많이 들어왔는데 이들을 '외성인(外省人)'이라 하고, 그 이전부터 타이완에 거주하고 있던 이들을 '본성인(本省人)'이라고 부른다. 그리고 이들 간의 갈등을 '성적(省籍) 갈등'이라고 한다. 물론 성적 갈등이 2·28의 전적인 원인은 아니다. 대륙에서 파견한 접수 정권의 전횡으로 야기된 경기침체와 통화팽창이 타이완 경제를 초토화시키면서 민심이 이반되던 차에 전매국 직원의 과도한 단속에 이은 발포에 학생이 쓰러지면서 촉발된 항쟁이었다. 신정호, 「타이완의 현대사 전개와 2·28문학」, 『인문과학연구』 제30집, 성신여대 인문과학연구소, 2012, 311쪽; 최말순, 앞의 글, 2019, 315~323쪽 참조.

이베이臺北에 갔어, 안 갔어? 다다오청大稻埕에는 갔어, 안 갔어? 숨길 생각 마. 다른 사람은 다 불었어. 너 왜 식칼 들고 사람 죽였어? 말해! 빨리 말해!"

삼각턱 남자의 얼굴은 매우 차가웠다. 황쑤는 그를 보자마자 겨울 새벽에 살얼음판을 걷는 것처럼 덜덜 떨었다. 삼각턱 남자의 타이완 방언은 너무 괴상했다. (…중략…) 말투도 거칠었다. 황쑤가 19세가 될 때까지 그녀에게 이렇게 거칠게 대했던 사람은 한 명도 없었다. 그녀는 겁에 질려 완전히 멍해졌다. 우는 것 말고는 한 마디도 대답할 수 없었다.91~92쪽

삼각턱 남자의 타이완 방언이 너무 괴상했다는 것으로 보아, 황쑤를 체포한 세력은 외성인이고 황쑤는 본성인이라고 할 수 있다. 그렇다고 황쑤가 평소 외성인에게 어떤 반감을 지닌 것도 아니었다. 황쑤는 결국 아무런 죄도 없이 영문도 모른 채 갇히는 신세가 되고 말았다. 집에서는 그녀의 행방을 모르고 있었다. 그렇게 감옥 생활 1년이 지났을 때 그녀는 삼각턱 남자에게 곧 총살에 처해진다는 통보를 받는다. 피 묻은 식칼이 증거라는 것이다. 그녀는 상상도 못했던 상황을 맞닥트리면서 감당할 수 없는 충격에 몸부림친다.

황쑤는 시종일관 습하고 차가운 바닥에 녹초가 되어 주저앉아 있었다. 그리고 아주 천천히 아주 천천히 서로 무관한 장면들이 황쑤의 뇌리를 스쳐 지나갔다. 10여 년은 쓸 수 있는 칼 한 자루. 사탕수수를 수확할 때 본 적 있는 왕진하이의 생김새. 어머니. 꽥꽥 울어대는 거위와 오리. 그물 같은 봄날의 햇살, 돼지, 광목천의 가방, 오빠와 올케언니들. 아버지, 작은 마을 남쪽의 토

담집. 아! 안 돼! 안 돼! 난 죽을 수 없어! 죽고 싶지 않아! 죽으면 안 돼! 이건 누명이야! 난 돌아가서 시집가야 해! 돌아가서 농사도 지어야 해!

"난 총살당하면 안 돼……."

황쑤는 애타게 부르짖었다. 며칠 내내 계속해서 부르짖었다.92~93쪽

며칠 후 새벽에 황쑤는 감방에서 나와 석탄재가 있는 처형장으로 끌려갔다. 무릎이 꿇린 그녀 앞에 총을 메고 있는 사람들이 있었다. 이윽고 조준 명령이 내려졌다. 모든 게 끝났다고 생각하는 순간 정신을 잃으면서 무의식적으로 분뇨를 배설한다. 그런데 잠시 후 삼각턱 남자가 그녀를 깨우더니 무죄로 판결났으므로 집으로 데려다주겠다고 한다. 그녀는 영문을 모른 채 "난 총살당하면 안 돼……"라는 말만 반복한다. 이미 돌이킬 수 없는 심각한 정신분열 상황이 되었던 것이다.

황쑤가 귀가한 것은 1948년 늦봄이었다. 아버지는 황쑤가 실종된 4개월 후 병을 얻어 세상을 떠난 뒤였고, 어머니는 중풍으로 반신불수가 되어 있었다. 세 오빠와 세 올케의 웃음도 사라져 있었다. 왕진하이의 아버지는 황쑤의 어머니를 찾아와 파혼 의사를 밝힌다.

"우리 쑤가 미쳤잖아요."

"미친 게 아니고……" 황쑤의 어머니는 두 눈에 눈물을 머금고는 말을 이었다. "개가 그저 심한 충격을 받아서 그래요. 돌아왔으니까 점점 나아질 거예요. 사돈, 걱정 마세요."

왕진하이의 아버지는 자기의 무릎을 쓰다듬고, 얼굴을 긁적거리더니 한

참이 지나서 다시 말했다.

"저도 우리 쑤가 빨리 회복하기를 바랍니다. 그런데 이번 혼사는 취소해야겠어요."

"왜요?"

"진하이가 정치범을 신부로 맞을 수는 없잖아요."

"사돈은 우리 쑤가 정치범이 아니라는 걸 분명히 아시잖아요."

"제가 아는 게 무슨 소용입니까?"

왕진하이의 아버지가 한숨을 쉰다. "사람들의 독한 입이 문제지요."94쪽

1948년의 타이완에서 정치범으로 몰린다는 것은 회생불능의 사회적 낙인이었다. 그것의 사실 여부를 떠나 일단 혐의를 받은 적이 있다는 것만으로도 낙인의 사슬에서 벗어나기 어려웠다. 황쑤의 어머니는 눈물을 머금고 파혼에 동의할 수밖에 없었다. 황쑤는 어떤 상황이 전개되는지 모른 채 혼자서 "난 총살당하면 안 돼……"라는 말만 계속 중얼거린다. 밤중에 뛰쳐나가 서쪽 해안마을을 돌아다니곤 하는 바람에 오빠와 올케들은 황쑤를 땔감창고에 가두어버린다. 황쑤는 흐느끼며 총살당하면 안 된다는 혼잣말을 계속했다. 그로부터 10년이 더 지난 1959년 겨울 어머니마저 세상을 떠나자 오빠와 올케들의 황쑤를 대하는 태도가 소홀해졌다. 황쑤는 자주 뛰쳐나갔고 대소변도 처리하지 못한 채로 돌아다니다가 마을 사람들의 손에 이끌려 귀가하곤 했다. 점점 더럽고 냄새나는 미친 여자로 취급되면서, 어린 아이들도 돌을 던지며 그녀를 욕하곤 했다. 그렇게 세월이 흘러 1967년 여름이 되었다. 황쑤는 맨발로 시내로 나가

서 발권도 하지 않은 채 남쪽으로 떠나는 열차에 오른다.

차장이 검표할 때 황쑤에게는 표가 없었다. 그녀는 끊임없이 차장에게 이렇게 말했다.

"난 총살당하면 안 돼…… 난 총살당하면 안 돼……."

열차가 다음 역에 가까워지자 차장은 황쑤를 쫓아냈다. 잠시 후 북쪽으로 향하는 일반열차가 역으로 들어왔다. 황쑤는 또 다시 그 열차에 올라탔다. 몇 정거장을 지나서 황쑤는 또 다시 쫓겨났다. 황쑤는 승강장 기둥 옆에 쭈그려 앉아 하룻밤을 보냈다.

다음 날 황쑤는 승강장에서 내려와 철도를 따라 북쪽으로 걸어가다 긴 철교에 올랐다. 황쑤는 침목枕木을 하나씩 하나씩 건너면서 천천히 걸어갔다. 갑자기 뒤에서 다급한 경적소리와 귀를 찌를 듯한 금속 마찰 소리가 들렸다. 황쑤가 뒤를 돌아보니 열차 앞머리가 그녀의 앞으로 바짝 다가오고 있었다. 황쑤는 철교 위에서 꼼짝하지 않았다.95~96쪽

열차에서 거듭 내쫓긴 황쑤는 어느 곳에도 갈 수 없었다. 그럼에도 어디라도 가야 했기에 철길을 계속 걸어갔다. 철길은 철교 위로 이어졌기에, 철교에 접어든 그녀의 몸은 좌우로 피하기 어려운 상황이 되었다. 그녀는 그렇게 죽음을 맞이하는 것밖에 다른 길이 없었는지 모른다.

황쑤의 삶은 20년 전의 엄청난 사건에 의해 송두리째 망가지고 말았다. 그랬기에 그녀는 거침없이 열차가 질주하는 철길을 20년 세월 동안 계속해서 걸어왔던 것이라고 할 수 있다. 2·28항쟁을 진압하는 거대한

폭력은 황쑤의 장밋빛 희망을 철저히 나락으로 끌어 내려서 처참하게 파멸시켜버린 것이다. 2·28항쟁 20주년을 맞는 시점에서의 죽음으로써 출구 없는 전망의 끝자락을 분명하게 보여준 셈이다.

타이완에서 2·28 진압의 폭력성에 맞서는 반폭력의 기운은 꽤나 오랫동안 싹트기조차 어려웠다. 이 소설이 발표된 것은 타이완이 아직 계엄령 아래에 있던 1983년이었다. 1979년의 '가오슝사건高雄事件' 혹은 '메이리다오사건美麗島事件'으로 불리는 민주화운동이 일어난 데 이어 당시 체포된 이들의 가족들이 1980년대 초반 각종 선거에서 대거 당선되던 때였지만, 아직 타이완 최초의 야당인 민주진보당民主進步黨은 결성되기 전이었다.[16]

이 소설에는 2·28이란 표현이 단 한 번도 등장하지 않는다. 본성인이니 외성인이니 하는 단어조차 전혀 나타나지 않는다. 그러면서도 황쑤로 대표되는 타이완 민중의 수난과 억울한 희생의 문제가 매우 인상적으로 부각되고 있다. 당시로서는 한 여성이 안 된다고 중얼거리면서 열차가 다가오는 철교의 철길을 피하지 않고 걸어가는 것만으로도 비장한 저항의 메시지를 던졌다고 할 수 있다. 철교의 철로에 홀로 우뚝 서서 거대한 열차에 맞서는 장면은 왜소한 처지로나마 거대한 국가폭력에 맞서려는 타이완 민중의 처절한 대응을 상징하는 것으로 볼 수 있다.

---

16 이학로, 「2·28사건에 대한 기억과 타이완 현대사」, 『경주사학』 42, 경주사학회, 2018, 41~43쪽. 민주진보당(민진당)은 1986년 결성되었다.

4. 사슬에 묶인 피해망상의 근원_ 「도마칼」

「도마칼」은 1975년[17]의 제주도를 무대로 삼아 더욱 더 깊어지는 4·3의 트라우마를 포착한 작품이다. 7개의 장으로 구성되어 있는 중편소설이다. 한 여인이 4·3의 와중에 일본으로 밀항 후 오랫동안 행방불명되었던 옛 남편을 만나게 되면서 벌어지는 갖가지 사건들이 고통스럽게 그려진다.

은행 대리인 '나'김우찬는 고향 마을에 살던 양어머니숙모를 얼마 전부터 모시고 살고 있는데, 양어머니는 집을 나가 도마칼을 휘두르는 등 심한 정신분열 증세를 보인다. 그것은 행방불명되었던 남편인 김덕표숙부가 사반세기 만에 조총련 모국 성묘방문단 일원으로 다녀간 이후부터 표출된 증세였다. 숙부는 4·3 당시 뜻하지 않게 산부대무장대에 연루된 '나'의 아버지김수찬, 김덕표의 형 때문에 생존을 위해 토벌대와 우익세력에게 호의를 베풀면서 애쓰다가 아버지가 피살된 이후 6·25전쟁 중에 일본으로 밀항했고, 갓난애와 함께 숨어 지내던 양어머니는 아기가 죽은 이후에 '나'의 입양을 요청했던 것이다. 집안에서는 무덤을 마련하여 사망신고를 하고 제사까지 지내오는 등 숙부를 이 세상에 없는 사람으로

---

17 작품 속에서 "사십 년 전 일"(164쪽)이라고 하기도 하고, "이십사, 오 년 전"(169쪽)과 "스물다섯 해 만"(181쪽)으로도 표현으로써 상충되게 기술한 부분이 있는데, 전자는 작가의 실수로 보인다. 최초의 조총련 모국 성묘방문을 소설적 현재로 다루었다는 점에서 1975년으로 보는 것이 옳다고 판단된다. 그럴 경우 1950년에 숙부가 도일했으니, "이십사, 오 년 전"이 1975년의 시점에서 합당한 표현이 되는 것이다. 40년 전이란 표현은 이 작품이 수록된 소설집 『대통령의 손수건』의 간행연도인 1987년의 시점에서는 가능한 것이다.

취급하고 있었다. 남편과의 갑작스런 상봉 이후 양어머니의 정신분열 증세는 걷잡을 수 없이 폭발한다. 집안을 난장판으로 만들어놓고 집을 뛰쳐나가 철물점에서 도마칼을 훔쳐 휘두르는 등의 난폭한 행동을 보임에 따라 산 속의 기도원에 보내지만, 양어머니는 거기서도 난동을 부리는 바람에 쇠사슬에 묶여지고 만다.

1인칭 관찰자 시점인 이 소설의 초점자는 '나'인 김우찬이지만, 서사의 중심인물은 단연 양어머니[18]라고 할 수 있다. 양어머니는 면 소재지 마을에 살던 여성이었다.[19] 4·3의 와중이던 1949년 봄에 작은삼촌과 결혼한 후 바깥채에 신접살림을 차렸다. 4·3의 전개 과정에서 보면 진압·선무 병용 작전이 실시되면서 사태 평정기가 시작되던 시기[20]였다. 어느 날 소를 끌고 성 밖에 나갔던 아버지가 하룻밤 행방이 묘연했다가 나타나면서 의구심을 자아내더니 나중에는 종적을 감추게 되는데, 그것이 산부대와 관련 있으리라는 혐의를 짙게 받는 요인이 되었다. 숙부는 그 의구심과 혐의를 무마시키기 위해 군인, 순경, 면사무소 사람들을 집으로 초대해 대접하는 일이 더 잦아졌으며, 숙모는 "만삭이 된 배를 끌어안고 앉아서, 닭 모가지를 비틀어 털을 뜯고, 칼질을 했"204쪽던 것

18 작품에서는 '양어머니'라고 하지 않고 주로 '어머니'라고 한다. 가끔 '숙모'로도 지칭된다.

19 양어머니는 3장에서 "우리 동네서야 영순이나밖에 며느리감이 어디 있수과?"(174쪽)라며 언급된 '영순'으로 생각될 수도 있으나 그녀와는 끝내 혼사가 추진되지 않은 것으로 보인다. 5장에는 "작은삼촌이 면 소재지 마을로 장가를 들었"(185쪽)다고 서술되고 있기에 같은 동네였던 영순이와는 다른 인물로 보아야 한다.

20 제주4·3사건진상규명및희생자명예회복위원회, 『제주4·3사건 진상조사보고서』, 2003, 320~331쪽 참조.

이다. 아버지가 끝내 시신으로 발견됨에 따라 경찰에서 가족들을 조사하기 시작하고 6·25전쟁까지 터지자 이번에는 숙부가 종적을 감추었다. 그는 목숨을 부지하기 위해 일본으로 밀항한 것이었다.[21] 숙모가 해산한 직후였다.

작은삼촌이 자취를 감추고 나서 보름쯤 지났을까, 이번에는 숙모님이 아기를 데리고 집을 나갔다. 폭도들에게 마소를 강탈당하거나 식량을 빼앗겼던 사람, 심지어는 서북청년단원에게 마누라나 과년한 딸이 능욕을 당했던 사람들까지 지서에 불려가 문초를 당하고 있다는 소문이 들끓을 무렵이었다.

"느네너의 작은어멍은 시국이 펜안헐 때까지 친정에 가 있으랜 했져."207쪽

숙모는 친정에 간 게 아니라, 아기를 데리고 고팡[庫房]에 숨어 지내고 있었다. 그러는 동안 고양이 소리를 내던 젖먹이가 숨을 멈추고 말았다. 그런 상황에서도 숙모는 전쟁이 끝날 때까지 고방에서 지내면서 슬픔을 감내해야 했다. 4·3과 6·25전쟁이 끝났어도 숙모는 남편을 다시 만날 수 없었다. "고팡할망이란 별명으로 남은 숙모"는 "작은삼촌을 총각귀신이 되게 할 수 없다"면서 "우찬이를 우리 앞으로 양자를 삼게 해줍서"209쪽라며 시부모에게 눈물로 호소했다. 김우찬은 그렇게 숙모의

---

21 "4·3사건을 전후해서 제주도에서 적어도 1만 명 이상이 일본으로 건너"갔다는 견해도 있다. 문경수, 「4·3과 재일 제주인 재론(再論)—분단과 배제의 논리를 넘어」, 『4·3과 역사』 19, 제주4·3연구소, 2019, 96쪽.

양아들이 되었다.

하지만 둘은 법적인 모자지간일 뿐 서로 끈끈한 정을 나누며 살아온 사이는 아니었다. 우찬은 "귀신이 된 다음에나 일 년에 단 하루, 숭늉 한 그릇 떠놓고, 잡귀나 되지 말아 달라고 축원하는 것으로써 내 숙모이자 어머니에 대한 인연의 끈을 매듭짓"165쪽겠다는 생각을 갖고 있었다. 양어머니도 "법을 빌어 얻은 아들도 자식이우꽈?"200쪽라고 말할 정도였다. 양어머니는 남편의 무덤을 마련하고 사망신고까지 마친 채 사실상 홀몸으로 지내고 있었다. 그런데 25년 만에 남편이 눈앞에 나타났으니 기절초풍할 일이었다. 게다가 남편은 조총련 모국 성묘방문단의 일원이었다.

> 현관 마루턱에 걸터앉아 오열하는 작은삼촌을 향해 내던진 말은 단 두 마디뿐이었다.
>
> "저 사름 누게고?"
>
> "여보, 용서하오. 당신에게 지은 죄는 저승에 가서래두 다 갚으리다아……"
>
> 작은삼촌의 안면근육이 가면처럼 일그러졌다.
>
> 어머니는 한참동안 작은삼촌의 얼굴을 뜯어봤다.
>
> "어떵허난 이영이렇게 일찍 오라집데가?"
>
> 어머니는 심드렁하게 한 마디 하고 나서, 엉거주춤한 자세로 다가서는 작은삼촌을 외면한 채 당신 방으로 들어가 버렸다.182쪽

양어머니는 방문을 잠가버렸다. 아무리 두들겨도 방문도, 양어머니

의 입도 열리지 않았다. 결국 사반세기 만의 부부상봉은 그렇게 끝나고 말았다. 그런데 숙부가 다녀간 뒤 양어머니는 돌변한다. 상봉 이전에는 대낮에 불을 훤히 켜놓게 하거나, 혼자 있을 때 문을 죄다 걸어 잠그는 버릇이 있는 정도였는데, 상봉 이후에는 도무지 감당할 수 없는 지경이 되었다. 인큐베이터의 신생아들을 아기 시신으로 여기는가 하면, 제복 입은 호텔 안내원을 군인으로 착각하고, 엘리베이터를 감옥으로 오인하여 탑승을 완강히 거부하는 등의 사건들이 계속 벌어졌다. 심지어 집안 기물을 마구 부숴버린 채 집을 나가 시외버스정류소 근처나 40킬로미터 떨어진 고향마을에서 발견되는가 하면, 철물점에서 훔친 도마칼을 갈아서 마구 휘두르는 등 "작은삼촌이 낮도깨비처럼 나타난 데 대한 충격의 앙금"177쪽은 엄청났다. 그만큼 4·3으로 인한 트라우마의 양상은 상상을 초월하는 것이었다.

결국 양어머니는 신경외과 진료를 거쳐 한라산 기슭의 기도원으로 보내지게 되었다. 그러나 기도원에서도 칼을 품고 다니면서 갑자기 사라지는 양어머니의 이상 행동을 더 이상 감당할 수 없다는 연락을 해왔다. 우찬은 급히 기도원으로 향한다. 소설의 마지막 장면이다.

> 어머니는 한 마리의 도사견으로 변신돼 있었다. 숙소 건물 기둥에 매달려 있었던 그 쇠사슬이었다. 옆에는 도마칼이 놓여 있었다.
>
> 어머니는 내가 다가선 후에도, 당신 발목에 채워져 있는 쇠사슬을 돌부리 위에 걸쳐놓고 앉아 돌멩이로 내려찍는 작업을 멈추지 않았다. 나는 열병처럼 전신에 퍼지는 분노를 억누르며 어머니 발목에 채워져 있는 마디 굵은 쇠

사슬을 풀어냈다.

어머니가 부적처럼 지니고 다니던 도마칼이 낙하된 숲 근처에서 야생조 한 마리가 비상했다.210쪽

양어머니의 발목에는 사나운 도사견을 묶어둘 때 사용했다던 쇠사슬이 채워져 있었다. 늘 붙들고 다니던 도마칼도 양어머니 손에서 벗어나 팽개쳐져 있었다. 우찬은 양어머니 몸에서 쇠사슬을 풀어내고 그 곁에 나뒹굴던 도마칼을 내던져 버린다. 하지만 그것으로 해결되는 문제는 아무것도 없을 수밖에 없다. 그 어떤 것도 풀어낼 수 없었으며 그 무엇도 제거하지 못했다고 할 수 있다. 오히려 4·3에서 비롯된 상흔은 점점 깊어갈 따름이다.

이 작품의 소설적 현재인 1970년대 중반에서든, 이가 발표된 1980년대 중반의 상황에서든 '열병처럼 전신에 퍼지는 분노를 억누르'는 이상으로 4·3에 관한 사회적 언행을 표출한다는 것은 지극히 어려운 일이었다. 당시로서는 공식 역사였던 '공산폭동론'을 벗어나는 논의는 철저히 금기시되고 있었다.[22] 이 소설에서 '폭도'라는 표현이 수시로 나오는 것이나, 4·3의 정치적 난민으로서 인고의 세월을 견뎌야 했던 숙부의 입장이 구체적으로 그려지지 않은 점[23]도 그러한 시대적 상황과 무관하지 않다. 따라서 당시 현실에서 거대한 폭력에 맞서는 반폭력의 위

22 현기영이 소설집 『순이 삼촌』으로 고초를 겪은 것은 1979년과 1980년이었고, 이산하가 장시 「한라산」으로 구속된 것은 1987년이었다.

23 작품에서 숙부는 죄인처럼 인식되도록 그려지고 있다.

력은 아직 너무나 미약할 수밖에 없었다. 적어도 그 실체를 실제 현실에서는 드러내기가 어려웠다.

그럼에도 불구하고 양어머니가 도마칼을 수시로 휘둘러대는 행위는 순응을 넘어선 저항적인 메시지로 읽힐 여지가 충분하다. 그만큼 저변에서 꿈틀꿈틀 흐르면서 호시탐탐 분출을 꿈꾸던 제주민중의 반폭력적인 기세는 엄청난 잠재력을 머금고 있었음[24]을 이 소설은 잘 보여주었다고 할 수 있다. 물론 양어머니의 그러한 행동은 미친 짓으로 치부되어 개 취급을 당하면서 쇠사슬에 묶여질 만큼 가혹한 제재를 당하고 있는 현실도 여실히 보여주고 있다.

5. 폭력의 재현과 반폭력의 상상력

이상에서 살핀 동아시아 세 섬의 작품들은 일단 극단적 폭력의 충격적 재현에 역점을 두었다. 민중의 수난과 희생을 부각시키기 위함이다. 그렇다고 오로지 희생담론으로만 일관하는 것은 아니다. 그에 대응하는 반폭력의 상상력이 그 저변에서 의미 있게 작용하고 있음도 포착할

24 4·19혁명 직후 4·3 진상 규명운동이 전개되었으나 5·16쿠데타로 인해 자취를 감추고 말았다. 그 후 4·3은 철저히 금기시되었다. 그런 4·3 진상 규명운동이 다시 본격화되기 시작한 것은 1987년 6월항쟁 이후의 일이었다. 1987년 대선에서 김대중 후보가 4·3 진상 규명을 공약으로 내세웠고, 1988년 제주대학교 총학생회에서는 처음으로 4·3 추모기간을 설정하여 행사를 벌였으며, 사월제준비위원회 주최의 4·3추모제가 처음으로 열린 것은 1989년이었다. 제주4·3연구소의 출범과 언론사의 4·3 기획연재 시작 시점도 1989년이었다.

수 있다.

세 소설은 공교롭게도 칼이나 낫과 같은 절단용 도구를 주요 제재로 삼았다는 점에서 공통점이 있다. 「게라마는 보이지만」의 '낫鎌'과 '면도칼剃刀', 「황쑤의 작은 연대기」의 '식칼菜刀', 「도마칼」의 '도마칼'[25]이 그것이다. 실생활에서 이것들은 없어서는 안 될 생필품이다낫도 농촌에서는 생필품이라 할 수 있다. 하지만 실생활에서 요긴하게 쓰이는 이 도구들은 본래의 용도에서 벗어날 경우 매우 끔찍한 살상의 도구로 돌변할 수도 있다. 세 소설에서는 모두 일상의 도구로서만이 아니라 본래 용도를 훨씬 벗어난 차원의 도구로서의 쓰임이 더욱 적극적으로 나타나고 있다. 그것은 외부의 거대한 폭력에서 기인한 것임에 문제적이다. 그만큼 충격적인 도구를 제시할 수밖에 없는 극단적 폭력의 상황들이 이들 작품에서 제시된다는 것이다.

대체로 칼knife은 "복수와 죽음을 상징할 뿐만 아니라 희생도 상징"한다. 특히 식칼과 같은 "짧은 칼날은 그 칼을 휘두르는 사람의 본능적인 힘"[26]을 상징한다. 이는 낫의 경우도 그다지 다르지 않다고 할 수 있다.[27] 말하자면 칼과 낫의 상징적 의미로 희생이나 죽음과 더불어 민중들의 저항성도 부여할 수 있다는 것이다.

---

25 '도마칼'은 식칼의 제주방언인 '돔베칼'을 작가가 표준어를 의식해서 만든 단어로, 국어사전에는 등재되어 있지 않다. '돔베'는 도마의 제주방언이기에 '돔베칼'은 도마용 칼이란 뜻이다. 제주방언에서 '돔베칼'은 'ᄉᆞᆼ키칼'과 유의어인데, 'ᄉᆞᆼ키'는 푸성귀를 뜻한다. 제주특별자치도, 『개정증보 제주어 사전』, 2009.

26 이승훈 편저, 『문학상징사전』, 고려원, 1995, 468쪽.

27 김동인의 소설 「감자」(1925), 나운규의 영화 「아리랑」(1926) 등에서도 확인할 수 있다.

「게라마는 보이지만」에서의 '낫'과 '면도칼'은 일상적 의미로는 전혀 기능하지 않았다. 집단자결의 도구로 사용됨으로써 전쟁에서의 극단적인 폭력의 무모성과 야만성을 적나라하게 드러내는 도구일 따름이었다. 「황쑤의 작은 연대기」에서 혼수용품으로 마련한 새 '식칼'은 번쩍번쩍 빛나는 희망의 살림 도구였다. 그러나 공교롭게도 바로 거기에 피가 묻는 바람에 억울한 일을 당하게 되는, 그래서 황쑤가 끝없는 절망으로 추락하는 매개물이 되었다. 이러한 낫, 면도칼, 식칼은 모두 1940년대 중반의 과거 시점에서만 기능하면서 폭력의 문제를 극대화하는 역할을 하고 있다. 반면에 「도마칼」에서 4·3 당시 접대용으로 닭·돼지 등의 가축을 잡던 '도마칼'은 폭력과 반폭력의 의미를 동시에 부각시켰다고 할 수 있다. 1970년대 현실에서는 폭력이 만들어낸 극단적인 피해망상에서 벗어나기 위해 양어머니가 발악적으로 휘둘러댔던 도구였기 때문이다.

결국 칼과 낫은 수난의 상상력을 극대화하는 데 유용한 매개물이 되었다. 이것의 활용이야말로 왜소한 민중이 맞서는 최후의 방식이라고 할 만하다. 따라서 이는 수난의 상상력을 넘어서 저항의 상상력으로 읽히기도 하는 것이다. 다른 두 소설에 비해 「도마칼」은 그 매개물과 관련된 저항의 메시지가 좀 더 부각되었다고 할 수 있다. 이는 4·3이 오키나와전투나 2·28에 비해 항쟁의 의미가 더 강한 점과도 무관하지 않다고 본다.

세 작품에서 방언이나 속담 등을 활용하여 효과를 거둔 점도 주목된다. 이는 헐벗은 채 소외당하는 지역공동체의 정체성을 강조함으로써 거대 권력의 횡포를 문제삼는 기능을 하고 있다.

「게라마는 보이지만」에서는, 앞서 언급했듯이, 오키나와 속담을 적극 활용하여 전쟁의 광포성이 수십 년 지속됨을 일깨우는 주제로 연결시켰다. 우치나구치오키나와방언를 유용하게 구사한 부분들도 포착된다. 예컨대 세이지로가 수기 마지막 부분에서 저 세상에서 편히 기다리겠다, 먼저 가겠다는 말을 우치나구치로 적어놓은 점,[28] 세이지로의 증손녀인 치나츠千夏가 우치나구치를 배워가는 점 등은 공동체의 결속과 기억의 전승을 의미하는 것으로 볼 수 있다.

「황쑤의 작은 연대기」에서는 방언 관련 상황이 한 순간만 표출되는 데에 그치면서도 전체적인 작품 전개에 의미 깊은 작용을 한다. 삼각턱 남자가 타이완 방언을 괴상하게 구사한다는 사실을 황쑤가 인식하는 장면을 통해 그런 점이 나타난다. 외성인에 의해 지역공동체가 침탈되고 있는 위험한 상황임을 암시하는 것으로 해석된다.

「도마칼」은 핵심 제재이기도 한 제목부터 방언에 견인된 표현이고, 작중인물들 간의 대화에서도 제주방언이 적잖이 구사된다. 특히 양어머니는 시종일관 제주방언을 거침없이 구사함으로써 제주 민중의 수난상을 부각시켜 준다. "이놈아, 사름 목숨 지키랜 헌 순경이지, 생사름 잡으라고 헌 순경이더냐!"184쪽는 양어머니의 항변에서는 토벌군경에 대한 반감으로 반폭력의 의지를 드러낸다.

---

28 오시로 사다토시는 가타카나로 우치나구치(오키나와 방언) 표기를 하고 그 의미를 ( ) 안에 표준어로 적었다. "あの世で, ヒラーラチ(平らにして), 待ッチョークトヤ(待っているよ). サチナラヤ(先に逝くよ)."(92쪽)

현재진행형의 상황을 강조한다는 면에서도 공통점이 있다. 세 소설은 모두 과거에 폭발된 거대한 폭력의 광포성狂暴性이 현실에서도 여전함을 역동적으로 그려내고 있다는 것이다. 「게라마는 보이지만」은 오키나와전투 60여 년 후, 「도마칼」은 4·3 발발 25년 후를 소설적 현재로 삼아 수기나 증언, 회고 등으로 시간 역전을 하는 방식으로 과거의 역사적 사건이 여전히 계속되고 있음을 말한다. 「황쑤의 작은 연대기」인 경우 다른 두 작품과는 달리 순차적 플롯의 소설이지만, 빠르게 진행시킨 20년의 시간의 끝은 소설이 발표된 1980년대 초반과 연결된다. 1980년대 초반 시점의 타이완의 2·28 문제는 1960년대 후반의 상황에서 크게 진전된 바가 없다는 것이다. 제국 또는 국민국가의 질서와 안보라는 이름으로 섬 민중들의 삶을 위협하며 평화를 해치는 행태는 오늘날에도 여전함을 동아시아 세 섬의 소설들은 엄중 경고하고 있다고 할 수 있다.

정치적 난민의 실천과 월경越境의 상상력

김시종 문학의 분투

1. 4·3 난민 김시종

김시종金時鐘, 1929~은 정치적 난민難民으로서의 역정歷程과 그에 따른 문학적 상상력의 승화를 잘 보여주는 인물이다. 그는 부산에서 태어나 제주에서 성장했다. 제주는 어머니의 고향이었다. 그는 아버지의 고향인 원산이나 자신이 태어난 부산이 아닌, 제주를 고향으로 여긴다. 우리 나이로 스물이 되던 해 그는 4·3항쟁의 한복판에 있었다. 남로당 제주도당의 연락원으로서 통일 독립 항쟁에 참여했던 그는 제주를 탈출해야 하는 절체절명의 상황에 맞닥뜨린다.

> 한밤중의 온화한 바닷바람 속에서 흘러나온, 금생에서 이별하는 아버지의 말이었습니다. "다음 배 계획도 마련해뒀다. 모레 이 시간, 바위밭 근처로 배가 접근할 것이다. 그다음 조금 더 힘내서 견뎌라." 드디어 어선에 오를 때가 되어 아버지는 재차 고했습니다. 지금도 가슴을 파먹는 한마디입니다.
> "이것은 마지막, 마지막 부탁이다. 설령 죽더라도, 내 눈이 닿는 곳에서는

죽지 마라. 어머니도 같은 생각이다."[1]

김시종이 난민의 출발점에 선 순간이다.[2] 그는 1948년 5월 말 제주 우체국 화염병 투척 미수사건으로 쫓기는 신세가 되었고, 도립병원, 미군기지 텐트, 탑동의 헛간, 외숙부네 구덩이, 사촌 집 고방 등지를 전전하며 1년간의 도피 생활 끝에 일본으로 탈출하기 위해 제주도 본섬 북쪽의 무인도인 관탈섬으로 건너가던 1949년 5월 26일의 상황이다. 그 작은 섬에 나흘 동안 대기하다가 밀항선에 합류한 그는 고토열도와 가고시마 해상을 지나 6월 5일 오사카에 도착함으로써 재일조선인으로서 첫발을 내딛게 되었다. "고향이 / 배겨낼 수 없어 게워낸 / 하나의 토사물로 / 일본 모래에 숨어들었던"[3] 것이다. 초[燭] 만드는 공장→비누 공장 잡무계→민전 오사카본부 임시사무소 비상임서클 교실→오사카문화학교 튜터·강사 등으로 재일 생활을 이어갔다.[4] 그 와중인 1950년 5월 26일 「꿈같은 일夢たいなこと」을 『신오사카신문新大阪新聞』에 발표한 이

---

1 김시종, 윤여일 역, 『조선과 일본에 살다』, 돌베개, 2016, 223쪽. 이하 '김시종, 『조선과 일본에 살다』, 쪽수'로 표기함.

2 「가출」이란 시에는 "야음을 틈타 울타리를 잘"라낸 아버지를 뒤로 하고 "홀로 거리로 날개 쳐 나아간 / 아들"이라며 제주 탈출 당시 경험을 표현해 놓고 있다. 김시종, 곽형덕 역, 『일본풍토기』, 소명출판, 2022, 35~37쪽. 이하 '김시종, 『일본풍토기』, 쪽수'로 표기함.

3 김시종, 곽형덕 역, 『니이가타』, 글누림, 2014, 32쪽. 이하 '김시종, 『니이가타』, 쪽수'로 표기함.

4 우체국 화염병 투척 미수사건과 그에 따른 도피 생활, 그 이후 일본으로 가는 여정과 재일 생활에 대한 구체적인 상황과 행적 등은 『조선과 일본에 살다』에 상세히 기술되었다.

후 김시종은 70년 동안 일본어로 시를 써왔다. 『지평선地平線』1955, 『일본풍토기日本風土記』1957, 『니이가타新潟』1970, 『이카이노 시집猪飼野詩集』1978, 『광주시편光州詩片』1983, 『화석의 여름化石の夏』1999, 『잃어버린 계절失くした季節』2010, 『등의 지도背中の地図』2018, 『일본풍토기日本風土記』 II2022 등의 시집은 모두 일본어로 쓴 것이다.[5]

> 매끄럽지 못한 일본어로 시를 써 왔으니 특히 사적 감정이나 사념의 표출에 중점을 두는 일본의 현대시와는 동떨어진 것이 저의 시였습니다. 말하자면 70년 동안 저는 일본시단 밖에서 시와 관여해서 살 수밖에 없었던 것입니다. 예술의 원천이라 불리는 시의 세계에서조차 재일조선인인 저는 분명히 일본 시의 경계 밖에 놓인 조선인 시인이었습니다.[6]

김시종은 줄곧 일본어로 시를 써왔지만 일본 시단의 바깥에 있었다. 그렇다고 대한민국 시단이나 조선민주주의인민공화국 시단의 내부에 있었던 것도 아니다. 그는 경계인境界人이었고 그것이 그의 현실적인 삶을 힘들게 했지만, 바로 그 점을 오롯이 승화시킴으로써 경계를 넘나드는 상상력을 그의 시의 특장으로 과시할 수 있게 되었다. "해방된 조국

---

5 김시종이 펴낸 이들 시집 중에서 『등의 지도』만 빼고는 모두 한국어로 번역되었다. 그런데 이 가운데 『일본풍토기』는 초기 시집임에도 불구하고 2022년에야 곽형덕에 의해 번역·출간되었다. 이는 1957년에 간행된 시집(I)만이 아니라 1960년 출판 기획되었던 미간행본 『일본풍토기』 II가 최근 일본에서 정리되어 나옴에 따라 I·II를 통합하여 완전판으로 출간된 번역 시집이다.

6 김시종, 「경계는 내부와 외부의 대명사」, 『4·3과 역사』, 제주4·3연구소, 2019, 65쪽.

에서 비'국민'으로 내몰려 '인민'으로 활동하다가 '기민'이 되어 숨어 다니다가 '난민'으로 현해탄을 건너 일본 사회를 '유민'으로 떠돌았"[7]지만, 경계인으로서의 자기세계를 확고히 구축해 나갔기에 월경越境의 문학으로 세계문학의 전범典範 자리에 서게 되었다는 것이다.

따라서 김시종의 시를 '재일조선인 시인'의 것으로만 읽어서는 안 된다. 4·3항쟁이 빚어낸 정치적 난민으로서의 면모를 중요한 기반으로 삼고서 재일조선인으로서의 실존 문제 등을 고찰해야 한다. 특히 절체절명의 순간들을 돌파해 나가는 가운데 의미 깊게 확산되는 월경의 상상력에 주목할 필요가 있다.

2. 4·3항쟁의 신념과 실천

김시종은 "나라를 잃어서 난민이 된 게 아니라 국가에 의해서 난민이 발생"[8]한 경우다. 그는 단선 반대 통일정부 수립을 외친 4·3항쟁에서 봉기를 주도한 남로당 제주도당 조직의 연락원으로 활동하다가 목숨 걸고 단신으로 탈출해야 했다. 해방공간에서 혁명을 도모했지만 뜻을 이루지 못한 채 대한민국 정부수립 이후 정치적 난민의 길에 들어섰던 것이다. 그렇다고 그가 4·3항쟁의 제반 상황과 관련하여 아주 특별

7 윤여일, 「4·3 이후 김시종의 '재일'에 관한 재구성」, 『역사비평』 126, 역사비평사, 2019, 355쪽.

8 한보희, 「난민의 나라, 문학의 입헌(立憲)」, 『작가들』 59, 인천작가회의, 2016, 183쪽.

한 인물은 아니라고 할 수 있다. "4·3사건을 전후해서 제주도에서 적어도 1만 명 이상이 일본으로 건너"[9]갔다는 견해가 있는 바 그들 중 상당수는 정치적 난민으로 볼 수 있기 때문이다. 4·3항쟁이 빚어낸 정치적 난민의 문제는 그 규모가 상당하지만 아직까지 무게 있게 다뤄지지 않았다. 김시종조차 자신이 4·3항쟁으로 인한 난민임을 내세우는 일은 쉽지 않았다.

나는 불과 칠 년 전까지도 4·3사건과의 관련을 아내에게조차 숨김없이 털어놓지 못했습니다. 그때까지 입을 굳게 다문 데는 두 가지 정도 큰 이유가 있었습니다. 우선은 자신이 남로당 당원이었음을 밝히면 '인민봉기'였던 4·3사건의 정당성을 훼손할까봐 걱정되었습니다. 당시는 '인민'이라는 말에 공감이 큰 시대였습니다. 그런데 이승만 정권도, 그 정권을 떠받친 미군정도, 이후의 군사강권정권도 4·3사건을 '공산폭동사건'이라고 강변했습니다. 내가 나서면 그 억지주장을 뒷받침하게 될까봐 꺼려졌던 것입니다. 그리고 이유는 한 가지 더 있습니다. 일본에서 살아가는 데 집착한 자기보신의 비겁함이 작용했습니다. 내 고백은 불법입국했다는 자백인 셈입니다. 만약 한국으로 강제송환당한다면 내 생애는 그로써 끝날 군사독재정권이 삼십 년 가까이나 이어진 한국이었습니다.[10]

---

9 문경수, 「4·3과 재일 제주인 재론(再論) – 분단과 배제의 논리를 넘어」, 『4·3과 역사』 19, 제주4·3연구소, 2019, 96쪽.

10 김시종, 「한국어판 간행에 부쳐」, 『조선과 일본에 살다』, 5~6쪽. 한편 문경수는 "김시종이 4·3사건의 체험을 처음으로 공공장소에서 이야기한 것은 2000년 4월 15일 '제주도 4·3사건 52주년 기념 강연회'에서의 강연으로, 2000년 5월 『図書新聞』 2487

김시종은 오랫동안 자신의 4·3항쟁 관련 행적에 대해 침묵해 왔다고 했지만, 시에서는 저변의 곳곳에서 꾸준히 4·3항쟁을 표현하고 있었다.[11] 공적으로나 일상에서는 의식적으로 입을 닫았다고 하더라도, 정서와 재현을 생명으로 삼는 문학에서 어찌 그 엄청난 경험의 자장磁場에서 벗어난 작품만을 쓸 수 있었겠는가.

> 울고 있을 눈이 / 모래를 흘리고 있다 / 나는 더 이상 견딜 수 없어 / 비명을 내질렀는데, // 지구는 공기를 빼앗겨 / 목소리를 내지 못했다 // 노란 태양 아래 / 나는 미라가 됐다「악몽」 부분[12]

첫 시집에 실린 작품으로, 1953년 11월에 창작한 것[13]이다. 당시 그는 현실에서 4·3항쟁을 말하지 못할 상황이었지만, 꿈에서라도 말하지 않고는 견딜 수 없었다. 그러나 꿈속에서 절규하듯 내지른 그의 호소는 목에서 발화되지 않았다. 4·3의 혁명 활동과 관련해서는 외형만

호에 게재되었다"고 했다. 김석범·김시종, 이경원·오정은 역, 문경수 편, 『왜 계속 써왔는가 왜 침묵해 왔는가』, 제주대 출판부, 2007, 15쪽. 이하 '김석범·김시종, 『왜 계속 써왔는가 왜 침묵해 왔는가』, 쪽수'로 표기함.

11 도일 후 수십 년 세월이 흘러 2001년 김시종은 문경수의 사회로 김석범과 대담을 했고 그것이 『왜 계속 써왔는가 왜 침묵해 왔는가』로 출간되었다. 이 책의 제목을 보면 4·3항쟁에 대해 김석범은 계속 써 온 반면, 김시종은 계속 침묵해 왔다고 인식될 수 있다. 하지만 그것은 오해다. 단지 김시종은 4·3의 정당성 훼손과 강제송환에 대한 염려로 인해 자신이 4·3 활동가였음을 발언하지 않았던 것이었을 뿐, 4·3에 대해 말하지 않은 것은 아니다.

12 김시종, 곽형덕 역, 『지평선』, 소명출판, 2018, 64쪽. 이하 '김시종, 『지평선』, 쪽수'로 표기함.

13 『지평선』에 수록된 시들은 모두 창작 시기가 명기되어 있다.

생존하는 사람일 뿐 그대로 말라죽은 미라와 다를 바 없었다. 더구나 이 시를 쓰던 때는 다른 방식으로나마 통일을 기대하던 한국전쟁마저도 끝나버린 상황이었다.

> 봄은 장례의 계절입니다. / 소생하는 꽃은 분명히 / 야산에 검게 피어 있겠죠. // 해방되는 골짜기는 어둡고 / 밑창의 시체도 까맣게 변해 있을 겁니다. // 나는 한 송이 진달래를 / 가슴에 장식할 생각입니다. / 포탄으로 움푹 팬 곳에서 핀 검은 꽃입니다. // 더군다나, 태양 빛마저 / 검으면 좋겠으나, // 보랏빛 상처가 / 나올 것 같아서 / 가슴에 단 꽃마저 변색될 듯 합니다. // 장례식의 꽃이 붉으면 / 슬픔은 분노로 불타겠지요. / 나는 기원의 화환을 짤 생각입니다만……. // 무심히 춤추듯 나는 나비도 / 상처로부터 피의 분말을 날라 / 암술꽃에 분노의 꿀을 모읍니다. // 한없는 맥박의 행방을 / 더듬거려 찾을 때, 움트는 꽃은 하얗습니까? // 조국의 대지는 / 끝없는 동포의 피를 두르고 / 지금, 동면 속에 있습니다. // 이 땅에 붉은색 이외의 꽃은 바랄 수 없고 / 이 땅에 기원의 계절은 필요하지 않습니다. / 봄은 불꽃처럼 타오르고 진달래가 숨쉬고 있습니다.「봄」[14]

1953년 1월에 창작한 이 시의 현실에서는 진달래가 야산에 검게 핀다고 했다. 진달래는 한반도에 널리 피는 꽃이면서, 김시종이 주도한 재일조선인 시지詩誌의 이름으로서 그 창간호의 표제시에 "조선의 산하

---

14 김시종, 『지평선』, 106~108쪽.

에 가장 많이 피는 꽃"이라는 주석이 달려있기에, 당시 진행 중이던 한국전쟁의 상황을 염두에 둔 작품으로 볼 수 있다. 일본 공산당원으로서 고국에서 벌어지는 전쟁에 대한 문학적 참여를 보여주는 시임은 분명하다.[15] 그러나 좀 더 면밀히 내면을 들여다보면 그것은 4·3항쟁에 연결됨을 알 수 있다. 진달래야말로 바로 4·3항쟁을 상징하는 꽃[16]이기도 하기 때문이다. "오름에 봉화가 피어오르는 것은 산이 진달래로 물드는 어느 날이다."[17] 이는 봉기가 임박한 1948년 3월 말 상황에서의 조직 통지문의 내용이었다. 바로 진달래가 제주의 산천에 물들 때인 4월 3일 새벽 한라산 자락의 여러 오름에 봉화가 오르면서 봉기가 시작되었다. 그 혁명이 끝내 성공하지 못했으니 진달래는 검게 피어나는 것이고, 무자년1948 이후 진달래 피어나는 봄은 장례의 계절이 될 수밖에 없는 것이다. 그렇다고 거기에 슬퍼하며 좌절하고만 있지는 않다. 태양빛을 받아 그 꽃은 본래의 붉은색을 되찾게 될 것인바, 그것은 분노의 불꽃으로 되살아남으로써 혁명의 뜻을 새로이 이어갈 수 있다는 믿음이다.

---

15 송혜원, 『'재일조선인 문학사'를 위하여－소리 없는 목소리의 폴리포니』, 소명출판, 2019, 188쪽. "일본 공산당원이며 민전 활동가였던 김시종의 첫 시집 『지평선』(1955)에도 조선전쟁에 관한 시가 많이 포함되어 있다. 「소나기」, 「쓰르라미의 노래」, 「봄」, 「굶주린 날의 기록」, 「거리는 고통을 먹고 있다」, 「가을의 노래」, 「여름의 광시」, 「정전보(停戰譜)」, 「당신은 이미 나를 차배(差配) 할 수 없다」 등이다."

16 4·3항쟁을 상징하는 꽃으로는 동백꽃이 꼽힌다. 동백꽃은 희생당한 제주도민의 상징으로서는 부족함이 없다. 하지만 봉기 시점 등을 기준으로 삼는다면 진달래의 상징성이 훨씬 두드러진다고 하겠다.

17 김시종, 『조선과 일본에 살다』, 185쪽.

당시 김시종은 한국전쟁을 의식적으로 염두에 두면서 「봄」을 창작했겠지만 그것은 그가 직접 경험하지 못한 역사적 사건이었다. 반면에 4·3항쟁이야말로 생사를 넘나드는 극한의 체험이었기에 전쟁의 상황도 그것을 바탕으로 상정하게 되었을 것으로 판단된다. 실제 4·3항쟁과 한국전쟁은 분단 과정의 모순이 극단적으로 폭발된 역사였다는 면에서 맥락을 같이한다. 「우리들은 하루를 싸워 이겼다」라는 시에 나타난 "봄은 우리의 것이었다"[18]라는 표현도 4·3항쟁의 봄을 염두에 둔 것으로 짐작된다.

> 나의 봄은 언제나 붉고 / 꽃은 그 속에서 물들고 핀다. // 나비가 오지 않는 암술에 호박벌이 날아와 / 날개 소리를 내며 4월이 홍역같이 싹트고 있다. / 나무가 죽기를 못내 기다리듯 / 까마귀 한 마리 / 갈라진 가지 끝에서 꼼짝도 하지 않는다. // 거기서 그대로 / 나무의 옹이라도 되었으리라. / 세기世紀는 이미 바뀌었다는데 / 눈을 감지 않으면 안 보이는 새가 / 아직도 기억을 쪼아 먹으며 살고 있다. // 영원히 다른 이름이 된 너와 / 산자락 끝에서 좌우로 갈려 바람에 날려간 뒤 / 4월은 새벽의 봉화가 되어 솟아올랐다. / 짓밟힌 진달래 저편에서 마을이 불타고 / 바람에 흩날려 / 군경 트럭의 흙먼지가 너울거린다. / 초록 잎 아로새긴 먹구슬나무 밑동 / 손을 뒤로 묶인 네가 뭉개진 얼굴로 쓰러져 있던 날도 / 흙먼지는 뿌옇게 살구꽃 사이에서 일고 있었다.「4월이여, 먼 날이여」 부분[19]

---

18 김시종, 『일본풍토기』, 203쪽.

19 김시종, 이진경 · 카게모또 쓰요시 역, 『잃어버린 계절』, 창비, 2019, 86~87쪽.

진달래가 다시 등장하는 「4월이여, 먼 날이여」는 세월이 많이 흘러, 공개적으로 4·3항쟁의 조직원이었음을 밝히고 한국도 다녀간 뒤에 쓴 작품이다. '짓밟힌 진달래'의 한편에서는 마을이 불타고 군경 트럭의 흙먼지가 흩날리고 민중들이 학살되는 모습이 그려진다. '4월은 새벽의 봉화가 되어 솟아올랐다'는 부분에서 보듯, 4·3항쟁기의 양상이 재현되고 있음을 어렵지 않게 알 수 있다. 이 시의 진달래는 짓밟히긴 했어도 다시 붉게 피어난다. 4·3항쟁 참여 사실에 대해 더 이상 침묵하지 않는 그이기에 그날의 열정도 분명히 재생된다. 혁명의 꿈은 허망하게 사라진 것이 결코 아니었다. 여기에 이르기까지 4·3항쟁 관련 메시지는 김시종 작품의 저변에서 끊임없이 흘러왔다.

> 제방 위에서 / 장례식을 보고 있었다. / 백주대낮의 공공연한 학살을 / 이 눈은 끝까지 지켜봤다. // (…중략…) // 있는 대로 매장한 것이 어족魚族뿐이라니 / 나는 도저히 믿을 수 없다. // 참치가 등신대인 것에도 / 놀랐는데 / 구멍 하나에 처넣어진 채로 / 폐기물에 짓눌린 것을 보고 깜짝 놀랐다. // 나는 이전에도 / 이러한 장례식을 알고 있다. / 탄 사체는 분명히 검게 그을렸는데 / 시대는 산 채로, 목숨을 끊고 사라졌다.「처분법」 부분[20]

항쟁이 끝내 대학살로 이어져버린 참사를 그는 결코 망각할 수 없었다. 도일 후 그가 머무르던 오사카 일각에서 매립지를 대규모로 파서

20 김시종, 『일본풍토기』, 108~109쪽.

엄청난 양의 쓰레기를 묻어버린 일이 있었는데 그 대량 쓰레기의 대부분은 바닷고기들이었던 모양이다. 그 장면을 목격한 김시종은 '참치가 등신대'임을 말하면서 인간에 대한 대량 학살을 연상시키고 있다. 제주에서 벌어졌던 '공공연한 학살'을 떠올리며 입술을 앙다물고 있다. 그런 무자비한 학살로 인해 숭고한 혁명의 시대는 사라지고 말았다는 장탄식이 아닐 수 없다.

4·3 시기의 대학살은 일상에서도 환기된다. 「제초」에서는 당시의 초토화 작전이 떠올려진다. "낫 / 이 있냐고? / 당치도 않은 소리! / 기세 좋은 무성한 여름풀은 / 그 정도로 꺾이지 않아 / (…중략…) / 휘발유를 뿌린다. / 그리고 / 불을 붙여서 / 조금 떨어진 곳에서 / 어깨에 맨 분사기로 / 호스를 향하면 된다. / 불은 그렇게 다루면 / 한층 커진다"[21]에서 보듯, 낫으로는 쉽게 제거되지 않는 여름풀을 '근절'하기 위해 '휘발유'를 뿌려 불태우는 방식이 동원되는 장면이 제시된다. "대한민국을 위해 온 섬제주도에 휘발유를 뿌리고 불태워버려야 한다"던 조병옥 경무부장의 발언이 어렵지 않게 떠올려진다.[22]

1959년은 김시종 문학에서 각별히 주목되는 시기다. 「나의 성性 나의 목숨」과 『니이가타』는 모두 그해의 작품인 바, 김시종은 이때 어느 정도 작정하고서 4·3항쟁을 담아낸 시를 썼던 것으로 보인다.[23] 바로

---

21 김시종, 『일본풍토기』, 21~22쪽.

22 실제로 굴에 숨었던 어린이와 노약자 등 40여 명의 주민을 학살하고 휘발유를 뿌려 시신을 유기한 일(선흘리 목시물굴 학살사건)도 있었다.

23 이와 관련 김시종은 "그 무렵(「나의 성 나의 목숨」을 발표한 1959년 11월 무렵–인용자 주)에 『니이가타』는 원고는 거의 다 준비가 됐으니까. 그 관련으로 4·3을 좀

그가 도일한 지 만 10년이 되던 해였기 때문이다. 우선 고래의 생태에 빗대어 쓴「나의 성性 나의 목숨」은 모두 5연의 시인데, 그 3연에서 4·3 항쟁을 그려낸다.

팽팽 / 하게 된 로프에 / 영겁 / 조금씩 울혈하는 것은 / 매형인 김씨이다. / 26년의 생애를 / 조국에 걸었던 / 사지가 / 탈분할 때까지 경직되어 더더욱 부풀어 오른다. / "에이! 더러워!" / 군정부 특별 허가의 일본 검이 / 해군비행 예과연습생을 막 끝낸 특경대장의 머리위로 포물선을 그리고 있을 때 / 매형은 세계로 이어지는 나의 연인으로 변해 있었다. / 깎여진 음경의 상처에서 / 그렇다. 나는 봐서는 안 될 연인의 / 초경을 보고 말았던 것이다. / 가스실을 막 나온 / 상기된 안네의 사타구니에 낮게 낀 안개. / 흘러내린 바지 위에 여기저기 스며들어서 / 제주도 특유의 / 뜨뜻미지근한 계절 비에 녹아 스며들고 있다.「나의 성(性) 나의 목숨」 부분[24]

더 쓰고자 하는 마음이 들었던 시기의 시작(詩作)입니다. 그런 것을 쓰면 자신의 정체를 드러내게 되기에 일본에서 거주권을 잃고 체포될 수도 있었어요. 언제고 망설이면서도 적어둬야 한다는 생각에 사로잡혀 있었죠"라고 회고한다. 김시종, 곽형덕 역, 「순수한 세월을 살고 -『일본풍토기』에서 『일본풍토기』 II가 나올 무렵」, 『일본풍토기』, 294쪽.

24 오사카조선시인집단, 재일에스닉잡지연구회 역, 『진달래·가리온』 5, 지식과교양, 2016, 67~68쪽. 이는 『가리온』 2호(1959)에 수록되었던 작품으로, 1960년 간행 작업 중 중단된 시집인 『일본풍토기』 II에 수록하려던 작품이기도 하다. 한편 동선희는 제목 「わが性 わが命」을 「우리의 성(性) 우리의 목숨」으로, '義兄の金'을 '사촌형 김(金)'으로 각각 달리 번역하였다. 호소미 가즈유키(細見和之), 동선희 역, 『디아스포라를 사는 시인 김시종』, 어문학사, 2013, 86쪽 참조. 이 작품은 물론 곽형덕 번역의 『일본풍토기』에 수록되어 있는데, 여기서 '義兄の金'은 원문에 충실해 '의형 김'으로 옮겨졌다. 다음은 인용 부분에 대한 곽형덕의 번역이다.

제주도에서 '매형 김씨'가 처형되는 장면은 '도두학살사건' 때 특공경비대에 의해 잔혹하게 살해된 '외사촌뻘 되는 사람'을 염두에 두고[25] 그려낸 것으로 보인다. 김시종의 표현에 따르면 "상상의 실감"[26]이라고 할 수 있다. '군정부 특별 허가의 일본 검'이라는 표현은 4·3항쟁의 탈식민화 문제를 보여준다. 4·3항쟁의 진압 과정에서 나타난 처참한 폭력의 배경에 친일파 세력의 준동이 있었음을 암시하며,[27] 그것은 또한 친일파를 중용한 미군정의 점령 정책과 밀접한 연관이 있음도 보여준다.

장편시집 『니이가타』는 1970년에야 공식적으로 출판되었지만 김시

"휘익 / 펼친 로프에 / 영겁 / 질름질름 울혈(鬱血)하는 것은 의형 김(金)이다. / 스물여섯 생애를 / 조국에 건 / 사지가 / 탈분할 때까지 경직돼 더욱더 불룩해진다. / "이런 씨, 꼴같잖게!" / 군정부가 특별히 허가한 일본도가 / 예과연습생에서 출세한 특별경비대 대장의 머리 위에서 활모양을 그렸을 때 / 의형은 세계와 연이은 내 애인으로 변했다. / 엇베인 음경의 상처에서 / 그렇지. 난 봐서는 안 되는 애인의 첫 월경을 봐버렸다. / 가스실에서 갓 나온 / 상기된 안네의 넓적다리 사이에 낮게 깔린 안개. / 흘러내린 바지 위에 얼룩져 / 제주도 특유의 / 뜨뜻미지근한 계절풍에 용해돼 갔다." 김시종, 『일본풍토기』, 166~167쪽.

25 "제가 아직 정뜨르에 숨어 있을 때에 '도두학살사건'이라는 것이 있었어요. 이 사람도 저의 외사촌뻘 되는 사람으로, (…중략…) 바닷가 근처에서 오징어를 낚고 있었어요. 특공경비대 일대가 그걸 발견하고 너는 게릴라의 식량을 조달하는 것 아니냐며, 그건 정말로 잔혹한 살인 방법입니다. 오른팔은 어깻죽지 피부 한 자안 늘어져 있었다고 합니다. 눈알도 파내어져 있었고, 여덟 명만이 한꺼번에 학살된 건데, 그중 한 사람이 아직 숨이 붙어 있어서 학살 경위를 알게 됐습니다. 노려본 보복이라며 눈알을 파내었다고 해요. 그건 외사촌의 아이들로부터 들은 이야기지만, (…중략…) 그건 충격을 넘는 일이었습니다." 김석범·김시종, 『왜 계속 써왔는가 왜 침묵해 왔는가』, 98~99쪽.

26 김시종, 「순수한 세월을 살고」, 『일본풍토기』. 295쪽.

27 호소미 가즈유키, 앞의 책, 86~87쪽 참조.

종이 1959년에 완성해 두었던 작품이다.[28] 특히 이 시집에서는 현대사 흐름 속에서 4·3항쟁을 의미 있게 포착했다. 제1부 '간기의 노래'의 '1'과 제2부 '해명 속을'의 '2', '3'에서 충분히 확인된다.[29]

노랗게 변한 / 망막에 / 오랜 / 음화陰畫가 돼 / 살아있는 / 아버지. / 줄줄이 묶여 / 결박된 / 백의의 무리가 / 아가미를 연 / 상륙용 주정舟艇에 / 끊임없이 / 잡아먹혀 간다. / 허리띠 없는 / 바지를 / 양손으로 / 추켜잡고 / 움직이는 컨베이어라도 / 태워진 것 같은 / 아버지가 / 발돋움해 / 되돌아보고 / 매번 / 미끄러지기 쉬운 / 주정舟艇으로 사라진다. / 성조기를 / 갖지 않은 / 임시방편의 / 해구海丘에서 / 중기관총이 / 겨누어진 채 / 건너편 강가에는 / 넋을

---

28 김시종은 "1970년 나는 뜻을 굳히고 그때까지 십 년 넘게 원고 상태로 끌어안고 있던 장편시집 『니이가타』를 소속기관에 자문하는 일 없이 세상으로 보냈습니다. 조선총련이 가하는 일체의 규제를 벗어던진 것입니다"라고 회고하였다. 김시종, 『조선과 일본에 살다』, 268쪽.

29 『니이가타』의 구조는 다음과 같이 정리된다. 호소미 가즈유키가 작성한 도표(앞의 책, 108쪽)를 일부 수정한 것으로, 남승원, 「김시종 시의 공간과 역사 인식－제주에서 니이가타(新潟)까지」, 『영주어문』 32, 영주어문학회, 2016, 84쪽을 참조함.

각 부의 제목	각 부분의 내용	각 부분의 공간 배경
제1부 간기(雁木)의 노래	1. **4·3항쟁에서 도일까지** 2. 한국전쟁 시기의 일본 3. 스이타(吹田) 사건 4. 니가타에 도착	제주도 → 오사카 오사카 오사카 오사카 → 니가타
제2부 해명(海鳴) 속을	1. 우키시마마루(浮島丸) 사건 2. **4·3항쟁** 3. **4·3항쟁과 그 이후** 4. 우키시마마루 인양	마이즈루(舞鶴) 앞바다 제주도 제주도 마이즈루 앞바다
제3부 위도(緯度)가 보인다	1. 북조선 귀국선 2. 총련과의 갈등과 일본형사의 종족검정 3. 귀국하는 사람과 귀국 거부 4. 남겨진 자	니이가타 귀국센터 오사카 니가타 귀국센터 니가타(바다)

잃고 / 호령그대로 / 납죽 엎드려 / 웅크린 / 아버지 집단이 / 난바다로 / 옮겨진다. / 날이 저물고 / 날이 / 가고 / 추錘가 끊어진 / 익사자가 / 몸뚱이를 / 묶인 채로 / 무리를 이루고 / 모래사장에 / 밀어 올려진다. / 남단南端의 / 들여다보일 듯한 / 햇살 / 속에서 / 여름은 / 분별할 수 없는 / 죽은 자의 / 얼굴을 / 비지처럼 / 빚어댄다. / 삼삼오오 / 유족이 / 모여 / 흘러 떨어져가는 / 육체를 / 무언無言 속에서 / 확인한다. / 조수는 / 차고 / 물러나 / 모래가 아닌 / 바다 / 자갈이 / 밤을 가로질러 / 꽈르릉 / 울린다. / 밤의 / 장막에 에워싸여 / 세상은 / 이미 / 하나의 / 바다다. / 잠을 자지 않는 / 소년의 / 눈에 / 새까만 / 셔먼호가 / 무수히 / 죽은 자를 / 질질 끌며 / 덮쳐누른다. / 망령의 / 웅성거림에도 / 불어터진 / 아버지를 / 소년은 / 믿지 않는다. / 두 번 다시 / 질질 끌 수 없는 / 아버지의 / 소재로 / 소년은 / 조용히 / 밤의 계단을 / 바다로 / 내린다.『니이가타』 제2부 부분[30]

미 제국주의가 배후에서 항쟁세력을 탄압하는 양상이다. 1886년 8월 제너럴셔먼호가 침입하면서부터 야욕을 드러낸 미국의 조선 침탈을 드러냄으로써 4·3항쟁이 제국주의의 탐욕에 맞선 것이었음을 말한다. 위의 인용 앞에는 "아버지가 / 버려두고 떠난 / 북쪽 포구 안쪽의 / 조부를 / 소년은 / 삿갓과 / 담뱃대와 / 턱수염 / 만으로 / 선조를 이었다"는 부분이 있는데, 이는 원산이 고향인 아버지를 둔 김시종의 상황과 상통한다. 이 작품의 '나'와 '소년'은 "김시종 자신일 뿐만 아니라 제주도 소

30 김시종, 『니이가타』, 95~100쪽.

년 일반의 보편성을 지닌다".[31] 말하자면 "'나'와 '소년'은 김시종 시인의 삶을 자원으로 삼지만, 다른 행적이 섞여 들어가며 그의 개인적 행적에서 충분히 벗어난 어떤 '누군가'가 되어 우리에게 다가온다"[32]는 것이다. 소년은 4·3항쟁의 처참한 현장을 전하면서 그 의미를 부각시킨다.

피는 / 엎드려 / 지맥地脈에 쏟아지고 / 옛 화산인 / 한라를 / 흔들어 움직여 / 충천沖天을 / 불태웠다 / 봉우리마다 / 봉화를 / 뿜어 올려 / 잡아 찢겨진 / 조국의 / 둔한 신음이 / 업화業火가 돼 / 흔들거리고 있던 것이다.『니이가타』 제2부 부분[33]

위의 인용 부분은 무자년 4월 3일 새벽의 봉기 장면을 연상케 한다. "마침내 다가온 4·3날의 미명은 활짝 갠 쌀쌀한 새벽이었습니다. 오전 1시를 전후해 수많은 오름에서 봉화가 피어올랐고 여기저기서 무장봉기의 신호탄이 파르께하게 쏘아올려졌습니다"[34]라는 시인의 회고와 크게 다르지 않다. 혁명 세력의 파죽지세를 느낄 수 있다. 하지만 항쟁은 무자비하게 진압되었다.

단 하나의 / 나라가 / 날고기인 채 / 등분 되는 날. / 사람들은 / 빠짐없이 / 죽음의 백표白票를 던졌다. / 읍내에서 / 산골에서 / 죽은 자는 / 오월

31 호소미 가즈유키, 앞의 책, 130~131쪽.
32 이진경, 『김시종, 어긋남의 존재론』, 도서출판 b, 2019, 106쪽.
33 김시종, 『니이가타』, 106~107쪽.
34 김시종, 『조선과 일본에 살다』, 189쪽.

을 / 토마토처럼 / 빨갛게 돼 / 문드러졌다. / 붙들린 사람이 / 빼앗은 생명을 / 훨씬 상회할 때 / 바다로의 / 반출이 / 시작됐다.『니이가타』 제2부 부분[35]

여기서의 '오월'은 5·10단독선거가 실시된 시기를 말한다.[36] 제주에서의 단선 반대투쟁은 나름 성공적으로 끝났으나[37] 남쪽만의 단독정부 추진은 가속화되었고 결국 생고기가 나뉘는 것처럼 분단이 확정되고 말았다. 그에 따라 밀항을 통한 정치적 난민이 속출했음을 그리고 있는 부분이다. 김시종도 물론 그중의 한 사람이었다.

나는 선복船腹에 삼켜져 / 일본으로 낚아 올려졌다. / 병마에 허덕이는 / 고향이 / 배겨 낼 수 없어 게워낸 / 하나의 토사물로 / 일본 모래에 / 숨어들었다. / 나는 / 이 땅을 모른다. / 하지만 / 나는 / 이 나라에서 길러진 / 지렁이다. / 지렁이의 습성을 / 길들여준 / 최초의 나라다. / 이 땅에서야말로 / 내 / 인간부활은 / 이뤄지지 않으면 안 된다. / 아니 / 달성하지 않으면 안 된다.『니이가타』 제1부 부분[38]

4·3항쟁이 배태한 난민으로서의 삶은 소리 없이 몰래 시작되었다.

---

35 김시종, 『니이가타』, 104~105쪽.

36 김시종은 『니이가타』 주석(182쪽)에서 "1948년 5월 9일 강행된 '남조선'의 단독선거는, 미국의 강권에 의한 "UN임시조선위원회 감시하"의 폭력이었지만, 조국이 영구히 분열되는 것에 항거하는 전 민중의 항쟁은 격렬히 달아올랐다"고 밝히고 있다.

37 제주도 내 3개 선거구 중 2개 선거구가 무효로 처리되었는데, 당시 남한 전체 200개의 선거구 중에서 제주도를 제외하고는 무효 처리된 곳이 없었다.

38 김시종, 『니이가타』, 29~31쪽.

대놓고 정치적 난민 행세를 할 수는 없었다. 일단 생존을 위한 최소한의 감각기관만을 지닌 지렁이처럼 살아갈 수밖에 없었다. 반공을 국시로 삼은 신생 대한민국에서 도망쳐야 했던 김시종이 섣불리 존재감을 드러내다가는 그곳으로 소환당해야 하는 상황이었기 때문이다. 귀향해서는 안 되는 그로서는 결연한 다짐이 필요했다.

> 자신만의 아침을 / 너는 바라서는 안 된다. / 빛이 드는 곳이 있으면 흐린 곳도 있는 법이다. / 붕괴돼 사라지지 않을 지구의 회전이야말로 / 너는 믿기만 하면 된다. / 태양은 네 발 아래에서 떠오른다. / 그것이 큰 활 모양을 그리며 / 정반대 네 발 아래로 가라앉아간다. / 다다를 수 없는 곳에 지평이 있는 것이 아니다. / 네가 서 있는 그곳이 지평이다. / 틀림없는 지평이다. 멀리 그림자를 늘어뜨리며 / 저물어가는 석양에 안녕을 고해야 한다. // 진정 새로운 밤이 기다리고 있다.「자서」[39]

'네가 서 있는 그곳이 지평이다'는 김시종의 선언적 다짐이다. 통한의 상황에서 "시야에서 벗어나 아무것도 보이지 않는 어둠을, 자기가 편히 서서 이해하고 사고하는 것의 바깥을, 멀리 지평 바깥이 아니라 바로 자기 발밑에서 찾으"[40]리라는 권토중래요 심기일전이다. 난민으로서 김시종은 일본에 적응하고자 하였다. 나아가 4·3항쟁으로 표출했던 혁명의 꿈을 일본에서나마 실천하고자 하였다. 난민 김시종은

39 김시종, 『지평선』, 11쪽.

40 이진경, 앞의 책, 54쪽.

1950년 1월 제주도에서 남로당 활동을 했던 경력이 인정되어 일본공산당에 입당했고, 그것이 '재일在日'의 상황인 그에게 새로운 실천의 기반이 되었다.

3. 유민으로서의 재일

여러 논자들이 말했듯이, 김시종의 재일조선인으로서의 삶은 망향望鄕이 아니라 실존實存의 측면이 더 강하게 나타난다. 김시종은 1953년 오사카시인집단 명의의 시지 『진달래』를 창간하여 주도할 때부터 이미 "관념 속에만 존재하는 이상화된 조국이나 고향을 그리기보다 일본 사회에 살아가는 자이니치 자신들의 실존에 더 관심을 기울여야 한다고 보았다"[41]고 할 수 있다. 정치적 난민인 그에게 돌아갈 수 있거나 돌아갈 만한 나라는 현실에서는 존재하지 않는다고 믿어졌기 때문이다.

그림자가 떨어진다. / 희뿌연 여름을 휘젓고 / 그늘지는 여름을 빛나며 떨어진다. / 위도緯度를 찢은 흙먼지가 / 머리털에 휘감긴 / 풀잎이 / 운모도 반짝 / 허공에 떨어진다. / 그림자까지 태워버린 / 섬광이 속임수다. / 피해자만 있는 희생이 있고 / 나를 눈멀게 한 / 나라는 없다. / 있는 건 그림자 속 / 내 그늘이다.「그림자에 그늘지다」 부분[42]

---

41 장인수, 「문화서클운동의 정치성과 자이니치의 아이덴티티－1950년대 서클지 『진달래』의 성격과 그 의의」, 『한민족문화연구』 61, 한민족문화학회, 2018, 160쪽.

청춘과 열정을 바쳐 세우려던 통일 독립국가가 멀어져 버렸기에 돌아갈 나라가 없어진 김시종으로서는 자신이 서 있는 일본의 현장에서 당당히 실천하고자 했다. 그렇지만 그는 현실적으로 결코 주민이나 시민의 일원일 수 없었다. 일본은 "살아야 할 곳이지만 편하게 받아들여 주지 않는 '재일'의 땅"[43]이었다. 그의 일본에서의 삶은 생존의 땅에 뿌리내리지 못하고 부유하는 '유민流民'으로서의 삶이었다고 할 수 있다. 그의 눈앞에 우선적으로 포착된 현실도 유민으로서 살아가는 재일조선인들의 실상이었다.

> 흡사 돼지우리 같은 / 오사카 한 구석에서 말이야 / 에헤요 하고 / 도라지의 한 구절을 부르면 / 눈물이 점점 차올라 // 어찌 잊을 수 있겠나 / 이 노래를 좋아했던 아빠가 / 폐품을 줍고 고물을 찾아다니며 / 탁배기 한 사발이라도 걸치면 / 아빠는 바로 도라지를 불렀지 // 울리지도 않는 폐품 수집통을 / 두드리며 노래했지, 두드리며 울었지 / 꼬맹이들이 지싯거려서 / 망연자실하며 고함을 쳤어 / 그야 참말로 마음이 쓸쓸했을 거야 // 도라지 도라지 하고 부를까 / 아리랑 아리랑 하고 부를까 / 탄광에서 죽은 아빠가 떠올라 / 감자처럼 타 죽은 엄마 생각에 / 에헤요 하고 노래를 불러볼까「유민 애가」 부분[44]

---

42 김시종, 이진경 외역, 『이카이노 시집』, 도서출판 b, 2019, 131쪽. 한국에서 『이카이노 시집』 번역본은 『계기음상』, 『화석의 여름』 번역본과 함께 묶여 간행되었는데, 여기서는 편의상 인용되는 작품이 수록된 시집 제목('김시종, 시집 제목, 쪽수'로 표기함)만 제시키로 한다.

43 이진경, 앞의 책, 51쪽.

44 김시종, 『지평선』, 101~102쪽.

오늘도 체포된 조선인. / 암시장 담배를 만드는 조선인. / 어제도 압류 당한 조선인. / 탁배기를 제조하는 조선인. / 오늘도 깎고 있는 조선인. / 고철을 줍는 조선인. / 지금도 찌부러진 조선인. / 개골창을 찾아다니는 조선인. / 어제도 오늘도 조선인. / 폐지를 줍는 조선인. / 밀치고 우기는 조선인. / 리어카가 손상된 조선인.「재일조선인」 부분[45]

김시종의 첫 시집 『지평선』에는 이렇게 밑바닥 생활을 견디며 힘겹게 살아가는 재일조선인들의 모습이 적잖이 나타난다. 생계유지를 위해 그들이 줍는 폐품, 폐지, 고철, 고물 따위와 재일조선인들은 거의 비슷한 신세라고 할 수 있다. 일본 사회에서의 그들은 식민지시기를 견뎌낸 후에도 지저분하게 내팽개쳐진 존재인 것이다. 직접 빚은 탁배기를 마시고 조선민요를 흥얼거림으로써 다소나마 위안을 삼으면서 견뎌낸다. 그들은 그러면서도 밀입국자로 체포되어 한국으로 송환되지 않을까 하는 불안 속에서 살아간다. 이런 모습은 약 20년 뒤에 나온 『이카이노 시집』에서도 비슷한 양상으로 포착된다.

두들겨준다 / 두들겨준다 / 분주함만이 / 밥의 희망이지. / 마누라에 어린 것에 / 어머니에 누이. / 입에 고이는 못釘을, 땀을 / 뱉고 두들기고 / 두들겨 댄다. // 일당 오천 엔 / 벌이 / 열 켤레 두들겨 / 사십 엔 / 한가한 놈은 / 계산해 봐! // 두들기고 나르고 / 쌓아올리고 / 온가족이 달려들어 살아간다. / 온

45 위의 책, 125쪽.

일본의 구두 밑창 / 때리고 두들겨 / 밥으로 삼는다.「노래 또 하나」 부분[46]

구두 수선 일을 하며 생계를 책임지는 어느 재일조선인 가장의 지난한 삶이 매우 인상적으로 포착된 작품이다. 쉴 새 없이 구두 밑창 두들기는 소리가 강한 반복적 리듬으로 표현되면서 고된 노동 속 불투명한 전망의 생활을 고스란히 대변한다. "시적 반복이 지닌 긴장과 이완의 효과를 최대한 활용함으로써, 재일조선인의 신산스러운 삶에 스며 있는 팽팽한 긴장과, 어느 순간 이러한 삶을 방기하고자 하는 이완이 교차되는 삶을, 김시종은 그의 예민한 시적 감각으로 잘 드러내고 있다"[47]고 할 수 있다.

없어도 있는 동네. / 있는 그대로 / 사라지고 있는 동네. / 전차는 되도록 먼 곳에서 달리고 / 화장터만은 바로 옆에 / 눌러앉아 있는 동네. / 누구나 알고 있지만 / 지도에도 없고 / 지도에 없으니 / 일본이 아니고 / 일본이 아니니 / 사려져버려도 괜찮고 / 어찌되든 좋으니 / 제멋대로 한다네. (…중략…) 어딘가에 뒤섞여 / 외면할지라도 / 행방을 감춘 / 자신일지라도 / 시큼하게 고여 / 새어나오는 / 짜디짠 욱신거림은 / 감출 수 없다. / 토착의 시간으로 / 내리누르며 / 유랑의 나날 뿌리내리게 해온 / 바래지 않는 가향家鄕을 지울 순 없다. / 이카이노는 / 한숨을 토하게 하는 메탄가스. / 뒤엉켜 휘감기

46 김시종, 『이카이노 시집』, 37~38쪽.

47 고명철, 「식민의 내적 논리를 내파(內破)하는 경계의 언어」, 고명철 외, 『김시종, 재일의 중력과 지평의 사상』, 보고사, 2020, 32~33쪽.

는 / 암반의 뿌리. / 의기양양한 재일在日에게 / 한 사람, 길들여질 수 없는 야인野人의 들판. / 여기저기 무언가 흘러넘치고 / 넘치지 않으면 시들어버리는 / 대접하기 좋아하는 / 조선의 동네. / 일단 시작했다 하면 / 사흘 낮 사흘 밤 / 징소리 북소리 요란한 동네. / 지금도 무당이 미쳐 춤추는 / 원색의 동네. / 활짝 열려 있고 / 대범한 만큼 / 슬픔 따윈 언제나 흩어버리는 동네. / 밤눈에도 또렷이 배어들고 / 만날 수 없는 사람에겐 보이지 않는 / 머나먼 일본의 / 조선 동네.「보이지 않는 동네」[48]

주로 오사카의 이카이노猪飼野에서 살아가는 재일조선인들을 그려놓았다. 이카이노는 1920년대 무렵부터 일본에 온 조선인 노동자들이 살게 되면서 조선인 집단거주지가 된 곳이다. 쓰루하시鶴橋시장을 포함하고 있는 그곳은 1973년부터는 행정구역이 바뀌면서 이쿠노구生野區가 되었다. 일본인들에게는 투명인간으로 취급되는, 보이지 않는 것이나 다름없는 존재가 재일조선인들이다. 그들은 일본 사회에서의 철저한 마이너리티로 취급되었으며, 고국의 도움마저도 받지 못했다. 그래서 없어지고 사라진 것처럼 인식되지만 엄연히 존재하는, 역동적인 공간이다. 온갖 궂은일을 도맡아 하며 하루하루의 생활을 영위하는 그들이지만 결코 정체되어 있지는 않다. 야인처럼 다소 거칠면서도 스스로 믿으면서 살아간다. 〈도라지타령〉이나 〈아리랑〉을 부르는가 하면 며칠 동안 굿판을 벌이면서 갖은 슬픔을 격정적으로 해소하곤 한다. 그래

48 김시종, 『이카이노 시집』, 17~23쪽.

야만 '사라지고 있는' 동네에서 살아낼 수 있었던 것이다. "'없어도 있는 자'는 존재감이 강한 자"인바, "이카이노는 의기양양한 기쁨도, 죽어도 눈 감을 수 없는 통한도, 있어도 없는 자의 약함이 아니라 없어도 있는 자의 강함"[49]이라고 할 수 있다. 열악한 처지에서도 견지하는 자신의 존재에 대한 긍지가 충분히 감지된다.

> 아버지는 손을 붙잡힌 채 건넜다 / 여덟 살 때. / 나무 향香마저 풋풋한 다리 / 흐르듯 수면에 별들이 떨어져 있었다. / 눈부시기만 했던 다리 옆 전등의 일본이었다. // 스물둘에 징용되어 / 아버지는 이카이노 다리를 뒤로 하고 끌려갔다. / 나는 갓 태어난 젖먹이로 / 밤낮이 뒤바뀌어 셋방 사는 어머니를 애먹였다. / 소개疏開 소동도 오사카 변두리 여기까지는 오지 않고 / 저 멀리 도시는 하늘을 그슬리며 불타고 있었다. / 나는 지금 손자의 손을 잡고 이 다리를 건넌다. / 이카이노 다리에서 늙어 대를 잇고 있지만 / 지금도 더러운 이 강물 가는 곳을 모른다. / 어디 오수汚水가 여기에 고여 / 어느 출구에서 거품을 내는지 / 가 닿는 바다를 알지 못한다. // 그저 이카이노를 빠져나가는 것이 꿈이었던 / 두 딸도 이젠 엄마다. / 나도 여기서 마중 나올 배를 기다리며 늙었다. / 그래도 이제 운하를 거슬러 하얀 배는 찾아오리라. / 좋잖아 오사카 / 모두가 좋아하는 오사카 변두리 끝 이카이노. 「이카이노 다리」[50]

위의 시에서는 시간과 공간이 매우 의미 있게 작용한다. 우선, 시간

---

49 이진경, 앞의 책, 165쪽.

50 김시종, 『화석의 여름』, 256~257쪽.

상으로는 재일조선인이 살아온 역사가 고스란히 드러난다. 화자의 아버지, 화자, 화자의 딸, 화자의 외손자까지 가족 4대의 체험이 긴밀히 엮여 관통되고 있다. 도일, 히라노운하 건설, 징용, 태평양전쟁, 4·3항쟁 등의 현대사가 다리 아래의 더러운 강물처럼 끊임없이 흘러간다. 공간적으로 본다면, 넓게는 오사카와 제주도, 좁게는 이카이노 다리가 무대가 되었다. '소개疏開 소동'이란 표현에서는 태평양전쟁에서의 미군에 의한 폭격이 우선 떠올려지겠지만, 김시종의 격정적 체험인 4·3항쟁에서 군경의 토벌과 관련된 소개 작전도 연결시킬 수 있다. 다리는 세대를 이어주며 미래의 희망으로 걸어가는 길이 되고 있다.[51] '하얀 배'가 언젠가는 오수의 운하를 거슬러 그쪽으로 찾아오리라는 믿음이 감지된다.

그러한 믿음은 생이별한 부모를 내면의 심연에서 만나는 상상력으로 발화된다. 김시종의 부모는 그의 밀항 10년을 전후한 시기에 세상을 떠났다. 아버지는 1957년 9월에, 어머니는 1960년 4월에 타계했다.[52] 김시종은 아버지의 부고를 접한 후 "한 시간 거리의 / 바다에 가로막혀 / 바짝 말라 버린 엄니가 말합니다. / 우두커니 / 천장을 우러러보며 / 그저 기다리고 있을 뿐인 자식이 있답니다"「두 개의 방」[53]라고 적었다.

---

51 김응교, 「고통을 넘어선 구도자의 사랑」, 『일본의 이단아-자이니치 디아스포라 문학』, 소명출판, 2020, 240~243쪽 참조.

52 『일본풍토기』 I의 「후기」에서는 "'한국'이라는 격절된 세계에서, 외동아들인 내 보살핌을 전혀 받지 못하고 돌아가신 아버지께, 애오라지 이 열은 사랑이나마 담긴 시집을 바친다"(『일본풍토기』, 118쪽)고 김시종이 밝히고 있음에 비춰볼 때, 『일본풍토기』 II가 제대로 간행되었다면 어머니의 부고 관련 메시지가 명기되었을지도 모른다.

53 김시종, 『일본풍토기』, 173쪽.

아버지와 사별한 뒤 김시종은 '바짝 말라 버린' 어머니를 떠올린다. 홀로 된 어머니는 만날 수 없는 아들을 그저 기다리고 있을 뿐이라고 말한다. 비행기를 타면 한 시간 남짓에 건널 수 있는 바다지만 '4·3 공산 폭동론'이 견고하던 당시로선 도저히 넘을 수 없는 차단된 공간이었으니, 아들의 성묘는 불가능하다. 「비와 무덤과 가을과 어머니와」에서 보면, 아버지의 산소는 여전히 외롭다. "무덤이 젖는다. / 무덤이. / 아버지의. // 집은 늘어서도 / 옴폭옴폭 / 어머니는 / 그 안에 눕는다. // 살아있는 / 미라. / 오 이 나라남조선는 / 그 얼마나 / 멀리까지 내다보이는 / 무연고 무덤인가. // 어머니여. / 산이 부옇게 흐립니다. / 바다가 부옇게 흐립니다. / 그 아득한 / 너머가 / 들판입니다"[54]라는 부분에서 그의 하염없는 눈물을 읽을 수 있다. 어머니는 더욱 바짝 말라 '미라'처럼 되어 버렸기에 제대로 관리되지 않는 아버지 무덤 옆에 안장될 날이 가까워졌음이 감지된다. 눈물이 그치지 않으니 산도 바다도 부옇게 흐릴 수밖에 없다. 아버지 무덤에 성묘할 수 없고 노모를 만날 수 없는 상황에서 느끼는 아득함은 절망적이다.

미라 같던 어머니 역시 기어이 별세했다는 소식이 전해져 왔다. "한국 제주도 우체국에서 보낸 / 항공우편"의 봉투를 열면서 김시종은 그것을 '한국산 관'으로 인식한다. "엎드려서 / 옻을 먹고 / 산 채로 / 미라가 된 / 어머니의 / 칠십여 년에 걸친 / 고별의 편지"가 도착한 것이다. 어머니는 향년 72세였다. 아들은 "멀다. / 끝없이 멀다. / 달을 향한 길이 열

---

54 김시종, 『일본풍토기』, 178~179쪽.

려도 / 거리를 궁구할 수 있는 날은 / 영원히 오지 않으리. / 어머니여"라며 지척의 제주섬이 달보다도 더 멀다는 현실에 처절하게 탄식한다. 그러나 "언젠가 부화할 / 때 묻지 않은 푸름을 바친다. / 어머니의 / 저주와 사랑에 얽힌 / 변전하는 땅에서 / 요격 미사일에 쫓기는 / 비행기 모습처럼 / 아버지의 고향 / 원산을 생각한다"「밝힐 수 없는 거리의 깊이에서」[55]는 데서 보면 그는 결코 좌절에 빠져 있지 않음을 알 수 있다. 푸른 희망이 언젠가는 껍질을 뚫고 새로이 펼쳐질 것이라는 믿음을 가졌기 때문이다.

세월이 흘러 그러한 희망이 제한적·부분적으로나마 실현되었다고 볼 수 있는 일시적인 기회가 김시종에게 다가왔다. 다시는 도저히 갈 수 없을 것으로 생각되던 대한민국과 제주도에 다녀올 수 있게 된 것이다.

> 그럼 다녀오기로 하자 / 메워질 리 없는 거리의 간격 / 찬찬히 더듬어 지켜보기로 하자 // (…중략…) 역시 나가봐야겠어 / 누렇게 퇴색된 기억마저 뒤엉켜 / 어쩌면 지금도 거기서 그대로 바래고 있을지 몰라 // 숲은 목쉰 바람의 바다 / 숨죽인 호흡을 엄습해 / 기관총이 쓰러뜨린 광장 그 절규마저 흩뜨리고 / 시대는 흔적도 없이 그 엄청난 상실을 싣고 갔다 / 세월이 세월에게 버림받듯 / 시대 또한 시대를 돌아보지 않는다 // 아득한 시공이 두고 간 향토여 / 남은 무엇이 내게 있고 돌아갈 무엇이 거기에 있는 걸까 / 산사나무는 여전히 우물가에서 열매를 맺고 / 총탄에 뚫린 문짝은 어느 누가 어찌 고쳐 / 어딘가 흙더미 속에서 아버지, 어머니는 흙 묻은 뼈를 삭히고 계실까 / 예정에

55 김시종, 『일본풍토기』, 182~186쪽.

없던 음화陰畫 흰 그림자여 // 어쨌든 돌아가 보는 거다 / 인적 끊어진 지 오래인 우리 집에도 / 울타리 국화 정도는 씨가 이어져 흐르러져 있으리라 // 비어 있던 집 빗장을 풀고 // 꼼짝 않는 창문을 달래어 열면 / 갇혀 있던 밤의 한 구석도 무너져 / 내게도 계절은 바람 물들이며 오리라 / 모든 것이 텅 빈 세월의 우리檻에서 / 내려앉는 것이 켜켜이 쌓인 이유임도 알게 되겠지 // 모든 것이 거부당하고 찢겨버린 / 백일몽의 끝 그 시작으로부터 / 괜찮은 과거 따위 있을 리 없다 / 길들어 친숙해진 재일에 눌러앉은 자족으로부터 / 이방인 내가 나를 벗고서 / 가닿는 나라의 대립 사이를 거슬러갔다 오기로 하자 // 그래 이제는 돌아가리라 / 한층 석양이 스며드는 나이가 되면 / 두고 온 기억의 곁으로 늙은 아내와 돌아가야 하리라「이룰 수 없는 여행 3—돌아가다」[56]

김시종은 1998년 김대중 정부의 특별조치에 따라 임시여권을 발급받고 대한민국에 입국하여 무려 49년 만에 제주도의 부모 묘소를 찾았다. 그렇다고 그가 꿈꾸던 고국으로 돌아간 것은 물론 아니었다. 대한민국이라는 국민국가는 그가 정녕 회귀하고자 하는 고국은 아니었기 때문이다. 수십 년 세월이 흘렀다고 하더라도 분단된 반쪽인 그곳이 그에게 '나를 눈멀게 한 나라'일 수는 없었다. 김시종으로서는 나라의 대립 틈새를 비집고 '두고 온 기억' 속의 고장으로 잠시 동안 돌아가 볼 수 있었을 따름이다.

김시종은 2003년에는 대한민국 국적을 취득하였다. "아버지, 어머

---

56 김시종, 『화석의 여름』, 262~264쪽.

니 사후 사십여 년이 지나 찾아낸 부모의 묘소를 더 이상 방치해서도 안 되고 적어도 연 한두 차례는 성묘하겠다"는 노년의 결단에서였다. 그렇지만 그는 "총칭으로서의 '조선'에 매여 살아가는 것에는 조금도 흔들림이 없"음을 분명히 밝혔다.[57] 따라서 그는 대한민국 국민이 된 것이 아니고 그렇다고 조선민주주의인민공화국이나 일본의 국민일 수도 없기에, 여전히 유민일 수밖에 없다. 그에게 '재일'은 안식이나 정착과는 거리가 멀었던 땅에서의 실존이었고, 그것은 여전히 현재진행형이다. "재일을 산다는 것은 그 당연하지 않고 편하지 않음을 떠안고 '일본에 있음'을 받아들이는 것"이며 "돌아갈 곳을 찾지 않고 살아야 할 지금 여기를 사는 것"[58]인바, 김시종은 그것을 몸소 보여준다. 그는 재일의 상황에서 비롯되는 온갖 불편함이나 고통스러움을 긍정적으로 수용하는 경지에까지 도달한 시인이라는 것이다. 그런 경지는 그를 둘러싼 모든 경계를 넘어설 수 있었기에 도달 가능한 것이었다.

4. 월경의 상상력

4·3 난민으로서의 김시종이 유민이 되어 재일조선인으로 살아가는 동안에 한반도는 격동의 무대가 되었다. 한국전쟁, 4·19혁명, 광주

---

57 김시종, 「인사」, 『조선과 일본에 살다』, 272쪽. 「인사」는 2003년 12월 10일 지인들에게 돌린 글이다.

58 이진경, 앞의 책, 71쪽.

항쟁 등 한반도의 격변들은 국경 너머의 그의 가슴을 뜨겁게 달구었다. 그러나 그는 그 어떤 경우에도 고국의 현장에 함께 있을 수 없는 몸이었다.

> 거기에는 늘 내가 없다. / 있어도 상관없을 만큼 / 주위는 나를 감싸고 평온하다. / 일은 언제나 내가 없을 때 터지고 / 나는 나 자신이어야 할 때를 그저 헛되이 보내고만 있다.「바래지는 시간 속」 부분[59]

냉전시대의 국경이라는 삼엄한 경계가 정치적 난민의 처지인 김시종을 고국의 격정적이면서도 처절한 현장에 동참할 수 없도록 가로막았다. 하지만 그는 '그저 헛되이 보내고만' 있었던 것은 아니다. 자신이 버티어 서 있는 지평을 기반으로 견고한 국경을 넘어서는 상상력을 발휘해 갔다. 물리적 공간의 한계를 뛰어넘는 나름의 실천 방식이었다. 그것은 그가 청춘을 바쳤던 4·3항쟁의 연장선으로서 혁명의 꿈을 이어나가기 위한 현실적인 몸부림이었을 것이다.

그는 일본공산당 입당에 이어 재일조선통일민주전선민전 등에서 활동하면서 새로운 실천을 도모하게 되었다. "내게 어제까지 / 그곳의 길모퉁이는 내 흔적을 감추기 위해서만 존재했다. / 그러므로 내 진보와 도망이라 함은 언제나 샴쌍둥이다"「종족 검증」[60]라고 했듯이, 밀항도망으로 난민이 되었어도 좌절하지 않고 혁명적 실천진보은 계속한다는 신념을

---

59 김시종, 김정례 역, 『광주시편』, 푸른역사, 2014, 31쪽.

60 김시종, 『일본풍토기』, 131쪽.

견지했다. 물론 그것은 냉엄한 성찰에 기반한 것이었다.

김시종은 "내 도피는 / 여기서 완전히 끝났다"는 인식 아래서 "필사적인 종鐘"「이카이노 이번지」[61] 으로서 직면한 현실에 과감히 부딪쳐 소리 내고자 했다. 어쩌면 "이러지도 저러지도 못 하는 막다른 골목길"「25년」[62]에서 좌절할 수도 있었겠지만 미완의 꿈을 향한 필사의 행보는 꾸준히 이어졌다. 오무라수용소에 밀항자를 가두는 일본 정부를 향해 "이보시오. / 제대로 다시 태어난 일본이라면 / 감방을 열어라!"「감방을 열어라!」[63]라고 외치기도 했다.

내리 찍는 / 경찰 곤봉의 / 빗속에서 / 피거품이 된 / 동족애가 / 비명을 지르고 / 사산四散했다. / 나는 / 바야흐로 / 빛나는 / 포로. / 변기가 / 보장된 / 혈거에 있으면서 / 여전히 변통便痛할 수 없는 / 개운치 않게 / 웅크리고 있는 / 스이타吹田 피고다. / 더구나! / 조국을 의식한다고 하는 것은 / 그 얼마나 고삽苦澁에 가득 찬 / 자세였던가. / 내가 / 일본에 있어야만 하는 / 이유 / 대부분은 / 배설물 / 방기소放棄所에 현혹된 / 혼魂 때문이라니 / 이 무슨 / 참사냐! / 제트기가 / 어지러이 날아다니는 / 일본에서 / 동포를 살육하는 / 포탄에 덤벼든 / 분격憤激을 / 남몰래 / 더럽힌 / 소화불량의 / 노란 반점斑點에 / 남긴 것은 / 이 무슨 빌어먹을 / 십년이냐!『니이가타』 제1부 부분[64]

---

61 김시종, 『일본풍토기』, 115~116쪽.

62 김시종, 『일본풍토기』, 220쪽.

63 김시종, 『일본풍토기』, 225~226쪽.

64 김시종, 『니이가타』, 53~55쪽.

스이타사건吹田事件은 오사카부 스이타시에서 노동자, 학생, 재일조선인이 한국전쟁에 협력하는 것에 반대한다는 취지에서 전개한 투쟁이다. 한국전쟁 발발 2주년 전날인 1952년 6월 24일 밤 도요나카시豊中市의 오사카대학 북교 교정에서 오사카부 학련 주최로 열린 '조선동란 2주년 기념 전야제·이타미伊丹기지 분쇄, 반전·독립의 밤'에 약 1,000명이 모여들었다. 자정이 지난 후 참가자 중의 별동대가 우익 사사가와 료이치笹川良一 집을 화염병으로 습격하기도 했으며, 이후 900여 명의 시위대는 스이타시 경찰의 저지선을 돌파하고 스이타 조차장 구내를 25분간 시위행진을 벌였다. 스이타역에서 경관이 권총을 발사하자 시위대는 화염병으로 응전했고, 53명이 중경상을 입었다. 경찰은 소요죄와 위력업무방해죄 등의 용의로 300여 명을 체포해 111명을 기소했다.[65] 김시종은 이를 "6·25전쟁과 미군의 군수물자 수송에 반대하는 데모대가 경관 부대와 충돌한 스이타사건"[66]이라고 규정했다. 그런데 이 사건의 경우 "특히 제주 출신 재일조선인들이 중심이 되어 일으킨 반전운동"[67]임도 주목할 필요가 있겠다. 4·3항쟁이라는 가까운 기억을 공유하는 재일 제주인들의 투쟁 대열에 김시종은 함께 했고, 그것을 장편시 속에 의미 있게 돋을새김한 것이다. "군수열차를 한 시간 늦추면 동포를 천 명 살릴 수 있다던 당시의 저 절실한 호소는 (…중략…) 지금도 반전평화를 향한 맹세가 되어 나의 마음에서 울리고 있"[68]다는

---

65 니시무라 히데키(西村秀樹), 정희선 외역, 「스이타사건」, 재일코리안사전편집위원회, 『재일코리안사전』, 선인, 2012, 218~219쪽.

66 김시종, 『니이가타』, 178쪽.

67 윤여일, 앞의 글, 360쪽.

회고에서 김시종의 연대투쟁의 메시지를 분명히 확인할 수 있음은 물론이다.

피부가 검으니 / 반점도 그렇게 눈에 띄지 않았겠지 // 머리카락이 곱슬곱슬하니 / 빠진 머리털도 신경 쓰이지 않았겠지 // 오장육부의 위액까지 다 토해내 / 문드러진 개처럼 죽는다 해도 // 이들 태양의 자식은 / 인간의 죄로 비난 받지 않았겠지 // 이목의 바깥에서 / 먼 섬의 이름도 없는 사람들「남쪽 섬 —알려지지 않는 죽음에」 부분[69]

남양군도의 비키니 환초Bikini Atoll에서 미군이 자행한 핵실험과 관련된 작품이다. 미군은 1946년부터 1958년까지 12년 동안 이 부근에서 67번의 핵실험을 했는데, 그런 와중에 1954년 3월 일본 어선이 피폭되면서 반핵운동의 도화선이 되었다. '먼 섬의 이름도 없는 사람들'에게 난데없이 닥친 제국주의의 폭력은 김시종에게 너무나 가까이 다가왔다. 「흰 손」에서는 "같은 말을 / 계속 되풀이해 / 그렇게 / 같은 몸짓으로 / 십 년이 지났다. / 십 년을 울었다"[70]면서 원폭 피해 고아의 고통도 노래했는데, 이는 그가 고아의 상황에 자신을 의탁하고 있음을 보여준다. 이러한 반핵운동은 4·3항쟁에서 반제국주의 통일 독립을 추구했던 그의 열정과 맥락을 같이하는 것이었다.

---

68 김시종, 『조선과 일본에 살다』, 255쪽.

69 김시종, 『지평선』, 36쪽.

70 김시종, 『일본풍토기』, 111쪽.

김시종의 원폭에 대한 접근은 일본 사회의 일반적인 인식 태도와는 다르다. 김시종의 시는 "기존 피해만을 논하는 일본의 피폭 내셔널리즘의 도식을 해체시키고, 일본의 전쟁책임 및 미국의 원폭투하에 대한 가해加害의 언설을 (…중략…) 엮고 있"[71]는 원폭문학이다. 이런 반핵평화운동과 연대하는 김시종의 시는 "내면 깊숙이 4·3의 기억을 간직한 채 제국주의와 식민주의 권력을 향해 투쟁하는 보편성을 추구해 왔"[72]음을 알 수 있다. 결국 그러한 보편성은 정치적 난민의 처지를 광범위하게 승화시키는 상상력으로 국경을 넘나들 수 있었기에 가능했다. 그것은 틈새를 활용한 전략이었음이 다음 시에서 확인된다.

애당초 눌러앉은 곳이 틈새였다 / 깎아지른 벼랑과 나락의 갈라진 틈 / 똑같은 지층이 똑같이 푹 패여 서로를 돋우고 / 단층을 드러내고 땅의 갈라짐이 깊어진다 / 그것을 국경이라고도 장벽이라고도 하고 / 보이지 않기에 평온한 벽이라고도 한다 / 거기에서는 우선 아는 말이 통하지 않고 / 촉각의 꺼림칙한 낌새만이 눈과 귀가 된다「여기보다 멀리」 부분[73]

김시종은 난민으로서의 자신의 자리가 바로 틈새였기에 그 틈새를 한껏 활용하고 경계를 그어놓는 금[線]을 자유로이 넘나들고자 했다. "남과 북 그리고 일본이라는 세 국가의 경계와 혼돈을 넘어서는 재일의

71 이영희, 「고통의 문학적 재현－김시종의 원폭 관련 시를 중심으로」, 『일본어문학』 77, 일본어문학회, 2017, 266쪽.

72 하상일, 「김시종의 '재일'과 제주4·3」, 고명철 외, 앞의 책, 보고사, 2020, 95쪽.

'틈새'를 사유하고 실천함으로써 '재일'의 실존을 형상화하는 것을 가장 중요한 시적 방향으로 삼았"[74]던 것이다. 특히 그는 경계 위에서 특정의 세력이나 범주에 함몰되지 않으려고 부단히 갱신하고 분투했다.

4·3항쟁은 통일 독립을 위한 혁명이었다고 믿는 그에게 분단된 남과 북은 그 어디도 온전한 조국이 아니었다. "이승만이 / 싫고 / 한국을 좋아할 수 없"는 처지면서도 한국과 일본의 축구 경기에서 그는 "'조선'이 이기길 바랄 뿐"「내가 나일 때」[75]이라고 현실을 초월하는 발언을 한다. 여기서의 '조선'은 조선민주주의인민공화국이 아닌 통일된 조국을 의미하는 것임은 물론이다.

김시종은, 「종족 검증」에서 보듯이, "일본에 온 것은 그저 우연한 일이었다. / 요컨대 한국에서 온 밀항선은 일본으로 갈 수밖에 없었기 때문이다"라면서 일본에 동화되는 것을 경계하는 가운데 언제나 조국을 생각했다. 그는 폭력으로 4·3항쟁을 진압한 남선南鮮이 싫었지만 "그렇다고 해서 지금 북선으로 가고 싶지 않다"고 했다. 그것은 "한국에서 홀어머니가 미라 상태로 기다리고 있기 때문"만은 아니었다. "심지어 심지어 / 나는 아직 / 순도 높은 공화국 공민으로 탈바꿈하지 못했다!"[76]는 진술이 의미하는 것처럼, 북한을 온전히 지지하지 않는다는 데 더 큰 원인이 있었다.

---

73 김시종, 『화석의 여름』, 241~242쪽.

74 하상일, 「김시종과 '재일(在日)'의 시학」, 『국제한인문학연구』 42, 국제한인문학회, 2019, 186쪽.

75 김시종, 『일본풍토기』, 69~71쪽.

급한 용무가 있으시면 / 서둘러 가 주세요. / 총련에는 / 전화가 없습니다. // 급하시다면 / 소리쳐 주세요. / 총련에는 / 접수처가 없습니다. // 볼일이 급하시다면 / 다른 곳으로 가 주세요. / 총련에는 / 화장실이 없습니다. // 총련은 / 여러분의 단체입니다. / 애용해주신 덕분에 전화요금이 / 쌓여 멈춰버렸습니다. // (…중략…) // 속은 어차피 썩어있습니다. / 겉만 번지르르하다면, / 우리의 취미로는 딱입니다. / 화장실은 급한 대로 쓸 수 있다면 상관없습니다.「오사카 총련」 부분[77]

그가 몸담던 조직도 갱신과 분투에서 예외일 수는 없었다. 민전이 총련재일조선인총연합회으로 변신한 이후 조직은 조선민주주의인민공화국 정권의 지도를 강하게 받게 되었다. 총련은 김시종이 주도하는 『진달래』에 대해서도 거센 공격으로 몰아붙였고, 김시종은 일련의 일방적인 조치를 수긍할 수 없었다. 「오사카 총련」은 그러한 조직의 행태를 신랄하게 꼬집으며 야유하는 작품이다. 재일조선인들의 현실적인 삶과는 유리된 채로 체제 찬미에 몰두하며 조직 유지 자체가 목적이 되어버린 총련에 대한 풍자가 돋보인다. 위의 인용에 뒤이어서는 "동지가 죽었습니다. / 과로가 쌓여 죽었습니다. / 영양실조로 죽었습니다"라며 경직된 총련으로 인해 조직원들이 희생되는 상황을 구체화한다. 총련의 교조주의적인 입장에서 기인하는 이러한 문제들에 대해 김시종으로서는

76 김시종, 『일본풍토기』, 133~134쪽.

77 1957년 간행된 『진달래』 18호에 수록된 작품이다. 오사카조선시인집단, 재일에스닉잡지연구회 역, 『진달래·가리온』 4, 지식과교양, 2016, 173~174쪽.

도저히 간과할 수 없었음이다. 그가 관료화된 조직 속에서 조직의 지침대로 활동하는 데에만 진력했다면 진정한 경계인으로 거듭나지 못했을 것이다. 이 시야말로 북을 중심에 놓는 '민주기지론'에서 그가 확실히 벗어나는 상황을 잘 보여주는 셈이다. 한국전쟁 후 박헌영과 임화 등의 남로당 핵심 인사들이 미제 간첩으로 숙청되는 상황에 대해 통일독립을 위한 4·3항쟁의 활동가였던 김시종으로서는 받아들이기 어려웠을 것이다.

김시종은 결국 조선총련과의 충돌로 자신의 위치를 재정립하는 험난한 길을 택함으로써 더 큰 성취의 발판을 마련하게 되었다. 그는 그렇게 또 하나의 경계를 확실히 뛰어넘을 수 있게 됨으로써 당당한 경계인의 위상을 확보해 갔다. 현실에는 그가 목숨 거는 혁명을 통해 세우려던 온전한 나라가 존재하지 않음을 절실히 확인한 것이다.

> 통일까지도 국가에 내맡기고 / 조국은 완전히 / 구경하는 위치에 모셔두었다. / 그래서 향수는 / 감미로운 조국에 대한 사랑이며 / 재일을 사는 / 일인독점의 원초성이다. / 일본인에 대해서가 아니면 / 조선이 아닌 / 그런 조선이 / 조선을 산다! / 그래서 나에겐 조선이 없다.「나날의 깊이에서 1」 부분[78]

김시종은 총련과 북의 귀국 사업북송 사업에 대해서는 "적체된 화물로 / 전락한 / 귀국"[79]으로 규정하였다. 조선민주주의인민공화국은 그

---

78 김시종, 『이카이노 시집』, 50~51쪽.

79 김시종, 『니이가타』, 175쪽.

에게 진정한 조선일 수 없었다. "'김일성 원수님'을 빼버리면 / 아무것도 남지 않는"「나날의 깊이에서 2」[80] 그런 곳이 진정한 조선일 수 없음이다. 남녘만이 아니라 북녘도 진정성과 거리가 멀다는 점을 분명히 하였다. 이러한 과정이 있었기에 『광주시편』에서의 남녘의 현실에 대한 비장한 고발이나 섬뜩한 알레고리도 더욱 돋보이는 진정성을 획득할 수 있었다고 하겠다. 그는 분단된 세계의 틀 안에 갇히지 않고 남과 북을 넘어선다. "재일이야말로 통일을 산다"[81]는 신념을 김시종은 절체절명의 체득에서 승화시킨 월경의 상상력으로써 입증해 보이고 있는 것이다.

> 그 거리를 빠져나가는 나비를 보았다 / 혼잡 속을 꽃잎처럼 누비며 / 바짝 깎은 가로수 드러난 목덜미를 / 망설이듯 넘어갔다「예감」 부분[82]

나비는 "새하얀 의지의 꽃잎"「예감」인바, 그것은 김시종의 분신이라고 해도 무방하다. 나비 같은 존재가 되어 혼잡한 세상을 어루만지고 응시하면서 넘어가는 것은 '포월抱越'[83]의 상황이다. 월경의 상상력은 주체가 관계하는 것들에서 초월함으로써 자유로워지는 것이 아니라, 그것들을 보듬는 가운데 높은 차원에서 넘나들며 작용하는 것이다. 말하자

---

80 김시종, 『이카이노 시집』, 63쪽.

81 김시종, 윤여일 역, 『재일의 틈새에서』, 돌베개, 2017, 358쪽.

82 김시종, 『화석의 여름』, 231쪽.

83 김진석은 『초월에서 포월로』(솔, 1994)에서 포복하는 초월이라는 의미로 '포월(匍越)'을 제안했는데, 여기서의 끌어안아 넘나든다는 의미로는 '抱越'이 더 어울릴 것 같다.

면 관계하는 것들을 "쉽게 내던질 수 없는 자신의 일부임을 받아들"이는 한편 "쉽게 수락할 수 없는 곤혹을 받아들"[84]이는 가운데 폭을 넓히며 역동적으로 발휘된다는 것이다. 변증법적인 창조와 창안의 세계라고 할 수 있다.

> 이라크에는 목련이 피지 않으리라. / 서울 대로에서 빈번하게 터지던 / 최루탄이 / 마드리드에서 로마에서 / 시드니에서도 자욱하게 피어오르고 / 겨우 핀 작은 꽃들 / 밀어닥친 시위대가 짓밟고 갔다. / 하늘도 틀림없이 목이 메었으리라. / 때아닌 비가 바람과 함께 쏟아져내리고 / 가로수의 새싹을 전율케 하며 / 거리 전체를 물보라로 뿌옇게 만들었다. // 오오사까는 아무래도 소나기인 듯했다.「목련」 부분[85]

김시종은 남과 북 그리고 일본만이 아니라 그 어떤 국경이든 사통팔달로 넘나들며 사유한다. 그리고 나름의 방식으로 의미 있게 실천한다. 그가 서 있는 오사카만이 아니라, 중동, 유럽, 오세아니아 등 진정한 평화를 갈망하는 온 세계가 동시에 그의 시야에 포착되고 있음이 위의 시에서 확인된다.

이처럼 김시종은 "정언명령처럼 주어지는 이념에 의한 결정이나 주류의 질서를 경계하고 언제나 스스로 직접 '더듬거리며 찾은/감촉'『니이가타』 56쪽만을 믿고 살아온 것"이며, "자신이 살아온 공간의 역사적 조건

84 이진경, 앞의 책, 333쪽.
85 김시종, 『잃어버린 계절』, 76쪽.

들을 직시하고 직접 부딪쳐가면서 그 의미를 탐색해 온 시인"[86]이라고 할 수 있다. 결국 "그는 생의 바닥에 전율하다, 공산주의자들의 관료화에 환멸을 느꼈고, 재일조선인으로서 이카이노라는 공간을 감각해 나가면서, 남과 북을 아울러 비판할 수 있는 자신의 정체성을 확립해 나갔"[87]기에, 거기서 더 나아가는 인식의 확장을 통해 폭넓은 안목에서 세계적 보편성을 지닌 경계인으로서의 면모를 굳건히 할 수 있었다. 따라서 "언제나 타자와의 '고통'에 응답하고 '고통'을 함께 나누려는 세계시민으로서의 의식이 담긴 그의 시는 한국문학이자 일본문학이고 동시에 세계문학이라고 부를 수 있을 것"[88]이라는 평가는 지극히 온당하다고 판단된다. 김시종이 체득한 월경의 상상력은 그만큼 빛나는 성취가 아닐 수 없는 것이다.

5. 미완의 꿈

이상에서 고찰한 것처럼 김시종은 청년 시절 제주섬에서 4·3항쟁에 조직원으로 참여했다가 토벌군경의 검거를 피해 목숨을 걸고 일본으로 밀항한 정치적 난민이었다. 1949년 여름 이후 주로 오사카 일대

86 남승원, 앞의 글, 2016, 87쪽.
87 오창은, 「경계인의 정체성 연구-재일조선인 김시종의 시 세계」, 『어문론집』 45, 중앙어문학회, 2010, 55쪽.
88 이영희, 앞의 글, 280쪽.

에서 생활한 그는 1955년 첫 시집 『지평선』 간행 이후 70년 동안 자신만의 방식으로 지구적 관점에서 주목될 만한 문학 활동을 펼쳐왔다. 그는 일본어로만 시를 발표하였지만 언제나 일본 시단의 바깥에 있었으며, 그렇다고 대한민국 시단이나 조선민주주의인민공화국 시단의 내부에 있었던 것도 아니다. 그의 시에는 4·3항쟁을 통해 혁명을 도모했던 정치적 난민으로서의 면모가 지속적으로 견지되고 있으며, 유민으로 살아가는 재일조선인들의 열악한 상황이 실존의 문제로 예리하게 포착되었다. 특히 국경이념을 강조하면 인류의 평화는 불가능하다는 인식 아래 '포월抱越'을 통해 월경하는 상상력이 제대로 발휘될 때라야 진정한 평화세상을 만들 수 있다는 점을 온몸으로 입증하였다. 이렇듯 4·3항쟁의 정치적 난민이라는 절체절명의 상황에서 맞닥뜨린 제반 현실을 심도 있고 폭넓게 성찰하여 승화시킨 월경의 상상력은 김시종의 문학의 핵심이라고 할 수 있다.

이 글을 마무리하는 마당에 우리는, 김시종이 2008년 직접 설립준비위원장을 맡아 강상중도쿄대학 교수, 박일오사카대학 교수, 양석일소설가 등의 재일조선인들과 더불어 오사카 이바라키茨木지역에 '코리아국제학교'를 건립하고 교장이 되었던 사실을 덧붙여 상기할 필요가 있다. 이 학교의 건학이념이 "다양한 문화적 배경을 가진 학생들이 스스로의 아이덴티티에 대해 자유롭게 생각하며 (…중략…) 복수의 국경을 넘어 활약할 수 있는 인재, 이를테면 '월경인越境人의 육성'"[89]을 목표로 삼았기 때문

---

89 남승원, 「김시종 시 연구－탈식민적 전략으로서의 공간 탐구」, 『이화어문논집』 37, 이화어문학회, 2015, 113쪽.

이다. 바로 김시종이 살아온 월경인으로서의 면모를 후세에 전승하는 데 역점을 둔다는 것인바, 그것이야말로 온 인류가 지향해야 할 이념이 아니겠는가.

김시종은 2023년 6월 24일 제주시 제주문학관에서 제주4·3평화재단 주최로 열린 국제문학 포럼'불온한 혁명, 미완의 꿈—김석범과 김시종'에 참석하여 지금까지 자신을 지탱케 한 것은 4·3항쟁 때의 신념과 열정이었음을 토로한 바 있다. 그렇게 청년기의 꿈을 온전히 달성하려는 초지일관의 실천을 견지하면서도 끊임없이 자기갱신을 도모하는 경이로운 삶을 뚜벅뚜벅 걸어왔다는 것이다. 4·3항쟁의 정치적 난민에서 뼈를 깎는 인식의 확장 과정을 통해 진정한 월경인으로 거듭나는 김시종의 장정長征은 실로 처절하면서도 눈물겹다고 할 수 있다. 그러한 역경 속에서 피어난 월경의 상상력은 그만큼 빛나는 것이 아닐 수 없으며, 바로 그 점으로 인해 김시종 문학은 세계문학의 전범典範 반열에 당당히 자리매김되기에 모자람이 없다.

김석범 한글소설의 양상과 의의

단편 3편과 미완의 『화산도』

1. 왜 김석범의 한글소설인가

재일작가 김석범의 문학에 대한 국내에서의 논의는 주로 소설집 『까마귀의 죽음鴉の死』[1]이나 대하소설 『화산도火山島』이하 '대하 『火山島』'[2] 등 한국어로 번역된 일본어소설을 중심으로 이루어져 왔다. 장편소설 『1945년 여름1945年夏』·『과거로부터의 행진過去からの行進』·『바다 밑에서海の底から』 등도 근래에 국내에 번역되면서 이에 대한 연구들도 이어지고 있다. 김석범 문학의 중심이 일본어 소설에 있고, 번역된 작품들이 그 대표작으로 꼽히는 것이기에 이러한 현상 자체가 문제될 것은 없다. 다만, 김석범의 경우 1960년대에 한동안 한글로 창작했던 적이 있는바, 이에

1 김석범, 김석희 역, 『까마귀의 죽음』, 소나무, 1988; 김석범, 김석희 역, 『까마귀의 죽음』, 도서출판 각, 2015(개정판).

2 김석범, 김환기·김학동 역, 『화산도』 1~12, 보고사, 2015. 일본어 원전은 1997년 문예춘추(文藝春秋)에서 완간되었다. 제1부 번역본이 1988년 이호철·김석희의 작업으로 실천문학사에서 간행된 바 있는데, 이는 원전과 달리 일지(日誌)식으로 되어 있으면서 더러 누락시킨 부분도 있다.

대해서도 주목해야 한다는 것이다.

김석범의 한글소설로는 「꿩 사냥」1961, 「혼백」1962, 「어느 한 부두에서」1964 등 세 편의 단편소설[3]과 미완의 장편 연재소설 『화산도』1965~1967, 이하 '한글 『화산도』' 등이 있다. 모두 1960년대 초·중반의 작품으로, 작가가 재일본조선인총연합회이하 '총련' 관련 조직에서 활동하던 시기에 썼던 소설들이다. 이 작품들은 오랫동안 텍스트 확보 등의 문제로 제대로 논의되지 못해왔으나, 2021년 김동윤이 『혼백－김석범 한글소설집』보고사을 엮어냄에 따라 관심이 높아지고 연구가 본격화되고 있음은 다행한 일이다.

이 글에서는 우선, 세 편의 한글 단편인 경우 무엇보다도 자세히 읽고 분석하는 작업을 중점적으로 수행할 것이다. 아울러 작가가 총련 조직에서 활동한 시기의 작품임을 염두에 두면서 당시 작가의 제주4·3항쟁과 민족 문제 등에 대한 신념과 현실인식을 가늠해 봄으로써 김석범 한글 단편소설의 의의를 포착하는 데에도 관심을 갖고자 한다.

다음, 한글 『화산도』의 경우 서지적 검토 과정에서 김석범의 다른 4·3소설과의 상호 텍스트성을 확인할 필요가 있는데, 선행 연구의 성과를 바탕으로 「까마귀의 죽음」, 대하 『火山島』와의 관계를 대비적으로 정리하고자 한다. 그리고 한글 『화산도』가 지닌 4·3소설로서의 의의를 밝히는 데 역점을 두고서 4·3항쟁이 작품 속에 어떻게 형상화되고 있으며, 그에 대한 작가의 인식은 어떻게 나타나고 있는지, 아울러

3 「꿩 사냥」은 콩트로 볼 수도 있다.

이 작품이 국내작가들의 4·3소설들에 견주어 어떤 특징적인 면모를 보이는지 등을 고찰코자 한다.

그동안 김석범 문학에 관한 논의에서 소외되어 온 이들 한글소설들을 구체적으로 연구한다면 그의 활동상과 문학세계가 더욱 폭넓게 조명될 수 있을 것이다. 이는 "재일본문학예술가동맹의 한국어조선어 문학은 북한의 해외 공민문학에 지나지 않는다는 시각이 있을 뿐 아니라 문학적 성과 역시 일본어 문학과는 비교하기 어렵다"[4]는 주장이 과연 타당한지를 따져보는 작업이 되기도 할 것이다. 아울러 우리 문학의 범주를 더욱 풍성하게 하는 계기가 될 것임은 물론이요, 제주문학에서도 소중한 텍스트를 확보하게 되는 셈이라 하겠다.

2. 한글 단편소설의 문제의식과 지향점

1) 4·3항쟁과 반미 통일투쟁의 지속성 – 「꿩 사냥」

「꿩 사냥」은 총련 중앙상임위원회의 기관지인 『조선신보朝鮮新報』[5]

---

4 이재봉, 「국어와 일본어의 틈새, 재일 한인 문학의 자리 – 『漢陽』, 『三千里』, 『靑丘』의 이중언어 관련 논의를 중심으로」, 『한국문학논총』 47, 한국문학회, 2007, 192쪽.

5 1945년 10월 10일 재일본조선인연맹(조련)의 결성을 추진하는 과정에서 『민중신문』으로 창간되었고, 1946년 9월부터는 오사카에서 발행되던 『대중신문』과 통합해서 『우리신문』이 되었다가 『해방신문』으로 바뀌었다. 이후 강제 폐간과 복간의 과정을 거치다가 총련 결성 후 1957년 1월 1일부터 『조선민보』로 변경하고 1961년 1월 1일부터 『조선신보』가 되었으며, 같은 해 9월 9일부터 일간지가 되었다. 국제고려학회 일본지부 재일코리안사전 편집위원회, 정희선 외역, 『재일코리안사전』, 선인,

지면에 1961년 12월 8·9·11일 3회에 걸쳐 연재된 소설이다. 200자 원고지 약 31장 분량의 짧은 작품이다. 『조선신보』에서는 재일본문학예술가동맹이하 '문예동' 문학부의 협력 아래 10월 13일부터 근 2개월 동안 14편의 작품을 '콩트 리레'라는 기획으로 수록한 바 있는데, 김석범의 「꿩 사냥」은 그 마지막에 실린 것이다.[6]

제주도를 무대로 삼았으며 4·3항쟁과 관련된 내용을 다루고 있다. 작품의 개요는 다음과 같다.

① 통역관 '양梁'이 서울에서 온 미군 장교 캐플린 케러의 제주도 꿩 사냥을 안내하고 있다.
② '양'은 '빨갱이'가 무서워 한라산 접근을 꺼리는 케러를 설득해서 산기슭으로 이동한다.
③ 꿩 한 마리를 놓친 캐러가 나무 하고 돌아오는 젊은 부부를 향해 총을 쏜다.
④ 여자를 쏘아죽인 케러가 곧이어 남자를 겨냥했으나 '양'의 제지로 허공을 쏘고는 큰 꿩을 놓쳤다고 말한다.
⑤ 성내로 돌아가는 지프에 케러와 동승한 '양'은 그를 때려죽일 작정을 하는 가운데 민족현실을 떠올린다.

이 소설의 시간적 배경은 1950년대의 봄이라고 할 수 있다. "보리밭

2012, 398쪽 참조.

6 「콩트 계주를 마치며」, 『조선신보』, 1961.12.11.

에 한 가락의 바람이 스쳐 지나가자 엉성한 보리 줄기들이 설레며 몸부림친다"14쪽/9[7]는 첫 문장에서 계절이 확인되고, "한라산 '빨갱이'들이 없어진 지가 벌써 옛날"이지만 "표면상 일시 '소탕'된" 것이요 "인민항쟁의 불길이 그렇게 쉽사리 소멸된 것이 아니"16쪽/9라는 언급에서 대체적인 연도를 가늠할 수 있다. 이덕구 사령관의 사망으로 야산대 세력이 급격히 쇠퇴한 시기가 1949년 여름6월이니 아무리 앞당겨도 1950년 봄보다 앞선 시기로는 보기 어려우며, 서울에서 근무하는 미군 장교가 꿩사냥을 목적으로 제주를 방문한 점으로 봐서 한국전쟁이 끝난 이후의 봄일 가능성이 크다. 특히 산에서 나무를 짊어지고 내려오는 젊은 부부를 설정한 점을 감안한다면 1954년 9월 한라산 금족령이 해제된 이후의 봄으로 판단하는 것이 자연스럽다. 따라서 1955년이나 1956년의 봄 정도가 가장 타당하리라고 생각된다. 이른바 최후의 한라산 빨치산인 오원권이 붙잡힌 때가 1957년 4월인 점을 고려하면 더욱 그러하다.

등장인물은 통역관 '양梁', 미군 장교 캐플린 케러, 젊은 나무꾼 부부가 전부다. '양'과 케러가 주요 인물이며, 나무꾼 부부는 대사도 없는 부차적 인물이다.

통역관 '양'은 김석범 소설에서 퍽 익숙한 부류의 인물이다. 중편 「까마귀의 죽음」1957과 한글 『화산도』1965~1967의 정기준, 대하 『火山島』1997의 양준오와 매우 유사하다. 정기준과 양준오는 모두 미군정 통역이자

7 '/'의 앞은 김동윤 편, 『혼백-김석범 한글소설집』, 보고사, 2021의 쪽수이며, 뒤의 숫자는 작품 초출인 『조선신보』 1961년 12월의 날짜를 말함. 이하 「꿩 사냥」 인용 시에는 같은 방식으로 표기함.

비밀 당원으로서 투쟁 의지를 내면에서 불태우는 인물인 데 비해, '양'은 제주에 근무하는 통역관으로서 미군 장교의 '임시 안내역'을 맡은 것으로 나와 있다. '양'의 경우 정기준이나 양준오처럼 비밀당원으로 활동했는지는 작품에서 드러나지 않는다. 다만 케러가 쏜 총에 여자가 쓰러진 직후 "통역관을 하면서 '양'은 이런 장면을 몇 번이고 겪어 보기도 하였다"면서 "비록 자기가 손수 동포들에게 손을 댄 바는 없었다 할지언정 결국 그런 짓을 돕는 편에 서 왔음은 사실이다"20쪽/11라는 부분을 보면, 그가 미군정 시기부터 통역관으로 근무하면서 4·3항쟁의 와중에 미군과 그 추종세력의 학살을 여러 차례 목격해 왔음을 알 수 있다.

미군에 대해서는 매우 적대적으로 형상화했다. 꿩 사냥을 통해 인간 사냥의 만행을 그려내는 설정부터 그러함은 물론이요, 미군 장교인 캐플린 케러에 대해 "동물에 흔히 보이는 본능적인 잔인성"19쪽/9을 띠고 "승냥이 같은 모진 눈초리"19쪽/11를 지닌 인물로 그려냄으로써 노골적인 적개심을 드러낸다. 그래서 통역관 양은 케러에게서 "자기 주위에서 노상 목격한바 그대로의 사람을 죽이는 순간의 표정"19쪽/9을 읽어낸다. 4·3항쟁의 주요 원인이 미국의 신제국주의 전략에 있음을 강조하는 김석범으로서는 당연한 인물 설정이라고 하겠다.

이 작품의 핵심은 미국에 의해 훼손되는 민족현실의 문제를 그려냈다는 데에 있다고 할 수 있다. '양'은 젊은 아낙네가 미군 장교의 총에 맞아 죽어가는 장면을 접하고는 "눈앞에서 선지피를 쏟으며 쓰러진 겨레의 몸부림치는 모습"20쪽/11으로 인식하면서 비통함을 금치 못한다. 어느 미군 장교 개인의 돌출적인 행동이라거나 일개 동족 여성이 우연히 맞닥뜨린 억울한 죽음에 그치는 문제가 결코 아니기 때문인 것이다. 그는 통역관으로서 4·3항쟁기에 분한 일들을 숱하게 겪으면서도 참아 왔지만, 이제 더 이상은 도저히 묵과할 수 없는 극한의 상황에 도달했음이다. 미국의 영향력이 절대적인 현실에서 "이놈미군 장교 케러-인용자을 때려죽이는 대가가 필요"함을 너무나 잘 알기에 두렵기도 하지만, "비굴감을 항거에로 이끌려는 새로운 힘이 가슴속에 소용돌이 치고"21쪽/11 있음을 감지했기에, 이제 행동에 나서는 일만 남은 것이다.

> 그는 자기 고향의 산천을 앞두어, 죽음에 직면한 사람이 순식간에 일생을 한 폭의 그림으로 그려내듯, 자기의 걸어온 반생을 살폈다.
>
> '양'은 눈을 뜨고 하늘을 우러러 보았다. 뚫어지도록 우러러 보았다. 넓디넓은 하늘은 38선 너머로 멀리 퍼지고 있을 것이다. 웬일인지 오늘 새삼스러이 북쪽 하늘을 쳐다보는 자기의 심정을 '양' 자신도 분간하지 못하였다. 다만 쓰러진 자기 아내를 껴안고 복수에 떨리는 젊은 나무꾼의 분노가 타 번지는 표정만이 그의 머릿속을 뒤흔들었다.22쪽/11

위의 인용문에서 확인되듯, '양'의 '항거'는 결국 반미를 넘어서 통일 독립의 의지로 수렴된다. '넓디넓은 하늘은 38선 너머로 멀리 퍼지고 있을 것'이라거나 '오늘 새삼스러이 북쪽 하늘을 쳐다보는 자기의 심정'이라는 언급은 분단 상황을 뛰어넘어 하나 되는 조국을 간절히 염원하고 있음을 알 수 있다. 4·3항쟁은 단선 반대 통일 독립투쟁이자 미완의 혁명[8]이었다는 작가의 신념이 이 작품에서도 고스란히 드러난다는 것이다.

한편, 이 소설은 앞서 일부 언급한 대로 「까마귀의 죽음」이나 한글 『화산도』, 대하 『火山島』 등과 연관성이 있는 작품임에도 주목할 필요가 있다. 통역관 '양'은 정기준의 면모를 거의 그대로 이어받고 있으며, 꿩 사냥 장면을 포함한 미군 장교에 대한 적개심 표출도 유사하고, 까마귀의 이미지[9]가 의미 있게 작용한다는 점 등에서 그러하다. 이런 점들에서 본다면 「꿩 사냥」은, 그것이 비록 수준 높은 소설은 아닐지라도, 무시하거나 가벼이 취급해버릴 작품이 아님을 알 수 있다.

2) 귀향할 수 없는 경계인의 면모－「혼백」

「혼백」은 문예동에서 펴내던 『문학예술文學藝術』[10] 제4호1962년 10월의 15~21쪽에 수록된 단편소설이다. 어머니의 죽음이라는 주인공의 개인

---

8 김석범 소설을 통해 혁명으로서의 4·3의 의미를 탐색한 논문으로는 고명철의 「해방공간의 섬의 혁명에 대한 김석범의 문학적 고투－김석범의 『화산도』 연구(1)」, 『영주어문』 34, 영주어문학회, 2016, 183~217쪽가 주목된다.

9 캐러는 아낙네를 쏘아 죽이고는 "이 섬엔 과연 꿩보다 까마귀가 많다 보니 처분하는 덴 염려할 건 없다"(21쪽/11)라고 하는데, 여기서의 까마귀는 "한라산 '빨갱이'"(16쪽/8)로 읽힌다.

10 1955년 5월 한덕수 의장을 중심으로 총련이 새롭게 출발하는데, 재일조선인 스스로를 북한의 해외공민으로 인식하는 가운데 일본 공산당과의 관계를 청산하고 조직을 정비하였다. 이후 총련 산하 단체인 문예동이 1959년 6월 결성되면서 기관지 『문학예술』이 창간되었다. 1960년 1월에 창간호를 낸 『문학예술』은 1999년 6월 폐간될 때까지 통권 109호가 나왔다. 지명현, 「재일 한민족 한글 소설 연구－『문학예술』과 『한양』을 중심으로」, 홍익대 박사논문, 2015, 48쪽; 이영미, 「재일 조선문학 연구－재일조선문학예술가동맹의 소설을 중심으로」, 『현대문학이론연구』 33, 현대문학이론학회, 2008, 519쪽 참조.

적 상황에다 귀국북송 사업이라는 재일조선인을 둘러싼 현대사적 상황을 접목한 작품으로, 그 개요는 다음과 같다.

① 어머니를 여의고 화장장에서 유골을 수습할 때도 울지 않던 '나'가 눈물을 보였다.
② 생계 때문에 잘 봉양하지 못한 '나'로서는 어머니가 고향에 못 가보고 세상 떠나 안타깝다.
③ '나'는 고향 할머니의 귀국북송 축하 모임에 참석하기 위해 길을 나섰다.
④ 부지불식간에 어머니가 입원했던 병원에 찾아갔다가 '나'를 걱정하던 모습이 떠올라 울었다.
⑤ 고향 할머니에게 어머니의 혼백도 함께 데려가 달라고 부탁하려던 생각을 접었다.

이 작품의 시간적 배경은 "이렇 즈음. 드디어 귀국이 실현되었다"28쪽/18[11]라거나 "선달 삭풍"30쪽/19이라는 부분을 보면, 재일조선인들의 북송 사업이른바 '귀국 사업'이 시작된 1959년 12월로 볼 수 있을 것 같다. 공간적 배경은 일본의 오사카大阪로 추정된다.

1인칭 주인공 시점을 사용한 이 작품에는 김석범의 자전적 요소가 적잖이 들어있는 것으로 판단된다. 김석범의 어머니가 1958년 10월에 72세로 세상을 떠난바,[12] 어머니의 죽음과 연관되어 전개되는 작중 상

11 '/'의 앞은 『혼백—김석범 한글소설집』의 쪽수, 뒤는 초출인 『문학예술』 제4호의 쪽수를 말함. 이하 「혼백」 인용 시에는 같은 방식으로 표기함.

황들의 상당 부분은 작가의 경험에 줄을 대고 있다. 주인공 '나'가 "삼십 줄에 들어선 사내대장부가 겨우 구한 일터"27쪽/17에서 일당 400엔, 월 1만 엔 남짓의 '마찌공장'[13]에서 일한다고 설정된 상황도 1955년30세부터 약 4년 동안 오사카에서 공장 노동 등으로 생계를 이어간 작가의 전기적 사실과 관련이 있다.

김석범은 1959년에는 쓰루하시역 근처에서 닭꼬치 포장마차를 운영하기도 했는데, 이는 작품 속에서 "'야다이'[14] 장사는 옛날 내가 하던 일이었다"27쪽/17는 주인공의 회고로 나타난다. "요즘 모처럼 만에 나가기 시작한 총련 분회 일"29쪽/18이라는 부분 또한 작가의 실제 경험과 연결된다. 김석범은 1960년에 오사카조선학교 교사로 일한 데 이어, 1961년 10월에는 『조선신보』 편집국으로 옮기는데, 이는 모두 총련과 연관되는 활동이었기에 총련 분회 일에 나간다는 소설 속의 상황과 무관하지 않다고 할 수 있는 것이다.

다만 주인공 '나'가 아직 결혼을 하지 않은 처지인 점은 실제와 다르게 설정되었다. 어머니가 세상 떠나기 1년여 전인 1957년 5월32세에 김석범이 구리 사다코久利定子와 결혼한 사실과 작품 속 상황은 다르다는 것이다. 이처럼 소설에서 미혼의 노총각을 내세웠음은 아들의 결혼도

---

12 김석범의 전기적 사실에 관한 내용은 조수일의 「김석범의 초기작품 연구—폭력과 개인의 기억을 중심으로」, 건국대 석사논문, 2010의 부록에 수록된 「김석범 연보」를 주로 참고하였다. 이 연보는 『金石範作品集』 II, 平凡社, 2005의 「詳細年譜」를 근간으로 삼아 조수일이 정리한 것이다.

13 町工場(まちこうば), 즉 작은 공장을 말함.

14 屋台(やたい).

못 보고 세상 떠나는 어머니의 한恨과 그에 따른 아들의 불효 감정을 극대화시키기 위한 의도로 판단된다.

이 작품의 핵심 제재인 어머니의 죽음과 귀국北送 사업이 의미 있게 만나는 지점은 바로 고향이다. 그것이 국가 차원에서는 무리 없이 연결되는 것 같지만, 고향에 초점을 두었을 때는 문제가 달라진다. "남의 나라 구경이 아니요, 제 나라 제 고향 '구경'을 못하고 원한 깊은 일본 땅에서 한 줌의 재로 사라지다니"27쪽/17라는 '나'의 탄식에서 어머니의 고향은 구체화되기 시작한다.

어머니의 고향은 어디던가. 그것은 우선 어머니 고향의 언어, 즉 제주어濟州語로 표출된다. 생전의 어머니가 병원으로 찾아온 아들에게 구사하는 "아이구, 무사[15] 왔니"33쪽/20라는 말도 그렇거니와, 특히 화장장에서 어머니의 친구인 고향 할머니가 제주어로 읊어대는 염불은 주목된다.

> 아이구 잘덜 갑서, 죽어설랑 고향산천 찾아 갑서, 아이구 한번 제 고향 구경도 못하구, 불쌍한 할머니우다. 혼백이랑 어서 고향으로 찾아 갑서……26쪽/16~17

이런 염불이 더욱 절절하게 느껴지는 까닭은 고향 할머니도 "어머니와 거의 같은 시기에 고향 땅을, 한 동리를 등지고 일본에 나왔"26쪽/17기 때문이다. 고향이 제주인 어머니는 살아서는 그곳에 돌아갈 수 없는 형

15 '왜'의 뜻을 지닌 제주어.

편이었다. 이렇게 어머니의 고향이 제주이며, 생전에는 귀향할 여건이 못 되었다는 사실이야말로 매우 중요한 맥락이다. 바로 4·3항쟁의 진실 문제로 연결되기 때문이다.

> 무리죽음을 당한 고향 섬 사람들 중에는 전멸된 마을 사람들과 더불어 씨멸족으로 세상에서 종적을 감춘 어머니의 동생네 식구들이 들어 있었다. 그리운 자기 고향에 둥지를 틀고 나선 미국 놈과 끄나풀에 대한 어머니의 미움은 옛 고장을 등지고 나온 옛 조선 사람의 심정이었다.27쪽/17

4·3항쟁과 관련해 일본으로 밀항할 수밖에 없었던 제주 사람들의 상황이 파악된다. 집단 학살로 어머니의 동생네 식구들, 즉 이모네 시집 식구들은 씨멸족氏滅族되고 말았다. 마을 사람들이 거의 전멸된 경우도 있었다. 항쟁에 나서거나 동조했던 제주 사람들의 일부는 살아남기 위해 바다 건너 일본으로 떠남으로써 난민이 되어야 했고, 그들이 떠난 제주 땅은 '미국 놈과 끄나풀'의 차지가 되고 말았다는 인식이다. 한을 안고 세상 떠난 어머니의 혼백이나마 조국으로 돌아가길 바라는 마음은 아들 된 도리로서 지극히 자연스러운 생각이다. 마침 총련의 귀국사업이 한창일 때였다. '나'로서는 직접 어머니의 혼백을 모시고 조국으로 갈 수도 있고, 아니면 때마침 귀국하는 고향 할머니에게 어머니의 혼백과 동행해 주기를 부탁할 수도 있다. 일단 '나'는 후자의 방법을 택하려고 한다.

나는 이렇게 혼잣말을 계속하였다.

"글쎄, 난 좀 더 일본에 남아야겠구…… 미안하옵니다만 할머니여, 당신 혼자서 조국 '구경' 마시구, 우리 어머니도 함께 데려다 주세요."

그러나 금시 떠오른 이 생각은 그릇된 것 같았다. 나는 고개를 절레절레 흔들면서 호주머니 속의 담뱃갑을 불끈 힘들여 쥐었다.

나의 뇌리에는 시방 사람 좋은 분회장 영감과 그 할머니의 웃음꽃 피는 얼굴이 포개어졌다.

그리고 항상 미소를 띠우시던 어머니의 어진 얼굴이 속속들이 자리잡아 마침내 들어앉았다.34쪽/21

하지만 '나'는 어머니의 혼백이나마 귀국시키려던 생각을 접었다. '나'는 일본에 남아야겠기에 어머니의 혼백을 직접 모시고 조국으로 갈 수 없다는 점, 귀국길의 고향 할머니에게 어머니 혼백을 데리고 함께 가 달라는 부탁도 하지 않게 된 점은 이 작품의 가장 핵심적인 맥락이다. 귀국 사업으로 발 디딜 수 있는 곳은 한반도 북녘지역에만 국한될 따름이지, 남녘 섬인 제주도는 아니었기 때문이다. 귀향을 못 하게 되는 한 그것은 온전한 귀국도 되지 못한다는 인식의 표출이다. 혁명과 항쟁의 좌절로 무리죽음을 피해 고향을 떠났는데 그곳으로 돌아가지 못한다면야 그 귀국이 도대체 무슨 의미가 있겠느냐는 문제 제기다.

결국 이는 북조선만으로는 온전한 조국이 성립될 수 없다는 생각의 반영이다. 4·3항쟁에서 추구했던 완전한 통일 독립이 이루어지지 않는 상태에서는 남도 북도 선택할 수 없다는 의지의 표명이다. 총련 조직에 몸담고 있었어도 결코 북에 맹종하지는 않는 작가정신을 보여주는 부분이다. '조선'적籍을 유지한 채 경계인으로 살아가기 위한 김석범의 의미심장한 다짐을 읽을 수 있는 작품이 아닐 수 없다. 그만큼 「혼백」은 김석범 문학의 저변에 깔린 고갱이를 묵직하게 보여준 소설로 평가될 수 있다는 것이다.

3) 민족화합과 평화세상의 가능성 – 「어느 한 부두에서」

「어느 한 부두에서」는 앞서 살핀 「혼백」과 마찬가지로 문예동의 기관지인 『문학예술』에 약 2년의 간격을 두고 실렸다. 1964년 9월에 간행된 제10호의 15~28쪽에 수록된 이 소설은 재일조선인들이 일본에 드나드는 한국남한 배를 맞이하게 되면서 겪는 사건을 다루고 있다. 다른 두 작품과는 달리 의도적으로 네 곳에서 줄[行] 비우기를 함으로써 5개의 장으로 구분된다고 하겠는데, 그것에 따라 개요를 작성하면 다음과 같다.

① 선옥은 부두에서 한국 배의 선원에게 가자미 11마리를 얻어 귀가했다가, 어머니 심부름을 깜빡 잊은 게 생각나 어머니를 찾아 나선다.

② 선옥은 하굣길에 한국 배를 만나 인사한 것을 계기로 배를 구경하고 한국 사정도 들은 후 가자미를 선물로 받은 것이다.

③ 길에서 주저하다가 어머니와 여선생을 만난 선옥이 자초지종을 얘기하니, 여선생이 한국 선원들을 만나려고 하는데 아버지는 그들을 집으로 초대키로 한다.

④ 선옥이네 집에 한국 선원 셋이 찾아오자 동네 사람들이 모여들어 잔치가 벌어지고, 동네 사람들끼리 가자미를 나눠가진다.

⑤ 선옥이 잠든 사이에 한국 배가 부산으로 떠났는데, 선원들은 라디오에서 한일회담 반대 시위 소식을 듣는다.

이 소설의 시간적 배경은 1964년의 초봄이며, 3월 15일과 16일로 날짜를 특정할 수 있다. "영화에서 본 일이 있는 귀국선"43쪽/19[16]이란 표현을 감안하면 적어도 1960년 이후가 될 수밖에 없는 데다, "이튿날 3월 16일 아침"61쪽/28에 한국에서의 한일회담 반대운동 상황이 작품 말미에 언급되는 것에서 그것이 명백히 확인된다.[17] 작품의 무대는 일본 시모노세키下關 인근의 소항구와 그 주변 마을이다.

이야기의 중심에는 선옥이라는 소녀와 그 가족이 있다. 곧 소학교 4학년이 되는 선옥은 어린 나이지만 어머니 일을 도우면서 교사가 되려는 꿈을 안고 지낸다. 선옥의 어머니는 '내직 바느질'을 한다고 나와 있는데, 아마도 밖의 일감을 가져다가 집안에서 바느질로 돈벌이하는 것을 그렇게 표현한 듯하다. 아버지는 나이가 마흔 안팎이다. 평소의 오후 늦은 시간에 "지부 사무소에 있거나 혹은 어느 동포 집을 방문하고 있

---

16 '/'의 앞은 『혼백－김석범 한글소설집』의 쪽수, 뒤는 초출인 『문학예술』 제10호의 쪽수를 말함. 이하 「어느 한 부두에서」 인용 시에는 같은 방식으로 표기함.

17 총련은 1961년 4월 19일 '한일회담 반대 배격 재일조선인대회', 1962년 9월 '한일회담 반대 배격 전국통일행동', 1964~1965년 연두에 '한일회담 반대 배격, 매국노 박정희 도당 규탄 조선인대회' 등을 개최하면서 줄기차게 한일회담에 반대의 뜻을 표명하였다. 지명현, 앞의 글, 34쪽.

을"[41쪽/18] 것임이 추측되는 부분에서 알 수 있듯이, 총련 지부분회 사무소에서 활동하는 인물이다.

'여선생'은 첫 담임으로 선옥이네를 맡게 된 소학교 교사이다. 흰 저고리, 검정 치마 차림인 것으로 보아 조선학교 교사로 짐작되는데, 정작 자신은 "가난한 가정에 자라 소학교 시절엔 민족 교육을 받지 못"[53쪽/24] 하였다. "사소한 일부터라도 실현해 나가는 것이 조국의 후대들을 맡아 키우는 자기의 의무"[54쪽/25]로 생각하는 여선생은 작가와 거리가 가까운 인물이라고 할 수 있다.

선옥이네 이웃으로는 조선식당 할머니가 주목된다. 이 할머니는 재일본대한민국거류민단이하 '민단'의 구성원으로서 일단은 부정적인 인물로 그려진다. '심술기'[39쪽/17]가 있는 '말썽거리'[40쪽/17, 57쪽/26]라거나 "말투에 어딘가 모르게 비꼬는 기색이 완연"[52쪽/24]하다는 언급에서도 그런 점이 확인된다. 이러한 민단측 인물이 어떠한 변화를 일으키는지도 독자의 관심사가 된다.

한국 배200톤짜리 철선의 기관장은 아버지 또래로서, 남한 사람이면서도 융통성 있는 인물로 나온다. 그는 선옥의 인사를 받고서 배를 돌려 부두에 대었으며, 맨 먼저 하선하여 선옥과 대화의 물꼬를 트고는 배의 구석구석을 구경시켜 준다. 초대를 받아 선옥네 집에 가서는 선옥을 자신의 무릎에 앉히고 대화의 장을 펼쳐간다.

이 작품에서는 반미에 기반을 둔 민족 의식을 고취하는 방식으로 동포애를 강조한다. 이와 관련하여 여선생의 인식은 아주 중요한 맥락이다. 여선생의 가르침이야말로 어린 주인공에게 지대한 영향을 끼치게 되기 때문이다.

그는 부둣가에서 '한국선'이 지나가는 걸 보거들랑 뱃사람은 모두 다 같은 조선 아저씨이니 본체만체하지 말고 깍듯이 인사드려야 된다고 학생들더러 타일러 왔다.

남의 나라에 멋대로 도사리고 앉아 주인 행세 부리는 원쑤와 그놈의 끄나풀을 내쫓기 위해서도 한겨레인 조선 사람끼리 의좋게 지내야겠다는 당연하다면 너무나 당연하고 한편 안타까운 마음이 한시도 그의 가슴에서 떠난 일이 없었다.54쪽/24~25

미국과 그 끄나풀 세력에는 강한 적대감을 드러내면서도 조선 사람끼리는 의좋게 지내야 한다는 신념이 확인된다. 부둣가에서 한국 배가 보이면 깍듯이 인사하라는 여선생의 가르침을 선옥은 그대로 이행한다. 하굣길의 선옥은 '한국 기'를 달고 '조선 글자'가 적혀 있는 배가 보이자 "죽을힘을 내어 냅다 달리면서"44쪽/20 계속해서 큰 목소리로 인사하며 접촉을 시도한다. 결국 만남이 성사되고 배 안을 구경한 데 이어 가자미까지 선물로 얻게 되니 스스로가 뿌듯하지 않을 수 없다. 선옥에게 한국 배는 마치 동화 세상의 그것처럼 포근하고 아름답게 느껴진다.

그의 눈길이 닿은 곳, 아래쪽 부둣가엔 검은 배가 한 척 멎어 있었다. 굴뚝 언저리에 연기가 서성거리는데 배는 수이 움직일 기색이 없다. (…중략…)

봄 햇살 속에 뿌옇게 잠긴 배의 모습이 한동안 소녀에겐 오직 어린이들만 위해 시중하는 동화 세계의 배처럼 보였다. 햇빛 눈부신 하늘 아래, 배를 포근히 안아 보석 알 깔린 양 반짝거리는 바다물결이 아름다웠다.36쪽/15

이처럼 소녀가 주인공이자 초점자인 점은 작품 전반에 걸쳐 효과적으로 작용한다. 어린이가 지니는 천진난만함으로 인해 남쪽의 사람들에게 자연스럽게 다가설 수 있었으며 평화로움을 느끼는 데까지 이를 수 있었다. 선옥은 한국 선원들에게 가자미를 얻었고, 그로 인해 한국 선원들은 재일조선인들에게 초대되었다. 선옥으로부터 시작된 연대의 노력은 재일조선인 사회의 화합으로도 이어졌다.

골목에 사는 동포들이 모두 반가이 여겨 제각기 술과 안주를 마련해 가지고 선옥이네 집에 모여 앉았다.

민단에 소속한 말썽거리 할머니도 양손에 무언가 들고 털털거리며 들어왔다. 허기야 식당 할머니가 들어온 데는 그럴만한 이유가 없지는 않았다. 적어도 이 골목에 한국 사람들이 찾아왔는데 자기가 혹시 빼돌리는 형편이 되어선 체면이 못될 지경이었다.

이럴 즈음, 어려워하는 선옥이 어머니를 타일러 여선생이 어느 집보다 맨 먼저 찾아가서 청을 드렸다. 게다가 식당 할머니가 은근히 바라던 가자미를 나누어 주었으며 그 식당에서 막걸리랑 오늘 저녁에 필요한 물건들도 좀 장만해 들인 까닭도 있었다.57쪽/26

총련 사람들[18]이 적잖은 노력을 기울인 결과이기는 했지만, 앞에서 부정적 인물로 그려지던 조선식당 할머니까지도 결국에는 화합에 동참한 것이다. "민단 사람하구 총련 사람의 꼬락서니가 다를 게 뭐 있소. (…중략…) 다 같은 조선 사람끼린데 뭐……"59~60쪽/28라는 할머니의 발언에서 이념을 뛰어넘는 민족애의 중요성이 다시 강조되고 있음이 확인된다.

이렇게 화합으로 가는 과정에서 핵심적인 매개체로 작용하는 것은 바로 가자미다. 가자미는 한국 배에서 선옥에게 건네진 것이기에, 한국 사람들이 재일조선인들에게 전달한 선물이라고도 할 수 있다. 따라서 "가자미 몸뚱어리에 손이 닿았을 때, 그의 가슴은 불시에 뭉클해지며 사뭇 북받쳐 올랐"54쪽/25음은 결코 과장된 표현이 아닌 것이다. 나아가 가자미 11마리를 동네 사람들에게 모두 나눠주는 행위는 한국 사람에 대해서 같은 민족으로서의 정서적 공감대가 형성되었음을 의미하는 것이기도 하다.

물론 민족애가 강조되는 이 작품에서도 한국에 대한 부정적인 인식이 적잖이 드러난다. 다음은 한국 배의 선원들을 통해 한국의 비참한 현실을 제시한 부분이다.

> 옛날 고향에서 소학교 선생을 한 일이 있다던 그 선원은 남조선의 어린

---

18 조선식당 할머니로 대변되는 민단측과는 달리 총련측은 긍정적으로 그려진다. 총련 분회 사무소의 역할에 대해 "거기에 있는 모든 것이 조선 사람에겐 포근하고 미더운 감을 안겨"(40쪽/17)준다는 식이다.

형제들은 세상없이 불쌍하다고 말하였다.

“한국에서는, 소학교에 다니는 것도 운이 좋아야 한다” 하며 선원은 그 ‘운이 좋은’ 소학생들의 어머니는 태반이 거지 행세를 하지 않을 수 없는 실정에 대하여 이야기하였다.48쪽/22

한국 선원이 소학교국민학교 교사를 그만둔 이유는 사상정치 문제였을 가능성이 크다. “아이들이 모를 사정”이라며 “모르는 게 좋아”49쪽/22라고 하는 부분에서 짐작할 수 있다. 한국 선원들이 어쩔 수 없이 갖게 되는 정치적 긴장감도 드러난다.

함께 앉은 기관장과 나머지 두 사람의 선원은 가끔가다가 벽에 붙인 김일성 원수의 초상을 힐끔 쳐다보며 알은체를 아니 했다. 고향 이야기며 남조선의 형편 이야기를 하다가도 직접 정치적 문제에 말이 언급되거나 하면 버릇처럼 얼른 사위를 살펴보며 말끝을 흐지부지하게 얼버무려버렸다.58~59쪽/27

선옥네 집에서 기분 좋은 회합이 이루어졌다고 해서 정치적 위험성이 해소된 것은 물론 아니었다. 이튿날 귀국길에 나선 한국 배에서 “선장이며 배에 남은 선원들 가운데는 총련 사람들 집에 간 사실이 드러나지나 않을까 하여 난처해하는 기색이 돌았다”61쪽/28는 데서 보듯, 그 긴장감은 계속 이어진다. 현실적인 차원에서는 문제 해결이 그다지 쉽지만은 않으리라는 인식을 작가는 넌지시 드러낸 것이다.

그럼에도 불구하고 한국 선원들과 재일조선인들의 만남은 무척이나 소중한 것이었다. 그것은 경사였으며 평화로 가는 길이었다. 다음에서 보듯이 선옥이가 한국 기관장의 무릎 위에서 포근히 잠든 장면은 민족적인 평화세상 구현의 가능성을 상징적으로 표현한다.

> 이리하여 모처럼만에 경사를 만난 사람들처럼 골목길 한구석에 베풀어진 이 자리를 쉬이 파하고 뜨려는 사람은 없었다.
>
> 어지간히 시간이 간 모양으로 선옥이는 제 어머니 품에서 잠든 어린이처럼 기관장 무릎에 안긴 채 포근히 잠들었다.60쪽/28

남과 북의 민족적 화합을 통해 잠정적으로 구현된 평화세상이 오랫동안 지속되길 바라는 그들 모두의 염원을 느낄 수 있다. 이처럼 「어느 한 부두에서」는 진정한 민족의 교류와 화합이 무엇인지를 재일조선인 사회의 구체적인 실천을 통해 보여주었다는 데서 의미가 있는 작품이다. 그러면서도 낭만적 화해만을 추구하고 있지는 않음으로써 현실적인 무게감을 느끼게 한다.

4) 김석범 한글 단편의 의의

위에서 살핀 세 편의 단편소설은 김석범의 한글 창작이 점차 성과를 보였으며, 그것이 당시 그의 경험과도 밀접함을 보여준다. 김석범은 1962년 「관덕정觀德亭」 이후 1969년 「허몽담虛夢譚」까지 7년 동안 일본어 소설 쓰기를 중단하였다. 이 시기를 전후하여 그는 한글로 창작했는데 「꿩 사냥」1961, 「혼백」1962, 「어느 한 부두에서」1964 등은 바로 그 산물인 것이다.[19] 특히 김석범이 1960년에 오사카조선학교 교사로 근무하였던 경험은 그의 한글 창작에 적잖은 영향을 끼쳤을 것으로 짐작된다. 그는 고학년의 문학 수업을 조선어로 가르쳤는데, 이는 한글 창작에 대한 자신감을 갖는 기회가 되었을 것이다. 아울러 그가 당시 일본어 수업에서 『김사량 작품집』을 부독본으로 사용한 점은 조선문학의 감수성을 깊이 수용하는 계기가 되었으리라고 본다. 조선학교 교사에 이어 김석범은 1961년 10월부터 『조선신보』 편집국에서 근무하고, 1964년 가을부터는 문예동의 『문학예술』로 옮겨 편집을 담당하였다. 이러한 일련의 경험[20]이 세 편의 한글 단편 창작 과정에서 긍정적으로 작용하게 되었고, 나아가 그것이 장편소설인 한글 『화산도』를 연재하는 기반이 되었던 것이다. 이는 또한 김석범이 문학 언어의 문제에 각별한 관심을 갖는 계기가 되었을 것임은 물론이다.

김석범 문학에서 초기작에 속하는 이 세 편의 한글 단편은 작가의 문학 세계가 구축되는 과정에서 결코 무시할 수 없는 작용을 하였다. 이 소설들이 김석범 문학에서 지니는 의의는 다음과 같이 짚어볼 수 있다. 첫째, 주목할 만한 4·3문학으로서의 위상을 지닌다는 것이다. 김석범은 일본에서 태어나고 자랐으면서도 제주도를 고향으로 인식한다. 그는 오사카의 이쿠노쿠生野區라는 조선인특히 제주인 집단거주지역에서 일본어가 서툰 어머니30대 후반에 도일와 함께 어린 시절을 보냈으므로 어느

19 「꿩 사냥」은 「관덕정」 이전의 것이기에, 「혼백」과 「어느 한 부두에서」가 한글로만 창작할 때 발표된 소설인 셈인데, 작품 완성도는 뒤의 두 편이 높다고 볼 수 있다.

20 물론 이런 경험에 앞서 해방 전의 제주 체험(1939·1943~1944년)과 해방 직후 서울의 국학전문대학에서 수학한 경험(1946년)이 매우 중요한 바탕이 되었을 것이다.

정도의 조선적인 분위기는 체득하며 자랐다. 그러다가 14세 되던 해에 부모의 고향인 제주도를 방문하여 수개월을 지낸 것을 계기로 그곳을 고향으로 인식하고 조선 독립을 꿈꾸게 되었다.[21] 바로 이런 점으로 인해 그는 혁명의 열정과 좌절의 아픔을 치열하게 맛본 제주의 4·3항쟁에 천착하는 작가가 되었던 것이다. 그는 먼저 일본어로 4·3항쟁을 다룬 「간수 박서방」1957과 「까마귀의 죽음」1957을 발표했는데,[22] 특히 대표작인 「까마귀의 죽음」에서는 고독감과 허무감을 짙게 드러낸다. 이는 일본 공산당을 탈퇴하고 센다이仙台에서 비밀 활동을 벌였으나 극도의 신경증 증상으로 그 일을 감당하지 못함에 따라 발생한 감정이었다.

반면에 한글 단편들에서 그런 면이 거의 드러나지 않음은 주목할 점이다. 이는 "조직으로부터 단절된 자가 느끼는 고독감과 불안감 그리고 당과 혁명에 대한 환멸 등이 겹쳐지면서 그의 허무주의는 더욱 깊어졌"[23]던 1950년대 후반의 양상과는 달리, 한글 단편을 쓰던 1960년

21 김석범은 제주 방문에서 '한라산의 웅대한 자연에 혼이 밑바닥부터 흔들리는 감동'(金石範, 「詳細年譜」, 『金石範 作品集』 II, 平凡社, 2005, 604쪽)을 받았고, 그 이후 점차 '반일사상이 농후해지면서 조선의 독립을 열렬히 꿈꾸는 작은 민족주의자'(金石範, 『故國行』, 岩波書店, 1990, 179쪽)가 되었다고 한다. 김학동, 「재일의 친일문학과 민족문학의 생성 조건－재일작가 장혁주, 김달수, 김석범의 청소년기 일본체험을 토대로」, 『일본학』 47, 동국대 일본학연구소, 2018, 83쪽.

22 김석범은 1951년 『조선평론』(12월호)에 박통(朴通)이라는 필명으로 「1949년 무렵의 일지에서－「죽음의 산」의 한 구절에서(一九四九頃の日誌から－「死の山の一節から」について)」를 발표하면서 4·3항쟁을 처음 다루었는데, 이는 습작기적 면모도 드러내지만 김석범 4·3소설의 기반이 되는 작품이다. 김석범, 조수일·고은경 역, 『만덕유령기담』, 보고사, 2022, 159~176쪽에 번역되어 실려 있다.

23 서영인, 「김석범 문학과 경계인의 정체성」, 『한민족문화연구』 40, 한민족문화학회, 2012, 225쪽.

대 초반에는 총련 조직에 비교적 안정적으로 몸담고 있었던 데서 기인한다고 하겠다. 나름대로 의욕을 갖고 새로이 조직 활동을 전개하던 시기였기에,[24] 고독감과 허무감을 벗어난 4·3소설을 썼다는 것이다. '허물영감부스럼영감', '박 서방' 같은 바보형 민중이 등장[25]하지 않는 것도 이전의 일본어 4·3소설과의 차별성이다. 또한 세 편의 한글 단편이 한글 『화산도』의 창작 기반으로 작용하였음도 짚어볼 사항이다. 제재 면에서는 「꿩 사냥」과 「혼백」이 한글 『화산도』에 더 가까워 보이지만, 「어느 한 부두에서」도 맥락이 크게 다르지 않은 작품이라고 할 수 있다. 물론 통일 독립 지향이라는 4·3항쟁에 대한 김석범의 신념은 초지일관 유지되고 있다.

둘째, 김석범의 창작은 북의 문예 정책과 관련을 맺으면서도 신념에 기반한 나름대로의 독자성을 지니고 있었다는 것이다. 대체로 "총련 조직에 속하면서 창작 활동을 행하는 것은 단지 조선어로 창작을 한다는 것만이 아니라 총련과 평양의 문예 정책에 따르는 것을 의미"[26]하며, 총련 산하 문예동의 문학 활동이 "기본적으로는 '국어조선어'에 의한 문학 창작 활동을 해오고 있었고 그들의 문학 활동은 북조선의 해외공민으로서의 재일조선인 문화 활동의 일환"[27]으로 볼 수 있다. 김석범 소

24 김석범이 1960년대에 총련 조직에 관계하게 되는 데에는 한국의 4·19혁명, 일본의 안보정국 등이 영향을 미쳤을 것이라는 견해가 있다. 정대성, 「작가 김석범의 인생 역정, 작품세계, 사상과 행동－서론적인 소묘로서」, 『한일민족문제연구』 9, 한일민족문제학회, 2005, 68쪽.

25 서영인, 앞의 글, 229쪽.

26 송혜원, 「金石範の朝鮮語作品について」, 金石範, 『金石範作品集』 I, 平凡社, 2005, 562쪽.

설은 기본적으로는 이런 경향을 따르고 있었다고 해도 무방하다. 문예동 소설의 주제인 조국통일에 대한 열망, 귀국 문제의 형상화, 한국 사회의 현실 비판, 재일 현실의 고발[28] 등에도 대체로 부합된다고 할 수 있다. 북조선에서 먼저 사회주의의 기반을 굳히고 이를 민주기지로 삼아 전 조선에 확산한다는 '민주기지론'의 입장 또한 아직까지는 견지하고 있었던 상태였음이 분명해 보인다. 그러나 김석범은 총련에 속해 있으면서도 북의 노선을 절대적으로 추종하기보다는 성찰적 태도에 따른 민족의 궁극적인 지향점을 모색하였다는 점에서 그 결이 다른 것으로 판단된다. 「혼백」에서는 귀국 사업에 동조하는 듯 하면서도 끝내 귀향하지 못하는 상황을 보여줌으로써 그것의 모순점을 넌지시 제시하였으며, 「어느 한 부두에서」의 경우 남쪽 민중에 대한 근본적인 신뢰를 토대 삼아 민족화합의 가능성을 충분히 열어놓았다는 사실은 그것을 입증해 준다.

셋째, 재일조선인인 김석범이 경계인境界人으로서 자신의 위상을 확고히 굳혀가고 있음을 보여주었다는 것이다. 김석범 문학에서 말하는 경계인이란 "모호한 존재론적 경계인이 아니라 역사적 경계인이며 구체적 경계인"[29]이라고 할 수 있다. 난감한 상황에서 주저하는 태도를 취함으로써 경계인의 위치에 머물러 있는 것이 아니라 그 경계에 존재

27 가와무라 미나토(川村湊), 「植民地文學から在日文學へ－在日朝鮮人文學序說(1)」, 『靑丘』 22, 1995, 154쪽; 이재봉, 「국어와 일본어의 틈새, 재일 한인 문학의 자리」, 『한국문학논총』 47, 한국문학회, 2007, 182쪽에서 재인용.

28 이영미, 앞의 글.

29 서영인, 앞의 글, 231쪽.

하는 자체가 그의 당당한 신념이라는 것이다. 이는 "남북을 총체적으로 그리고 객관적으로 볼 수 있는 장소에 있기 때문에 그 독자성이 남북의 통일을 위해 긍정적으로 작동"[30]한다는 지적과 상통한다고 할 수 있다. 김석범은 "일본어로 쓰든 조선어로 쓰든 조선인으로서 소설을 쓴다"[31]는 의식에 입각하지 않으면 안 된다고 말했다. 재일조선인으로서의 정체성을 강조했다는 것인데, 이는 경계인의 당당함을 떠받치는 자산이 된다. 바로 이 세 편의 단편에서는 경계인으로서의 재일조선인 문학의 정체성을 분명히 구축해가는 김석범 문학의 실상이 파악된다. "조선인 해방 혹은 일본의 패전은 재일조선인의 존재 상황을 근본적으로 바꾸어 버렸고, 재일조선인은 일본이라는 식민지 종주국에서 끊임없이 조선을 의식하면서 살아갈 수밖에 없는 존재였"기에 "그들은 애초부터 '피지배의 역사, 민족과 고국의 문제, 자이니치로 살아간다는 삶의 문제와 씨름할 운명'에 처했던 것"[32]인데, 김석범은 그것을 능동적으로 포용하며 극복해 갔다고 할 수 있다. 남과 북 사이에 끼인 존재로서가 아니라 그 경계 자체에서 당당히 존재감을 발휘하는 당위성과 신념을 김석범 한글 단편들특히 「혼백」과 「어느 한 부두에서」에서 확인할 수 있다는 것이다.

30 金石範, 「「在日」とはなにか」, 『新編「在日」の思想』, 講談社文藝文庫, 2001, 82쪽; 김학동, 「친일문학과 민족문학의 전개양상 및 사상적 배경 – 재일작가 장혁주, 김달수, 김석범의 저작을 중심으로」, 『일본학보』 120, 한국일본학회, 2019, 114쪽에서 재인용.

31 金石範, 『ことばの呪縛 –「在日朝鮮人」と日本語』, 筑摩書房, 1972, 161~167쪽; 이한정, 「김석범의 언어론 – '일본어'로 쓴다는 것」, 『일본학』 42, 동국대 일본학연구소, 2016, 61~62쪽에서 재인용.

32 이재봉, 「해방 직후 재일조선인 문학의 자리 만들기」, 『한국문학논총』 74, 한국문학회, 2016, 472쪽.

이처럼 4·3항쟁, 남북 분단, 경계인으로서의 재일조선인 문제가 서로 긴밀히 연결되어 있음을 김석범의 한글 단편 소설들은 보여준다. 이는 모두 식민주의 문제로 귀결되는 것이다. 결국 "재외한국인조선인 문학은 한국문학에 통합되는 것이 아니라 현재의 한국문학에 반성과 성찰을 촉발하는 하나의 열린 문"[33]임이 김석범의 한글 단편소설에서도 여실히 입증된다고 할 수 있다.

3. 4·3소설로서의 한글 『화산도』

1) 서지적 검토와 상호 텍스트성

연재소설 한글 『화산도』는 제3장까지 발표되었는데, 제1~3장 모두 4개의 절로 이루어져 있다. 재일조선문학예술가동맹에서 펴낸 『문학예술』 1965년 5월의 제13호에 제1장 1절과 2절제1회 연재, 7월의 제14호에 제1장 3절과 4절제2회, 9월의 제15호에 제2장 1절과 2절의 앞부분제3회, 11월의 제16호에 제2장 2절의 뒷부분과 3절제4회, 1966년 1월의 제17호에 제2장 4절제5회, 3월의 제18호에 제3장 1절제6회, 5월의 제19호에 제3장 2절제7회, 7월의 제20호에 제3장 3절제8회, 1967년 6월의 제21호에 제3장 4절제9회이 각각 실려 있다. 이를 정리하면 〈표 1〉과 같다.

---

33 서영인, 앞의 글, 237쪽.

〈표 1〉 한글 『화산도』의 구성과 연재 상황

<table>
<tr><th colspan="2">구성</th><th>연재 횟수</th><th>호수(연월)</th></tr>
<tr><td rowspan="4">1장</td><td>1절</td><td rowspan="2">1회</td><td rowspan="2">제13호(1965.5)</td></tr>
<tr><td>2절</td></tr>
<tr><td>3절</td><td rowspan="2">2회</td><td rowspan="2">제14호(1965.7)</td></tr>
<tr><td>4절</td></tr>
<tr><td rowspan="7">2장</td><td rowspan="2">1절</td><td rowspan="3">3회</td><td rowspan="3">제15호(1965.9)</td></tr>
<tr></tr>
<tr><td rowspan="2">2절</td></tr>
<tr><td rowspan="3">4회</td><td rowspan="3">제16호(1965.11)</td></tr>
<tr><td rowspan="2">3절</td></tr>
<tr></tr>
<tr><td>4절</td><td>5회</td><td>제17호(1966.1)</td></tr>
<tr><td rowspan="4">3장</td><td>1절</td><td>6회</td><td>제18호(1966.3)</td></tr>
<tr><td>2절</td><td>7회</td><td>제19호(1966.5)</td></tr>
<tr><td>3절</td><td>8회</td><td>제20호(1966.7)</td></tr>
<tr><td>4절</td><td>9회</td><td>제21호(1967.6)</td></tr>
</table>

격월간지인 『문학예술』의 제20호와 제21호 사이의 간행 간격이 1년 가까이 되는 것은 그 간행이 잠정 중단되는 사정이 있었기 때문이다. 게다가 1967년 6월 제9회 연재 직후에는 김석범의 병환과 총련 조직 이탈 등의 사정이 이어지면서 소설 연재가 중단되고 말았다.

> 1967년 가을부터 겨울에 걸쳐 나는 위 절개 수술로 3개월 입원했는데 그것을 경계선으로 조직의 일에서 떠나게 되었다. 이미 그 당시는 내가 소속하고 있던 문학 관계 조직을 중심으로 어렵게 고조되었던 조선어 창작의 기운조차 억압하는 분위기가 되었다. 그리고 나도 병이 원인이기도 했지만 『문학예술』이란 기관지에 연재 중이던 장편을 400매400자 원고지 기준이므로 200자 원고지로는 800매임-인용자 주 조금 넘게 쓰고 중단해 버렸다.[34]

나카무라 후쿠지는 "1967년에 이 소설의 연재를 중단한 것은 작가의 병이나 조총련에서의 이탈 등 외적 조건도 있었겠지만, 소설 세계 구상 자체가 막다른 곳에 도달했다는, 바꿔 말해 중편소설을 넘어서는 구상을 준비해 두지 못한 것이 커다란 이유 가운데 하나였을 것"[35]이라고 했으나, 작가의 준비 부족이라는 지적은 수긍하기 어려운 견해로 판단된다. 김석범은 처음에 400자 원고지 700~800장 정도의 분량으로 1949년 6월 빨치산투쟁이 와해 상태에 이르는 시기까지를 다루는 장편을 구상하여 집필을 해나가다가 도중에 계획을 바꾸었는데, 5·10단선 반대투쟁이 성과를 거두는 3개월 동안에 대한 내용을 제1부로 마친 후, 일단 그것을 일본어로 고쳐 써서 발표함으로써 평가를 받아보겠다는 것이 1966년 초의 계획이었음이 확인되고 있다.[36] 변경되었던 당시의 계획은 즉시 이행되지는 못했으나, 그 10년 후 연재가 시작된 대하 『火山島』의 내용이나 구성, 집필 진행 과정에 대체로 부합된다고 할 수 있다. 따라서 중편소설을 넘어서는 구성을 준비하지 못해 미완이 되었다는 지적은 설득력이 약하다는 것이다. 김석범에게 병환과 조직 이탈 등의 사정이 없었다면 적어도 한글 『화산도』의 제1부는 마무리할 수 있었을 것으로 짐작된다.

---

34 金石範, 『口あるものは語れ』, 筑摩書房, 1975, 221쪽; 나카무라 후쿠지(中村福治), 『김석범 『화산도』 읽기』, 삼인, 2001, 47쪽에서 재인용.

35 나카무라 후쿠지, 위의 책, 56쪽.

36 김석범, 「금년도 계속 「화산도」를 쓰겠다」, 『문학신문』, 1966.3.11, 4면. 이 기사는 「재일작가들의 금년도 창작 포부」라는 제목으로 기획된 것이었다. 이 기사에서 김석범은 '문예동 기관지 『문학예술』 편집 책임자'로 소개되어 있다.

한글 『화산도』의 내용을 장과 절 별로 요약하면 다음과 같다. 마치 「까마귀의 죽음」을 이어서 쓰기라도 한 듯, 장명순「까마귀의 죽음」에선 장양순이 학살현장에서 살아난 장면에서부터 소설이 시작된다.

1-1. K봉 계곡의 집단학살현장 시체 더미에서 기적적으로 살아난 장명순은 밤이 깊어질 때까지 기다리면서 팔의 상처를 동여맨다.

1-2. 장용석이 성내 시장에서 기자 김동진을 우연히 만난 후 북소학교 교사 양성규에게 전화를 걸어 그의 하숙집에서 만나기로 약속한다.

1-3. 양성규를 만난 장용석은 소학교 때 성규가 퇴학당한 사건을 떠올리다가 동생 명순과 정기준 등이 함께 찍은 사진을 본다.

1-4. 장용석과 양성규는 정세와 임무, 투쟁 방향 등에 대해 대화하고 장명순을 구출할 계획을 세운다.

2-1. 마을 사람들과 죽창을 만들던 강씨는 삐라 소지 혐의로 체포된 딸 장명순의 처형 소문을 듣고 걱정이 크다.

2-2. 장명순이 최만철을 밀고자로 의심하면서 새벽에 귀가하자, 신 약국이 왕진 다녀간다.

2-3. 이튿날 밤 장용석의 귀가로 세 식구가 함께한 자리에서 장명순은 학살 현장에 끌려갔던 자초지종을 말한다.

2-4. 장명순은 정기준을 한 번만 만나게 해달라고 부탁하고서 입덧을 한다.

3-1. 정기준이 주정공장에서 이병희 사장을 만나 그 아들의 영어 가정교사 부탁을 받은 후 공장 창고에서 담배 피우다가 제지당한다.

3-2. 정기준이 미군의 횡포와 미군정의 문제점들을 생각하다가 장명순을 그리워한다.

3-3. 장용석은 동생의 임신 사실을 알고서 충격을 받는 가운데 박 서방이 경찰의 권총을 강탈하는 사건이 발생한다.

3-4. 미군과 함께 권총강탈사건 조사를 나간 정기준은 강씨의 절규를 듣고는 장명순이 잘못되었을지 모른다고 생각한다.

봉기 직전의 상황이 정기준·장용석·양성규·장명순 등을 중심으로 급박하게 전개되고 있음을 알 수 있다. 선행 연구들[37]에서 이미 짚어낸 대로, 이 작품은 중편「까마귀의 죽음」, 대하『火山島』와 연관성이 적지 않음도 확인된다.

우선 공간적 배경의 경우, 관덕정과 제주도청미군정청을 비롯한 제주 성내城內가 중심적인 공간으로 설정되는 가운데 학살사건이 발생한 마을도 함께 나온다는 점에서는 세 작품이 동일하다. 그러나「까마귀의 죽음」에 비해 한글『화산도』는 주정공장, 제주항, 산천단, 관음사 등 더욱 다양하고 넓어진 제주의 공간이 그려진다. 대하『火山島』는 앞의 두 소설의 공간을 포함하면서 서울, 목포, 일본 등지로 대폭 확장된 공간이

---

37 나카무라 후쿠지(中村福治),「『화산도』로 가는 길－『까마귀의 죽음』에서 한국어판『화산도』로」,『김석범『화산도』읽기』, 삼인, 2001, 33~56쪽; 김학동,「김석범의 한글『화산도』－한글『화산도』의 집필배경과「까마귀의 죽음」및『화산도』와의 관계를 중심으로」,『재일조선인 문학과 민족』, 국학자료원, 2009, 195~215쪽; 임성택,「김석범의 한글『화산도』에 관한 고찰」,『일본어문학』제75집, 한국일본어문학회, 2017, 309~322쪽.

설정되며, 특히 바다에서 벌어지는 상황들을 역동적으로 그려냄으로써 4·3소설에서는 드물게 해양문학적인 면모[38]를 보여주기도 하였다. 이러한 차이는 물론 중편소설과 장편소설, 대하소설이라는 양식의 특성과 관련되는 것이기도 하다.

한글 『화산도』의 시간적 배경은 "머지않아 춘삼월"74쪽/1-184[39], "해방이 된 지 벌써 이 년 반"78쪽/1-186, "3월 초"98쪽/2-122, "3월 1일부 포고문"118쪽/2-133, "철은 바야흐로 삼월에 들어섰건만"194쪽/5-116, "3월 중순"195쪽/6-123, "냇가의 버들가지들은 벌써 봄단장"218쪽/6-137 등의 언급으로 보아 1948년 2월 말~3월이다. 「까마귀의 죽음」의 시간이 1949년 초의 겨울이고 대하 『火山島』가 1948년 2월 말~1949년 6월이므로, 한글 『화산도』와 「까마귀의 죽음」 간에는 1년 가까이 차이가 있고, 대하 『火山島』는 한글 『화산도』의 시간이 연장·확장된 것이라고 할 수 있다. 「까마귀의 죽음」의 마지막 상황을 이어가면서 한글 『화산도』를 써내려가려는 의도가 계절상으로는 무리 없이 맞아떨어졌지만, 봉기 직전의 상황부터 서술하려다 보니 부득이하게 1년을 앞당기게 되었는데, 이것이 논란의 빌미가 되었다. 이는 1949년도 초반을 미군정기로 그렸던 「까마귀의 죽음」의 오류를 바로잡는 것이기는 했으나, 봉기 전의 시점에서 집단 학살의 상황을 그린 셈이 됨으로써 또다시 역사적 사실에 어긋

---

38 김동윤, 「김석범 『화산도』에 구현된 4·3의 양상과 그 의미」, 『작은 섬, 큰 문학』, 도서출판 각, 2017, 70~74쪽.

39 '/' 앞은 『혼백－김석범 한글소설집』의 쪽수이며, '/' 뒤 숫자는 초출인 『문학예술』의 연재 횟수와 그 텍스트의 쪽수를 말함. 이하 한글 『화산도』 인용 시에는 같은 방식으로 표기함.

난 설정을 초래하는 결과를 낳고 말았던 것이다.

등장인물의 경우, 한글 『화산도』에는 「까마귀의 죽음」이나 대하 『火山島』와 유사한 인물들이 많이 나온다. 똑같은 이름들이 나오기도 하고, 비슷한 발음의 이름으로 설정된 경우도 있다. 「까마귀의 죽음」의 주요 인물들이 한글 『화산도』에 거의 그대로 등장하고 있으며,[40] 한글 『화산도』와 대하 『火山島』 사이에도 인물의 유사성이 꽤 크다고 할 수 있다. 세 작품의 주요 인물들을 도표로 정리해보면 〈표 2〉와 같다.

〈표 2〉 주요 등장인물 대비표

작품 인물	「까마귀의 죽음」	한글 『화산도』	대하 『火山島』
미군정 통역	정기준(23세, 주인공)	정기준(24세, 주인공)	양준오(27세)
조직 연락책	장용석 (23세, 정기준 친구)	장용석 (25세, 제2 주인공)	남승지 (23세, 제2주인공)
주 인물의 여동생	장양순(장용석 동생)	장명순 (22세, 장용석 동생)	이유원 (22세, 이방근 동생)
주 인물의 어머니	노파(장용석 어머니)	강씨 (50대, 장용석 어머니)	이방근 어머니(사망)
허무주의자 지식인	이상근	이상근(26세)	이방근(35세, 주인공)
성내지구 조직 책임자	-	양성규 (28세, 소학교 교사)	유달현 (33세, 중학교 교사)
제주의 부르주아	-	이병희(이상근 부친)	이태수(이방근 부친)
신문기자	-	김동진(제주신보)	김동진(한라신문)
트럭 운전수	-	무명의 청년	박산봉(남해자동차)
죽창 제작 주민	-	박 서방	손 서방
시골 약방 주인	-	신 약국	송진산
영감	허물(부스럼)영감	-	허물(부스럼)영감

* 김학동, 앞의 책, 2009, 211~212쪽의 '주요 등장인물 비교'를 수정・보완하여 작성한 것이다.

40 장용석 동생의 이름이 살짝 바뀐 점, 장용석 어머니를 '강씨'로 구체화한 점, 허물(부스럼)영감이 등장하지 않는 점만 다르다.

위의 도표를 보면 우선 주인공의 다름이 확인된다. 「까마귀의 죽음」과 한글 『화산도』에서 는 미군정 통역이자 비밀당원으로서 투쟁 의지를 내면에서 불태우는 인물정기준이 주인공인 반면, 대하 『火山島』의 경우는 조직남로당 제주도당에 속하지 않는 허무주의자 지식인인 이방근이 주인공으로 설정되어 있다. 이방근이 조직원이 아닌 점은 비교적 객관성을 확보한 위치에서 혁명에 대한 성찰적 태도를 견지할 수 있게 한다. 이는 대하 『火山島』의 가장 뚜렷한 차별성인바, 4·3항쟁과 혁명투쟁에 대한 작가 김석범의 인식 변화와 관련이 깊은 것으로 판단된다.

주 인물 여동생의 설정도 주인공의 교체에 견인되는 양상이다. 「까마귀의 죽음」과 한글 『화산도』에서는 빨치산과 읍내조직의 연락책인 제2주인공 장용석의 여동생으로서 투쟁에 나서는 인물로 나오는 데 비해, 대하 『火山島』에서는 이방근의 여동생인 피아니스트 이유원으로 나온다. 이는 물론 인물의 역할이 확연히 달라졌기 때문이다. 「까마귀의 죽음」에서 이상근의 비중이 크지 않고 한글 『화산도』의 경우 이상근이 별다른 역할이 없는 인물인 데 반해, 대하 『火山島』의 이방근이야말로 주요 사건들을 바라보며 고민하고 행동하는 명실상부한 주인공이기에 그의 여동생인 이유원을 등장시켜야 했던 것이다.

성내지구 조직 책임자인 경우는 한글 『화산도』와 대하 『火山島』 간의 차이가 적지 않다. 소설 속 현재의 신분과 역할에서는 성내 학교의 교사로서 임무를 수행하고 있다는 점에서 매우 유사하지만, 과거의 행적에서 근본적인 차이가 있다. 한글 『화산도』의 양성규는 일본을 모독한 '똥단지사건'[41] 으로 소학교에서 퇴학당한 항일투쟁 경력자이지만,

대하 『火山島』의 유달현은 협화회協和會 회원으로서 내선일체, 일억총력전운동의 열성분자로 경시청에서 표창까지 받았던 인물이다. 친일파였던 인물이 조직의 요직을 맡는 상황을 설정하는 것은 작가가 조직 활동을 하던 시기, 즉 한글 『화산도』 집필 시기에는 어려웠던 일이었을 것이다. 총련의 일원으로서 활동하던 시기에 썼던 작품한글 『화산도』과, 조직에서 떠나 자유로워진 상황에서의 창작대하 『火山島』이라는 차이를 확연하게 보여주는 인물 설정이다.

성내의 부르주아 설정의 변화도 이와 비슷한 면이 있다. 한글 『화산도』의 이병희는 전형적인 악인이라 해도 무방할 정도로 매우 부정적인 인물인 데 비해, 대하 『火山島』의 이태수는 전적으로 부정적인 인물은 아니다. 이병희는 주정공장 사장으로서 제헌국회의원 선거에 관심을 가진 탐욕스러운 자본가의 전형으로 그려지고 있으나, 이태수는 제주식산은행과 남해자동차를 경영하는 자본가이긴 하여도 그다지 노골적인 탐욕을 드러내는 언행을 일삼지는 않는다. 김석범이 한글 『화산도』를 연재할 때, 즉 조직에서 활동할 무렵에는 자본가를 도식적으로 그려내는 데에서 자유롭지 못했을 것임을 짐작할 수 있다.

이렇게 세 작품의 시간적·공간적 배경과 등장인물 등을 대비적으로 검토해 보면, 한글 『화산도』는 「까마귀의 죽음」에서 대하 『火山島』로 가는 중간 단계의 작업임을 확실히 알 수 있다. 또한 한글 『화산도』 집

---

41 교실에서 일본군가를 부르면서 '닛뽕 단지(日本男兒)'라는 가사를 '일본 똥따안지(똥단지)'라고 바꿔 불러 문제가 된 사건이다. 대하 『火山島』에서는 이 사건이 이방근 후배(이유원의 동기)의 소학교 시절 일화로 나온다.

필 과정에서 있었던 조직 이탈 등의 외적인 상황과 더불어 작가의 인식 변화가 연재 중단의 주된 원인이었음도 충분히 짐작할 수 있다. 대하 『火山島』에서 혁명에 대한 허무주의적 인식, 그러면서도 혁명은 필요했다는 인식이 비조직원인 이방근을 통해 나타났음은 상황과 인식 변화의 가장 뚜렷한 결과인 것이다.

2) 상황의 절박성과 혁명의 당위성

사실 한글 『화산도』는 미완의 작품이면서 사건의 본격적인 전개가 진행되는 지점에서 연재가 중단되어버렸기 때문에 작품의 의미를 온전히 추출하기에는 어려움이 있다. 하지만 연재 분량이 200자 원고지 800장을 넘어서는 적지 않은 분량인 데다 작중인물들의 성격이나 갈등 양상이 어느 정도 드러난 상황이기에 나름의 독자적 의미를 짚어낼 수 있다.

연재 중단 이후 9년 만에 새로 쓰기 시작했던 대하 『火山島』[42]는 시공간적 배경이나 인물의 설정 등에서 한글 『화산도』와 유사성이 많지만 차별적인 부분도 적지 않다. 앞서 살폈듯이 그것은 주인공이 정기준에서 이방근으로 달라졌다는 데서부터 확인된다. 따라서 정기준[43]

---

42 1976년 일본의 『문학계(文學界)』 2월호에 연재를 시작할 때의 제목은 『해소(海嘯)』였다.

43 물론 대하 『火山島』의 경우 처음에 남승지 중심의 이야기가 전개되다가 점점 이방근 쪽으로 무게중심이 옮겨간 점을 본다면 한글 『화산도』의 주인공도 바뀌어 갈 가능성이 전혀 없지는 않았겠으나, 여타 인물의 설정이나 집필 당시 작가의 4·3 인식 등을 감안하면 그 가능성은 매우 희박하다.

에 주목한다면 한글 『화산도』의 의미를 좀 더 확실히 파악할 수 있을 것이다.

정기준은 미군정 통역으로 일하면서 비밀리에 제주의 혁명에 참여하는 청년이다. 미군정청과 그 주변의 주요 정보들을 수집하여 장용석을 통해 조직에 전달하는 것이 그의 임무다. 그러기에 정기준의 시야에 포착되는 미군정청 중심의 제반 움직임은 혁명의 과정에서 대단히 중요하다. 미군, 단독정부 추진 세력, 친일파, 서북청년회, 경찰, 향보단 등이 어떤 활동을 벌였고, 그것에 맞선 항쟁이 어떻게 전개되었는지 하는 문제가 초점자인 정기준에 의해 입체적으로 드러날 수 있다는 것이다. 그만큼 그의 존재와 임무가 막중했기 때문에 가까운 이들에게도 그의 조직 활동은 전혀 알려지지 않는다. "장용석이야말로 조직과 정기준을 연결시키는 단 하나의 끈"209쪽/6-132이었다. 정기준에게는 자신의 아이를 임신한 사랑하는 여인이요, 장용석에게는 그런 절박한 상황의 여동생이자 조직원인 장명순에게조차 비정하리만치 철저히 함구된다.

연재가 중단되는 바람에 정기준의 활동상이 충분히 그려지지는 못했지만, 미완의 텍스트에서도 그것을 상당 부분 다각도로 포착할 수 있다. 우선 정기준의 시야에 들어온 군정청의 상황부터 살펴보자.

성내 복판에는 어디서나 바라보이는 웅장한 관덕정 건물이 추녀 끝을 비조마냥 번쩍 들어 도사려 앉았다. 관덕정 가까이 훨씬 키가 낮은 도청의 지붕마루에서 자그마한 무슨 깃발 비슷한 것이 푸들푸들 떠는데 그것은 미국기였다. 항상 눈에 거슬리는 물건이기 때문에 부지중 거기에 정신이 쏠린 것이었다. 미군정청이 그 속에 자리잡은 도청의 옥상에서 펄럭거리는 성조기야말로 이 나라의 처지를 상징하여 남음이 있는 것이다. 빼앗긴 제 집 지붕에는 성조기가 꽂혔으며 자기는 도적놈에게 빌붙어 곁방살이하는 도청의 신세가 바로 그렇단 말이다. 말하자면 이 나라 사람들은 바다를 건너 들어온 이 깃발 하나를 땅바닥에 끌어내리지 못한 탓으로 이 원통한 고생을 강요당하고 있는 것이다.212쪽/6-134

대통령 트루먼의 초상 밑에 성조기가 드리운 벽을 배경으로 한 법무관 퍼넬 대위의 책상은 화병의 붉게 핀 장미꽃으로 훠언하였다. (…중략…) 퍼넬 대위의 바라진 어깨에 가리어 창가의 기준은 잘 보이지 않는 성조기 옆의 조선 지도가 굵직한 붉은 줄로 38선 한허리에서 동강이 난 채 눈에 들어왔다. 스팀이 통한 방안에서 하리스 군조가 치는 타이프 소리가 단조로웠다.224쪽/7-65

미군정청이 자리잡은 도청 건물의 옥상에 걸린 성조기는 정기준만이 아니라 섬사람들에게 언제나 보이는 '눈에 거슬리는 물건'이다. '이 깃발 하나를 땅바닥에 끌어내리지 못한 탓으로 이 원통한 고생을 강요당하고 있'다는 그의 인식에서 극도의 처절함이 느껴진다. 정기준이 출근하여 군정청 사무실에 들어서면 미국 대통령 트루먼Harry S. Truman, 1884~1972의 초상과 함께 성조기가 다시 시야에 들어온다. 그런데 이번에는 성조기만 눈에 거슬리는 게 아니다. 그 옆에 게시된 우리나라 지도가 비통한 상황을 보여준다. 삼팔선에 '굵직한 붉은 줄'이 그어짐으로써 허리가 동강나 있음은 더욱 간과할 수 없는 절박한 현실이다. 정기준의 근무 공간을 통해 미국의 한반도 점령과 그에 따른 분단 고착화의 양상이 뚜렷이 제시되고 있음을 알 수 있다.

> 법무국의 사무 관리를 하는 그는 샌프란시스코 출신의 서부 개척민의 후손이다. (…중략…) 기준은 늘 침에 젖은 듯한 그 입술에서 조선 여성을 겁탈했다는 흔적을 새삼스레 확인하곤 하였다. (…중략…) 하리스는 잠자리 외에는 늘 머리 위에 모시고 다니는 나막신을 거꾸로 한 모양의 모자 끝을 집어당기면서 외설한 이야기를 좋아하였다. 남방에서의 경험이라든가 심지어는 이 섬 여자를 겁탈한 이야기를 함부로 하곤 하였다.
>
> 캠프에 끌어들여 놓고, 나중에는 돼지 몰아내듯 궁둥이를 맨발로 차서 돌려보냈다는 것도 그중의 하나다. 여기저기서 일어난 이러한 사건의 범인은 비단 하리스 혼자만이 아니었으나, 그때 하리스는 미군 캠프에 침입하여 절도질을 하는 조선 여자를 발견했기 때문에 그를 잡도리했을 뿐이라고 핑계대었던 것이다.
>
> (…중략…)
>
> 유부녀인 그 여성은 목을 달아매고 죽었다. 동네 사람은 들고 나섰고 남편은 칼을 품어 원쑤를 쫓았다. 그러나 그놈이 어느 놈인지 알 수도 없거니와 소위 법을 두고 말하면 모든 재판권은 미군 손에 있었다.226~227쪽/7-66~67

정기준과 함께 미군정청에서 근무하는 하리스라는 미국인 군조의 행태가 그려진 부분이다. 미국인이 제주 여성에게 추악한 강간 범죄를 저지르더라도 전혀 처벌받지 않고 있음이 확인된다. 게다가 그들은 죄의식조차 갖지 않을 뿐더러 무용담처럼 떠들어대기까지 한다. 카우보이모자를 즐겨 착용하는 '서부개척민의 후손'임을 드러내고 있음은 그들이 아메리카인디언을 야만시하면서 무차별 폭력을 행사했던 역사를 떠올리게 한다. 그것과 해방공간의 제주에서 벌어지고 있던 행태들이 다를 바 없다는 인식인 것이다. 그들은 새로이 개척하는 식민지에 진입한 제국의 일원일 따름임을 여실히 보여준다.

특히 제3장 4절에서 미군이 경찰관을 앞세워 마을에 진입하는 장면은 당시 미군과 경찰의 위상과 관계를 잘 보여준다. 서북청년회 소속의 경찰 지서장인 황균위 경위 등이 파카 중위가 이끄는 미군 일행정기준도 동행함을 맞아 사건과 마을의 상황을 보고하고, 총을 든 경찰관들이 마을 사람들을 끌어내는 모습이 나오는데, 다음은 그 한 부분이다.

신작로에 면한 기와집의 지서 건물을 둘러쌓은 보루 앞에는 섬사람들이 검정개라고 부르는 무장경관이 부동자세로 대기하고 있었고, 서북 출신의 지서장 황 경위는 응원대가 접근해서야 안에서 뛰어나와 목을 빼고 선참으로 닥쳐오는 트럭의, 뜻밖에 요인들이 타 있을지도 모를 트럭의 운전대와 스리쿼터의 유리창 속을 주시했다.

지서 앞 신작로 한옆에 멎은 트럭들 사이에 끼인 미군 차에서 우선 칠팔 명의 카빈총을 어깨에 걸친 장신의 미군이 무슨 알아먹을 수 없는 괴이한 소리를 지르며 뛰어내렸고 경관들은 입을 다문 채 신통한 표정을 뒤를 따랐다.

젊은 미군 장교 파카 중위는 차에서 내리자마자 항용 맥아더 장군이 그러한 것처럼 파이프가 아닌 궐련담배 끝을 여는 둥 마는 둥 하는 입술에 꽂을 듯이 하여 물었다. (…중략…) 경관들의 대열을 일별했을 뿐 지서장이 어설피 내밀었던 악수에도 그럴 경우가 아니라는 듯 아랑곳하지 않았으며, 오직 지서 경관들의 경례에 가벼이 답례하여 성큼성큼 건물 쪽으로 들어갔다. (…중략…) 당황한 집주인인 지서장은 선두에 서서 안내를 할 겨를을 얻지 못하였다. 지서장은 얼떨결에 뒤진 걸음을 다그칠 사이 없이 통역관의 뒤꽁무니에서 망설이다가 황급히 직속 부하들인 서너 명쯤 되는 경사를 불러놓고 상전 뒤를 쫓아갔다.262~263쪽/9-85~86

파카 중위가 거만하게 파이프를 물고 있는 모습이 맥아더Douglas MacArthur, 1903~1964 장군에 비유되고 있듯이, 여기서 작가가 그려놓고자 하는 것은 점령군으로서 미군의 실상이다. 마치 1945년 9월 8일 미군이 한반도에 들어오는 장면을 연상시킨다. 지서 경찰관들의 모습은 미국 눈치를 보느라 쩔쩔매면서 따라다니는 이승만과 조병옥 세력을 떠올리게 한다. 제주는 그 압축적 복사판의 공간이었음을 보여주는 장면인 셈이다.

이처럼 이 작품에서 정기준과 관계를 맺는 미군미국인들이 구체적인 인물로 등장하고 있음은 주목할 점이다. 위의 파카 중위, 하리스 군조뿐만 아니라 퍼넬 대위 등이 의미 있는 인물로서 설정되어 각자 사건 속에서 행동하고 있다. 이는 불특정 다수의 미군들만 등장하는 대하 『火山島』와는 확연히 다르다. 미군들의 반인륜적이고 거만하며 부당한 행태를 생생하게 보여줌으로써 반미투쟁으로서의 4·3항쟁의 의미를 뚜렷이 부각시키고 있는 것이다.

결국 정기준이야말로 군정청 중심의 각종 정보와 미군들의 행태를 통해 위태로운 조국의 상황을 눈앞에서 가장 확실하게 포착하고 있는 인물이다. 따라서 그는 "미군이 조선 땅에 상륙한 후로 2년 반, 오늘 조선은 해방은커녕 그들이 이 나라에 상륙하기 전부터 꾸민 대로 완전한 미국의 식민지로 되어 가고 있는 것"235쪽/7-71임을 확신하게 된다. 그런 입장의 그는 자신의 아이를 임신한 강명순이 체포되어 위험에 빠진 상황임을 뒤늦게 알게 되면서 새로운 국면에 접어든다. 그래서 소설 연재가 중단된 마지막 부분에 그는 "꼭 이 손으로 명순을 살려내야 한다"는 다짐 속에서 "놈들에 대한 증오의 불길이 이글이글 타오름을 가슴 뿌듯이 느끼"284쪽/9-98는 상황에 이른다. 본격적인 투쟁이 임박한 절체절명의 순간인 것이다.

작품의 앞부분에서는 제2 주인공이라고 할 만한 장용석의 눈을 통해 제주 성내 한복판에서 미군들의 모습이 포착된다. 정기준과 마찬가지의 인식임은 물론이다.

> 경찰서 건물 주변에 몇 대의 트럭이 운전대에 사람을 앉힌 채 멎어 있었다. 경찰서 정문에서 어제 본 그놈과는 얼굴이 다르지만 그러나 같은 미군 장교가 나오고 있었다.
>
> 경찰서 앞거리를 등짐을 지고 한 할머니가 걸어가고 있었다. 조선 땅에 그것도 최남단의 섬 땅에 양코배기가 뻔뻔스레 둥지를 틀고 앉은 이 사실은 사람의 상식을 가지고서는 선뜻 믿어지지 못하는 일이었다. 그러나 상식이

나마 통하는 세상은 이미 멀어졌다. 8·15해방의 들끓던 기쁨도 놈들 때문에 오래 지탱하지 못했던 것이다.119쪽/2-134

'최남단의 섬 땅에 양코배기가 뻔뻔스레 둥지를 틀고 앉은' 건물의 앞쪽으로 등짐을 짊어진 할머니가 걸어가는 모습을 의미심장하게 제시하였다. 경찰은 미국을 호위할 따름이지 제주민중을 지켜주지 않으며 오히려 탄압한다는 것이다. 제국의 횡포 아래 비참한 처지로 전락한 제주의 상황을 상징적으로 보여주는 부분이다.

앞서 군정청 사무실의 한반도 지도에 붉은 삼팔선이 선명하게 그어진 장면에서 보았듯이, 제국주의의 탐욕과 횡포는 분단의 문제로 연결된다. 이에 대해서는 장용석과 양성규의 대화에서 더욱 분명히 확인된다.

"우리 조선 민족의 운명이 몇만 리 떨어진 미국 지배 계급의 머릿속에서 장난감 취급하듯 멋대로 결정돼 있단 말이야. 이젠 영 우리 민족을 두 동강으로 잘라버리자는 속심을 털어 놓지 않았나? 길잡이 이승만을 내세우고 남북협상을 한사코 반대케 한 것도 놈들이 미리서부터 닦아 놓은 코스란 거야.

우리는 미국 놈의 본질을 똑똑히 알아야겠소."

(…중략…)

"성규 동무, 정말 우리는 어수선한 시대에 살고 있소. 이대로 두다간 삼팔선이 놈들 때문에 정말 막히고 말겠소. 이제 목숨을 바쳐 싸울 때가 도래한 것 같아…… 정말로 —"100~102쪽/2-124~125

미국의 분단 지배 책략의 '길잡이'로 지목된 이승만은 "단독선거가 이 이상 지연하지 않을 것으로 믿으며 수주일 이내에 정부가 수립될 것이라고 공언"하고, 미군정 경무부장 조병옥은 "'닥쳐올 공산주의자와의 대결'을 위해 미국의 원조 밑에 국방력을 강화해야 된다"164쪽/4-95고 역설한다. 분단을 공식화시키는 5·10단독선거를 앞두고 제주의 조직원들은 '이제 목숨을 바쳐 싸울 때가 도래'했음을 감지한다. 4·3항쟁이 반제국주의반미투쟁만이 아니라 통일운동이기도 했음을 이들 제주의 청년 지식인들을 통해 알 수 있다.

반면에 제주도 자본가들의 경우에는 반민족적이고 비도덕적인 행각을 일삼는 것으로 그려진다. 해방공간에서 이들은 사치와 방탕 속에 눈앞의 이익만을 추구한다.

> 허기야 서울 종로 유행을 좇느라고 눈이 뒤집힌 특수한 층도 없지 않아 있었다. 눈앞에서 사람이 굶주리고 죄 없이 학살을 당하건 말건 제 상관 없노라는 층이 이런 사회에서는 사람의 그림자나 마찬가지로 따라다니는 법이다.75쪽/1-185

> 아직 여덟 신데 (…중략…) 이맘쯤은 팔자 좋은 놈들이 요릿집에서 지랄발광 다하고 있는 시간이라네. 통행금지 시간이 되면 놈들은 이번엔 불야성을 이루기 시작하네.105쪽/2-126

이웃 사람들이 어떻게 되든 상관없이 향락적 유행만 좇는 행태, 밤이 되면 요릿집에서 퇴폐적으로 흥청대는 행태 등 갖가지 추태들이 고발되고 있다. 이들 '있는 계급'은 권력에 빌붙으며 출세지향적인 삶을 영위한다. "애들을 중학교에 진학시킬 무렵에 와서는 (…중략…) '장래를 위해서'라는 사대주의적 생각으로 본토의 중학교에, 되도록 서울 등지에 보내려고"113쪽/2-130 서로들 경쟁하다시피 하는 모습을 연출하기도 한다.

이 자본가들은 대부분 얼마 전까지 친일파였다가 해방이 되면서 재빨리 친미파로 변신한 이들이다. 제주주정공장[44]의 이병희 사장은 그 대표적인 인물이다.

> 일제시대 '동척' 관리 밑에, 강제 공출의 고구마로 군용 알코올 생산에 종사한 이 공장주정공장—인용자 주은 해방 직후 인민위원회의 지도에 의하여 노동자들의 직장 관리 위원회에서 운영되었다. 그러나 몇 개월 못 가서 이번은 일제 대신 미군이 강제적으로 공장을 몰수해 버렸다. 미군정은 공장관리위원회를 해산시킨 다음, 적산 불하라는 명목을 붙이고 친미파 모리배들에게 물려줌으로써 장차 저들의 앞잡이 노릇을 할 반동의 물질적 토대를 꾸리는 데 힘을 빌려 준 것이다.201쪽/6-127

이병희는 적산 불하라는 명목으로 "일만여 평의 부지에 백여 명의

---

44 제주주정공장은 1934년 일제에 의해 제주읍 건입리(현재의 제주시 건입동)에 설립되었다. 이곳은 비교적 큰 가공공장이었기에 그에 따른 창고도 큰 규모였다. 주정공장의 창고는 4·3항쟁의 와중에 군경 토벌대에 의해 체포된 사람들을 가둬두는 수용소가 되기도 했다. 제주도·제주4·3연구소, 『제주4·3유적』 I, 2003, 73~74쪽.

종업원을 거느리는"200쪽/6-127 제주주정공장을 차지하면서 엄청난 이득을 챙겼는데, 그것은 그가 '친미파 모리배'였기에 가능했다. 해방공간의 제주에서는 이들이야말로 새 조국 건설의 도정에서 청산되어야 할 적폐세력이었던 셈이다. 이들은 반공이라는 기치 아래 5·10단독선거를 입신의 기회로 여길 따름이다.

> 문제는 선거, 선거가 큰 문제란 말이야. 대세는 우리나라에 국회를 구성하구 백성들에게는 민주주의를 베풀어준다는데 빨갱이들이 반대한다구 떠들어대는 판국이란 말일세. 자네, 내가 말하는 참뜻을 알겠는가, 역사에 오래 빛날 이 위대한 사업의 진수를 국민들은 더 알아야 한다는 그 말일세.205쪽/6-129~130

이들이 단선에 적극 참여하는 명분은 빨갱이 소탕과 민주주의의 실천이라는 것이다. 미국이 내세우는 명분을 추종하고 있음이다. 최참봉 같은 시골 부자들의 경우엔 향보단 조직에 앞장서는 등의 행위로 미군정에 적극 협조한다. 최참봉의 아들 최만철은 장명순에게 구애하다가 여의치 않자 밀고자가 된다. 그러고는 고문자들 틈에 끼어서 명순에게 성추행을 해대는 비열함까지 보여준다.

이 작품에서 서북 세력들서북청년회은 경찰 조직의 요직과 말단에 두루 기용되면서 섬사람들을 괴롭히는 세력이었음을 도처에서 보여준다. 그들의 횡포가 미치지 않는 곳이 없을 정도다.

경무부장이란 경찰서의 담당부장을 두고 하는 말이었다. 그가 소위 '빨갱이' 목숨을 손아귀에서 쥐락펴락하였는데 그의 상사가 경찰서장이 아니라 감찰관 벼슬을 하는 자였다. 더구나 이 고장에서는 예외로 제주 감찰청장을 달리 두지 않고 감찰관이 겸임했으므로 본토보다 같은 감찰관의 벼슬이 한층 높은 셈이었다.

감찰관하고 경찰 경무부장은 둘이 다 서북패 출신이며 단짝이었다. 따라서 경무부장의 엄지 손가락질은 단순한 금액의 표시가 아니라 자기의 상사인 감찰관까지 치올라 가야 한다는 뜻이었다.109~110쪽/2-128~129

해방공간에서 제주도의 감찰관과 경찰 경무부장을 모두 서북 출신들이 맡고 있다. 앞서 살핀 경찰 지서장인 황균위 경위도 서북 출신이었다. 이들은 제주도민들을 빨갱이로 몰아가면서 상호간의 짬짜미 속에서 목숨 값을 흥정하며 온갖 뇌물 챙기기 등의 행태를 주저하지 않는다.

후끈후끈한 열을 뿜는 스토브 옆에다가 서너 놈이 몸부림치는 명순을 붙잡아 놓고 웃통부터 벗기려 덤비다가, 가슴팍에 손을 쑤셔 밀고는 껄껄대고들 했다. 한 가닥 높은 소리로 동물적인 비명 못지않게 쾌재를 부르짖던 놈이 그 억센 말투로 보아 서북 출신이 분명한 사복 차림의 사내였다. 이빨로 손등을 물어뜯기면 대뜸 여자의 따귀를 갈긴 다음 입을 틀어막고서 아슬아슬하게 굴기도 하였다.141쪽/4-81

군정청 포고와 관제 삐라들이 여기저기 나붙어 있으며 언제나와 같이 사복 차림의 어깨에 장총을 걸치고 서청패들이 소풍이나 하듯 거닐고 있었다그것은 제복 입은 군대나 경관들이 총을 쥐고 다니는 것보다 더 무시무시한 느낌을 주었다. 한 놈은 졸개들을 시켜 '시국 강연회'를 ××중학교에서 한다느니, 빨갱이는 자기 조국 소련으로 돌아가라는 따위 벽보며 삐라를 전봇대나 심지어는 영화 광고판에서 아양을 떨고 있는 미인 얼굴 위에다 사정없이 붙이고 다녔다.197쪽/6-125

장명순을 고문하며 성추행을 해대는 무리 속에도 서북청년이 끼어 있다. 서청의 횡포는 매우 악랄했으니, 주민들은 그들이 거리를 활보하는 것만 보더라도 공포감을 느낄 정도였다. 그들은 오로지 빨갱이 타도를 명분으로 미군정이 도모하는 단선 추진의 최일선에서 물불을 가리지 않는다.

한편, 학살현장에서 한 여성이 기적적으로 살아남은 상황의 설정은 현기영의 「순이 삼촌」1978과 유사하다. 무차별 학살의 양상을 보여주기 위함일 것이다. 도저히 참을 수 없을 만큼 처절한 상황, 즉 혁명의 필연성을 강조하기 위함이겠지만, 1948년 2월이란 시점에서의 이러한 집단 학살 상황은 4·3의 사적史的 전개 과정에 들어맞지 않는다.[45] 4·3 연구가 제대로 축적되지 않은 상황에서[46] 봉기 결행의 당위성을 강조하려는 작가의 의욕이 앞선 데에서 기인한 것으로 보인다. 다만, 1948년 초

---

45 나카무라 후쿠지와 김학동 등이 이 문제를 지적하였다.

46 한글 『화산도』의 연재가 시작되기 이전인 1963년에 이미 김봉현·김민주의 『제주도 인민들의 '4·3' 무장투쟁사』(문우사)가 일본 오사카에서 출간되어 있었다. 김석범이 이 책을 제대로 접하지 못한 상태에서 연재를 했을 가능성은 거의 없다고 할 수 있는데, 의도적으로 역사적 사실과 달리 쓴 것인지, 의도하지 않은 실수인지 의문이다.

에 집단학살은 없었어도 탄압이 극심했었음은 엄연한 사실이다.[47] 이미 대량폭력이 난무하기 시작한 상황이었다는 것이다. 집단학살의 문제를 「순이 삼촌」과 견주어서 말해보자면, 「순이 삼촌」이 그러한 비극적 상황을 통해 4·3 진상 규명의 필요성을 강조하고자 했던 데 비해서, 한글 『화산도』는 그것이 혁명에 나설 수밖에 없는 여건의 하나로 설정되었다는 점이 다르다.

이상에서 살폈듯이 미국의 분할 점령 의도가 노골화하고, 이승만 세력이 단독정부 수립에 앞장서고, 자본가들의 적폐가 여전하고, 서청의 횡포가 만연한 해방공간의 제주는 너무나 처절하고 절망적인 상황이었음을 한글 『화산도』는 웅변하고 있다. 반미·통일운동이 필요한 상황, 따라서 혁명이 아닌 다른 출구는 없다는 게 작가의 인식이다. 4·3항쟁이 "왜 일어날 수밖에 없었나 하는 필연을 적출"[48]해낸, 모든 것들이 혁명의 당위성을 부르는 상황이라는 것이다. 특히 조직당 활동을 통한 혁명이 강조되고 있음은 이 작품의 가장 특징적인 면모라고

---

47 제주 CIC는 1948년 1월 22일 "제주경찰이 신촌리에서 열린 남로당 조천지부 불법회의장을 급습, 106명을 검거하고 폭동지령 문건 등을 압수했다"고 보고했고, 1월 26일에는 추가로 116명이 체포되었으며, 2월 8일에는 함덕리에서 경찰이 청년 12명을 체포하였고, 2월 11일에는 제주경찰이 '2·7사건' 여파로 제주에서 3일 동안 290명을 체포했다고 발표했다. 이어 3월 들어서는 김용철, 양은하 고문치사사건이 발생하는 등 상황은 매우 급박하게 돌아가고 있었다. 「제주4·3사건 일지」, 『제주4·3사건 진상조사보고서』, 제주4·3사건진상규명및희생자명예회복위원회, 2003, 548~549쪽 참조.

48 김석범·김시종, 이경원·오정은 역, 문경수 편, 『왜 계속 써 왔는가 왜 침묵해 왔는가』, 제주대 출판부, 2007, 158쪽. 대하 『火山島』에 관한 김시종의 이 언급은 한글 『화산도』에도 똑같이 적용된다.

할 수 있다. 정기준, 장용석, 장명순, 양성규 등의 제주의 청년들은 각자 맡은 임무를 매우 충실히 수행하는 조직원들로서, 본격적인 혁명을 준비하고 있다. 이들이 주체가 된 혁명적 봉기가 4·3항쟁이었다는 인식이다.

따라서 우리는 한글 『화산도』가, 사태의 비극성이 아닌, 조직 활동을 중시한 혁명의 당위성 강조에 초점을 둔 작품임에 주목해야 한다. 희생담론이 아닌 항쟁담론, 더 나아가 혁명담론이라는 것이다. 이는 국내에서 발표되는 대부분의 4·3소설들과 가장 뚜렷하게 차이를 보이는 부분이라고 할 수 있다.

3) 항쟁 전통과 공동체 의식

김석범은 한글 『화산도』에서 고려시대의 몽골 침략에 맞선 삼별초 항쟁, 조선시대의 잦은 왜구 침략을 막아낸 항쟁들, 1898년의 방성칠란, 1901년의 신축제주항쟁이재수란 같은 제주의 항쟁 역사를 유의미하게 포착하고 있다. 이는 물론 그처럼 면면한 항쟁의 전통을 이어받아 발발한 것이 바로 4·3항쟁임을 강조하려는 의도와 연관되는 것이다. 특히 신축제주항쟁은 채 50년이 안 되는 머지않은 기억으로서 작중인물에 의해 퍽 생생하게 전승된다.[49]

밤이 깊어가는 줄 모르고 무슨 생각에 잠기던 강씨는 죽창을 손에 들어

49 대하 『火山島』의 5장 1절에도 비슷한 내용이 나온다.

정겹게 어루만져 보다가 문득,

"옛사람도 이렇게 손수 무기를 만들고 싸웠단다" 하고 입속말로 중얼거리듯 말을 꺼내었다.

"이제 어렴풋하게 생각이 난다. 내가 대여섯 살 먹던 해 일이지. 그땐 새파란 청년이던 우리 아버님하구 같은 젊은 분들이 집에 모이구 어둔 정주간에서 죽창을 만들었지. (…중략…)

대정마을에 이재수란 장수가 나타난 것도 바로 그럴 때 일이지. 그 분은 엄청나게 세금만 짜내는 양반 놈과, 서양 법국 사람하구 붙어서 똑같은 짓을 하는 예수쟁이들을 내쫓아 백성을 구하기 위해서 난리를 일으키게 됐다는 거야. 섬사람이 온통 일어서는 바람에 난리는 점점 커져 갔어. 백성들은 칼이랑 낫, 괭이자루 그리고 죽창 할 것 없이 돌멩이까지 손에 쥐고 싸움에 나서지를 않았느냐……"125~126쪽/3-146

강씨가 체험하여 인지하고 있는 신축제주항쟁의 기억이다. 세폐稅幣와 교폐敎弊에 의해 촉발된 반봉건·반외세 항쟁으로서의 신축제주항쟁에 대해서는 그 발발 배경과 전개 과정, 결과와 의의에 이르기까지 전지적 작가의 추가적 서술로써 비교적 상세히 기술된다. "50년 전의 옛일이 문뜩문뜩 꼬리를 물고 생각"130쪽/3-148난다는 것은 봉기 직전에 있는 1948년 초봄의 상황이 그것과 동일한 맥락임을 의미한다. 그런 만큼 강씨는 "죽창을 보니 예나 지금이나 때는 조금도 달라진 게 없는 것 같다"면서 젊은이들에게 "어서 너희들이 잘 싸워서 나라를 세워야 한다"131쪽/3-149고 당부한다. 항쟁기억과 관련된 이러한 강씨의 전언은 "원쑤를 노리고 죽창을 만드는 청년들의 마음을 더욱 설레게"127쪽/3-147 함으로써 항쟁의 결의를 다지는 중요한 계기로 작용했음은 물론이다. 제주섬 공동체의 항쟁 전통에 대한 기억투쟁이 "원쑤를 반대하는 싸움에 한결같이 나서고 있다는 연대 의식"135쪽/3-151의 강조로 이어지는 양상인 것이다.

> "할머님도 어머님도 이재수 등어리에 날개가 붙어서 기운이 장수구, 지혜가 귀신 닮아서 곧 홍길동 같은 양반이라구 말씀하시더라. 그래서 관에서는 세상에 날개 돋은 날짐승 같은 사람이 나타난 건 나라가 망하는 흉한 징조라 하구 서울에 데려다가 죽였다고 한다."
>
> "어디 사람 등어리에다 날개가 돋습니까?" 소년이 의아해서 반문을 한다.
>
> "그러니까 옛말이라 하지. 이재수를 잡아서 옷을 벗겨 보니 두 날개가 붙어 있어서 칼로 베어 버렸다구 옛 어르신들은 말씀하시더라."
>
> "음, 보통 장수님이 아닌데 날개쯤은 가지고 있었을는지 모르잖아! 나도 어린 때는 이재수란 사람 이름을 자주 들었다네."
>
> 박 서방은 말허리를 꺾지 말고 조용히들 들으라는 듯이 손을 내저어 제지하였다.127쪽/3-147

인용문에서 보듯, 이재수와 장수전설을 연계시켜 놓은 점도 눈여겨 봐야 한다. 일반적으로 제주도의 아기장수전설에서는, 한반도의 그것에서처럼 날개 달린 아기를 죽여서 왕통의 신성성과 절대성을 강조하는 것이 아니라, 날개만 잘라서 힘센 장사로 살아가게 함으로써 지배이데올로기에 대한 대응과 극복의 양상을 보여준다.[50] 그런데 이재수의 경우는 더 나아가 계속 날개를 지닌 채 성장하였고 날개 달린 장수로서 항쟁을 이끌었다는 이야기를 전하고 있다. 봉기에 임박한 시점에서 이재수와 같은 영웅 혹은 장두의 출현을 갈구하는 제주민중들의 염원이 강렬하게 표출된 부분이라고 할 수 있다.[51]

> 여기는 모든 것이 막혔다. 완충 지대를 마련하는 혼돈이 없으며 모든 것이 두 갈래로, 총칼로 억압하는 자와 무표정의 가면 아래서 가만히 억압을 참고 견디는 사람들로 갈라졌다. 진공 같은 정적이 대낮의 거리에 깔리어 있었다.198쪽/6-125

제주섬은 이제 극도로 악화된 상황에 직면했다. '총칼로 억압하는 자'들의 횡포 속에 '무표정의 가면 아래서 가만히 억압을 참고 견디는 사람들'은 급기야 한계점에 도달했다. 더 이상 물러설 곳이 없다. 바야흐로 '진공 같은 정적'을 깨뜨려야만 할 때가 되었다. '탄압이면 항쟁이다!'[52]라는 결기를 가다듬지 않을 수 없게 된 것이다.

---

50 현길언, 『제주도의 장수설화』, 홍성사, 1981 참조.

51 "역사적 사실인 신축제주항쟁은 민간에서 설화로 변용되어 전승되어 오고 있다. 신축제주항쟁 관련 설화의 채록은 1950년대부터 1980년대까지 이어졌는데, 물론 채록 시기 이전에도 전승되고 있었으며 지금도 계속 전승되고 있는 것으로 믿어진다. 지금까지 채록된 신축제주항쟁 관련 설화는 13편으로 파악되었다." 김동윤, 「신축제주항쟁의 문학적 형상화 양상과 그 과제」, 『4·3의 진실과 문학』, 도서출판 각, 2003, 235쪽.

52 1948년 4월 3일 발표된 야산대 봉기문(호소문)의 첫 문장이다.

망망한 고원지대에 그 산기슭을 떠받치어 아득히 솟은 한라산을 바라다 보면서 기준은 숨을 크게 몰아쉬었다.

몇 천 도의 그 치열이 바윗돌을 녹이고 대해大海 물을 끓였으며, 터지는 그 불기둥이 하늘을 태운 화산, 천지개벽을 고하는 폭풍우와 산을 갈라내는 지동을 일으킨 화산의 후예가 바로 한라산이다. 그 한라산이 지금 백설에 덮이어 잠자코 서 있다.212쪽/6-134

정기준은 아주 오래 전 한라산을 탄생시킨 화산 폭발의 상황을 상상하고 있다. 한라산은 곧 제주섬 그 자체라고 해도 무방하다. '화산의 후예'인 웅장한 한라산을 바라다본다는 것은 다시금 거대한 폭발을 꿈꾼다는 것, 세상을 뒤엎는 제주의 혁명을 도모한다는 것이다. 면면한 전통을 되짚어보면서 결연히 항쟁을 시작할 절호의 시점이라는 것이다. 이렇게 제주 사람들의 항쟁 전통을 강조했음은 역사적 필연으로서 4·3항쟁을 인식한다는 의미이다. 작품의 제목을 왜 '화산도'로 삼았는지를 짐작할 수 있는 부분이기도 하다.

항쟁 전통은 공동체 의식과 연결되는 것이다. 이 작품에서는 제주의 민요와 풍속 등을 꽤나 풍성하게 접할 수 있는데, 이는 제주공동체를 부각시키는 기능을 한다. 특히 강씨가 부르는 〈맷돌노래〉와 〈자장가〉는 김석범이 기억하고 있었거나 1960년대 재일제주인들에게 전승되던 제주민요를 바탕으로 구사된 것이겠기에 주목된다.

이어 이어 이어도 하라

설운 어멍 날 무사 난고
어느 제면 이 가래 갈아
저녁밥을 지어다 노리

이어 이어 이어도 하라
울지 말젠 마음을 먹언
곰곰 앉아 생각을 하난
제절로도 눈물이 난다
……

이어 이어 이어도 하라
남도 지는 지게연마는
우리 어멍 날 지운 지게
남이 버린 뒷 지게러라
이어 이어 이어도 하라156쪽/4-90

자랑 자랑 웡이 자랑
우리 아기 잘도 잔다

우리 아기 자는 소리
가시 전답 재운 소리
남의 아기 자는 소리

환상 빛에 재운 소리

돌아오는 반달같이 고운 이 아기야
물 아래 옥돌 같은 큰 아기야
가마귀 잣날개 같은 이 아기야
우리 아기 잘도 잔다

은자동아 금자동아
병풍뒤에 월시동아
동네어른 잠제동아
나라에는 충성동아

부모님께 효심동아
일가방상 화목동아
만고문장 명필동아
자손창성 만당동아
비자낭엔 비자동아
옥저낭엔 옥저동아

가시전답 물려주마
백진밭도 너 물리마
유기재물 너 물리마

방아귀도 너 물리마

앉은솟도 너 물리마

정든살애도 너 물리마

싱근물항도 너 물리마

자랑 자랑 웡이 자랑

할망 손지 잘도 잔다272~273쪽/9-91~92

이들 민요에는 제주인의 의식세계와 생활문화 등이 잘 반영되어 있다. 오늘날에 전승되는 민요와도 대동소이하다. 제주섬 공동체를 묶어주는 오래된 전통문화이자 삶의 방식으로서 민요가 작중인물의 구연을 통해 적절히 활용되고 있는 것이다. 대하 『火山島』를 고찰하면서 고명철이 지적했듯이[53] 이러한 제주의 풍속이나 구술연행은 단지 소설의 다채로움과 풍성함을 채워 넣기 위해 작품의 후경後景으로 배치하거나 재일조선인으로서 조국의 전통적 풍속문화를 향한 민족의 정감을 강조하기 위한 것이 아니다. 혁명의 해방구에서 보이는 혁명의 준비 과정과 필연적 민중항쟁으로서 역사적 지속성의 가치를 지역 공동체의 구체적 삶의 실감으로 확보하고 있는 것이다.

아울러 이 작품에는 제주어濟州語가 곳곳에서 비교적 자연스럽게 구사된다. '셍이참새 도체비'71쪽/1-183, '그승개'92쪽/2-119, '역부러'121쪽/3-144, '대막댕이'122쪽/3-144, '구덕광주리'139쪽/3-153, '물허벅'147쪽/4-84, '가래[54]맷돌'157쪽/4-

---

53 고명철, 「김석범의 '조선적인 것'의 문학적 진실과 정치적 상상력」, 『한민족문화연구』 57, 한민족문화학회, 2017, 11·25쪽.

90, '마스다'[55]229쪽/7-68, '상방대청'242쪽/8-171, '갈중이'243쪽/8-172 등이 그것들이다. 이것들은 "참 쌀이 고읍수다, 정성 들여 가래맷돌를 잘 갈았습네다"79쪽/1-187와 같은 식의 대화에서만이 아니라 지문 서술에서도 구사되고 있음을 눈여겨볼 필요가 있다. "역부러 먼 곳의 대를 베어 오곤 하는 판에 (…중략…) 턱을 몇 번이고 끄덕였던 것이다", "돌을 가지고 육체의 일부를 마스고 죽은 것이다" 등이 그것인데, '역부러' 같은 경우는 작가가 제주어임을 의식하지 못하고 구사했을 수도 있다. '절략'[56]79쪽/1-187처럼 후두유성음이 유지되는 제주어의 특성을 보여주는 표기도 나타난다. 제주어가 어색하지 않게 작품 속에 녹아들어 있다는 것이다.

이는 성장 과정에서 제주어를 생활어로 구사하기도 했던 김석범의 언어습관이 창작 과정에서 부지불식간에 나타난 현상일 것이다. "어릴 때 모두, 어머니라든가, 제주도 말 이외에는 몰랐어. 일본어는 서툴러서 어릴 때 집에서는 조선어를 사용했고"[57]라는 언급에서 보면, 그가 일본 오사카에서 태어났어도,[58] 어려서부터 제주어를 모어로 사용했음을 알 수 있기 때문이다. 이러한 작가의 제주어는 한글 『화산도』에서 리얼리티의 확보만이 아닌 공동체 의식의 형상화를 위해 유효적절하게 활용되었다.

---

54 'ᄀᆞ래'가 맞는 표기이나 'ㆍ'를 표기하지 못하여 불가피하게 '가래'로 적었을 것이다. 위에 인용된 「맷돌노래」의 사설에서도 똑같이 '가래'라고 표기되었다.

55 'ᄆᆞ스다'가 맞는 표기이다. '손이나 발 등 신체의 일부를 다치게 하다'는 뜻이다.

56 『문학예술』 초출에는 '절략'으로 표기되었으나, 『한글소설집 - 혼백』에는 '절약'으로 교열하였다. 이는 표기상의 문제가 아니라 음운 현상이기 때문이다.

57 김석범·김시종, 앞의 책, 165쪽. 인용한 부분은 김석범의 발언이다.

58 어머니가 김석범을 임신한 몸으로 도일했다고 한다.

이처럼 김석범의 한글 『화산도』는 제주의 민요와 언어, 풍속 등을 비교적 잘 드러낸 작품이다.[59] 섬 공동체가 외세에 의해 무참히 파괴되고 있는 현실을 생생하게 보여주는 데 그친 것이 아니라 역사적으로 전개되었던 제주민중의 항쟁 전통과 공동체의 역동성을 선명히 부각시켜놓고 있다. 혁명의 필요성을 더욱 배가시키는 효과를 거뒀음은 물론이다.

4. 1960년대 김석범 한글소설의 위상

이상에서 살핀 1960년대 김석범의 한글소설들은 아직까지 본격적으로 논의한 적이 거의 없는 텍스트들이다. 따라서 무엇보다도 자세히 읽고 분석하는 작업에 역점을 두는 가운데 작가의 신념이나 전기적 사실과의 관련성을 검토하였다. 특히 한글 『화산도』는 그 독자성을 인정하자는 전제 속에서 작가의 다른 작품들과 어떤 관련성을 갖는지, 4·3항쟁이 어떤 방식으로 형상화되었는지를 검토하였다. 나아가 이 작품들이 지닌 각각의 의의에 대해서도 짚어봄으로써 김석범 문학에서 한글소설들의 위상을 부각시켜 보고자 하였다. 그 결과를 요약·정리하면 다음과 같다.

우선 한글 단편들을 정리해 본다면, 「꿩 사냥」은 4·3항쟁의 여파가

59 이는 1960년대 제주문학에서 주목해야 마땅한 소중한 자산이기도 하다. 제주문학으로서의 한글 『화산도』에 대해서는 별도로 논의될 필요가 있다.

엄존한 한라산 기슭에서 꿩 대신 사람을 사냥하는 미군 장교의 횡포를 통해 그에 대한 적개심과 저항 의지를 다진 작품이다. 4·3항쟁이 단독정부 수립을 반대하는 통일 독립운동으로서 의미를 지닌다는 점이 강조되었다고 할 수 있다. 통역관을 내세운 점 등에서 그의 여타 4·3소설과의 연관성도 주목되는 작품이다.

「혼백」은 어머니의 죽음이라는 주인공의 개인적 상황에다 귀국북송이라는 재일조선인의 현대사적 상황을 접목한 소설이다. 귀향하지 못하는 반쪽짜리 귀국 사업의 문제점을 지적함으로써 완전한 통일 독립이 이뤄지지 않는 한 남도 북도 선택할 수 없다는 의지를 표명하고 있는바, 이는 경계인境界人으로 살아가기 위한 김석범의 굳건한 다짐으로 읽힌다.

「어느 한 부두에서」는 조선학교 소녀를 주인공으로 내세워 한국 배의 선원들과 재일조선인들의 만남을 이야기함으로써 잠정적인 평화세상을 구현해낸 작품이다. 진정한 민족의 교류와 화합이 무엇인지를 재일조선인 사회에서의 구체적인 실천을 통해 보여주면서도 낭만적인 화해만을 추구하고 있지는 않았다는 데에 의의가 있다고 할 수 있다.

세 편의 한글 단편소설의 의의는 그것들이 주목할 만한 4·3문학으로서의 위상을 지니면서, 민주기지론의 입장을 아직 견지하면서도 북의 문예 정책을 맹종하지 않는 나름의 독자성을 보여주며, 경계인으로서의 위상을 확고히 굳혀가고 있는 김석범의 면모를 확인시켜 준다는 데 있다. 이는 모두 식민주의 문제로 귀결되는 것이기에 동아시아문학에서도 그 위상이 충분하다고 본다.

다음으로 한글 『화산도』의 경우, 그 이전의 중편 「까마귀의 죽음」과 그 이후의 대하 『火山島』와 함께 시간적·공간적 배경과 주요 인물 등을 중심으로 대비적으로 검토해 보면, 「까마귀의 죽음」에서 대하 『火山島』로 가는 중간 단계의 작업임을 확실히 알 수 있다. 또한 한글 『화산도』 집필 과정에서 있었던 총련 이탈 등의 외적인 상황과 더불어 작가의 인식 변화가 연재 중단의 주요 원인이었음도 추정할 수 있다. 대하 『火山島』에서 혁명에 대한 허무주의적 인식, 그러면서도 혁명은 반드시 필요했다는 인식이 비조직원인 이방근을 통해 나타났음은 상황과 인식 변화의 가장 뚜렷한 결과이다.

또한 한글 『화산도』는 미국의 분할 점령 의도가 노골화하고, 이승만 세력이 단독정부 수립에 앞장서고, 자본가들의 적폐가 여전하고, 서청의 횡포가 만연한 해방공간의 제주는 너무나 절박한 상황이었음을 잘 드러내었다. 그런 막다른 상황의 제시를 통해 반미 통일운동을 지향한 4·3항쟁이 일어날 수밖에 없었다는 필연적인 흐름을 탐색하면서, 혁명이 아닌 다른 출구는 없었음을 역설하고 있는 것이다. 특히 정기준·장용석·양성규 등 청년 지식인들의 조직 활동을 통한 혁명이 강조되고 있음과 사태의 비극성이 아니라 혁명의 당위성 강조에 초점을 둔 작품임은 이 작품의 매우 특징적인 면모라고 할 수 있다.

한글 『화산도』에서는 역사 속에서 전개된 제주 사람들의 항쟁 전통을 강조하고 있는데, 이는 4·3항쟁을 역사적 필연으로서 인식한다는 의미이다. 아울러 이 작품에서는 제주의 민요와 언어, 풍속 등을 꽤나 풍성하게 접할 수 있는데, 이는 제주 공동체의 역사적 지속성을 강조하는 기능을 한다. 제주 공동체가 외세에 의해 무참히 파괴되고 있음을 보여줌으로써 그에 맞서는 제주민중의 항쟁 전통을 선명하게 부각시키는 효과를 거두고 있다는 것이다.

끝으로 덧붙이자면, 이 연구를 통해 김석범의 문학세계를 더욱 폭넓게 조명하는 계기가 되었으며, 우리 문학의 범주 역시 좀 더 풍성해지게 되었다고 생각한다. 특히 이 소설들이 한글로 된 작품이라는 점은 제주문학으로서는 매우 소중한 텍스트로서의 의미를 갖는다. 1960년대 제주 소설의 희소성 때문이다. 당시 제주 출신 소설가들이 거의 없었고, 그나마 제주의 역사와 현실을 제재로 작품을 쓰는 경우는 더욱 찾기 어려웠다. 「꿩 사냥」, 「혼백」, 「어느 한 부두에서」, 한글 『화산도』가 비록 일본에서 발표되긴 했지만 주된 독자가 재일조선인이었음을 감안하면 제주문학의 범주에서 충분히 논의될 수 있고 그 가치도 충분하다고 본다.

재일 4·3 난민의 좌절과 재생

김석범 장편소설 『바다 밑에서』

1. 『화산도』가 낳은 난민들

김석범의 『바다 밑에서海の底から』는 작가의 장편소설로는 가장 나중에 발표된 작품이다. 일본에서 간행되는 월간지 『세카이世界』에 2016년 10월호부터 2019년 4월호까지 2년 반 동안 24회에 걸쳐 단속적斷續的으로 연재되었다가, 작가의 가필과 수정 작업을 거쳐 2020년 2월 이와나미서점岩波書店에서 간행되었다. 서은혜가 옮긴 한국어 번역판은 2023년 4월에 도서출판 길에서 출간되었다.

『바다 밑에서』는 그 내용에서 볼 때 대하소설 『화산도火山島』의 속편續篇이자 후일담後日譚이라고 할 만하다. 김석범이 『화산도』를 완결한 것이 1997년이니[1] 그때로부터 20년이 넘은 시점에서 그것을 전체적으로 정

1 『화산도』의 첫 번째 연재는 일본의 월간문예지 『文學界』(1976년 2월호~1981년 8월호, 1980년 12월호는 휴재)에 「海嘯」라는 제목으로 66회(전 9장(제1~9장), 전 61절)에 걸쳐 이루어졌다. 그 후 3개의 장(제10~12장)을 가필하고 『火山島』로 제목을 바꿔 1983년 文藝春秋에서 단행본화되었다(1~3권). 두 번째 연재도 『文學界』(1986년 6월호~1995년 9월호, 1989년 1월호와 3월호는 휴재) 지면을 통해 「火山

리해내는 가운데 뒷이야기를 풀어놓은 셈이다. 그런데 이 작품에서는, 4·3항쟁 시기의 봉기와 투쟁과 학살 관련 내용들이 수시로 회고되기도 하지만, 이방근 사망 이후 밀항자들의 사연이 중점적으로 펼쳐진다. 따라서 그 무대는 제주도나 한반도가 아니라 일본이며, 그 주요 인물들은 바로 4·3으로 인해 일본으로 밀항하여 난민으로 살아가는 이들이다. 말하자면 일본에서 펼쳐지는 4·3 난민들의 이야기라는 것이다.

4·3항쟁과 관련된 난민은 주로 검거·체포·학살 등을 피해 일본으로 밀항하는 방식으로 생겨났는데, 4·3항쟁을 전후해서 "제주도에서 적어도 1만 명 이상이 일본으로 건너"[2]간 것으로 추정되고 있다.[3] "해방 후 일본에 정착한 재일 한국인을 약 60만 명, 제주 출신자를 8만 명 정도로 보고, 그중 4·3으로 인해 일본으로 밀항한 제주인을 1~2만 명 정도로 추정"하고 있음에 따라 "밀항자와 그 친족·지인까지 포함하면 당

島 第二部」라는 제목으로 110회(전 60장(제1~15장, 종장), 전 110절) 이어졌다. 그리고 1997년 文藝春秋에서 단행본화(4~7권)될 때 2절(제25장 '7'과 '8')을 가필하고 종장 가필(2절에서 6절 분량)을 통해 이방근의 권총 자살로 내용을 수정함으로써 작품이 완결되었다. 한국어 완역은 김환기·김학동에 의해 2015년 이루어졌다(전 12권, 보고사). 조수일, 「김석범의 『화산도』 연구－작중인물의 목소리와 서사가 생성하는 해방공간에 대한 물음을 중심으로」, 『영주어문』 제45집, 영주어문학회, 2020, 280쪽 참조.

2 문경수, 「4·3과 재일 제주인 재론(再論)－분단과 배제의 논리를 넘어」, 『4·3과 역사』 19, 제주4·3연구소, 2019, 96쪽.

3 『제주4·3사건 진상조사보고서』에는 "제주청년 3000명 가량이 해방 후 일본으로 건너왔는데, 주로 1947년의 일이다. 사태 발생 후인 48년이나, 49년에 일본으로 왔다는 사람들은 거의 거짓말일 것이다"라는 김민주의 말이 인용되었다.(125~126쪽) 이에 대해 문경수는 여러 증언과 자료들을 제시하며 그것의 신빙성을 문제삼았다. 위의 글, 93~96쪽.

시 일본에 있던 제주인 대부분은 크고 작게 4·3과 관련이 있다"[4]고 해도 과언이 아니라는 것이다.

『바다 밑에서』에 나오는 주요 인물들은 "나라를 잃어서 난민이 된 게 아니라 국가에 의해서 난민이 발생"[5]한 경우에 해당된다. 그들은 단선반대 통일정부 수립을 외친 4·3항쟁에서 봉기를 주도한 남로당 제주도당의 조직원으로 활동했거나남승지, 밀항투쟁을 벌였거나한대용, 항쟁에 동조하는 태도를 견지했다가이유원 목숨 걸고 탈출해야 했다. 해방공간에서 통일 독립을 위한 '혁명'[6]을 도모했지만 뜻을 이루지 못한 채 정치적 탄압을 피해 난민의 길에 들어섰던 것이다. 이에 여기서는 김석범의 장편 『바다 밑에서』에 대해 4·3 난민의 문제를 중심으로 살펴보기로 한다.[7]

2. 4·3 난민의 재일在日 서사

김석범의 『바다 밑에서』는 모두 25개의 장으로 구성된 작품이다. 1장은 사건을 전개하기에 앞서 4·3과 그 전사前史를 개략적으로 짚어내

4 문경수, 「경계에서 찾은 4·3의 가치를 알리다(대담)」, 『4·3과 평화』 45, 제주4·3평화재단, 2021, 18쪽.

5 한보희, 「난민의 나라, 문학의 입헌(立憲)」, 『작가들』 59, 인천작가회의, 2016, 183쪽.

6 김석범은 『화산도』와 『바다 밑에서』 등 여러 작품에서 4·3을 '혁명'으로 표현했다.

7 고은경의 「김석범 4·3소설 연구」(제주대 박사논문, 2022)에서 『바다 밑에서』가 의미 있게 다루어지긴 했으나 4·3 난민의 문제는 그다지 주목되지 않았다.

고 『화산도』의 마지막 부분을 확인함과 아울러 그 소식이 일본에 전해지는 과정 등의 전제 조건을 포석해 놓은 프롤로그 격인 부분이어서, 사실상의 본격적인 이야기 전개는 2장부터 시작된다고 할 수 있다. 그 내용을 장별로 요약하면 다음과 같다.

① 1949년 4월 밀항한 남승지는 이방근이 6월 19일 산천단에서 자살했음을 7월 20일 한대용으로부터 그 소식을 들었다.
② 방근 1주기를 맞아 도쿄에서 이유원과 만난 승지는 둘이 같은 꿈을 나눠 꾸었음을 알게 되고 1년 전 부옥이 방근의 시신을 업고 내려왔음을 전한다.
③ 둘은 하타나카방근의 형 집에 가서 방근의 1주기 제사법요식에 참여한다.
④ 파제 후 유원과 함께 도쿄역까지 갔다가 그녀와 헤어진 승지는 야간열차로 오사카로 이동해 이튿날 낮에 평화정 식당에서 대용을 만난다.
⑤ 승지와 대용이 식당에서의 낮술에 이어 대용 집까지 가서 술 마시면서 방근의 죽음과 고행자와의 혼담 등에 대해 얘기한다.
⑥ 대용은 승지에게 유원과 결합해야 함을 강조함과 아울러 행자의 낙태를 권한다.
⑦ 승일승지 사촌형 집에서 행자를 만난 승지는 상상임신이었다는 그녀의 고백을 듣는다.
⑧ 양준오, 김동진, 방근 등을 추억하던 승지에게 승일이 행자와의 중매를 언급한다.
⑨ 공장 일의 어려움과 고문의 상처 등을 생각하던 승지는 제주에서 온

송래운을 함께 만나자는 대용의 전화 제안에 부담을 느낀다.

⑩ 승일이 가문을 위해 결혼하라 압박하자 승지는 모든 일을 대용 만난 후로 미뤄달라 부탁하며 다시 공장 일을 하겠다고 한다.

⑪ 승지는 득남한 대용을 오사카에서 만나 그가 일본에서 구한 총을 방근에게 전했음을 알게 된 가운데 방근의 자살 이유를 중심으로 대화한다.

⑫ 승지는 대용 집에서 하룻밤 묵으면서 4·28협상의 실상을 말하고는 방근이 벌인 정세용 처단과 밀항투쟁의 뜻을 되새긴다.

⑬ 승지는 방근의 자살 소식을 처음 듣고 배회하던 때를 떠올리며 잠못 이루고, 이튿날 대용은 방근의 꿈을 꿨다고 말하고는 교토로 가면서 송래운과 만나기로 했음을 밝힌다.

⑭ 6월 25일 조국에서 전쟁이 개시됐다는 소식을 그날 밤에 접하고 걱정하는 가운데 며칠 후 행자가 만나자고 전화해 왔으나 탐탁지 않게 대한다.

⑮ 7월 초부터 공장에서 일하는 승지는 조국방위위원회가 한국전쟁과 관련해 발표한 호소문을 보며 4·3선전포고문을 떠올리고, 7월 15일 오사카에서 대용을 만나 제주의 예비검속 희생자 소식을 접한 후 유원의 편지를 읽는다.

⑯ 제주 다녀온 대용은 9월 중순 승지를 만나 부옥과 함께 산천단에 다녀왔으며, 문난설이 그곳에 방문해 세웠던 시비가 훼손됐음을 전한다.

⑰ 대용은 방근이 한라산을 가린 암벽을 등진 채로 바다 향해 죽은 의미를 말하고, 승지는 난설의 자살 가능성을 언급한다.

⑱ 승지는 대용의 부탁으로 대마도에 밀항자를 데리러 가기로 한 후, 유원

이 어머니를 뵙고자 한다고 승일에게 말한다.

⑲ 행자와의 혼담은 백지화됐으며 10월 5일 오사카로 간 승지는 대용과 유원을 만나 택시로 이동한다.

⑳ 어머니 집에서 말순을 포함해 다섯이 식사와 음주를 하고 잠자던 중에 승지는 유원의 오열을 듣게 되고 이튿날 승지와 유원은 쓰루하시 시장에 들렀다가 대용을 만나러 간다.

㉑ 평화정에서 셋이 만나 난설 필적의 시들을 보며 방근을 추억하는 가운데 승지는 방근의 정세용 처단 사실을 말하고 대용은 둘의 재회가 '기적의 생환'이라고 한다.

㉒ 허물하르방과 목탁영감을 회고하면서 식사를 마치고 헤어진 8일 후 승지는 유원의 편지를 받고 대마도행이 혁명의 길임을 믿는다.

㉓ 11월, 승지는 대용이 제주에서 데려온 밀항자를 오사카로 이송하기 위해 하카타를 거쳐 대마도에 도착해 사수나의 오두막집에 간다.

㉔ 승지는 안정혜와 강연주를 만나 밀항의 과정과 더불어 해상 학살수장에 대해 듣는다.

㉕ 남편 앞에서 음모가 태워진 안정혜, 유방이 도려내진 강연주의 사연 등을 듣고는 버스, 배, 열차로 이동해 12월 3일 오사카의 승지 어머니 집에 도착한 후 모두 얼싸안고 운다.

위에서 보듯, 『바다 밑에서』는 이방근 사망 1주기인 1950년 6월에 남승지와 이유원이 도쿄에서 만나는 때로부터 시작되어 1950년 12월 초에 남승지가 대마도에 머물던 밀항자를 오사카까지 성공적으로 데려온 장면을 끝으로 소설이 마무리되고 있다. 따라서 이 작품의 플롯 시간소설적 현재은 약 반년 정도의 기간이 되는 것이다. 물론 수시로 남승지와 이유원의 밀항 상황을 비롯한 4·3 시기가 회고되기도 한다. 주요 공간적 배경은 오사카, 고베, 교토, 도쿄, 대마도 등지이다.

『화산도』에서는 남승지에서부터 이야기가 시작되었다가 점차 이방근으로 그 무게중심이 옮겨가면서 이방근 중심의 서사가 이루어졌는데, 『바다 밑에서』는 시종일관 남승지를 중심으로 전체적인 사건이 진행되고 있음을 알 수 있다. 남승지가 한대용과 이유원을 만나는 이야기를 뼈대로 삼은 가운데 남승지의 어머니와 여동생 말순, 사촌형 승일과 형수 경자, 혼담이 오가는 고행자 그리고 이유원의 큰오빠인 하타나카 등이 등장하고, 마지막 부분에 새 밀항자인 안정혜와 강연주 정도가 나온다. 이밖에 야마구치현 H시에서 구두 수리 겸 헌 신 가게 주인인 문달길, 밀항선 그룹의 우두머리인 송래운, 대마도에서 처음으로 파친코 가게를 개장했다는 가네모토김씨 등이 등장하거나 언급되지만 이들은 소설에서 그다지 비중 있는 역할을 수행하지는 않는다.

주인공 남승지의 생각과 발화는 3인칭 서술자의 그것과 넘나들며 구별되지 않는 부분들이 곳곳에 보인다. 특히 그가 두 밀항자를 데리러 대마도로 다녀오는 부분에서는 작가 김석범의 체험[8]이 그대로 남승지

8　김석범은 「유방이 없는 여자(乳房のない女)」(1981) 등에서 대마도 체험을 소설화한 바 있다. "김석범이 1951년 3월 교토대학에 졸업논문(「예술과 이데올로기」)을 제출한 후 제주에서 밀항해 온 먼 친척 숙모를 오사카에 데려오기 위해 대마도에 건너가고, 거기서 '유방이 없는 여자'를 만난 일화 그리고 그녀들에게 「간수 박서방」(작품집 『까마귀의 죽음』에 수록)에 등장하는 명순이와 관련된 일화를 듣게 된 일은 익

에게 투영되면서 격한 감정이 표출되기도 한다.

> 남승지는 아연하여 몸이 반쯤 허공에 떠 있는 듯한 느낌으로 그 자리에서 있었다.
>
> 감사의 눈물이 멈추지 않아요. 제주에서는 슬픔도 기쁨도, 그럴 장소도 시간도 없어요. 그저 가슴에 손을 얹고 살짝 숨을 확인하는 것이 살아 있는 거예요. 살아 있으니까 눈물이 난다. 이렇게 살아 있으니까 눈물이 나오는 거야.
>
> 연주는 우는 건가? 콧물이 좀 났을 뿐. 맞아, 연주가 얼마나 씩씩한 여자인지. 사막 같은 슬픔. 맞아, 사막 같은 마음에 눈물이 있나? 우리는 눈물도 얼어붙어서 안 나오잖아요. 연주도 정혜도 울고 있다. 이것이 오아시스의 눈물인가? 아이고, 용케 살아서 왔네. 살아서 잘 왔어. 울어, 울어요. 눈물이 마를 때까지 우는 게 좋아. 실컷 울어. 더 울 수 없을 때까지 웁시다.552쪽[9]

작품의 맨 마지막 부분, 1950년 12월 3일 남승지가 오사카의 어머니 집에 밀항자 안정혜·강연주를 무사히 데리고 왔을 때의 장면이다. 3인칭 제한적 전지 시점이면서도 내포작가김석범과의 거리가 거의 없음의 목소리생각인지 작중인물 남승지의 목소리인지 따지는 것이 무의미할 정도로 뒤엉켜 있음이 감지된다. 그만큼 이 작품에는 김석범의 생각이 별다른 여

히 잘 알려져 있는 내용"이다. 조수일·고은경, 「옮긴이의 글」, 김석범, 『만덕유령기담』, 보고사, 2022, 217쪽.

9 김석범, 서은혜 역, 『바다 밑에서』, 도서출판 길, 2023, 552쪽. 이하 작품 인용 시에는 쪽수만 명기함.

과 없이 고스란히 담겨 있다고 판단해도 무방하다는 것이다.

남승지는 1949년 4월 중순 이방근의 주선으로 조천포구에서 밀항선을 타면서 난민 생활을 시작한다. 남승지는 밀항 직전 이방근에게 건네받은 시계를 늘 착용하는 것처럼 "돼지가 되어서라도 살아남아라"라는 이방근의 유지를 되새기면서 하루하루 버텨낸다. 그는 고베로 거주지를 옮기고 생년월일이 두 살 위인 김춘남金春男으로 외국인등록증을 만들어 재일조선인으로 살아가게 된다. 그렇게 실패한 혁명가로서, 살아남은 자의 아픔 속에서 재일 생활을 힘겹게 견디던 그는 대마도에서 새로운 밀항자를 데려오는 일을 수행하면서 재생再生을 꿈꿀 수 있게 된다.

이유원은 남승지보다 앞서 1948년 11월에 부산을 거쳐 밀항하였다. 작은오빠 이방근의 강권에 따른 것이었다. 일본인으로 귀화하여 의사로서 풍족한 생활을 영위하는 큰오빠 하타나카畑中의 도움을 일부 받기도 했으나 이방근이 한대용을 통해 남긴 돈으로 도쿄의 M음대에 다니면서 기숙사 생활을 하고 있다. 그녀는 "제주도 사람들의 희생에 의해 우리는 살아가고 있"으며 "오빠 역시 그런 희생자"240쪽라는 믿음을 견지한다. 그런 가운데 이방근의 정세용 처단과 자살 경위를 알고 충격을 받지만 그 뜻을 존중하면서 굳건히 재일의 삶을 영위하는 가운데 남승지와의 결합 가능성을 높여간다.

한대용은 1950년 초 오사카 나카자키초로 이주했다가 다시 아내를 동반하여 교토에 정착한 후 아들까지 낳는다. 그는 정신적 지주 이방근의 죽음을 알게 된 후에 4·3의 밀항자가 줄어들고 경제 사정이 악화되면서 직접적인 밀항선 운영은 중지했다. 후지상사에 적을 두고서 오사카를 근거지로 제주를 오가는 무역선을 운영하던 그는 한국전쟁이 발발하면서 예비검속의 피해가 발생하자 밀항자 수송을 재개한다. "나 한대용 속에 이방근이 살아 있는 거야"244쪽라는 신념으로 어떻게든 이방근의 유지를 받들려고 애쓰는 그는 "한때 제주도에서는 성내의 건달이었던 한대용이 지금 일본에서 혁명적 인간으로 되어가는 것 같다"373쪽고 생각한다. 결국 한대용의 열정은 남승지의 재생에 큰 기여를 한다.

이처럼 이 소설은 조직원으로서 4·3항쟁에 직접 참여했거나 밀항투쟁을 벌였거나 거기에 동조하였던 위의 세 인물이 일본에서 기억하고 성찰하고 모색하는 이야기다. "4·3에서 남겨진 생자生者가 4·3으로 인해 희생된 사자死者의 숭고한 뜻을 기억하길 바라는 김석범의 염원이 형상화되어 있"는 작품으로서 "남아있는 자들의 기억과 역사에 대한 진실의 소환을 통해 혁명의 뜻을 되새겨 나가야 함"[10]이 강조되고 있다고 할 수 있다.

한편, 이 작품에서 남승지의 사랑 이야기는 독자를 조바심 나게 하면서 흥미를 돋운다. 이방근이 남승지에게 당부한 이유원과의 결합이 의외의 장애 요소들로 인해 순조롭게 진행되지 않기 때문이다. 남승지가 밀항 후 이유원을 처음 만난 것은 1949년 7월이며, 1950년 1월에 이어 그 반년 뒤인 6월 이방근 1주기를 맞아서 일본에서의 세 번째 만남이 이루어진다.

10 고은경, 앞의 글, 124쪽.

지금 이렇게 서로 기대듯이 상반신을 붙이고 간접적으로 살갗이 닿아 서로의 온기를 느끼며 전차의 진동에 몸을 맡기는 것만으로도 도쿄 역까지 가는 시간은 행복했다. 접촉되는 열기를 견딜 수 없어 상반신을 살짝 떼어내기도 한다. 유원 역시 이에 반응하듯이 몸을 움직였지만 차체가 흔들리자 반동으로 다시 몸 반쪽이 하나가 되었다.57쪽

제주에서부터 인연을 맺으면서 서로에게 호감을 갖고 있었던 남승지와 이유원은 일본에서 극적으로 재회한 후에도 '서로의 온기'에 '행복'을 느끼는 감정을 이어가고 있음을 알 수 있다. 하지만 인연의 끈은 뒤엉켜버리더니 쉽게 풀리지 않는다.

둘이 일본에서 재회하여 부부로서의 인연이 맺어지길 바라는 이방근의 뜻은 한대용을 통해서도 남승지에게 수시로 독촉되지만[11] 그것은 계속 지연된다. 표면적인 암초는 사촌형 승일 집의 식모였던 고행자와의 관계였다. 1949년 10월 말 남승지가 계단에서 굴러떨어져 부상당하자 고행자가 상처를 치료하며 도와주는 과정에서 육체적 관계를 맺게 되었고, 이후 고행자가 임신 사실을 알려온 것이다. 그런데 남승지는 고행자를 어머니에게 인사까지 시켰으면서도 그녀와의 결혼을 결심하지는 못한다. 그것은 물론 이유원을 염두에 두고 있기 때문이기도 하겠지만, 조국에서의 전쟁 소식을 접한 직후임에도 영화를 보러 가자

---

11 이 점은 "승지 동무, 이방근 선배님은 뭘 위해 남승지를 일본으로 보냈을까? 그래, 물론 개죽음하지 말라는 것이었지만 동생 유원이와 함께 있으라고 내보낸 거야"(368쪽) 등의 한대용의 발언에서 확인된다.

고 하는 데서 보듯 그녀가 의식의 백치인 점을 용납하기 어려웠기 때문이기도 하다. 다행히도 상상임신임이 확인되면서 행자와의 혼담은 정리되었다.

이제 이유원과의 사랑에 박차를 가할 수 있는 상황이 되었다. 그런데도 남승지에게는 "유원은 재학 중이라는 것 그리고 지금 돌아가신 오빠의 상중이니 결혼 이야기는 피해야 한다는 것이 핑곗거리"283쪽로 작용한다. 그런 머뭇거림 속에서 둘의 결합은 답답할 정도로 계속 미끄러진다. 그들은 "서로 통하면서도 둘 사이에는 뭔가 이방근을 그 너머로 놓쳐버렸던 절벽처럼 건너기 힘든 무언가가 있었"392쪽던 것이다. 결국 그것은 남승지가 밀항자를 데리러 대마도로 다녀오게 되면서, 즉 새로운 혁명을 시작하게 되면서 조만간 해소될 수 있을 것으로 기대된다. 새로운 혁명의 시작은 사랑의 결실로 이어지게 될 것임이 예견된다고 할 수 있다.

김석범의 『바다 밑에서』는 이처럼 재일 4·3 난민의 기억과 성찰, 사랑과 혁명을 의미 있게 담아낸 장편이다. 기념비적인 작품 『화산도』를 세상에 내놓은 작가로서 100세를 바라보면서 끊임없이 포착되는 4·3 항쟁에 대한 상념과 소회를 『바다 밑에서』를 통해 갈무리해내고 있다고 하겠다.

3. 좌절_ 고통과 죄책감

남승지는 1949년 4월 중순 이후 일본에서 정치적 난민으로서 삶을 시작한다. 소학교 고학년 때 제주에서 고베로 건너가서 상업학교까지 다니다가 해방 직후 귀국했던 그였기에 일본이 낯선 곳은 아니었다. 그런 점에서 남승지에게는 대부분의 난민이 느끼는 장소 적응의 문제는 크지 않았다고 하겠다. 그에게는 생존과 적응이 문제가 아니었다.

남승지는 밀항 후 처음 두세 달은 고문의 상처를 치유할 겸 오사카 이카이노의 어머니 집에서 요양을 했다. 그러던 그는 이방근이 자살했다는 소식을 듣고 크게 방황하게 된다. 회고를 통해 그려지는 그의 오사카 밤거리 배회 장면이다.

> 남승지는 대도시 밤의 황야에 나와 선다. 황야를 걷고 헤매며 걷고 그저 황야를 남승지는 걸었다. 걷지 않고는 움직이지 않고는 견딜 수 없다. 고가 전철을 타면 도중에서 창문으로 뛰어내릴 것이다. 우메다에서 미도스지御堂筋를 난바까지 남쪽으로 직진, 난바 바로 앞의 시전 교차로에서 왼쪽으로 크게 꺾어 일직선으로 동쪽으로. 우에로쿠上六, 쓰루하시鶴橋, 이마자토今里……. 걷는다. 그저 걷는다. 10킬로미터, 20킬로미터, 30킬로미터? 한 시간, 두 시간… 네 시간, 하루 종일이라도 걷는다. 땅을 의지 삼아 걷는다. 한라산 속 설중 행진, 굶주리고 얼어붙은 손으로 눈을 먹어가며 발을 눈 속에 묻은 채 그저 걷는다. 맑은 날 설중 행진, 마지막 동지가 대빗자루로 발자국을 지워가며 걷는다.268쪽

이처럼 남승지는 이방근이 산천단에서 자살했다는 소식을 접한 그 날 그 엄청난 충격을 견디기 힘들어 헤매다녔다. 우메다에서부터 어머니 집까지 30킬로미터 거리를 몇 시간 동안이나 걸어서 도착했다. 하염없이 걸었던 오사카의 거리가 남승지에게는 거친 들판으로 느껴지고 있다. 눈 속의 한라산을 걸었던 장면이 떠올려지고 있음은 의미심장하다. 혁명의 실패가 혹독한 시련으로 인식되고 있음이다.

4·3 난민의 밀항 과정은 몹시 험난하였다. 이 작품에서는 『화산도』에 나왔던 남승지와 이유원의 밀항 사실에 대해 반복적으로 회고되는 한편, 4·3항쟁 관련자들의 밀항 과정이 한국전쟁 발발 이후 예비검속 관련자들의 경우를 통해 구체적으로 나타난다.

> 그들은 현재 100명 미만이라고 추정되는 한라산 게릴라 하산자들이 아니었다. 하산은 거의 불가능. 죽임을 당하는 수밖에 없을 것이다. 밀항자는 예비검속으로 쫓기는 자, 유치 중인 제주 경찰에게 돈을 써서 석방된 자 들이라고 했다. 보도연맹과는 관계없이 지금도 당국이 눈을 떼지 않고 있는 요시찰자, 그 관계자 등이 어쨌든 빨갱이, 빨갱이 사냥, 레드 헌터의 연장으로서 줄줄이 체포되고 있었다. 일반 도민도 가능하다면 섬 탈출을 원하고 있어서 앞으로 밀항선 업자가 늘어날 것이다. (…중략…) 일본 돈으로 수만, 조선 돈으로 20만이라는 거금을, 더구나 경찰 등에 대한 공작 비용을 대기 위해, 그야말로 가재도구, 논[12]이라도 팔아넘기지 않는 이상 생길 수 없는 돈을 만

12 서은혜는 '논'으로 옮겼지만, 원전에 '畑'으로 되어 있을 뿐만 아니라, 제주에 논이 거의 없는 점을 감안하면 '밭'으로 번역해야 마땅하다. 이밖에도 한국어 번역본에는 가

들어 사람들은 섬을 빠져나왔다.323쪽

살육의 섬으로부터 탈출. 망망대해에 희롱당하는 16톤 목조선에 생명을 맡기고. 대마도 북단에서 이즈하라로. 그리고 본토 오사카까지의 시공간을 위험이라는 분위기의 감촉에 닭살이 돋은 채. 그나마 16톤은 큰 편이었고 대부분의 밀항자는 5, 6톤짜리 통통배로 일본에 왔다.376~377쪽

1950년 6월 전쟁 발발 이후에는 예비검속으로 쫓기고 있는 자, 수감 중에 빼돌려진 자 등이 주로 밀항선을 탔음을 알 수 있다. 밀항 자금을 마련하는 일도 어려웠고, 어렵게 밀항선에 몸을 실을 수 있더라도 그 작은 배는 망망대해에서 백척간두가 될 수도 있었다. 게다가 국경을 넘어 대마도까지 무사히 탈출하더라도 정착과 생활을 위해 일본 본토로 이동하기도 쉬운 일이 아니었다.

남승지는 움막을 출발하기 전부터 당부했다. 도중에 조선어를 쓰지 않을 것, 필요할 때는 익숙지 않더라도 일본어로 응답할 것. 무엇보다 밀항자라고 속으로 겁먹지 말 것. (…중략…) 이즈하라항에서 연락선 승선 트랩을 오를 때 승무원이 검표를 하며 표 반쪽을 잘라갈 텐데 여행증명서, 신분증명서는 필요 없다, 버스 승차권이나 마찬가지로 승선권만. 선박 승무원은 버스 차장

타카나로 표기된 지명과 제주방언이 부정확하게 옮겨진 것들이 보인다. 다음과 같이 바로잡아야 한다.
정돌(13쪽) → 정드르 (원문 : チョントゥル, 4쪽)
할방(464쪽) → 하르방 (원문 : ハルバン, 359쪽)
살아짓기요(513쪽) → 살아지키여 (원문 : サラジキヨ, 398쪽)

과 마찬가지로 그저 사무적인 일을 담당할 뿐이니 제복이나 제모를 보고 겁내거지 말 것. (…중략…) 갑자기 습격하는 적을 경계하듯 두리번거리지 말 것. 어쨌든 안심하고 자기 뒤를 따라오라면 된다고 다짐을 주었다.543쪽

난민들은 밀항자임을 숨기기 위해 각별히 조심하지 않으면 안 되었다. 발각될 경우 수용소를 거쳐 송환될 수밖에 없고, 송환 이후에는 목숨이 위태로웠기 때문이다.

목숨을 내놓고 탈출한 밀항자들은 국경을 무사히 넘었더라도 안심하고 새로운 삶을 살아가기가 어려웠다. 밀항자들은 우여곡절 끝에 정착한 뒤에도 지난한 삶을 견뎌내야 했다. 난민으로서 그들의 처지는 매우 고통스럽다. 그 고통은 남승지를 중심으로 여러 부면에서 나타난다. 그는 육체적 정신적 고통에 시달리면서 온전한 삶을 영위하기가 어려운 처지에 놓인다.

남승지는 입산 활동 중 체포되어 제주주정공장 수용소에서 심한 고문을 받은 바 있다. "단단한 벚나무 몽둥이로 엉덩이부터 다리, 등허리까지 50~60회를 구타하고 군화로 시체를 굴리듯이 하여 잠깐 두었다가 다시 때리기를 반복했"기에 "살이 터져서 뼈가 보이고 피투성이가 된 채 일주일을 누워"160쪽 지내지 않을 수 없었다.[13] 그런 반죽음의 상

---

13 작품 후반부에서는 끔찍한 성 고문을 당한 안정혜와 강연주의 사연이 더욱 비통하게 소개된다. 안정혜 관련 부분은 다음과 같다(531~532쪽).
"눈앞에 들이대!" / 의자에 묶인 채 바닥에 널브러져 있는 고영구의 코앞에 안정혜의 벌거벗은, 생나무를 찢듯이 억지로 두 사내가 발목을 붙잡고 좌우로 크게 벌린 하반신을 들이민다. 더, 더, 냄새를 맡게 하라고! 사타구니가 거꾸로 된 팔(八)자 형으

태로 이방근에게 구출되어 밀항선에 몸을 실었던 것이다.

오른쪽 다리에 상처가 있었다. 고문용 '사오기', 즉 제주 원산 벚나무 곤봉으로 정강이 뼈가 함몰되도록 맞은 깊은 상흔이 계절이나 날씨에 따라 쿡쿡 쑤실 때가 있다. 아까부터 바짓자락 속으로 손을 넣어 울퉁불퉁하게 뭉쳐 있는 상처를 문지르고 있었다.86쪽

"어머니한테 내일한 이야기를 듣고 이 눈으로 보지 못한, 제주도에서 입었다는 끔찍한 상처에 대해 안다. (…중략…) 공장 직원들과 함께 목욕을 하지 않고 공장 일이 끝나고서 드물게 한 번씩 너 혼자 공장 욕조를 썼던 이유도 알고. 어머니는 상처, 아니, 그건 상처라고 할 수 없지, 승지가 평생을 지고 가야 할 고문의…… 흔적, 그 이야기를 하면서 결국엔 가슴이 막혀 큰 소리로, 다다미를 두드리며 울고 계셨어."206쪽

고문의 흔적은 오사카에서 난민으로 살아가는 남승지의 몸에 고스

로 벌어지고 더욱 크게 벌어져 풍성하게 엉켜 있는 음모에 덮인 부분이 좌우로 열리고 생살이 붉은 입처럼 벌어져 있다. 사타구니가 찢어졌을지도 모른다. 안정혜의 저항은 멈추었다. 더 잘 보이게 하라고! / 의자에서 떨어져 서 있던 카키색 셔츠 사내가 고함을 쳤다. 그리고 안정혜의 배 위에 말을 타듯 앉더니 들여다보는 듯한 자세로 왼쪽 손바닥을 음모에 대고 문지르고는 셔츠의 가슴 포켓에서 라이터를 끄집어내 불을 붙였다. 기세 좋게 타오르는 불꽃을 천천히 음모에 갖다 대었다. 순간 음모가 오그라들며 강렬한 냄새를 풍기면서 불꽃을 피워올려 계장의 얼굴에 연기를 뿜었다. 음부를 덮은 음모 전체를 라이터 불이 핥고 연기가 고영구의 얼굴 주변으로 퍼져갔다. 안정혜는 허리를 들어올리며 몸부림쳤지만 상반신을 남자들에게 짓눌려 있으니 어쩌지도 못했다. 하반신에서도 힘이 빠져갔다.

란히 새겨졌다. 제주에서의 고문의 흔적은 너무나 끔찍하여 동료는 물론 가족에게조차 보이지 못할 정도다. 아들의 그런 모습을 감지한 어머니의 심정은 숨이 막혀 미칠 지경이 되었다. 남승지에게 그것은 혁명과 투쟁의 고통스러운 기억이기도 하다. 정신적인 상흔은 더욱 고통스럽다.

> 그곳은 바닷가마을 농가의 달빛이 비쳐 드는, 똥오줌 범벅 돼지우리였다. 밤새도록 고열에 시달린 탈주 게릴라의 몸속으로 스며든 정체불명의 등신대가 꿈틀거리는, 질척질척한 덩어리가 몸을 안에서부터 깨부숴가는 묵직한 힘, 돼지로 다시 태어나는 진통을 끙끙대며 견디고 있었다. 의식이 분화하기 이전의 진통과 태어나는 것의 분리와 같은 몸뚱어리의 감각. 고통스러운 고열의 밤을 새우며 탈주 게릴라의 네 발로 기고 있는 양손이 짤막해지는 순간, 다섯 손가락이 뭉개져 떨어진 손목에서 발굽이 디밀고 나오는 걸 알았다. 검은 돼지털로 덮인 앞발이었다. 눈은 콧구멍을 위쪽으로 내민 얼굴에 옆을 향해 매달려 있었으며 깨닫고 보니 들러붙은 똥오줌을 떨어내려 꼬리가 돋아 있었다.63~64쪽

고베의 승일 집에서 남승지가 꾼 꿈의 내용이다. 입산투쟁에서 붙잡혔다가 도망친 현재의 신세가 '돗통시돼지우리' 속의 돼지와 다를 바 없다는 인식이 꿈으로 나타난 것이다. '돼지가 되어서도 살아남아라'라는 이방근의 부탁과도 관련 있음은 물론이다. 살아남은 돼지라는 인식은 시종일관 남승지를 괴롭힌다. "내가 무슨 소릴 하고 있는 걸까? 정말 말

도 안 되지. 정작 난 거기서 도망쳐 온 주제에. (…중략…) 나에게 이런 소리를 할 자격이 있을까요? 여기 앉아서, 이런 소리를…"247쪽이라면서 자신은 어떤 말도 내뱉을 수 없는 존재라고 심하게 자책한다.

> 남승지는 창가 벽에 어깨를 기대고 창밖의 바다를 질리지 않고 내다보고 있었다. 물결 하나하나가 표정을 바꾸는 것을 응시하면서 따라갔다. 끔찍한 이미지가 머리를 스쳐 가는 것을 자꾸 몰아냈다. 제주 산지항에서 육지 형무소로 이송되는 게릴라 포로들이 도중에 수장, 해상 투기로 학살당한다……. 재판도 없이 한밤중에, 예비검속자들의 손발에 돌로 추를 매달아 바다로 내던진다…….499쪽

바다를 바라볼 때면 제주 바다에서 죽어가는 포로 게릴라와 예비검속자들이 연상된다. 남승지는 제주섬의 많은 이들이 바다에 수장水葬학살되었다는 소식을 듣고 있었다. 자신만 비겁하게 그런 죽음에서 벗어났다는 심한 죄책감에 빠져들었다. 도망자요 비겁자라는 죄책감은 남승지가 난민 생활 1년 반이 지나서 새로운 밀항투쟁에 동참하는 상황까지도 계속된다.

> "나는 재작년 관음사전투에서 체포되어 성내 알코올 공장 수용소에 있었어요. 그러고 나서 육지로 이송되거나, 도중에 바다에서 물고기 밥이 될 참이었는데 수용소에서 출소해서 작년 봄 일본으로 밀항해 온 인간입니다. 비겁하고 부끄러운 인간이죠……."

(…중략…)

"아이고, 승지, 남승지 씨, 그런 말은 봉기를 위해 싸웠던 모든 사람들을 폄훼하는 말이에요. 나도 강연주도 모두 부끄러운 인간입니다. 승지 씨……."

(…중략…)

"비겁? 내가 어떤 능욕을 당하고…. 나는 소위 인간, 사람이 아니야. 그런데도 나 나름대로는 사람이에요. 나는 살기 위해서 이곳으로 왔습니다. 연주도 그렇고요."

(…중략…) 어둠 전체가 안정혜의 말로 남승지의 얼굴을 감싸고 있었다.520~521쪽

남승지는 대마도에서 안정혜와 강연주를 만나 자신은 산부대 활동을 하다가 수용소 생활을 거쳐 밀항해 온 부끄러운 인간이라고 말한다. 이에 안정혜는 그것은 '봉기를 위해 싸웠던 모든 사람들을 깎아내리는 말'이라면서 "그 땅에 남아서 치욕을 당하고 죽임을 당하는 편이 좋은 걸까? 그리고 놈들의 먹이가 되면 좋은 걸까?"라고 반박한다. 그리고 남편 앞에서 음모가 태워지고, 유방이 인두로 잘려나간 자신들의 상황을 증언한다. 오히려 "거기 남는 것은 비겁 이상의 것"521쪽이라면서 일단은 목숨을 건지는 것이 현실적인 선택이었음을 강조한다. 그만큼 이들은 부끄러움과 죄책감 속에서 굴욕적으로라도 살아남아야만 했던 상황이었음을 알 수 있다.

난민이 된 밀항자들은 말도 함부로 내뱉지 못했다. 제주도 현지에서만이 아니라 일본에서도 4·3은 "봉인된 침묵이자 터부"250쪽였다. "밀항

자는, 특히 4·3 관계자는 조개처럼 입을 닫고 있었"519쪽던 것이다. 남승지로서도 "한라산에 관해서는 집에서 거의 입에 담은 적이 없었"286쪽으며 "이야기하는 중에 산, 한라산의 이름이 나오는 것을 멈칫하며 막"287쪽아야 할 정도였다. 이런 현상은 남로당 연락원으로 4·3항쟁에 참여했던 김시종 시인이 2000년 이전까지는 공식 석상에서 자신이 4·3 난민임을 밝힌 적이 없었던 사실[14]에서도 확인된다.

> 일본 밀항자들이 '4·3'이라는 문자, 단어, 말조차 무서워 입 밖에 내지 못하는 금기로 여기게 된 제주도. 이 말이 입 밖으로 나오지 않는다. 내어보려 해도 나오지 않는다. 금기를 범하려 하기도 전에 그냥 나오지를 않는 것이다. 그 말할 수 없는 낱말을 입 밖으로 공기 속으로 내어놓음으로써 금기를 깨고 있는, 말할 수 있게 된 자신은 도대체 누구인가? 지금 여기 푹신한 소파에 엉덩이를 붙이고 앉아 맥주에 적신 입술로 매끄럽게 뱉어내게 만드는, 한대용과 남승지를 둘러싼 공간은 무엇인가?264쪽

재일제주인들은 동지끼리의 술자리에서나 4·3항쟁에 대해 말할 수 있었다는 것이다. 제주에서 수십 년 동안 금기였던 그것이 '식겟집제삿집 문학'으로 구전되었던 상황과 유사한 점이 있다.[15] 입을 다문 채, 혁명

---

14 문경수는 "김시종이 4·3사건의 체험을 처음으로 공공장소에서 이야기한 것은 2000년 4월 15일 '제주도 4·3사건 52주년 기념 강연회'에서의 강연으로, 2000년 5월 『図書新聞』 2487호에 게재되었다"고 했다. 김석범·김시종, 이경원·오정은 역, 문경수 편, 『왜 계속 써왔는가, 왜 침묵해 왔는가』, 제주대 출판부, 2007, 15쪽.

15 '식겟집문학'에 대해서는 김동윤, 「진실 복원의 문학적 접근 방식—현기영의 「순이

의 실패에 대한 분노를 억누르고, 도망자라는 죄책감 속에서 그들은 재일의 삶을 견뎌내야 했다.

이처럼 4·3항쟁의 와중에 절체절명의 상황에서 밀항하여 정치적 난민으로 살아남은 이들의 고통은 매우 컸다. 그들은 고문의 상처와 정신적 상흔을 안은 채 깊은 죄책감 속에서 인고의 나날을 보내야 했다. 혁명 좌절 이후의 삶에서 그들의 고통과 번민은 상상을 초월하는 것이었음을 김석범의 『바다 밑에서』는 용의주도하게 포착해 내었다.

4. 재생_ 새로운 혁명

남승지의 고뇌는 혼자 빠져나와 살아남았다는 죄책감이기도 하거니와 숭고한 혁명을 성공시키지 못함에 따른 회한이기도 하다. 간절히 염원했던 제주섬에서의 혁명 실패는 너무나 큰 좌절이었다. 그렇게 죄책감과 회한 속에 자신을 옥죄어 가둔 그로서는 육체적 편안함을 견디지 못했다.

> 고문 등의 후유증이 완치되지 않은 남승지는, 멀리 있는 다루미 조선중급학교 교원이 힘들 것 같다면 같은 나가타 구의 도보 10여 분 거리인 니시고베 초급학교 교원은 어떠냐는 권유를 받았으나 이 학교 재건위원회 이사였던 사촌형 남승일

삼촌」론」, 『4·3의 진실과 문학』, 도서출판 각, 2003, 111~115쪽을 참조 바람.

도 강력하게 권했다 모조리 거절했다. 건강 문제도 있어서 사촌형이나 형수 경자는 반대했지만 이를 무릅쓰고 결국 견습으로 사촌형의 고무공장에서 일하기로 한 것이었다. 육체노동에 몸을 맡긴다. 몸을 떠나 동요하고 있는 정신을 몸에 복종시킨다.58~59쪽

남승지는 조직 사업과 교육 사업은 혁명 사업이요, 교사도 혁명 사업의 일단을 담당하는 것이라고 생각했다. 밀항 초기에 혁명은 지독한 강박 관념으로 그를 괴롭혔다. 4·3항쟁을 혁명으로 믿고 실천했던 그로서는 "혁명 사업이라는 말이 날아다니는 교육현장이 낯설고 두려웠"다. 그랬기에 "혁명으로부터 멀리 멀리"59쪽 벗어나고자 애썼다. 그래서 교사 권유를 거절하고 육체노동의 길에 들어서서 땀을 흘렸다. 4·3혁명의 실패자로서 조직적인 일이 힘들다는 생각으로 작은 공장의 노동자가 된 것이다. "무엇보다도 남승지는 노동이 불러오는 견디기 힘든 육체적 피로에 오히려 해방감을 느꼈"184쪽던 것이다.

하지만 혁명주체였던 남승지가 언제까지나 혁명의 기억을 멀리하고서 살아갈 수는 없었다. 그것은 도저히 망각할 수 없는 것이었다. 이방근이 끝내 자살을 택한 의미를 수시로 깊이 생각하곤 했다. 한대용을 만나 지속적인 대화를 나누면서 진정한 혁명의 뜻이 무엇이었는지 되새겨보곤 한다.

"이봐, 승지. (…중략…) 그때 4·3혁명이 성공할 거라고 생각했지? 그건 혁명이야. (…중략…) 단독선거를 저지하고 조선통일정부의 첫걸음을 구축

한다. 현실이 정말 꿈이 되어버리는 건가?"

(…중략…)

남승지는 한대용의 입에서 4·3혁명, 혁명이라는 말이 나온 것에 놀랐다. 혁명, 혁명. 실패, 패배한 혁명, 궤멸한 혁명도 혁명인가?107~109쪽

'단독선거를 저지하고 조선통일정부의 첫걸음을 구축한다'는 목표로 헌신했던 제주에서의 혁명은 성공하지 못했다. 그런 마당에 재일 난민인 처지에서 다시 어떠한 혁명의 길을 도모할 수 있겠는가. 그 길을 찾기는 너무나 어려웠다. 그러던 차에 1950년 여름 한반도에서 전쟁이 발발한다.

"난 혁명을 계속 이어갈 거야……. 한라산의 하산자를 구출해서 일본으로 밀항시키는 것이 혁명이야. 이방근의 유지를 계승하는 것. 방근·대용, 이방근의 후계자, 그 길밖에 없어."

남승지는 말없이 끄덕이며 천천히 맥주잔을 기울였다. 혁명.

(…중략…)

패배라는 현실을 딛고, 이방근의 유지를 이어 하산자들을 일본으로 밀항시키는 것이 혁명, 이방근의 유지.365쪽

한국전쟁 개전 이후의 상황은 또 다른 밀항자들을 발생시켰다. 이방근이 한대용에게 넘겨줬던 한일호는 다시 예전의 게릴라 하산자 구제와 마찬가지로 제주 사람들의 섬 밖 탈출을 위한 밀항선으로서의 역할

을 수행하게 되었다. 이제 한라산 게릴라로서 하산하는 경우는 많지 않을 상황이지만, 전쟁 상황에서의 예비검속 조치에 따른 체포를 피한 사람들의 구출이 추가로 필요한 상황이 전개되고 있었기 때문이다.

한대용의 밀항투쟁 재개를 보면서 남승지는 다시 이방근의 행위를 생각했다. 이방근은 배신자 유달현을 처단한 데 이어 외가 친척인 경찰 정세용을 직접 쏘아 죽였다, 그러고선 자신을 밀항선에 태워 보낸 후 산천단에 가서 자결했다, 도대체 왜 그런 것일까. 결국 그는 이방근이 "되살아나는 희생양"349쪽[16]이었음을 깨닫게 된다. 이유원도 오빠가 "제주도, 고향 사람들을 대신해 정세용을 쏘았"으며 그 이후 산천단이라는 곳에서, 즉 "우리 도민들의 신앙의 산, 한라산 산신의 제단 흔적이 있는 신성한 곳"에서 자살한 것이니 "이방근은 (…중략…) 도민을 대신해 희생해서 죽었"450쪽다고 말한다.

> 내 마음 깊은 곳에 오직 패배, 도망만 있는 것이 아니다. 끔찍한 학살에 대한 공포를 넘어선 증오, 복수심, 8·15 이후 일제의 주구, 친일파 정부 이승만이 저지른 학살에 대한 복수심, 복수할 방법은 당장 없지만 마음은 있다. 복수는 생명, 돼지가 되더라도 살아남아라. 그것이 투쟁이다. 이방근.
>
> (…중략…) 지금 나에게 무슨 희망이 있을까? 땅속 깊이 묻혀 있는 갓난아이를 포함한 무수한 학살 시체의 보이지 않는 불꽃이 지상에 빛을 발하고 언젠가 타오르는 것이 희망일까? 불가능하지만 가능한 희망. 그 희망은 허

---

16 원문에는 "再生のスーケプゴート"(266쪽), 즉 '재생의 희생양(scapegoat)'으로 되어 있다.

망이다. 인간의 이성으로는 대처할 수 없는 학살과 파괴. 무력감. 돼지가 되어서라도 살아남아라. 그게 투쟁이다. 사는 것이 투쟁이라고? 그래, 투쟁이다. 한일호를 한대용에게 넘기고 자살을 준비했다. 자살은 복수에 대한 죽음의 표현. 투쟁. 절망의 복수. 지금 알게 된 듯한, 깨달은 듯한 기분이 들었다. 복수. 복수는 죽은 생명의 부활.372~373쪽

살아남는 것이 투쟁의 길이다, 그래야만 어떻게든 복수를 꿈꿀 수 있게 된다, 그것을 위해 또 다른 죽음들을 살려내야 한다, 새로이 전개되는 밀항투쟁에 나서야 한다, 이것이 바로 이방근 뜻임을 남승지는 비로소 믿게 되었다. 재생의 틈이 보인 것이다. 그러던 차에 한대용이 밀항투쟁의 일환으로 대마도에 가 달라고 그에게 부탁한다.

대마도에 가줬으면 해, 한대용의 이 한마디가 뭔가 남승지의 마음 깊은 곳에 어찌할 수 없을 만큼 얼어붙어 무감각해져 있던 것, 응어리에 균열을 만든 것 같았다. 그 틈새를 벌리고 녹이는 특급열차의 흔들림과 함께 그것이 사라진 듯한, 팔다리가 자연스레 뻗어가는 듯한 해방감도 느끼고 있었다. 밀항 이래, 도망자의 마음에 지금까지 없던 조심스러운 기쁨이었다.373~374쪽

대마도는 "생과 사의, 죽은 자와 산 자의 분기점"365쪽으로 인식되는 것처럼, 대마도에 가는 행위는 남승지의 난민 생활에서 중대한 분기점이 된다. "밀항은 생명"이며 "복수는 생명의 부활"이기에 "돼지가 되어서라도 살아남아라"375쪽는 이방근의 유지를 받들기 위해 생사의 분기

점인 대마도로 가기로 결심한다. 남승지는 한대용과 마찬가지로 절망의 제주도에서 사람들을 구출해내는 것도 이방근의 소중한 유지의 하나였음을 분명히 인식하였던 것이다.

> 제주도 탈출, 목숨을 부지한 일본 생활 1년 반. 남승지는 자신이 처음으로 전향적前向的인 자세라는 것을 느끼고 있었다. 앞을 향한다는 것은 무엇인가. 희망, 그런 거창한 것이 아니다. 대마도로 밀항자를 데리러 가는 것에, 앞쪽을 향해 한 걸음 내딛는 마음. 그것이 희망이라면 희망이다. 죽음의 땅을 벗어나 일본으로 온 이후, 처음 있는 일이다.382~383쪽

남승지는 비로소 혁명에 대한 가느다란 희망을 가질 수 있게 되었다. 멀리 내다보았을 때 제주섬의 혁명이 완전히 실패한 것은 아니며, 이제 새로운 혁명을 시작할 수 있다는 신념을 갖게 되었음이다. 한대용은 "예비검속을 당한 교원과 여성동맹 활동가, 저 지옥의 땅 혁명 여전사가 오거든, (…중략…) 혁명투사를 데리러 가는 거니까 혁명적인 일"460쪽이라고 그를 격려한다.

> 바다 물결이 치고 있는 밤의 대마도, 경계의 섬. (…중략…) 남승지는 어쨌든 여기까지 와서 살아 있는 안정혜, 강연주와 만난 지금, 춥고 더운 판별도 할 수 없을 듯한 심정이었다. 삶과 죽음이 뒤얽힌 경계, 제주도와 일본 사이의 경계, 사지에서 탈출하여 바다를 건너 대마도 이곳에 존재하며 살아 있는 안정혜와 강연주, 분수령 위에 가로질러 있는 죽었을 생명. 아직 한쪽 다

리를 사경에 집어넣은 채인 강연주, 안정혜의 어둠, 혼돈을 감싸 안고 안정 혜와 강연주를 그리고 남승지를 지탱하는 어둠의 마룻바닥.518쪽

남승지는 드디어 대마도에 도착하여 사스나의 오두막에서 공포에 떨며 숨어 있던 두 여성 활동가를 만난다. 새로이 난민이 되는 그녀들에게 남승지는 누망縷望을 주는 구원자로서의 구실, 새로운 혁명을 도모하는 동지로서의 역할을 수행하게 되었다. 남승지는 그녀들로부터 여성의 신체를 모욕적으로 훼손당한 끔찍한 증언에 이어, 하얀 손수건에 이름과 신상정보를 적어두고 처형장으로 끌려갔다는 송명순의 사연[17]도 듣는다.

이튿날 세 명의 4·3 난민은 그 오두막을 나선다. 이동하던 길에 강연주는 대마도의 동백꽃을 꺾어 냄새를 맡고는 가방에 넣는다. 그리고 이즈하라항을 벗어나 일본 본토로 향하는 배 위에서 그것을 바다에 띄워 보낸다. 일행 셋이 손을 모은다.

강연주가 가방 속에 소중하게 넣어 두었던 손수건에 싸인 동백꽃 두 송이를 꺼내서 "정혜 언니, 이 꽃을……" 했다. 안정혜는 끄덕이면서 "승지 씨, 동백꽃을 바다에 흘려 보냅시다". 남승지는 함께 자리에서 일어났다. 아아, 역시 꽃은 제주도 망자들에게 바치는 이별의 헌화였다. 동백꽃. 제주도의 꽃, 대마도의 동백.

17 송명순의 사연은 이미 김석범이 「간수 박 서방」(1957)에서 형상화한 바 있다.

앞선 남승지는 통로에서 갑판으로 가는 문을 열고 우현 옆 통로로 나섰다. 바다가 요동치고 있었다. 바닷바람이 꽤나 차갑다. 두 사람은 흔들리는 배의 현을 꽉 붙잡고 함께 한 송이씩 손에 든 동백꽃을 바다에 던졌다. 꽃은 파도를 타고 떠올라 붉은 바다꽃이 되어 춤추듯 물결을 타고 멀어져 갔다. 두 사람은 머리를 숙이고 합장하고 있었다. 남승지도 손을 모은다.546쪽

대마도의 동백꽃에서 제주도의 동백꽃이 소환되고 있다. 제주와 일본은 국경의 구획이라는 물리적인 단절을 넘어설 수 있음을 의미한다. 그러기에 동백꽃을 통한 이러한 추모는 재생의 다짐이기도 하다. "복수는 죽는 목숨의 부활"485쪽임을 남승지는 확신하게 되었다. 4·3 난민인 남승지의 새로운 투쟁은 비로소 시작된 것이다. 그것은 제주에서의 혁명이 완전히 실패한 것이 아니었음을 의미한다. 이제 제주섬의 혁명이 재일 난민의 혁명으로 다시 이어지게 되었다.

죽어서 제주에 묻힌 이방근과 정치적 난민으로 일본에서 살아가는 남승지가 공히 목적하는 혁명과 투쟁의 지향점은 결국 '평화세상'이라고 할 수 있다. 이 소설에서 4·3항쟁 과정 가운데 특히 4·28평화협상[18]의 중요성이 수시로 강조되는 점[19]은 바로 그것을 입증한다. 이방

---

18 4·3봉기 후 경찰과 서청을 중심으로 대응하던 미군정은 4월 17일 제주도 주둔 국방경비대 제9연대에게 사태 진압을 명령했다. 그러나 경찰에 비해 민족적인 성향이 강했던 9연대는 산부대(무장대)와의 평화적인 해결 방안을 모색했다. 마침내 1948년 4월 28일 9연대장 김익렬 중령과 산부대 군사총책 김달삼의 만남이 이뤄져, 72시간 이내에 전투를 중지하고 봉기 주모자들의 신변을 보장한다는 등의 평화협상을 성사시켰다. 하지만 4·28 평화협상은 미군정 수뇌부에 의해 무시되었다. 5월 1일에는 오라리마을 방화사건이 발생하고, 5월 3일에는 상부의 지시를 받은 경찰들이 귀순자들

근이 직접 외가 친척인 정세용을 처단한 행위도 평화롭게 사태를 수습할 수 있었던 마지막 기회를 앗아가 버렸음에 따라 감행한 결단이었음은 물론이다. 남승지와 한대용이 수시로 만나고 나중에 이유원도 함께 만나는 식당 이름이 '평화정平和亭'이라는 점, 한대용이 즐기는 담배 이름이 '피스'이며 남승지는 "피스의 고상하면서 감미로움까지 느껴지는 향기"496쪽를 맡는다는 점도 작가의 평화 지향성을 뒷받침한다. 따라서 『바다 밑에서』에서 4·3 난민들에 의해 전개되는 새로운 혁명은 바로 자주적인 통일정부 수립과 같은 맥락에서의 평화세상 건설이라고 할 수 있다. 그것은 죽은 자와 산 자 간의 상생 교섭에 따른 '혁명의 되살림'이라고 할 만하다. 제주섬의 4·3혁명은 새로운 투쟁을 위해 일본에서 다시 태어난 것이다. 그 중심에 4·3 난민이 있다.

5. 난민문학으로서의 가능성

지금까지 살펴본 것처럼 김석범의 장편소설 『바다 밑에서』는 대하소설 『화산도』의 뒷이야기를 형상화한 작품이다. 하지만 4·3의 정치적 난민에 주목하여 읽을 때 이 소설은 독자적인 문제작이라고 평가하기에 충분하다. 고찰한 내용을 요약 정리하면 다음과 같다.

에게 충격을 가하는 사건이 터지면서 협상은 깨지고 말았다. 제주4·3사건진상규명및희생자명예회복위원회, 『제주4·3사건 진상조사보고서』, 2003, 190~205쪽 참조.

19 『화산도』에서도 4·28평화협상은 매우 중요한 사건으로 취급된다.

첫째, 이 소설은 조직원으로서 4·3항쟁에 직접 참여했거나남승지 밀항투쟁을 벌였거나한대용 거기에 동조하였던이유원 인물들이 정치적 난민이 되어 1950년의 일본에서 기억하고 성찰하고 모색하는 이야기다. 특히 남승지를 중심으로 그 좌절과 재생의 양상을 잘 보여주었다.

둘째, 혁명의 좌절에 번민하던 남승지는 이방근의 자살과 한국전쟁 등을 겪고는 살아남은 자로서의 죄책감에 더욱 시달리게 되었다. 난민으로서 살아남은 사람들은 육체적·정신적 상처를 안은 채 죄책감 속에서 방황하는 나날을 보내야 했으며 그들의 고통과 번민은 상상을 초월하는 것이었음을 작가는 남승지를 통해 용의주도하게 포착해 내었다.

셋째, 남승지는 이방근이 '재생의 희생양'이었음을 깨닫고는 한국전쟁 이후 새로이 전개되는 밀항투쟁에 동참하게 되었다. 그는 대마도에 가서 4·3 난민이 된 두 여성 활동가를 본토로 데려오는 임무를 수행하면서 새로운 혁명을 도모할 수 있게 되었는데, 그것은 궁극적으로 평화세상의 건설을 지향한다고 할 수 있다.

이렇듯 김석범의 장편소설 『바다 밑에서』는 단순히 대하소설 『화산도』의 뒷이야기 정도로만 취급될 작품이 아니다. 4·3 난민의 밀항 이유와 그 과정, 혁명의 좌절에서 오는 살아남은 자의 죄책감, 난민 생활의 번민과 고통, 다시 시작하는 혁명투쟁과 재생의 모습 등이 잘 드러난 소설이다. 4·3항쟁이 배태한 정치적 난민의 의미를 이처럼 문제적으로 구체화한 소설은 아직 없다고 할 수 있다. 앞으로 김석범 문학에 대해 난민의 관점에서 읽으려는 시도는 계속될 필요가 있다.

제5장

환대 공동체에서 제외된 장소상실의 존재

제주소설의 4·3 난민 형상화 방식

1. 그들은 그저 살기 위해 도망간 것일까

길게는 7년 7개월 동안 이어진 4·3항쟁은 그 토벌 과정에서 적잖은 난민들을 발생시켰다. 그것은 주로 검거·체포·학살 등을 피해 일본으로 밀항하는 방식으로 이루어졌는데, "4·3사건을 전후해서 제주도에서 적어도 1만 명 이상이 일본으로 건너"[1]간 것으로 추정되고 있다.[2] "해방 후 일본에 정착한 재일 한국인을 약 60만 명, 제주 출신자를 8만 명 정도로 보고, 그중 4·3으로 인해 일본으로 밀항한 제주인을 1~2만 명 정도로 추정"하고 있음에 따라 "밀항자와 그 친족·지인까지 포함하면 당시 일본에 있던 제주인 대부분은 크고작게 4·3과 관련이 있다고

---

1 문경수, 「4·3과 재일 제주인 재론(再論)-분단과 배제의 논리를 넘어」, 『4·3과 역사』 19, 제주4·3연구소, 2019, 96쪽.

2 『제주4·3사건 진상조사보고서』에는 "제주청년 3,000명 가량이 해방 후 일본으로 건너왔는데, 주로 1947년의 일이다. 사태 발생 후인 48년이나, 49년에 일본으로 왔다는 사람들은 거의 거짓말일 것이다"라는 김민주의 말이 인용되었다.(125~126쪽) 이에 대해 문경수는 여러 증언과 자료들을 제시하며 그것의 신빙성을 문제삼았다. 위의 글, 93~96쪽.

볼 수 있"[3]다는 것이다. 이들 4·3 난민들은 일정한 시간이 흐른 뒤에 다시 직간접적으로 고향과 소통하게 되면서 제주지역 사회에 적잖은 영향을 끼쳤다.

이처럼 4·3 난민의 문제는 그 규모가 상당하고 제주 사회와의 관련성도 밀접하다. 그럼에도 불구하고 이 문제가 아직까지 제대로 비중 있게 다루어진 경우가 거의 없음은 안타까운 일이다. 『제주4·3사건 진상조사보고서』2003에서도 4·3 난민 문제를 따로 다루지 않고 있으며 그 언급조차 소략하다. 관련 증언집들도 간행된 바 있지만[4] 그것이 본격적인 연구 차원으로 나아가지는 못하고 있다. 이런 상황에서 제주의 작가들이 쓴 소설을 중심으로 그 일면을 살피는 작업은 충분한 의미가 있다.

4·3항쟁의 경우 오랫동안 공산폭동론 외에는 논의조차 금기시 되었는데, 그런 금기를 깬 분야가 바로 현기영의 「순이 삼촌」1978으로 대표되는 소설이었다. 「순이 삼촌」은 엄중한 정치적 상황에서 전략적으로 금기를 깨는 방식을 강구해야 했기에 민중 수난 중심의 희생담론을 견지할 수밖에 없었다. 이 작품의 파급력이 워낙 강력했음에 따라 이후 대부분의 4·3소설은 제주민중의 억울한 죽음을 문제삼은 희생담론으

3 문경수, 「경계에서 찾은 4·3의 가치를 알리다(대담)」, 『4·3과 평화』 45, 제주4·3평화재단, 2021, 18쪽.

4 제주도4·3사건지원사업소·제주4·3연구소, 『재일제주인 4·3증언채록집』, 도서출판 각, 2003; 재일제주인의 생활사를 기록하는 모임, 『재일제주인의 생활사 1－안주의 땅을 찾아서』, 선인, 2012; 재일제주인의 생활사를 기록하는 모임, 『재일제주인의 생활사 2－고향의 가족, 북의 가족』, 선인, 2015; 김창후, 『자유를 찾아서－김동일의 억새와 해바라기의 세월』, 선인, 2008; 김창후, 『4·3으로 만나는 자이니치』, 진인진, 2017.

로 창작되었다. 희생담론의 경우에는 4·3 난민에 대한 시각도 대체로 피상적일 수밖에 없다. 정치적 이념과의 상관성이 큰 4·3 난민을 주된 제재로 삼아서 구체적으로 다루기가 용이하지 않았을 것이기 때문이다. 하지만 그런 피상적 형상화 속에서도 작품을 두껍게 읽으며 행간을 주목한다면 나름의 의미를 포착할 수 있으리라고 판단된다.

이 연구에서 주목한 작가는 오성찬, 현길언, 고시홍 등 3인이다. 이들 세 작가는 모두 제주 출신으로 1940년대생오성찬과 현길언은 1940년생, 고시홍은 1949년생이라는 공통점이 있다. 유소년기에 4·3항쟁을 직간접적으로 체험한 작가들이라는 것이다. 이들의 창작 중에서 주목한 소설은 오성찬의 「잃어버린 고향」1975, 현길언의 「귀향」1982과 「먼 훗날」1984, 고시홍의 「도마칼」1985 등 네 편이며, 고시홍의 「감격시대」2013·「비망록—죽어서 말하다」2013·「작은 모스크바」2015 등도 추가로 점검하였다.[5] 여기서 중점적 고찰 대상인 전자의 네 편은 유신시대와 제5공화국 시절에 발표된 작품들이다. 이들 작품에서 4·3 난민을 어떻게 인식하고 있는지를 구체적으로 살펴보는 한편, 그런 인식의 요인을 정치사회적 상황과 연관시켜 분석하고, 나아가 그것이 민주화 이후에 발표된 작품에서는 얼마나 달라졌는지도 확인하고자 한다. 이 글이 희생담론으로서의 4·3

---

5 각각 다음의 작품집을 텍스트로 삼았으며, 이 글에서 작품을 인용할 경우에는 이들 작품집의 쪽수만 ( ) 안에 명기한다.
오성찬, 「잃어버린 고향」, 『별을 따려는 사람들』, 성지문화사, 1988.
현길언, 「귀향」·「먼 훗날」, 『용마의 꿈』, 문학과지성사, 1984.
고시홍, 「도마칼」, 『대통령의 손수건』, 전예원, 1987.
고시홍, 「감격시대」·「비망록—죽어서 말하다」·「작은 모스크바」, 『물음표의 사슬』, 삶창, 2015.

문학을 넘어서 그 본질에 다가서기 위한 발판을 마련하는 데 일조할 수 있기를 기대한다.

2. 공모된 침묵과 기억의 자살_ 오성찬의 「잃어버린 고향」

오성찬의 단편소설 「잃어버린 고향」은 4·3 당시에 일본으로 밀항했던 '나'중식가 26년 만에 제주를 방문했다가 고향의 인심이 야박해졌음을 느낀다는 내용의 작품이다. 중식은 4·3이 일어나던 해에 19세의 학생이었는데 봉기에 연루된 교사와 함께 활동했던 학생들이 희생되기 시작하자 불안하여 다락에 숨어 지내던 중 어머니의 강권에 따라 밀항하게 되었던 인물이다. 그는 낯선 일본에서 갖가지 고생을 하는 가운데 가정을 이루어 살았다. 그런데 사반세기 넘어 처자식과 함께 일주일 일정으로 귀향한 그에게 고향의 친지들은 그가 겪어온 어려움에 대해서는 도무지 관심을 두지 않은 채 여러 가지 경제적인 도움만 받으려고 한다. 결국 그는 예정보다 앞당겨 일본으로 돌아가는 길을 재촉한다.

「잃어버린 고향」의 4·3 관련 상황은 중식이 1970년대 중반의 겨울에 귀국한 직후 식사를 마치고 고향마을로 가는 길에서부터 회고된다. 한라산 기슭을 횡단하여 S읍[6]으로 가는 마이크로버스에서였다. "얼근하게 오른 술기운은 잉잉거리는 차의 엔진 소리 속에 (…중략…) 옛날

6 '서귀읍'을 말함. 서귀읍은 1981년에 중문면과 통합하면서 서귀포시로 승격하였다.

의 회상 속으로 몰"208쪽아 넣었다. 하지만 그렇게 회고되는 4·3의 실상은 너무나 애매하다.

> 이십육 년 전, 이 산은 공포의 뜰이었다. 천구백사십팔년 사월 삼일. 좌익 게릴라들은 '4·3사건'을 일으켰다. 참나무 기둥에 박혀 있던 피 묻은 선연한 도끼 자국. 그것은 교복의 긍지 속에 살고 있던 십구 세 소년의 가치관을 여지없이 흔들어 버렸다. 제 세상을 만난 듯이 날뛰던 비게덩이 '농통선생'— 농업통론을 가르친 데다가 머리가 하도 둔해서 이런 별명이 붙었다 — 거기 휩쓸린 어린 학생들. 학교의 분위기는 날로 살벌해 갔다.
>
> (…중략…) 그때의 제주도는 법이 미치지 못하는 공원이었다. 사냥꾼들은 난입하여 공원 안에서 마구 총을 쏘았다. 학교 운동장에서 있었던 후배의 처형, 교목 칼라에 묻었던 검붉은 핏자국. 마지막 경련을 일으키던 어진 짐승 같은 소년의 최후. 교사들은 도망가고 학생들은 흩어졌다.208~209쪽

4·3항쟁의 실상이 매우 추상화되었음을 알 수 있다. '좌익 게릴라들'의 봉기임을 언급하면서도 난입하여 총을 쏘거나 학교운동장에서 소년을 처형한 주체에 대해서는 명기하지 않는다. "친구들이 끌려가 시체로 발견되고 동네 젊은이들이 무차별 사살을 당한 얘기"와 "마을이 온통 불타고 있는"209쪽 상황을 언급하면서도 가해한 주체를 제대로 밝히지 않는다는 것이다. "얘야, 무슨 연대라더라…… 군인들이 엄무랑하게 엄청나게 많이 들어왔다는구나"209쪽라는 어머니의 전언에서 미루어 짐작할 수 있을 따름이다. '공포'의 상황에 대한 전말이 모호해지고 말았다.

반면에 비극의 책임 소재는 구체화된다. 그런 끔찍한 사태를 불러온 데에는 '좌익 게릴라들'과 '농통선생'에게 책임이 있음을 드러내어 말한다. 특히 농통선생의 경우에는 '제 세상을 만난 듯이 날뛰던 비게덩이'라거나 '머리가 하도 둔해서'라는 식으로 상당히 부정적으로 희화화戱畵化하고 있다. 누가 학살하고 방화했는지는 말하지 않은 채로 어쨌든 그 원인 제공자는 봉기 주체들이라는 관점인 셈이다.

주인공 중식 역시 4·3항쟁에 직접 참여하지는 않는 것으로 그려졌다. 19세의 농업학교 학생이었던 그는 농통선생과 연루된 후배가 학교 운동장에서 처형당하는 장면을 목격한다. 그 사건으로 인해 교사들은 도망가고 학생들은 흩어지는 급박한 상황을 맞닥뜨리면서 그도 피신해야 했다. 동구 밖 집의 다락에 숨어 긴 여름을 보내는 가운데 어머니로부터 학살의 전언을 듣고 마을이 방화되는 상황을 지켜보면서 "난국을 살아갈 지혜는 생각나지 않"209쪽는 암울한 상태에 함몰되어 있었다. 결국 중식은 4·3봉기의 주체도 아니고, 거기에 동조하지도 않았던 인물임이 강조되고 있음이다. 다만 농통선생에게 '휩쓸린 어린 학생들'이 희생되는 것을 보면서 자신도 거기에 연루되지 않을까 노심초사하였다. 그런 와중에 "대나무밭에 불이 붙어 터지던 폭죽爆竹 소리, 장독들이 깨지던 약간 더 둔탁한 폭음, 밤새 불붙던 핏빛 하늘"209쪽로 마을이 더욱 아수라장이 되자 어머니가 강력히 밀항을 권하였다.

> "일본으로 가거라. 우선 씨나 보존하고 봐야 하지 않겠느냐?"
>
> 그녀는 어디서 마련했는지 한 줌이 꽉 차는 똘똘 만 지전 뭉치를 내 손에

쥐어 줬다.

"어머니, 약간만 기다립시다. 이런 개판 세상이 오래야 갈라구요."

그녀는 밭일에 거친 손으로 내 손을 잡고 안타깝게 졸랐다. 내 얼굴을 우러러보는 어머니의 눈물 젖은 얼굴을 보며 드디어 밀항을 결심했다. 달도 없는 썰렁한 가을밤, 아랫마을 포구에서 어머니의 손을 놓고 나는 발동선을 탔다. 배에는 평소에 낯이 익은 이웃마을 젊은이들 셋이 더 타고 있었다. 캄캄한 밤의 항해, 오싹하게 전신을 저려오던 바다의 추위, 배는 쉬지 않고 일정한 속도로 달렸다. 기력을 다해서 달려도 거기가 거기이던 망망대해. 그것은 참으로 안타까운 안간힘이었다. 그러다 이틀 만의 저녁 때 우리들은 어느 낯선 해변에 닿았다.209~210쪽

어머니가 눈물로써 아들과의 생이별을 재촉하는 상황이다. 목숨을 보전하기 위한 방책으로 밀항을 선택하지 않을 수 없었음을 보여준다. 일단 '개판 세상'에서 피하고 보자는 심사였던 것이다. 가을밤에 출발하는 밀항선에는 이웃마을 세 청년이 동행하였다. 이틀 동안 거친 바다를 넘어가는 밀항 길은 초조하고 막막할 수밖에 없었다. '썰렁한', '캄캄한', '오싹하게', '안타까운' 등의 표현들은 밀항 길의 상황과 심정을 적절히 나타내고 있다.

목숨을 걸고 일본으로 밀항해서 캄캄한 밤 낯선 포구에 부리어진 후, 식당 보이로부터 시작해서 식품 공장의 수위, 거지와 진배없는 폐품 수집 그리고는 지금 하고 있는 도금업鍍金業 — 허긴 말이 도금업이지 우스운 가내

공업이지만 — 을 벌이기까지 당한 갖은 수모와 고생, 그러나 이런 고생 가운데도 내겐 언제나 화려한 고향이 있었다. 무서운 고향이지만 그것은 일시적인 상황일 뿐 이내 고향의 색깔은 화려한 것으로 바뀌었다. 돈을 벌어서 고향엘 가자, 보란 듯이 떳떳하게 귀향하자, 가슴에 멍울을 안고 이를 갈았다. 도금업을 하면서 거래처인 일본인 처녀를 알게 되고, 결혼을 하고, 아이를 하나 둘 낳고, 재산이 불고 돈이 모이고 할 때 말할 수 없이 기쁜 것도 딴은 고향을 의식해서였다. 많이 살기 좋아졌을 고향의 생활들, 많이 달라졌으나 서로 반기는 고향 사람들, 이들을 위해서 낯선 설움과 모진 어려움을 참았다.217쪽

밀항 후 중식이 겪은 일본에서의 삶은 너무나 혹독했다. "징징징징, 처음 폐고무 공장에 취직을 해서 종일을 기계 돌아가는 소리만 듣"220쪽던 때는 머리가 너무 아파 힘들었다. 그는 식당 종업원, 공장 수위, 폐품 수집, 가내 도금 등의 힘겨운 일을 해내야 했다. 언젠가는 고향으로 돌아갈 수 있겠거니 기대하면서 '낯선 설움'과 '모진 어려움'을 견뎌내었다. 그런 와중에 일본 여자를 만나 결혼을 하였고, 아들딸을 낳았다. 밀항 26년이 된 1970년대 중반의 현재, 그는 재일조선인으로서 아내와 열여섯 살의 아들과 열한 살의 딸을 두고 도금업을 하고 있으니, 소박한 정도의 안정된 생활을 영위하게 된 셈이다.

하지만 재일조선인으로서의 중식의 삶과 관련해서는 작품에서 심하게 고생했다는 점만 부각시키고 있음을 주목할 필요가 있다. 심지어 그가 밀항하여 정착한 곳이 일본의 어느 도시인지도 밝히지 않았다. 4·3

난민으로서의 생애는 전혀 고려되지 않고 있다는 것이다. 4·3의 상처로 인한 고통의 양상은 언급하지 않은 채로 '화려한 고향'에 '떳떳하게 귀향하자'고만 다짐하고 있을 뿐이다. 단순 밀항자와 전혀 다를 바 없는 상황인 셈이다.

이렇듯 오성찬의 「잃어버린 고향」에서 4·3 문제는 전반적으로 추상화됨과 아울러 회피되고 있음을 알 수 있다. 이런 현상은 국가 폭력 사실에 대한 사회공동체의 '공모된 침묵conspiracy of silence'[7]의 양상이라고 할 수 있다. 거대한 폭력의 공포가 제주 공동체의 침묵을 조장했다는 것이다. 그러한 현상은 난민 문제와 관련하여 더욱 뚜렷이 나타난다. 이는 국가 폭력 주도 세력에 의해 강요된 망각, 즉 '기억의 자살'[8]이라고 해도 무방하다. 이것이 유신정권 한복판의 시점에서 4·3항쟁과 4·3 난민을 형상화하는 방식이었던 것이다.

3. 선명한 낙인과 책임의 전가_ 현길언의 「귀향」·「먼 훗날」

현길언의 단편소설 「귀향」은 4·3항쟁 당시 행방불명되었던 아버지박성빈가 34년 만에 일본에서 귀향 소식을 전해오면서 이야기가 시작된

---

7 Y. Danieli, "Massive trauma and the healing role of reparative justice", *Journal of Trauma Stress* 22; 김석웅, 「국가 폭력 트라우마 경험에 대한 근거이론적 탐구」, 전남대 박사논문, 2020, 16쪽에서 재인용.

8 재일작가 김석범은 4·3항쟁의 기억을 제대로 증언하지 못하는 상황과 관련하여 '기억의 자살'을 여러 차례 강조한 바 있다.

다. 당시 아버지는 산부대소설에서는 '공비'나 '폭도'로 표현됨쪽에서 활동하다가 사라졌고, 이후 할머니와 작은아버지 등의 가족들은 목숨을 잃었다. 성인이 된 '나'박민규는 아버지의 행적 때문에 서독 유학을 포기해야만 했다. 아버지는 일본에 건너가 다시 결혼하고 조총련 활동을 했다는데, 할아버지의 유언에 따라 이미 그는 한국에서 사망신고가 되어있는 상태였다. 어쨌든 '나'는 아버지의 귀국 소식에 몹시 불안했으나 공항에 나가지 않을 수는 없었다. 그런데 어머니·당숙과 함께 마중나간 공항의 출구로 나오는 사람은 뜻밖에도 아버지의 유골함을 안은 이복동생이었다는 충격적인 장면으로 작품은 마무리된다.

「귀향」에서 주목할 인물은 아버지 박성빈이다. 그는 일제강점기에 경성제국대학을 다니던 수재였다. 일제 말에 학병으로 출정하기도 했던 그는 해방 후에는 대학에 복학하지 않은 채 제주읍내 중학교 영어교사로 부임하였다. 그는 학교 관사에서 처자와 동생을 데리고 살면서 청년들과 활발히 어울리며 무언가를 도모한다.

> **그해 가을**이 되면서 우리집엔 밤마다 사람들이 들끓기 시작하였다. 주로 학생들과 젊은이들이었다. 새벽까지 아버지 방엔 불이 켜져 있을 때가 많았고, 그때 어머니는 초조한 얼굴로 뜨개질만 하였다. 뒷날 늦게 일어난 아버지는 학교에 나가지 않는 날도 있었다. 학교가 쉬는 날이 많아졌고, 울타리 건너서 보면 때때로 학생들끼리 몽둥이질을 하며 싸움을 하기도 했다. 그렇게 어지러운 가운데 **다시 봄**이 되었다
>
> (…중략…)

살그머니 눈을 떠 보니 아버지는 방 안에 우뚝 서 있었고, 어머니는 등을 돌린 채 흐느끼고 있었다. 아버지 복장은 평상복 차림이 아니었다. 어디 먼 길을 떠나려는 차림이었다. (…중략…)

"기다리고 있어요. 얼마 없어 새 세상이 되면 돌아오겠소."

(…중략…) 아버지는 곧 돌아올 것같이 그렇게 떠났다.

그런데 일은 그것으로 끝나지 않았다. 뒷날 새벽 한바탕 소동이 벌어졌다. 아직도 어스름인데 경찰에서 들이닥쳤다. 두어 명 경찰관이 집 앞뒤를 지키는 가운데 몇이 우르르 들이닥쳤다. 아버지 방에서 몇몇 물품을 챙겨든 그들은 어머니를 데려갔다.76~77쪽, 강조—인용자

여기서의 '가을'은 1947년이며 다시 찾아온 '봄'은 1948년의 상황으로 보인다. 밤중에 집을 나간 박성빈은 아마도 남로당 제주도당의 조직원으로서 산부대 활동을 벌인 것으로 짐작된다. '새 세상이 되면 돌아오겠'다는 말에서 그런 면을 어느 정도 추정할 수 있다.

아버지로 인해 어머니가 경찰 조사를 받은 후 박민규는 어머니와 함께 고향마을에서 조부모와 함께 지내게 되었다. 하지만 박성빈이 잠적한 후 그의 집안은 풍비박산이 된다. 할머니는 공비에게 창으로 다섯 곳이나 찔림을 당하고는 피범벅이 되어 죽었다. 삼촌박성빈 동생은 매일 군사훈련을 받으면서 '공비' 토벌에 나서고 붙잡혀 온 '공비'를 처단할 때도 참가하더니 6·25전쟁이 터지자 16세의 중학생 몸으로 제일 먼저 자원하여 출정하였다가 전사하고 말았다.[9] 아버지가 없는 틈에 태어난 민규의 누이는 세상 구경을 한 지 이틀 만에 죽었다.

남은 가족인 민규·어머니·할아버지는 서로 얼굴 표정만 몰래 살피면서 숨죽여 살아가는 가운데 "이러한 식구들의 죽음은 일차적으로 그 책임이 아버지에게 있다고 모두들 여기고 있었다"78쪽. 산부대 활동가에게 모든 불행의 책임이 전가되고 있음을 알 수 있다. 게다가 남은 가족들은 행방불명 상태의 박성빈이 아예 죽어버리는 게 낫겠다는 생각까지 하였다.

> 그날 중학교 관사에서 떠난 아버지는 그 후 소식이 없었다. 그 무소식은 바로 죽음 그것으로 받아들여졌고, 우리는 그것을 당연한 것처럼 생각하였다. 영원히 소식 없이 잊혀져 버리기만을 바랐다. 그가 죽었을 것이라는 가정을 통하여 우리는 그로 인해 받았던 아픔을 하나씩 치유 받고 있었다.78쪽

아버지가 죽었으리라는 믿음이 오히려 다른 가족 구성원들의 상처를 치유한다는 비극적인 상황이다. 민규는 아버지에게 멀어지기 위한 방편으로 대학에서 이공계를 전공하였다. 그가 아버지에 관한 소식을 알게 된 것은 20여 년이 지나 대학 졸업 후 서독 유학을 준비하던 때였다. 급히 호출한 지도교수는 민규에게 외국 여행에 결격 사유가 있어서 여권이 발급될 수 없는 상황임을 말한다. 그 사유는 매우 당혹스러운 것이었다.

---

9 특히 삼촌은 극단적인 반공 사회에서 자신의 결백을 보여주기 위해 사생결단의 자세를 견지하는 대표적인 인물이다.

아버지가 아직껏 살아 있다는 사실이었다. 일본에 밀입국하여 그곳에서 결혼을 하고 가정을 가지면서 저쪽 일에 발벗고 나서서 일하는 소위 거물이라는 것이었다. 그것은 악령과 같은 것이었다. 큰 한스러움을 안고 죽어 그 복수를 기도하며 떠돌아다니는 원귀였다.79쪽

여기에서 말하는 '저쪽'은 물론 재일조선인총연합회조총련을 가리키는 것임이 틀림없다. 행방불명으로 알려졌던 박성빈은 4·3항쟁 당시 일본으로 밀항해서 좌익계 재일조선인으로 정착했던 것이다. 그는 4·3 관련자이면서 조총련 활동을 하고 있는 인물이었기에 아들 민규를 연좌제에 걸리도록 한 셈이다. 그가 조총련의 거물이라는 사실이 알려지자 제주의 가족들에게 '악령'과 '원귀'로까지 인식된다는 사실은 레드 콤플렉스의 극단을 보여준다. 그의 사촌동생민규의 당숙은 "성님은 공산당 귀신안테 톡톡히 들렸우다. 이거 어디 굿이라도 하든지 아니면 산터라도 다시 봐사쿠다"80쪽라고 민규 할아버지에게 말한다. 이에 할아버지는 경찰서장을 찾아가 "그놈은 내 아들이 아닙니다"라고 선언하고 귀가한 후 자리에 누워 일체의 식음을 전폐하더니 세상을 떠나고 말았다. 유언에 따라 박성빈은 사망자로 처리되었는데, 집관사 떠난 그 날이 제삿날이 되었다. 그렇게 법적으로 정리되었지만 아버지는 엄연히 일본에 살고 있었기에 민규는 사업 관계로 일본에 들를 때에는 아버지를 만날까봐 겁을 먹곤 했다. 아버지의 출현이 "가족의 완전한 파멸"을 초래할 것 같은 예감이 들면서 "악령에 대한 공포"89쪽에 시달려야 했다.

박성빈이 어떤 신념을 갖고서 어떤 활동을 전개했는지는 작품에서

전혀 구체화되지 않은 채 공백으로 남겨져 있다. "온 집안 식구들을 철저하게 배신하며 살아야 했던 그분의 진실은 무엇이었던가"91쪽라는 민규의 물음은 박성빈이 유골로 돌아옴에 따라 답을 구할 수 없게 되고 말았다. 단지 지식인으로서 입산 활동을 벌이다가 일본으로 밀항하였고 거기서 조총련의 거물로 활동했다는 정도의 사실만 확인될 뿐이다. 그러면서 그는 제주의 가족들에게 악령과 원귀로 인식되는 공포의 대상으로 취급되고 있는 것이다. 가족들의 처절한 불행은 모두 그에게 전가된 반면에 그의 활동상은 백지나 다름없이 추상화되고 말았다. 4·3 난민으로서의 삶은 전혀 주목되지 못했다는 것이다.

같은 작가의 단편소설 「먼 훗날」은 「귀향」과 유사한 면이 있다. 42세의 대학교수인 '나'강상준가 일본을 방문했다가 구촌 아저씨 강경민을 만난 것을 계기로 곤경에 처한다는 내용이다. 강경민은 4·3항쟁 때 좌익 활동을 하다가 위기에 몰리자 일본으로 도피했고, 그로 인해 남은 가족들 대부분이 피살되었다. 강상준은 오사카의 숙부를 찾아갔다가 그 인근에 사는 강경민을 30여 년 만에 만나게 되었다. 강경민은 조카 덕재에게 전해달라는 제사 비용과 상준의 용돈을 건넸다. 그런데 그게 화근이 되었다. 덕재는 엔화 받기를 거부했고 뒤늦게 꺼림칙함을 느낀 상준도 때마침 일시 귀국한 숙부를 통해 그것을 돌려주려다 실패한다. 이에 상준은 문제될 수 있음을 우려하여 그 돈과 관련된 사연을 글로 적어 봉투에 넣어두면서, 먼 훗날 모두가 모여 봉투를 꺼내놓고 한바탕 웃을 수 있을지를 생각한다.

「먼 훗날」에서 강경민은 4·3 때 좌익 활동을 하다가 일본으로 탈출한 정치적 난민이다. 그로 인해 제주의 가족들은 대부분 희생되었고, 어린 조카 덕재는 간신히 살아남았다. 그런데 덕재는 그런 숙부가 있다는 사실에 큰 부담을 느껴서 족보에 사망한 것으로 처리해버렸다. 강경민의 구촌 조카인 상준은 그 틈바구니에서 매우 난처한 상황에 처하게 된다. 대학교수로서 일본을 방문했던 그는 강경민으로부터 조카 덕재에게 보내는 돈 5만 엔을 받아 전하려 했으나 덕재는 이 돈의 수령을 단호히 거부한다. 덕재는 "일본이니 어디니 호강스럽게 돌아다니며 공부를 헵네 뭘 헵네 떠들어대더니, 겨우 해논 일이 집안 씨 멸족시키는 그 일이었젠 헙디까"46쪽라고 항변한다. 그러면서 "할아버지 할머니 그리고 나이 어린 우리 형님 누이들까지, 나는 얼굴도 모르는 우리 부모네가 무슨 죄가 있우꽈. 단지 동생을, 아들을, 삼촌을 잘못 둔 죄밖에 없우다. 그들은 모두 죽었우다. (…중략…) 그 시국이 가라앉고 난 이러저러한 이야기를 들으면서 삼촌을 얼마나 미워한 줄 압니까"47쪽라며 가족이 거의 몰살된 책임이 모두 삼촌 강경민에게 있음을 분명히 한다.

강경민은 일본에서 대학 다니다가 학병을 다녀온 후 귀국하여 읍내 중학교 교사로 재직했던 지식인이다. 그의 행적은 그와 팔촌지간이자 또 다른 재일조선인인 숙부에 의해 구체화된다. 숙부는 강경민이 공산주의자임을 강조한다.

> 그가 사상으로 제주도에서 가위 그 난리를 주동하다시피 했지 않느냐. 그러다가 그 사태에 어떻게 여기까지 피신을 와서 자리를 잡더니, 아주 저쪽 일에 발벗고 나서서 일해 왔다. 아주 지독한 골수분자이다. 사람인지 뭣인

지, 미친 거나 매한가지지, 그만허면 공산당은 입에서 신물이 날 텐데, 그 사태에 그만큼 소란을 피웠으면 말지.39~40쪽

강경민이 좌익 사상에 물들어서 4·3봉기를 주동했다는 것, 밀항하여 일본 오사카에 정착했다는 것, 재일조선인으로서도 계속 공산주의자로 활동해왔다는 것 등을 알 수 있다. 숙부는 그를 사상에 미친 사람이요, 제 정신이 아닌 사람으로 취급한다.[10] 숙부는 일제 말기에 고향 제주에서 일자리를 구하기 어려워서 눈물을 흘리며 죽기 아니면 살기로 일본으로 건너갔다. 십대에 일본으로 건너가서 한평생을 그곳에서 살면서 돈도 모았고 교민들과 어울려 일도 많이 하고 있다. "일하는 데는 누구에게도 뒤떨어지지 않는 그는, 그곳 거류민단에서도 주요한 일을 하면서 소위 저쪽 조총련과는 유달리 맞서서 있"33쪽는 인물이다. 반면에 강경민은 모든 면에서 숙부와는 상반된 인물로 그려진다.

종가집 그 삼촌강경민-인용자은 재산 가진 부모덕으로 일본에서 대학을 다니다가 학병에 갔다와서는, 해방 후 혼란한 시기에 사상가숙부의 말을 빌면가 되어서 제멋대로 돌아다니다가, 세상이 더 어지러워지고 목숨이 위태롭게 되자 일본으로 도망쳐서 그곳에 정착하여서는 다시 공산당 일에 발벗고 나서는 처지다. 숙부는 그런 8촌을 가리켜, 세상 귀천 모르게 살아서 호강 겨워

10 "사상이란 거 그게 얼마나 무서운 건지. 그 아시도 그것에 빠지지만 않았다면 얼마나 좋은 사람이라만, 그것에 미쳐노니 그만 사람이 아니라. (…중략…) 일본에까지 와서 그 귀신들린 사람처럼 그 짓을 허니, 꼭 미친 사람이주. 제 정신이 아니라. 제 정신이 아니구 말구……"(36쪽)라는 발언에서 그것이 확인된다.

사상이니 뭐니 하면서 불쌍한 사람 애매한 사람들만 다 죽여놓고는, 그래도 자기는 목숨이 아까와서 일본으로 도망쳐간 비겁한 사람이라고 비난을 하였다.34쪽

숙부는 8촌 동생 강경민의 일련의 활동을 전혀 인정하지 않고 있다. '제멋대로'이며 '비겁한 사람'이라고 대놓고 비난한다. 이 작품에서 이러한 숙부의 태도는 특별한 것이 아니다. 덕재도 그렇게 생각하고 상준도 그런 관점이 그다지 틀렸다고 여기지 않는다.[11] 따라서 강경민이 수행했던 항쟁의 명분이나 과정은 완전히 부정되고 말았다. 재일조선인으로서의 삶에 대해서도 마찬가지의 인식이다. 그는 역사적으로는 온갖 부정적인 결과만 초래한 죄인이요 현실에서는 위험인물일 따름이다.

현길언의 「귀향」과 「먼 훗날」에서는 재일조선인으로 살아가는 좌익 활동가들을 법적인 사망자로 정리하고 있다. 지식인이었던 그들이 큰 기대에도 불구하고 집안을 몰락시킨 원흉이었고, 여전히 좌익사상을 견지함으로써 살아남은 가족들을 위험에 빠트리고 있다고 판단하였기 때문이다. 박성빈과 강경민으로 대표되는 4·3 난민은 불행의 원흉이며 고향 제주의 가족들을 위태로움에 빠트리는 존재로만 인식되고 있는 것이다. 그것은 국가 권력의 작용에 의해 제주공동체가 부여한 낙인 stigma에 다름 아니다. 오성찬의 「잃어버린 고향」에 비한다면 4·3 난민

11 다만 상준은 30여 년 만에 강경민과 재회한 후 "그에게서 그렇게 지독한 공산주의자의 모습도 찾아볼 수 없었다"(39쪽)고 생각한다. 상준은 4·3 직전의 어린 시절에 그에게 귀여움을 많이 받았다.

으로서의 재일조선인의 삶은 좀 더 구체화되고 있긴 하지만, 부정적인 대상이요 기피인물이라는 점 역시도 더욱 뚜렷해지는 양상을 보였다. 고향의 가족들은 모든 불행의 책임을 그들에게 전가시켰던 것이다. 이는 1980년대 초중반에도 레드 콤플렉스가 강력히 작용하고 있음을 의미한다.

4. 기피와 차단이 배태한 광기_ 고시홍의 「도마칼」

고시홍의 중편소설 「도마칼」은 어느 여인이 4·3항쟁의 와중에 오랫동안 행방불명되었던 옛 남편과의 갑작스런 재회를 계기로 벌어지는 안타까운 사건들이 그려진 작품이다. '나'김우찬가 얼마 전부터 모시는 양어머니숙모[12]는 점점 심한 정신분열 증세를 보인다. 그것은 행방불명되었던 남편우찬의 숙부이 25년 만에 조총련 모국 성묘방문단 일원으로 갑작스럽게 다녀간 다음부터 더욱 심하게 표출되는 증세였다. 양어머니는 집안을 난장판으로 만들어놓고 집을 뛰쳐나가 철물점에서 '도마칼'식칼을 훔쳐 마구 휘두르는 등의 난폭한 행동으로 가족들을 난감하게 만든다. 그래서 고육지책으로 산 속의 기도원에 보내지지만, 양어머니는 거기서도 난동 부리는 바람에 도사견을 묶어두던 쇠사슬에 발목이 채

12 숙모가 시아버지(김우찬 할아버지)에게 강력히 요청하여 조카인 김우찬을 양아들로 삼았다.

워지는 지경까지 이르게 된다.[13]

「도마칼」에서 4·3 난민의 문제와 관련하여 가장 주목되는 인물은 김덕표이다. 우찬의 작은삼촌인 그는 4·3항쟁 당시에 면서기로 근무하고 있었는데, 뜻하지 않게 산부대소설에서는 '폭도'로 표현됨에 연루된 형 김수찬우찬의 아버지 때문에 수렁에 빠져들게 된다. 1949년 무렵 어느 날 소를 끌고 성 밖에 나갔던 김수찬이 하룻밤 행방이 묘연했다가 나타나면서 의구심을 자아내더니 나중에는 종적을 감추게 되는데, 바로 그것이 '폭도'와 내통한다는 혐의를 받는 요인이 되었다. 김덕표는 그 혐의에서 벗어나기 위해 안간힘을 썼으나 김수찬이 끝내 시신으로 발견됨에 따라 더욱 위태로운 상황을 맞게 되었다.

> 아버지는 신작로를 따라 축조돼 있는 성담 바깥에서 시체로 발견되었다. (…중략…) 돼지 목 매달듯 해 있었던 아버지의 발목에는 칡줄기로 묶어놓은 돌덩이가 매달려 있었다고 했다. 그러나 마을 사람들은 토벌대들의 말을 믿으려 하지 않았다.
>
> 아버지의 행방이 확인된 뒤, 지서에서는 가족들의 호출이 빈번해졌다. 그러나 나와 형은 단 한 번밖에 갔다오지 않았다. 그리고 숙모님이 해산을 한 지 얼마 없어서, 이번엔 작은삼촌이 종적을 감춰 버렸다. 사나흘 동안 출장을 다녀와야 하겠다며 집을 나가고선 꿩 궈 먹은 소식이었다.205~206쪽

---

13 「도마칼」에 나타난 트라우마와 폭력·반폭력의 문제에 대해서는 이 책에 실린 「역동하는 섬의 상상력 – 오키나와·타이완·제주 소설에 나타난 폭력과 반(反)폭력의 양상」을 참조 바람.

작은삼촌 김덕표가 행방을 감추던 때의 상황을 어느 정도 짐작할 수 있는 부분이다. 그의 형 김수찬이 토벌대에 의해 죽은 정황이 확실해지면서 심각한 위기를 감지했음을 알 수 있다. 그는 아내의 출산 직후 출장을 기화로 집 나간 뒤에 귀가하지 않았다. 일체의 소식도 두절되었다. 그로부터 25년의 세월이 흐른 뒤에야 당시 그가 목숨을 부지하기 위해 일본으로 밀항하였음이 밝혀진다. 다음은 김덕표가 우찬에게 당시 상황을 전하는 부분이다.

> "밀항선을 탔었지. 그 때문에 거기에 가서도 십여 년 간은 숨어 살 수밖에 없었는데, 막상 내 신분을 떳떳이 밝혀도 될 기회를 맞이했을 땐 이미 저쪽 패거리들의 함정에 빠져 이중삼중으로 결박된 신세가 돼 있더구나. 그런저런 게 귀찮아서 고향을 도망쳤었던 것인데 말야."
>
> 나는 차를 마시듯 술잔으로 목을 축였다.
>
> "형님이 그마직을 당하게 되니, 모든 죄는 내가 떠맡아야 할 입장이더구나. 게다가 전쟁까지 터져서, 이래 죽으나 저래 죽으나 매한가지란 오기밖에 안 나더구나."202쪽

김덕표는 형의 애매한 행적과 피살로 인해 '폭도'와 연루된 것으로 의심받는 상황을 맞닥뜨린 데다가 6·25전쟁까지 발발하면서 죽기 아니면 까무러치기로 밀항을 감행하였다. 밀항 후 그는 10여 년 동안 숨죽여 살아야 했다. 그러면서 본의 아니게 조총련에서 활동하게 되었음을 고백한다. '저쪽 패거리들의 함정에 빠져' 그랬다는 언급을 통해 조

총련 활동은 자의가 아니었다고 변명하면서 그 조직에 대한 부정적인 시선을 드러낸다. '그런저런 게 귀찮아서 고향을 도망쳤었던 것'이란 발언에서 보면 그가 확고한 이념과 신념에 근거하여 4·3항쟁에 참여했던 것도 아님이 짐작된다. 그저 단순 연루자에 불과하다는 말이다.[14] 재일조선인이 된 김덕표는 '김광진'으로 개명하고서 서울이 고향인 교포 2세와 결혼해서 5남매를 두었고, 현재는 시나가와品川란 곳에서 조그만 술집을 운영하고 있다고 했다.

"확인된 바로는, 오는 구월 십오일에 도착하는 추석성묘단 제일진 백십오 명 중에 끼어 있습니다. 그러니까, 조총련계 재일동포로서는 최초의 모국방문단이 되는 셈이죠."

사나이의 육성에서 조총련이란 어휘가 튕겨나오는 순간, 나는 욕정처럼 솟는 살의를 느꼈다. 하나의 무덤으로 남아 주지 못한 작은삼촌이 저주스러웠다.170~171쪽

우찬이 사전에 '모 기관'[15]에 근무하는 사나이를 만나 추석성묘단의 일원으로 고향을 방문하게 되는 김덕표의 소식을 듣는 장면이다. 사반세기 만에 삼촌의 생존 소식을 들으면서도 반갑기는커녕 '살의'를 느

14 이 소설에서 김덕표는 물론 사망한 김수찬도 산부대와 어떤 관련을 맺었는지 제대로 알 수 없다. 관련의 개연성이 있는 정황이지만 작품 내용에서는 구체적으로 확인되지 않는다.

15 이 작품의 소설적 현재는 1975년이기에 이 '모 기관'('유별난 기관'으로도 표현됨)은 '중앙정보부'라고 할 수 있다.

끼고 '저주'의 감정까지 드는 지경이다. 조총련의 일원으로 살아가느니 차라리 죽는 것이 낫지 않느냐는 인식마저 엿보이고 있다.

사실 우찬의 집안에서는 이미 김덕표에 대해 사망신고를 하여 호적을 정리하고 제사까지 지내오던 터였다. 할아버지는 "두고 봐라, 언젠가는 제 발로 걸어서 들어올 날이 있을 테니……"171쪽라며 20년 동안 믿음을 견지코자 했지만 사오 년 전에 임종을 앞두고는 '부활의 꿈'을 버렸다. 칠성판에다 염습 절차를 취해서 정식으로 장시葬事를 지내고 봉분과 비석까지 마련하였다. 아예 김덕표를 이 세상에 없는 사람으로 취급하고 있었던 셈이다. 그렇게 하는 것만이 남은 가족들에게 미칠 수 있는 후탈을 미연에 방지하는 길이라고 판단했기 때문일 것이다.

스물다섯 해 만에 나타난 작은삼촌과 시선이 맞닥뜨리는 순간에도, 어머니는 전혀 감정의 동요를 일으키지 않았다. 그렇게 태연자약할 수 없었다. (…중략…) 그리고 신발도 벗지 않은 채, 현관 마루턱에 걸터앉아 오열하는 작은삼촌을 향해 내던진 말은 단 두 마디뿐이었다.

"저 사름 누게고?"

"여보, 용서하오. 당신에게 지은 죄는 저승에 가서래두 다 갚으리다아……"

작은삼촌의 안면근육이 가면처럼 일그러졌다.

어머니는 한참동안 작은삼촌의 얼굴을 뜯어봤다.

"어떵허난 이영이렇게 일찍 오라집데가?"

어머니는 심드렁하게 한 마디 하고 나서, 엉거주춤한 자세로 다가서는 작은삼촌을 외면한 채 당신 방으로 들어가 버렸다. (…중략…) 어머니의 방문은 자물쇠가 물려 있었다. 아무리 문을 두들겨도 앙다물어져 있는 어머니의 입은 열리지 않았다.181~182쪽

양어머니는 25년 만에 남편김덕표이 생환한다는 말을 듣고서도 왜 자기에게 그런 전언을 하느냐며 무표정한 얼굴로 반문하여 우찬을 어리둥절하게 만들더니 직접 상봉하는 순간에도 마찬가지였다. 용서해 달라는 김덕표에게 건네는 답변은 결국 너무 늦었다는 것이었다. 그러고는 방에 들어가서 문도 입도 완전히 닫아버렸다. 양어머니의 한이 얼마나 깊은지를 가늠할 수 있다. 그러나 김덕표의 제반 사정과 고통에 대해서는 이해의 가능성을 거의 차단해버리고 있다. 4·3 난민이었던 재일조선인의 삶에 대해서는 아예 문을 잠가 버리는 양상이다. 당시 사회로선 그만큼 그 문제를 수용하여 재고해볼 만한 여지가 없었다는 것이다.

결국 고시홍의 「도마칼」에서도 4·3 난민이 기피와 배제의 대상임을 알 수 있다. 그들에 대한 긍정적인 이해는 전혀 고려되지 않고 차단됨으로써 그것이 통제하기 어려운 광기로 폭발해버린 상황이다. 4·3 난민이면서 재일조선인으로 살아가는 이들의 존재야말로 반공국가였던 당시 대한민국에서, 특히 '빨갱이 섬'으로 내몰렸던 제주에서는 지극히 민감하고 부담될 수밖에 없었다. 소설적 현재인 1970년대 중반이든, 소설이 발표된 1980년대 중반이든 그들을 되도록 멀리해야만 자신들의 안위를 도모하는 가운데 최소한의 명예나마 회복될 수 있다고 제

주 사람들은 믿어야 했다. 제주 작가들의 소설에는 바로 그러한 분위기가 고스란히 반영된 것이다.

5. 여전한 자기검열과 머나먼 환대 공동체

위에서 살핀 네 편의 소설들은 모두 4·3공산폭동론이 공식 역사이던 시기에 발표된 것들이다. 4·3항쟁에 대한 과학적인 인식이나 항쟁론이 일절 허용되지 않던 박정희와 전두환의 집권기였기에 한계가 많았다. 봉기와 항쟁의 주체와 긴밀한 관련성을 지니게 마련인 4·3 난민에 대한 인식은 상당히 부정적으로 나타나났음이 확인되었다. 이들 작품에 나타나는 제주 공동체는 그들이 이 세상에 아예 없는 존재였기를 바라는 양상을 보였다. 어렵게 살아남은 그 4·3 난민들에게 제주는 결코 '환대hospitality'의 공동체가 아니었다. 그들이야말로 '장소상실placeless-ness'의 존재[16]가 되어버린 것이다.

그렇다면 1987년 6월항쟁 이후의 민주화시대에 이르러서는 그 양상이 얼마나 달라졌을까. 위의 작가들 중 오성찬과 현길언의 경우는 6월항쟁 이후의 시기에서 비중을 두고 4·3 난민의 문제를 취급하는 작품을 발표하지는 않은 것 같다.[17] 반면에 고시홍은 이 시기의 소설, 특

16 '환대'와 '장소상실'에 대해서는 김현경, 『사람, 장소, 환대』, 문학과지성사, 2015를 참조.

17 예컨대 오성찬의 「죽은 나무 꽃피우기」(1999)에서도 4·3 난민 문제가 취급되고

히 2010년대의 작품에서 지속적으로 4·3 난민들을 등장시킨다. 그의 제3 창작집인 『물음표의 사슬』에 수록된 「감격시대」2013, 「비망록—죽어서 말하다」2013, 「작은 모스크바」2015[18] 등이 거기에 해당된다.[19]

「감격시대」는 고문현의 회고를 통한 4·3항쟁 전후의 상황과 현실에서 4·3희생자를 대하는 관점 등이 문제시된다. 두 살 아래 동생인 고문현이 초점화자 역할을 하지만 그 중심은 형 고문천에게 쏠려 있어서 '고문천 소전小傳'이라고 할 만한 작품이다. 제주읍내 6년제 농업학교 우등생이었던 고문천은 독서회 활동을 하면서 시국에 적극 가담하였다. 경찰 조사까지 받던 그는 3·1절 기념 시위사건 이후인 1947년 여름에 행방을 감춘다.

문천인 며칠 전 부산으로 떠났져. 사람을 사서 부산에서 대마도로 들어가

있기는 하다. 화자가 재일제주인의 삶을 조사하기 위해 도쿄를 방문하여 취재한다는 상황이 설정되었는데, 여기서 화자는 재일작가 등 여러 인물들을 만나서 민족적 차별 등 재일제주인의 힘겨운 일본 생활에 대해 듣는다. 그런 가운데 재일작가 서영근에 의해 "해방 후에 제주 사람이 특히 많이 일본으로 건너오게 된 것은 뭐니뭐니해도 그 4·3사건 따문이었지게"라면서 4·3으로 인한 도일 상황에 대해 언급된다. 그러나 4·3 난민의 문제는 작품 전반에서 다뤄지지 못하고 삽화처럼 취급될 따름이다.

18 「작은 모스크바」는 1994년 『제주문학』 제25호에 발표되었던 것을 전면 개작한 작품이다. 소설적 현재가 2012년 대통령 선거 직전으로 설정된 점 등을 고려하여 작품집에 수록된 2015년을 발표 연도로 삼았다.

19 토벌군을 아버지로 둔 '나'(박건준)의 기구한 삶이 '천지왕본풀이'라는 제주신화와 함께 다뤄진 고시홍의 「잃어버린 초상」(1995)에서는 작은외삼촌(고종수)이 난리를 피해 일본으로 밀항한 뒤에 종무소식인 인물로 나오지만 그 비중은 약하다. "사상가로 소문났던 종수오빠가 갑자기 자철 감추는 바람에 우리 집안은 줄초상 날 위기였다"(169쪽)는 어머니의 회고가 나올 뿐이다.

는 배편을 물색해 놨으니 걱정 안 해도 될 거여. (…중략…) 남들에겐 부산으로 전학시켰다고 말할 거니 그리 알라.100쪽

아버지가 문현에게 전하는 것처럼 문천의 밀항은 극비리에 추진되었다. 문천은 부산을 거쳐 일본 대마도로 탈출했으나 그 후의 행적은 알 수 없었다. 문현은 "여름이 지나고, 가을이 오고, 겨울이 지나도 형의 행방은 오리무중이었"던 상황을 언급하면서 "밀항선은 연락선이 아니었"101쪽다고 갑갑한 심경을 토로한다. 이후 4·3봉기가 발발한 데 이어 한반도에서 6·25전쟁이 터지자 문천에 대해서 여러 소문이 자자했다. "남로당 지하 조직에 가담했다가 산에서 토벌군에게 피살당했다, 일본으로 밀항했다가 월북했다, 예비검속 당시 수백 명이 수장水葬될 때 죽었다, 6·25 당시 대전형무소에서 북괴군 복장을 한 고문천이를 봤다는 사람이 있다고 하더라……"101쪽는 등등의 헛소문까지 나돌았다. 결국 그의 아버지는 경찰서를 찾아가 아들을 밀항 보낸 사실을 고백해야 했다. 1960년이 되자 어머니는 밀항 도중에 "물귀신이 된 게 틀림없다고 단언"101쪽했고, 아버지에게 간청해 장례 절차를 거쳐 무덤과 비석을 마련하고 무덤가에 돌담산담을 둘렀다.

이처럼 이 작품에서는 문천의 밀항 후 행적이 너무나 불분명하다는 점이 4·3 난민 형상화와 관련하여 문제로 지적된다. 아예 밀항 성공 여부를 모르도록 함으로써 난민의 삶을 시작했는지조차 불투명하게 처리하고 말았다. 재일조선인으로서의 4·3 난민의 활동상은 여전히 공백으로 남겨지고 말았다는 것이다. 그들에 대한 회피가 계속되고 있음

이다. 다만 이 소설에서 이전 작품들의 한계를 넘어선 면도 있는데, 희생자를 추모함에 있어서 4·3 난민을 차별해서는 안 됨을 강조한 점이 그것이다. 경찰 출신의 고수만은 4·3 희생자들을 선별해서 공원묘지에 입묘시켜야 한다고 주장했다가 친척들의 핀잔을 듣는다. 좌익 활동가였다고 하더라도 추모의 대상에서 배제되어서는 안 된다는 메시지인 것이다.

「비망록—죽어서 말하다」에서는 김종선의 비망록과 그것을 둘러싼 사연으로 이루어진 작품이다. 4·3항쟁 당시 일본으로 밀항했던 김종선은 2002년 54년 만에 단신 귀국한 후 육필비망록을 남기고 2005년 세상을 떠난다. 그의 비망록에는 친구인 문규택과 관련된 사연이 주목된다. 5·10선거 직전 산부대의 요구에 따라 마을에서 문규택을 뽑아 면당 조직책 특행대원으로 입산시켰다가 그것이 말썽이 될 것 같으니까 암살해버린 사건이 있었는데, 김종선은 죄책감 속에서 그 내용을 비망록에 기록하였다. 그러나 주민들은 "빨갱이들이 꾸며낸 이야기"106쪽라며 일축한다. 비망록과 관련하여 곽금마을의 4·3 전말을 추가로 채록하고자 했던 큰손자의 작업도 여의치 않다. 이처럼 문규택에 관한 사연이 김종선의 구체적인 행적보다 더 중심에 있는 작품이다.

김종선은 4·3항쟁 당시 고향마을 청년회장단장을 맡아 활동하다가 1948년 여름에 일본으로 탈출하였다. 다음은 프롤로그에서 제시된 그의 사연이다.

> 김종선은 서른한 살 때, 그러니까 4·3사건이 나던 해 8월, 일본으로 탈출

했다. 일본 여자와 결혼하여 1남 1녀를 뒀다. 고향에 버리고 간 자식들까지 3남 2녀를 둔 셈이다. 온갖 고생을 하며 자수성가한 후에도, 고향하고는 연락을 단절하고 살았다. 제주에 남은 부인과 자식들 또한 원수 같은 김 노인을 찾지 않았다. 그런데 2002년 한·일 월드컵축구대회로 떠들썩했던 해에 54년 만에 혈혈단신 귀국했다. 제주의 조강지처와 일본 부인이 세상을 떠난 직후였다.106쪽

50여 년 동안 얽힌 사연이 한 단락 속에 무미건조하게 기술되었다. 일반적으로 떠올려지는 4·3 난민 관련 이야기의 틀에서 크게 벗어나지 않았다. 게다가 항쟁 주체도 아닌 종선이 왜 군이 밀항했는지를 말하지 않고 있다. 그는 청년단장으로서 토벌대에 협조도 했다. 산부대에서 활동하던 친구 규택도 다른 청년단원들에 의해 암살되어버렸기에 위험요소도 제거된 상황이었다. 그런데도 그는 왜 처자식까지 버리고 도망쳐야 했을까.

요즘 그쪽 분위긴 어때?

좀 수세에 몰리진 하나 봐. 산에서 빠져나간 특행대원 동네에 가 봤더니, 벌써 일본으로 튀었단 거야.

넌 일본으로 갈 맘 없냐?

내가 무슨 재주로…….

길은 얼마든지 있어.

나 혼자 살자고 늙은 어멍과 각시, 새끼들 산송장 만들라고?125쪽

인용문은 5·10단선 이후 토벌군경의 탄압이 심해질 즈음에 만난 종선과 규택의 대화 내용이다. 종선이 밀항 의사를 묻자 규택은 노모와 처자식을 두고 떠날 수 없다는 뜻을 내비쳤다. 그런데 그 며칠 후 규택은 피살되었고, 종선은 갑작스럽게 처자와 고향을 버리고 밀항의 길을 떠났다. 밀항 이유는 작품에서 구체적으로 포착되지 않는다. 다만, 미루어 짐작할 수 있는 이유로는 규택의 암살에 대해 친구로서 문제를 제기했다는 사실로 인해 내통자로 의심받았을 가능성이나, 규택의 보급 활동에 협조하여 식량과 현금 등을 모아주었던 일이 추후에 문제가 되었을 가능성 정도를 추정할 수는 있다. 이렇게 애매한 밀항 사연의 기저에는 4·3항쟁의 정치적 난민에 대해 제주 사회가 지닌 회피의 태도가 짙게 깔려 있다고 볼 수 있다.

반면에 이 작품에서 종선이 말년에 단신으로나마 귀향한 점은 주목할 만하다. 일시적인 방문이 아니라 완전히 고향에 돌아와 정착한다는 상황의 설정은 과거 소설에서는 볼 수 없었던 점이다. 물론 그것은 제주와 일본의 부인이 각각 세상을 떠난 후라는 점, 암 투병 중인 말년이라는 점에서 한계를 지닌 귀향이기는 했다. 그러나 그가 임종을 앞두고 "내 첫 제삿날에 맞춰 책으로 발간된다면 여한이 없겠다"107쪽는 유언을 남겼다는 사실은 올바른 진상 규명에 대한 4·3 난민의 의지가 담긴 것으로 볼 수 있다. 이는 결국 4·3 난민을 불완전하게나마 공동체의 일원으로 복귀시키려는 시도로도 읽힌다.

중편소설인 「작은 모스크바」에서는 마을지 간행 과정에서 4·3을 둘러싼 사연들이 펼쳐진다. '나'고유성는 마을지에 수록될 원로들의 회고담 대필정리에 참여하면서 고민학 노인의 증언을 듣게 된다. 그런데 김덕봉·김용배 등 활동가들과의 관계를 중심으로 4·3 체험을 들려주던 고민학이 갑자기 사고로 죽게 됨에 따라 4·3의 증언은 그 전야에서 멈춰지고 만다.

이 작품에서 4·3 난민의 문제는 고민학의 증언을 통해 제한적으로 취급된다. 4·3 난민으로 포착되는 인물은 김용배이다. 그는 읍내 중학교에 다니던 중 군경의 끄나풀인 '학련'에서 활동하는 선배를 폭행한 사건으로 인해 퇴학당한다. 이후 면面지역에 개교하는 중학원에 다시 입학하면서 비밀리에 남로당 청년부 연락원이 된다. 그는 이 무렵부터 고민학과 친구로 지낸다.

> 미군 병사가 뭐라고 지껄이며 껌 조각을 허공으로 내던졌다. 까치발로 폴짝폴짝 뛰어오르던 아이들이 땅바닥에 흩어진 껌 조각을 차지하려고 아귀다툼을 벌였다. 용배가 미군 병사를 향해 삿대질을 해대며 발악했다.
>
> "야, 이 개 상놈의 새끼야!"
>
> 미군 병사는 키득거리며 닭 모이를 주는 행동을 멈추지 않았다. (…중략…) 용배가 돌멩이를 집어 들고 미군 병사에게 다가갔다. 미군이 정색을 하며 용배 멱살을 거머쥐려 했다. 순간 용배가 날쌔게 몸을 피하더니 머리로 미군의 가슴팍을 들이받으며 목을 껴안았다. 두 사람이 두덕물 안으로 곤두박질쳤다. 용배가 먼저 몸을 일으켰다. 미군 병사는 계속 물속에서 허우적거렸다.266쪽

아이들에게 껌을 던지며 장난치는 미군의 행동에 격분한 용배가 그 병사를 폭행하는 장면이다. 그런데 이때 용배는 도망치고 그 옆에서 지켜보던 민학만 미군에 붙잡혀서 고문당하고 유치장에 갇혔다가 신문기자인 외삼촌의 도움으로 석방된다. 그때부터 민학은 "미군 병사를 폭행한 불순 세력의 끄나풀로 지목된 명단에 올라간"277쪽 신세가 되었다. 이후 1948년 4월 1일 용배를 다시 만난 민학은 조직 활동을 같이 하자는 제안을 받지만 거절한다. 그 직후 봉기가 일어나고 용배와의 연락이 완전히 끊긴다.

"용배는 사태 당시 육지로 도피했다가 일본으로 밀항해 현지 동포와 결혼했고 나중에 북송선을 탔다는 소문이 무성했는데 사실 여부는 확인할 길이 없어. 박정희 정권 시대에는 형사들이 종종 들락날락거린 걸로 봐선 사실인 것도 같고……."

1970년대 초까지 수만 명의 재일동포가 북송선을 탔다. 북한이 지상 천국이란 선전에 현혹된 것 같다고 했다.279쪽

제주를 떠나 한반도 쪽을 거쳐서 일본으로 밀항하고 거기서 결혼한 후 북송선을 타고 북한으로 갔다는 사실이 간단히 기술되었다. 재일조선인으로 어떻게 삶을 영위하면서 어떤 활동을 했는지는 언급하지 않은 채 북송선을 탔다는 점만 소문의 형식으로 제시하고 있다. 반미 의식을 바탕으로 봉기에 참여했던 활동가가 일본 밀항을 거쳐 북한으로 건너갔음을 알려주고는 있지만 그가 난민이 되는 과정과 그 이후의 삶

에 대한 구체성은 실종되고 말았다.

이처럼 고시홍의 최근작 「감격시대」·「비망록」·「작은 모스크바」에서는 4·3 난민들에 대한 어느 정도의 변화를 보여준다. 그들을 폭도나 공비로 지칭하지 않는 가운데, 말년의 인물을 공동체로 복귀시키고자 하는 시도를 보이기도 하고, 그들 중 일부가 월북하는 등 그 행적을 비교적 구체적으로 제시하였다. 낙인의 선명도나 책임 전가의 강도도 다소 약화되었다고 할 수 있다. 하지만 여전히 본격적인 접근은 주저되는 가운데 부정적인 면을 강조하는 틀에서 확실히 벗어나지는 못한다. 4·3 난민인 재일조선인들에게 환대 공동체는 그 어디에도 없었다는 말이다. 민주화가 진전된 사회에서도 작가의 과감성이 아직은 발휘되지 못하는 상황이라고 할 수 있다. 아직도 4·3 난민 문제에서만큼은 레드 콤플렉스에서 벗어나지 못함으로써 자기검열을 하고 있다는 것이다.

6. 그들이 공동체로 복귀되는 그날을 기대하며

이 글에서는 제주 출신 작가들의 4·3소설 중에서 일본으로 건너간 4·3 난민을 다룬 작품인 오성찬의 「잃어버린 고향」1975, 현길언의 「귀향」1982·「먼 훗날」1984, 고시홍의 「도마칼」1985 등을 고찰하였다. 이들 작품에서 4·3 난민을 어떻게 인식하고 있는지를 구체적으로 살펴보는 한편, 그런 인식의 요인을 정치사회적 상황과 연관시켜 분석하였다.

오성찬의 「잃어버린 고향」에서 4·3 문제는 전반적으로 회피되어 추상화되고 있는바, 이는 국가 폭력 사실에 대한 사회공동체의 '공모된 침묵'의 양상이다. 난민 문제는 더욱 그러한데, 주인공으로 설정된 재일조선인인 경우 4·3 난민으로서의 생애는 전혀 고려되지 않고 있다는 것이다. 강요된 망각으로 인한 '기억의 자살'이라고 할 수 있다. 이것이 유신정권 시기 한복판에서 제주소설이 4·3항쟁과 그 난민을 형상화하는 방식이었던 것이다.

현길언의 「귀향」과 「먼 훗날」에서는 4·3 난민이면서 재일조선인으로 살아가는 좌익 활동가들을 법적인 사망자로 처리하였다. 그들이 큰 기대에도 불구하고 집안을 몰락시키는 원흉이었고, 일본에서도 계속 좌익사상을 견지함으로써 제주의 가족들을 위험에 빠트리고 있다고 판단했기 때문이다. 그리고 4·3 난민으로서의 재일조선인의 삶은 「잃어버린 고향」에 비한다면 구체화되었지만, 그들에 대한 낙인찍기와 책임 전가의 상황은 더욱 뚜렷해지는 양상을 보였다. 이는 1980년대 초중반에도 레드 콤플렉스가 강력히 작용하고 있음을 의미한다.

고시홍의 「도마칼」에서도 4·3 난민이 기피, 배제, 차단의 대상임을 알 수 있었다. 4·3 난민이면서 재일조선인으로 살아가는 이들의 존재야말로 반공국가의 '빨갱이 섬'으로 내몰렸던 제주에서는 지극히 민감하고 부담될 수밖에 없었다. 당시로서는 그들을 되도록 멀리해야만 자신들의 안위를 도모하는 가운데 최소한의 명예나마 회복될 수 있다고 제주 사람들은 믿어야 했다. 이 소설에는 바로 그러한 분위기가 작중인물의 광기 폭발이라는 상황 속에서 고스란히 반영된 것이다.

이처럼 유신정권과 제5공화국 아래서 4·3 난민들은 장소상실의 존재였으며 그들에게 제주는 환대의 공동체가 되지 못했다. 그러다가 1987년 6월항쟁 이후 공산폭동론에 맞서는 대항담론이 점차 위력을 떨치게 됨에 따라 제주소설고시홍의 「감격시대」(2013), 「비망록」(2013), 「작은 모스크바」(2015) 등에서도 4·3 난민에 대한 나름의 변화가 나타났다. 불완전하게나마 그들을 공동체로 복귀시키려는 시도가 보이며, 그 행적이 좀 더 구체적으로 제시되었고, 낙인의 선명도나 책임 전가의 강도도 약화되었다는 것이다. 하지만 여전히 본격적인 접근은 주저되는 가운데 부정적인 면의 강조라는 틀을 확실히 떨쳐내지는 못하고 있다. 아직도 4·3 난민 문제에서만큼은 레드 콤플렉스에서 벗어나지 못함으로써 자기검열을 하고 있음이다.

이 글의 주요 분석 대상은 모두 중·단편소설이다. 이들 작품이 모두 전면적으로 4·3 난민 문제에만 초점을 맞춘 것은 물론 아니다. 그리고 이밖에 다른 관련 작품들이 전혀 없는 것도 아니다. 따라서 이 연구가 텍스트 선정 문제에서 일정 정도의 한계가 있음을 인정하지 않을 수 없다. 그러나 이들 작품들을 자세히 읽고 분석하는 과정에서 4·3 난민에 대한 제주 사회의 인식 양상과 함의를 분명히 찾아낼 수는 있었으며 그 한계에 따른 과제도 도출해낼 수 있었다고 본다. 향후 김석범의 『화산도火山島』와 『바다 밑에서海の底から』, 김길호의 「이쿠노 아리랑生野アリラン」 등 재일작가들의 작품에 나타난 4·3 난민 인식과 비교 대조하는 연구까지 진전시켜 볼 필요가 있다. 그럴 때 비로소 4·3 난민의 양상이 보다 입체적으로 조명될 수 있을 것이기 때문이다.

제6장

자주적 평화공동체로 가는 제주섬의 혁명과 사랑

현기영 장편 『제주도우다』

1. 늙지 않는 소설가의 '스완 송'

팔순을 훌쩍 넘긴 현기영이, 마치 자신의 『소설가는 늙지 않는다』2016란 산문집 제목이 허언이 아님을 입증하려는 듯이, 3권의 장편소설 『제주도우다』창비, 2023를 묵직하게 내놓았다. 『누란』2009 이후 무려 14년 만에 독자를 만나는 신작 소설이다. 수년 전부터 집필해 온 장편으로 알려졌는데, 어쩌면 평생을 두고 써온 작품이나 다름없다고 본다. 현기영 자신도 '스완 송Swan Song'을 노래하는 심정으로 썼다고 고백한 것처럼,[1] 『제주도우다』야말로 현기영 문학에서 최후의 걸작이라고 추어올려도 조금의 모자람이 없다고 믿는다.

총 7부와 프롤로그 에필로그로 구성된 장편인 『제주도우다』는 반백년 가까이 창작 활동을 이어온 현기영의 주요 소설들이 총결집되어 변

1　2023년 7월 8일 오후 5시부터 제주시 제주문학관 대강당에서 열린 북토크에서 현기영은 『제주도우다』가 자신에게 '스완 송'과 같은 작품이라고 밝혔다.

증법적으로 승화된 작품이라고 할 만하다. 대표작「순이 삼촌」1978에서 충격적으로 제시된 4·3학살의 양상은 물론이요,『변방에 우짖는 새』1983나『바람 타는 섬』1989을 통해 치열한 항쟁으로 재현했던 4·3의 전사前史도 충분히 담겼으며,「마지막 테우리」1994나『지상에 숟가락 하나』1999에서 독자를 매료시켰던 제주의 아름다운 자연과 수려한 문장도 펼쳐져 있고,「목마른 신들」1992에서 넌지시 보여준 신화적 상상력도 절묘하게 녹아들었으며,「쇠와 살」1992에서의 다큐멘터리식 몽타주 기법[2]도 유효적절하게 구사되었다고 보기 때문이다.

이런 점들을 감안할 때,『제주도우다』는 현기영이 아예 작심하고 그동안 자신이 선보였던 전작들을 창조적으로 수렴하는 가운데 시종일관 견지해 온 제주의 역사와 현실과 미래에 관한 신념을 오롯이 담아내려고 분투한 결과물로 판단된다. 그만큼 노작가의 혼신이 담긴 문제작이면서 상당히 다면적으로 접근해야 하는 작품이라는 것이다. 그러기에 여기서의 논의는『제주도우다』가 선사하는 웅숭깊은 울림 중에서 지극히 일부만 조명하는 한계를 지닐 수밖에 없다.

---

2 제7부의 제주섬 각처에서 벌어진 학살 장면을 기술하는 부분에서 이 기법이 주로 구사되었다.

2. 조천의 활동가 안창세, 강행필, 정두길의 투쟁

이 장편의 플롯은 전체적으로 볼 때 액자형이다. 외부 이야기인 프롤로그와 에필로그는 현재의 상황이며, 작품의 대부분을 차지하는 1~7부가 내부 이야기로서 과거의 사건으로 서술되어 있다.[3] 말하자면 미술대학 동기로 인연 맺은 30대 초반의 젊은 부부인 임창근'나'과 안영미가 4·3 장편 다큐영화 제작을 위해 열흘 동안 90대 노인 안창세의 증언을 듣는 상황이 외부 이야기이고,[4] 안창세가 듣고 겪은 바를 바탕으로 펼쳐지는 방대한 서사가 내부 이야기다. 따라서 외부 이야기와 내부 이야기를 통틀어서 가장 핵심 축이 되는 인물은 안창세라고 할 수 있다. 일단 편의상 안창세를 중심으로 소설 내용을 개괄함으로써 논의의 틀을 삼을 필요가 있다는 것이다.

안창세는 1933년 제주도 북동쪽의 조천리에서 태어났다. 아버지 안규찬은 선주船主였고, 어머니 양미영은 와흘리 출신으로 미싱 작업을 잘했고, 여덟 살 위의 누나 안만옥은 여장부였다. 서당을 겸하는 한약방 주인인 작은할아버지 안한봉, 측량 기사인 당숙 안봉주, 축산업을 하는 외삼촌 양산도 등이 그의 친척으로 나온다. 창세는 일제강점기 말에 조천소학교를 다녔으며, 1945년 해방될 때는 열세 살로 5학년이었다. 해방 직후에는 신문 배달 아르바이트를 하면서 인민위원회 산하 샛별소

---

3 프롤로그와 1·2부는 1권에, 3·4부는 2권에, 5·6·7부와 에필로그는 3권에 각각 수록되었다.

4 전주 출신의 임창근과 제주 출신의 안영미는 2인 프로덕션을 운영하고 있으며, 안창세는 안영미의 할아버지다.

년대에서 활동한 데 이어, 조천중학원 입학 후에는 남로당 레포연락원가 되었다. 4·3봉기 후에도 레포 활동을 이어가던 그는 단독정부 수립 직후의 국면에 함께 삐라 붙이던 동료가 붙잡히자 와흘리 쪽으로 피신하여 산부대의 선전부 아지트에서 입산 활동을 벌인다. 하지만 토벌대의 총공세로 대학살이 이어지면서 산부대의 존립 자체가 위태로워졌고, 어느 겨울날 홀로 남는 상황에 이른 그는 백기 들고 하산하던 중 토벌군에 붙들려 함덕소학교에 수용되었다가, 구사일생으로 살아남아 어머니와 재회한다.

여기서 창세의 입산 전후 움직임과 관련해 꼭 짚어볼 점이 있다. 해난사고로 아버지를 잃은 어려움 속에서도 야무지게 살아가던 창세는 조천소학교 졸업식에서 학업 성적 일등으로 우수상을 받았는데 부상이 삽 한 자루였다. 농사짓고 작업하는 등의 새 조국 건설에 유용하게 사용하라는 뜻이었겠는데, 그는 입산 활동 중에도 늘 그것을 소지하고 다녔다. 친구들은 죽창을 들고 다녔지만 그는 "창 대신에 그 못지않게 무기가 될 수 있는 삽을 메고"3권 257쪽 활동하였던 것이다.[5] 이렇게 우등상으로 받은 농기구를 무기 삼아 등에 지고 다녀야 했던 소년 창세의 상황이야말로 가슴 벅찬 희망이 무거운 싸움으로 바뀌게 되었던 것이 바로 4·3항쟁이었음을 상징적으로 보여준다고 하겠다. 참으로 안타까운 상황이 아닐 수 없었다.

물론 이렇게 4·3항쟁을 관통하는 안창세의 생애는, 이 소설의 한 줄

---

5 귀순을 위해 하산할 때 창세는 무기로 오인 받을까봐 삽을 던져 버린다.

기일 따름이면서도, 날줄과 씨줄로 제반 사건과 상황과 인물에 얽혀진다. 제1부 초입에는 창세의 본격적인 증언에 앞서 조천마을의 당堂 신화 본풀이가 스펙터클하게 제시되는데, 이 신화 관련 내용은 작품의 도처에 등장하면서 요긴하게 활용된다.

마을 이름이 아직 '새콧알'이던 '옛날 옛적'에 창세의 먼 조상인 안씨 선주가 흉년에 굶주린 백성들을 위해 나주 기민창飢民倉의 쌀을 옮겨 싣고 제주 바다를 건너던 중 거센 풍랑을 만났다. 배 밑창이 터져 좌초되기 직전의 위기에서 커다란 누런 구렁배암아리따운 아가씨의 변신이 구멍을 온몸으로 막아주니 기사회생하여 무사히 귀향할 수 있었다. 뭍의 나주 기민창에서 양곡을 지키던 조상이 제주섬의 새콧알 만년 팽나무 아래 좌정하여 마을을 지키는 여신이 된 것이다. 이 신당이 생긴 이후 마을의 해상 영업이 번창하면서 조천은 퍽 풍요로운 고장이 되었다. 마을 사람들은 수시로 새콧알할망에게 두 손을 모으곤 했다. 세상을 뒤흔든 4·3 항쟁의 와중에서도 마찬가지였다.

> 할마님아, 할마님아, 새콧알할마님아, 부디 도와주십서. 나이는 열여섯, 이름은 안창세, 옛날 옛적 안씨 선주, 그 자손 됩네다. 할마님이 키운 자손이 아닙네까. 부디 할마님이 도와주십서. 어디를 가나 싸우는 데 가더라도 몸 다치지 않게 해주십서. 부디 무사하게 도와주십서. 운수 좋게 해주십서.3권 143쪽

입산 활동 중이던 창세가 자신의 생일에 위험을 무릅쓰고 어머니를 뵈러 집에 들렀다가 식사 후 잠들었을 때의 상황이다. 이러한 어머니의

간절한 기도 덕에 새콧알할망의 영험이 젊은이들의 절반이 스러진 참변 속에서도 창세의 목숨을 보전해 주었는지도 모른다.

신화의 공간으로서만이 아니라 역사적 장소로서도 주목되는 조천마을은 작가의 탁월하고 용의주도한 선택이었다. 고순흠, 김시범, 김명식, 김문준, 안세훈 등의 독립운동가들과 이덕구, 김의봉, 김민학, 김용철 등의 4·3 관련 활동가들은 이 소설에서 등장하거나 거론되는 실존 인물로, 모두 조천리나 인근 마을 출신들이다. 특히 김용철, 김의봉, 이덕구의 경우는 정두길, 이민하, 박털보, 장영발 등의 허구적 인물들과 더불어 작품에서 상당히 비중 있는 역할을 맡은 가운데 생동감 넘치게 그려진다. 조천리뿐만 아니라 신촌리, 함덕리, 와흘리, 선흘리, 대흘리, 와산리, 북촌리, 교래리 등 인근의 마을들이 자연스럽게 작품의 무대가 되었음은 물론이다.

창세는 세 살 위의 동급생 절친인 강행필을 비롯해서 송찬일, 신갑송, 장영주 등의 또래들과 함께 4·3항쟁의 격랑 속에 놓인다. 선배 세대인 정두길, 이민하, 문상옥, 박털보, 양순태, 김의봉 등 항쟁의 주역들을 따라서 지난한 싸움의 일익을 담당한다. 이 가운데 강행필과 정두길을 우선 주목할 필요가 있다.

동네 형이면서도 조천소학교 동급생이 된 강행필은 창세와는 결의형제를 한 절친이다. 별명도 각각 '왕돌'과 '왕눈'으로서 서로 인정하고 도와주는 막역지간이다. 행필은 동급생보다 나이가 많은 탓에 소학교생이면서도 진드르 비행장 건설 노무자로 징발되어 갖은 고초를 겪는다. 호방한 비분강개 형의 인물인 그는 일경의 자전거 두 대를 때려 부

수고 선흘리 친척 집에 숨어 지내던 중 해방을 맞는다. 해방 이후 제주섬은 새 세상 건설의 기대에 벅차 있었으나 '압박과 착취와 기만과 강요 속에' 견뎌야 하는 상황에 다시 맞닥뜨려야 했다. 단선 반대 통일 독립의 열정으로 뜨거운 와중에 1948년 봄 조천중학원생인 김용철의 고문치사 사건이 발생하자 청년들의 분노는 걷잡을 수 없는 상황에 이르렀는데, 행필도 예외일 리가 없다.

> 행필이 마침내 자기 집 왕대숲에서 죽창을 깎았다. 다른 청년 두 명과 함께 죽창을 깎았다. (…중략…) 솔개에 쫓긴 병아리들처럼 경찰에 쫓겨 대숲에 숨던 행필이 이제 거기서 죽창을 깎았다.
>
> 봄바람이 부드럽게 불어오는 짙푸른 대숲, 무수한 댓잎들이 눈부시게 햇빛을 튕기며 초록 물고기떼처럼 파닥거렸다. 결의에 찬 눈빛의 그들은 대숲에 들어가 적당한 왕대를 골랐다. 톱날에 베인 왕대가 쓰러지면서 스친 댓잎들이 우수수 소리를 냈다. (…중략…) 지난 삼년간 왕대밭의 죽순처럼 왕성한 생명력으로 빠르게 성장해 온 그들이었다. 그 성장의 열정이 무자비하게 짓밟힌 지금, 그들은 왕대를 베어 죽창을 깎았다. 낫자루를 꽉 쥔 손의 뼈마디가 하얗게 두드러졌다. 왕대 끝을 낫으로 깎아 말의 귀처럼 뾰족하게 날을 세웠다. 그 뾰족한 창끝에서 싱싱한 풋내가 짙게 풍겼다.3권 77쪽

열아홉 살 청년 행필의 서슬 퍼런 결의가 비장하게 번뜩인다. 그렇게 입술을 앙다문 그는 무자년 4월 3일 새벽 양순태가 이끄는 산군의 일원으로 조천지서를 습격한다. 행필은 1947년 4월에 오랫동안 연모

해오던 두 살 위의 해녀 오숙희와 결혼한 터였는데, 이듬해 5월에는 아버지가 되었다. 그는 주로 김의봉 부대 소속으로 활동하면서 가끔 짬을 내어 조심스레 가족을 만나곤 했다. 여순사건 발발로 더욱 자주 총성이 울리는 두려움 속에서 가을걷이가 어렵게 이뤄지는 가운데 행필은 비밀리에 연락하여 숙희를 만나 달밤의 조밭에서 속전속결의 정사를 치르고 조 베기를 한다. 그 후 숙희가 비료 창고에 수감되어 곧 처형될 위기에 처했다는 첩보를 접한 그는 같은 처지의 이민하, 양순태 등과 더불어 총 들고 조천지서로 달려간다. 그는 어두운 허공을 향해 목청이 터져라 외친다.

> 인간 백정 놈들아, 들어라! 내가 왔다! 나는 강행필, 너희들이 찾는 강행필이다! 내 아내 오숙희를 살리기 위해서, 총 맞고 죽으러 여기 왔다! 자, 날 쏘아라! 어머니, 몸 성희 계십서! 숙희야, 나는 간다! 잘 있거라! 아기 잘 키워라! 3권 285쪽

처연하고도 비장한 최후다. 사랑하는 숙희가 처형 직전에 이른 것은 입산해 산군이 된 남편 때문이므로 자신이 먼저 죽는다면 아내는 살아날 가능성이 있다고 행필은 판단한 것이다. 그는 그렇게 경찰의 총부리에 스스로 목을 들이댄 셈이 되었지만, 이후에 과연 행필의 바람대로 숙희가 처형을 면하여 석방되었는지, 아울러 어머니와 아기는 목숨을 부지하였는지 소설에서는 확인되지 않는다. 그만큼 처절하고 막막한 것이 4·3학살임을 웅변하는 것이다.

한편, 정두길은 광주사범을 다닌 엘리트로, 창세의 조천소학교 담임 교사였다. 1945년 스물세 살의 나이로 해방을 맞으면서 새로운 세상을 열어젖히기 위해 혼신의 열정을 쏟는다. 해방되자마자 소학교 학생들에게 '한글은 우리나라 글'임을 인식시켜 가르치고 태극기를 그려 만들어 '조선 해방 만세'를 부르게 하였다. 그는 인민위원회 등에도 적극 참여하면서 꿈꾸던 세상 만들기에 의욕적으로 헌신한다.

두길은 야학운동 등으로 일제의 탄압을 받았던 이민하의 여동생인 이순배따알리아에 애정을 느끼는데, 오사카간호학교에서 유학하던 그녀가 해방을 맞아 시모노세키와 부산을 거쳐 한밤중에 제주 산지항에 도착하는 길에 마중 나간다. 오랜만에 만난 둘은 통통배를 타고 조천포로 이동하던 중 아름다운 여명을 맞는다. 순간 두길은 "따알리아, 저 물빛을 봐! 여명이 시작되고 있네!"1권 303쪽라고 탄성을 지르는데, 이는 둘의 사랑이 아름답게 열려감과 더불어 새로 열리는 세상에 대한 벅찬 기대가 담긴 것이다. 이윽고 수평선 위로 해가 불끈 솟아오르더니 돌연 돌고래떼가 나타났다. 이에 따알리아는 "오라버니, 저거 봅서! 저 돌고래들, 해방 춤을 추엄수다!"1권 305쪽라고 외친다. 신생의 햇빛에 솟구치는 돌고래의 떼춤을 통해 해방감을 만끽하는 민중의 역동적인 몸짓을 한껏 표출하고 있음이다. 두 청춘은 감격스런 여명과 일출을 함께 맞으면서 새로 태어난 느낌으로 두 손을 맞잡는다. 시 읽고 짓기 좋아하는 문학청년 두길은 이때의 열정과 느낌으로 「새 시대의 여명」을 써서 조천리 인민위원회 주최 해방 기념 잔치에서 낭송한다.

해방이 왔습니다.

어둠을 부수고 붉은 태양이 솟아올랐습니다.

어둠의 귀신들, 죽음의 마귀들이

꼬리에 불붙어 왈강달강 달아나고

머나먼 땅, 죽음의 땅에 흩어졌던 동무들이 돌아옵니다.

삼천리강산에 해방이 왔습니다.

삼천리강산에 자유가 왔습니다.

한라산이 족쇄에서 풀려났습니다.

바닷물이 춤을 추고, 돌고래떼 물 위로 날뜁니다.

저 바다, 저 들판이 해방되었습니다.

(…중략…)

이제 죽음의 세월은 끝났습니다.

우리 모두 해방을 노래합시다, 자유를 노래합시다.

우리 모두 손에 손 맞잡고 발맞춰 걸으며

저 한라산과 함께

저 한라산과 함께

앞으로 나아갑시다. 1권 336~337쪽

바야흐로 청년의 시대가 열린 것이다. 두길은 독서모임에 참여하고 시국토론에 나서는가 하면, 학교에서 속성 한글 교육을 하며 〈애국가〉를 알려주고, 청년야학에서는 선배 문상옥과 함께 한글, 조선역사, 인민정치학 등을 가르친다. 하지만 1947년 3·1독립운동 기념 집회에서 시위를 주도한 혐의로 이민하, 양순태, 부대림과 함께 목포형무소에 6개월 수감된다. 남로당이 불법화되고 서청의 민중 탄압이 더욱 포악해지는 가운데 10월초 두길 일행은 석방되어 귀향한다. 그는 요주의 인물로 감시 속에 지내면서 별다른 활동을 전개하지 못하고 있었다. 이듬해 4·3봉기가 시작된 후에도 마찬가지였는데, 단지 5·10단독선거에 불참하기 위해 마을 사람들과 잠시 목장 근처에 머물다 오는 정도였다. 하지만 시국이 더욱 위태로워짐에 따라 마침내 7월에는 일본 밀항으로 위장해 두고서 입산을 결행한다.

산군이 된 두길은 조천면 면조직의 선전부 소속으로 문상옥을 도와 삐라와 신문을 제작하는 임무를 수행한다. "초원에 뿌려진 피, 풀잎의 이슬이 되어 빛나네"3권 111쪽 같은 자신의 시를 신문 한 귀퉁이에 신기도 한다. 8월 정부 수립을 분기점으로 토벌세력의 무자비한 파괴공작이 벌어지더니 11월 중순에는 대방화, 초토화 작전이 전개되었고, 계절이 바뀌면서 토벌대의 겨울 총공세가 시작되었다. 동굴 아지트에서 지내며 보급투쟁 등을 벌이던 두길은 토벌대의 포위망에 걸려들어 체포된 후 제주농업학교 포로수용소로 넘겨진다. 마침 따알리아의 미모와 노래에 반한 헌병대 수사과 오종성 중위의 도움으로 두길은 석방될 수 있었으나, 며칠 뒤 '군인 위안의 밤'에 징발되어 연예공작대 소속 군인들과 함께 성산포 가던 따알리아는 산부대의 습격에 사망하고 만다. 그녀가 죽자 두길은 다시 입산하여 동굴 속에서 친구 부대림과 함께 죽음을 기다린다.

이처럼 창세와 아주 각별한 인연의 행필과 두길은 4·3항쟁의 와중에 모두 목숨을 잃고 말았다. 그들의 뜨겁고 아름다운 열정과 사랑도 모두 스러져갔다. 다만 행필의 자청한 죽음으로 숙희와 아기가 살아날 수도 있다는 가능성과 함께 다음과 같은 두길의 마지막 발언에 누망縷望을 기대할 수 있을 따름이다.

> 대림아, 이 굴을 우리의 무덤이 아니라 대지의 자궁이라고 생각해보자. (…중략…) 우리는 죽지만 다시 태어날 거다. 대지의 자궁은 죽음 속에서 새 생명을 잉태하니까. (…중략…) 땅속 혈맥들이 고동치는 소리가 지금 내 귀에 들려. 대지가 자기의 자궁 안으로 죽은 자식들을 받아들이고 있는 거라. 낭자한 피와 총성과 비명도, 죽창, 철창에 묻은 살점도 대지는 남김없이 받아들이고 있어. 아 그리고 마침내 그 자궁에서 새 생명들은 솟아나 대지 위에 다시 번성할 거여.3권 351쪽

4·3항쟁은 현실적으로는 성공하지 못했음이 틀림없지만 그렇다고 완전히 실패한 것이라고 규정해서는 곤란하다. 제주 공동체의 항쟁 정신은 영원히 살아있기에 그 수만의 죽음들은 언젠가는 반드시 부활하여 재생하리라는 작가의 확고한 믿음이 두길의 최후 전언에서 분명히 확인된다. 그러기에 소설 맨 마지막에 나오는 심방무당의 굿 사설에서 보듯이, "애통하고 절통하신 영혼 영신님들"은 "하올하올 청나비 몸으로", "하올하올 흰나비 몸으로"3권 360쪽 환생함으로써 참다운 평화 세상을 일궈가게 될 것이다.

3. 혁명의 실패와 제주 공동체의 역사적 회복력

"우린 남도 아니고 북도 아니고 제주도우다!" 남한도 북한도 아닌, 남조선도 북조선도 아닌 제주도 자체라는 것, '제주 공동체'의 강조야말로 『제주도우다』의 여러 의미 가운데 가장 중요한 부분으로 포착된다. 그러기에 "우리 제주도는 바다로 막혀 있지만 동시에 다른 세계와 바다로 연결되어 있기도 하다"2권 126쪽는 이덕구의 발언은 나름의 독자성을 지니면서 외부 세계와 평화로운 교류를 도모하는, 자립과 어울림의 공동체가 바로 제주도라는 신념으로 해석된다.

장편 『바람 타는 섬』을 만났던 독자는 "국가는 모든 악의 원천"이라고 규정했던 김시호의 환생을 장영발장발삼촌에게서 어렵지 않게 읽어낼 수 있다. '공동체삼촌'으로도 불리는 장영발은 1927년의 우리계 사건으로 고문당해 절름발이가 된 무정부주의자로서 해방이 되자 제주 공동체를 무정부주의 관점에서 연구할 목적으로 가게 한쪽에 작은 문고를 설치해 모임을 주도하기도 한다. 을유 해방 직후 무정부의 공백 상태에서 벌어지는 제주도 인민위원회의 자치 활동에 참여하면서 그는 "바로 이거여, 자유와 자치! 지금 이 상태, 중앙정부의 간섭 없는 자치 공동체, 이것이 바로 코뮌이여!"1권 276쪽라고 들떠 말한다. "노자가 말한 소국과민小國寡民, 즉 나라는 작고 백성은 적은 평화로운 공동체를 탐라의 옛터에서 이룩해보자"1권 343쪽는 바람인 것이다. 동아지중해의 한복판에서 탐라국으로 존재했던 "잃어버린 자치 공동체를 회복하고 싶은"2권 165쪽 것이기에 "국가 속의 자치 공동체"2권 166쪽야말로 20세기 중반의 제주도에서 충분히 구현해낼 수 있다는 신념이다. "가능한 한 국가에 완전히 예속되지 않는 자유인, 자치인"2권 172쪽을 추구하는 것이 해방 정국의 제주섬에서도 바람직하다고 그는 강조한다. 이는 결국 한반도 권력의 영향력 아래에는 있더라도 자기 결정권을 제대로 행사하는 제주 공동체를 염원한다는 것, 4·3항쟁 역시 그런 공동체를 건설하기 위한 처절한 몸부림이었다는 작가의 관점이 반영된 것으로 이해된다.

따라서 작품 속에서 공동체적인 조직 활동은 물론이요 그러한 작업이나 전통 민속의 장면이 계속해서 제시된다는 점은 의미가 크다. 복목환伏木丸, 후시키마루 운영을 통한 자주통항운동, 조합의 착취에 저항한 해녀항일운동, 1946년 신탁통치 반대운동, 1947년 3·1독립운동 기념 집회 등의 조직적인 운동은 물론이요, 함께 어우러지는 민중의 풍속도風俗圖로도 형상화된다. 해방 기념 마을잔치를 위해 돼지를 잡는 장면, 연례 꿩사냥대회의 재개, 새콧알할망당에서의 영등굿, 미역 농사, 마소 방목, 고사리 채취, 건초 마련을 위한 풀베기 작업 등이 그것이다. 다음의 들불 놓기 장면에서도 새로운 세상을 열기 위한 제주 공동체의 움직임이 매우 역동적으로 그려진다.

온 들판에 덮였던 눈이 녹아 설선雪線이 한라산 기슭으로 물러나자 목장의 묵은 풀을 태우는 들불 놓기, 화입火入 행사가 중산간지역의 마을별로 벌어졌다. 3월 초에 벌어지는 화입은 목축이 주업인 중산간 주민들에게는 거를 수 없는 중요한 연중행사였는데, 그럼에도 지난 이 년간은 일제에 의해 금지당해 온 터였다. (…중략…) 구름의 종류와 흐르는 방향을 살펴서 바람이 어느 방향에서 불다가 어느 쪽으로 바뀔지를 예측하여 불을 놓았다. 온 마을 남정네들이 동원되는 그 행사는 아침에 시작해 이튿날 아침까지 스물네 시간 계속되었다. (…중략…) 불빛은 해변까지 밀려와 구경꾼들의 얼굴을 붉게 물들였다. 모두들 두려움이 섞인 야릇한 감동에 사로잡힌 채 그 불을 바라보는데, 이민하가 떨리는 목소리로 말했다.

"묵은 풀은 불에 타 재가 되고, 그 재를 먹고 새 풀이 자란다. 그것이 혁명이다!"2권 114~116쪽

이민하가 말하듯이, 일제 강점의 터널을 통과한 시점에서 제주 공동체의 삶을 온전히 복원하기 위해서는 더럽혀진 판을 갈아엎는 혁명적인 쇄신이 요구된다. 묵은 풀이 제거되어야 새 풀이 돋아남이 자연의 이치인 것처럼 확실한 적폐 청산이 없이 새로운 세상은 결코 열릴 수 없음이 당연하다. 하지만 애초에 제주 공동체는 적폐 청산의 과정에 폭력이 수반되어야 한다고 여기지는 않았음을 분명히 할 필요가 있다.

해방 직후 박털보의 대장간에서는 99식, 38식 일본 장총을 녹여 농기구 만드는 작업을 한다. "야, 느네들 보았지? 총을 녹여서 곡괭이를 맹글었다, 이거 아니냐? 무기를 녹여서 농기구를 맹근 거라! 이것이 해방이고 기적이여! 무기 없는 세상, 전쟁 없는 세상, 진짜로 이것이 기적 아니냐!"1권 371쪽라는 털보의 발언에서 보듯이, 전쟁 없는 평화 세상을 제주 공동체는 만들고자 했던 것이다. 그런 신념과는 달리 제반 상황이 부정적으로 치달으면서 결국 무장 봉기를 유발하고 말았다. 말하자면 4·3항쟁은 적폐 청산을 통해 온전한 평화 공동체를 구현하기 위한 지

난한 분투였다는 것인바, 항쟁의 양상이 1948년 여름 이후 점점 뒤틀리면서 거대 권력에 의한 대살육으로 치달음으로써 현실적으로는 실패한 혁명이 되고 말았음을 의미한다.

하지만 앞에서 언급했듯 완전한 실패로만 볼 수는 없다. 그런 항쟁은 제주 공동체의 오래된 전통이기도 했다. 안창세의 경우 일제 말기에 "말떼의 발굽 소리는 말이 내는 것이 아니라 땅속 한가운데서 울려나오는 땅울림 소리 같았다"1권 221쪽고 느끼는데, 정두길 역시 4·3항쟁의 와중에 "우우우우우, 땅속 깊은 데서 울려나오는 듯한 대지의 탄식 소리"3권 169쪽를 감지한다. 그러한 땅울림 소리는 제주 공동체 본연의 유토피아 건설을 염원하는 지상명령과도 같다. 그랬기에 제주 청년들은 "이길 수 없는 싸움이라고 순순히 복종할 수 없는 거우다. 역사를 위해서, 훗날 우리의 후손에게 부끄럽지 않은 조상이 되기 위해서라도 분단 반대의 항쟁 모습을 보여주어사 합니다. 지는 싸움이라도 싸워야 해여마씸"3권 74쪽이라며 당당히 봉기에 나선 것이다. 그러기에 당장 졌다고 해서 완전히 진 것은 아닌 게 된다.

장영발은 제주의 건천乾川에 대해 "그 물들은 말라서 없어진 것이 아니"라 "지하로 숨어든 거"라면서 "지하에서 멀리 해변까지 흘러가서, 거기서 용천수가 되어 지상으로 솟아오르는 거"2권 168쪽라는 견해를 펴는데, 이는 아주 인상적으로 다가온다. 7부 마지막에 정두길과 부대림이 함께 죽어가던 동굴의 바깥에 층층이 쌓인 눈[6]도 결국은 녹아서 지

6 "동굴 밖은 차가운 백색의 밤이었다. 바람이 거세게 불어와 눈 덮인 억새밭을 뒤흔들었다. 구름 한 점 없이 갠 밤하늘에는 별이 총총한데, 지상에 쌓인 눈은 강풍에 눈

하로 숨어들어 언젠가는 해변의 용천수로 솟아날 것이다. 장구한 세월 속에 면면히 흐르는 제주 공동체의 역사적 회복력을 강조하는 것일 터다. 그래서 4·3항쟁은 거시적으로 볼 때 실패한 혁명은 아니라는 논리가 성립된다.

제6부 중간쯤에 가서는 대한민국 정부 수립을 분기점으로 토벌세력의 무자비한 파괴공작이 한몸 같았던 공동체를 두 쪽으로 찢어놓았다고 기술하는 부분이 있다. 이때부터 '산부대, 산군, 산사람'은 '폭도, 산폭도'로 불리기 시작하고, 외세에 대한 싸움이 이제는 동족 간의 싸움을 번져갔다고 표현하고 있다. 이는 4·3항쟁의 성격이 시기적으로 달라진다는 관점이라고 볼 수 있는바, 이 역시 공동체적 관점에서 해석하고 있는 것으로 판단된다. 아울러 절친인 정두길과 부대림의 갈등 해소 양상도 공동체를 강조하기 위한 설정으로 해석할 수 있다. 둘은 모두 따알리아를 좋아해서 부대림의 경우엔 짝사랑으로 끝남에 따라 그 실망감이 추후 항쟁 세력을 배신하는 상황으로 가지 않을까 예측되기도 하지만, 그런 통속적인 예측과는 달리 서로 진한 우정을 확인하면서 함께 최후를 맞는 결말을 보이기 때문이다. 공동체의 대의가 개인적 갈등마저 승화해내고 있음이다.

보라가 되어 휘몰아치고 있었다."(3권 352쪽)

4. 건네받은 만년필로 써내야 하는 것

이상에서 살폈듯이 현기영의 『제주도우다』는 할망당 신화를 시작으로 조천지역의 역사와 인물들을 4·3항쟁과 연결하여 아주 잘 꿰어낸 소설이다. 여기서는 안창세의 청소년기 체험을 중심으로 장소적 의미, 강행필과 정두길의 사랑과 항쟁 활동 등을 탐색하는 한편, 작가가 비중을 둔 제주 공동체의 의미를 확인해 보았다.

끝으로, 안창세가 70여 년 간직해 온 만년필의 의미를 짚어볼 필요가 있다. 산부대의 최후가 다가오는 순간 정두길은 "부디 넌 죽지 말앙 꼭 살아남으라이. 살아남아서 이 만년필로 좋은 글 써라이. 나도 좋은 글 쓰고 싶었주만, 이젠 허사가 되고 말았구나"3권 304쪽면서 안창세에게 만년필을 건넸다. 문학청년이던 정두길의 만년필이 제자이자 후배 활동가인 안창세에게 전달된 것인데, 70년이 지나 안창세는 다시 장편 다큐영화를 만드는 손녀인 안영미에게 그것을 넘겼다. 압도적인 무게와 거대한 부피인 4·3항쟁을 그 만년필로 잘 담아내길 바라는 뜻이 있음은 물론이다. 미체험 세대의 계승이라는 기억투쟁의 측면과 더불어 "큰 슬픔일수록 좀 가볍게 (…중략…) 눈물과 웃음이 함께 있는"3권 358쪽 이야기로 담아내어야 '좋은 글'이 될 수 있다는 의미도 담겼다고 볼 수 있다.

문학과 예술을 매개로 한 공감대는 활동가와 토벌군 간에도 형성된다. 안창세가 서북 출신 군인인 최영호 하사의 도움으로 목숨을 부지하게 된다는 점이 그것이다. 작품 말미에서 안창세가 정지용의 시 「향수」

를 암송하여 읊어주면서 최영호와 교감을 나누는 장면이 매우 인상적인 부분이라 하겠는바, 도식성을 벗어나 토벌 세력의 일원을 인간적으로도 제시하는 이런 면모가 4·3을 두껍게 해석하면서 독자의 공감을 넓힐 수 있는 부분이 아닐까 한다. 나아가 이는 눈앞에 드러나는 폭력의 양상에 함몰되지 말고 그 배후에 도사린 거대한 제국의 탐욕과 획책에 주목해야 함을, 피상적인 세부에 집착함을 경계하고 본질을 꿰뚫는 안목이 무엇보다도 중요함을 다시금 강조하는 것이라고 본다.